[아룬드_ Arund]

수레바퀴, 도는 것, 순환, 되풀이, 달력의 한 달

세월의 돌 세계의 달력 체계
; 14 아룬드(月) 달력

The Stone of Days

세월의 돌 8

운명, 그리고 영원

11장.

10월 '방랑자(Wanderer)'

6. 산 자의 의무

거대했다.

그리고 길었다. 내 시야를 메우고도 모자라 어둠 속으로 이어져 끝이 보이지 않았다.

긴 목에 돋아난 비늘들이 쇳소리를 내며 천천히 움직이고 있었다. 그건 뭐라 말할 수 없는 빛깔이었다. 목에서 꼬리로 이어지는 척추는 산줄기처럼 솟았고, 뿔처럼 튀어나온 돌기들은 내 키보다 클 정도였다.

크고, 날카롭고, 단단했다. 모든 것이. 내 눈으로는 다 담을 수 없고, 내 머리로는 이해할 수 없는 존재였다. 그걸 알면서도 나는 고개를 들어 천장부터 바닥까지 이어진 모든 것을 보려 했다. 무모한 줄 알면서도 기어이 해보고 마는 인간답게.

희미한 빛이 중심부에 감돌았으나 동굴 끝은 보이지 않았다. 처음 들어왔던 곳보다 훨씬 큰 방인 것 같았다. 물방울이 떨어지는 소리가 났지만 어디인지 알 수 없었다. 바람이 드나드는 소리도 들렸지만 들어온 곳도, 나온 곳도 알 수 없었다. 불어온 바람에 움직이는 것은 아무것도 없었다.

다른 것을 느낄 수 있다는 사실이 신기하다. 엄청난 것을 한꺼번에 받아들이느라 정신을 다 써버린 것 같은데.

"불공평해……."

불공평했다. 저렇게 놀라운 생물이 어째서 인간 같은 작은 생물과 같은 세계에서 살 수 있을까? 어떻게 거대한 산과 데이지 꽃 한 포기가 똑같이 존재할 수 있는 거야?

미칼리스가 입을 열었다.

"오르카, 라무아노드, 소르드, 레벤다드, 아르누이크 테아칸."

"엘프들은 기억력이 좋군."

미칼리스가 말한 이름 중 어디까지가 성이고 이름인지 모르겠다. 설마하니 매번 전부 다 불러야 하는 건 아니겠지.

대답한 목소리는 깨진 종을 울리는 것처럼 따가웠지만, 반대로 만돌린(mandolin)을 타는 듯한 묘한 음조도 섞여 있었다. 지금까지 여행하면서 온갖 목소리를 들어보았지만 그중 가장 희한한 목소리가 있다면 이것이었다. 눈앞에서 보고 있지 않았다면 자연에서 나온 소리라고 생각하고 넘겨버렸을지도 몰랐다. 내가 이해할 수 있는 언어인데도 바람이, 또는 산이 말을 거는 것 같은 착각이 든다.

유리카와 같지만 느낌만은 판판인 녹색 눈동자가 아래를 굽어보고 있었다. 청동, 금, 붉은 기운이 번진 강철, 그런 빛을 내는 비늘 너머로 입김이 느리게 올라갔다.

유리카의 목소리가 약간 떨렸다.

"레벤다드, 아르누이크 테아칸, 카라드—리테의 오래된 드래곤이여. 이곳까지 이끌어 준 호의에, 그리고 다른 의미로도 감사를 드립니다. 홀로도 위대한 그대에게 나이만큼의 현명함이 더해지길."

음, 나라면 저 다른 의미란 '우리를 살려둬서' 라고 생각할 것 같은데.

드래곤의 표정이란 도무지 알기 힘든 것이었다. 감정이 있다면 표정도 있을 텐데, 역시 내가 알 수 없는 영역인지도 모르겠다. 드래곤은 고개를 들더니 목을 한 번 죽 뺐다. 어깨를 움직이자 비늘과 돌기들이 따로따로 살아 있기라도 한 것처럼 꿈틀거렸다. 나는 그 동작을 넋을 놓고 보며 기가 질렸다. 비록 움직임은 느렸지만 원할 때 얼마나 빠르게 움직일 수 있을지, 앞발은 어떻게 눈앞의 것을 낚아챌지 짐작할 수 없었다. 엄청난 무게와 부피를 가진 꼬리는 또 어떨까. 입을 벌리면 과연 어떤 것이 쏟아져 나올까.

짐작이 안 되는 것은 더 무서웠다. 나는 못 박힌 채 한마디도 할 수 없었다.

말하지 않는 것은 엘다렌도 마찬가지였다. 드워프들이 드래곤에게 품은 증오는 어떤 종족보다 뿌리 깊다고 들었다. 땅을 파내고 건설하는 드워프들이 마주칠 수 있는 가장 큰 재앙이 드래곤일 테니까. 게다가 드워프의 역사 속에는 '달 갸라누' 라는 파멸의 드래곤이 뚜렷이 각인되어 있었다.

드래곤이 입을 열었다.

"내 친구의 안내를 받아 왔을 것이다."

친구? 테아키를 말하는 건가?

나도 바보는 아닌지라 테아키가 누구인지는 짐작하고 있었다. 아르누이크 테아칸이라는 이름을 가진—물론 용서받을 수 있는 한도 내에서 간단히 줄였을 때—저 드래곤, 그리고 테아키라고 부르라던 남자. 이곳은 그의 은신처. 뻔하지 않아? 더 생각할 것이 뭐가 있어?

그런데 아르누이크 테아칸은 계속해서 말했다.

"좋은 친구지. 그의 안내를 받았다면 찾아오기가 그리 힘들지는 않았을 것이다."

"……."

드래곤을 앞에 놓고 어쩌고저쩌고 따질 수는 없었지만 뭘 어쩌자는 걸까? 놀리는 건가? 장난이라도 하고 싶은 거야?

드래곤의 목소리가 내는 울림은 동굴 속에서 쉽게 가라앉지 않아서 우리가 뭔가 말하려면 그 여운이 사라질 때까지 기다려야 했다.

"소르드, 레벤다드, 아르누이크 테아칸…… 물론 그대의 친구는 훌륭한 안내자였소. 그에게 인사를 전해 주시오."

미칼리스가 한 대답에 나는 흠칫 놀라 돌아보려다가 멈췄다. 대체 무슨 소릴 하는 거야? 테아키가 아르누이크 테아칸이고, 테아칸은 드래곤이고, 드래곤은 저기 있고…… 하여간 그렇잖아? 친구가 어디 있다고 그래?

그러나 아무도 그런 사실을 지적하지 않았다. 감히 지적하지 못한 것일 수도 있지만.

어쨌든 엘다렌이 말을 하지 않는다면 내가 한마디쯤 해도 좋을 시점이었다. 무엇보다 인사도 처음부터 새로 해야 하는 거라면 말이다. 드래곤의 얼굴이나 번뜩이는 눈동자에서 표정을 읽기란 쉬운 일이 아니어서 그가 나를 보았는지 어쨌는지는 알 수 없지만, 왠지 나를 주시하는 기분이 든단 말이야. 게다가 다들 입을 다물고 있고.

하지만 뭐라고 말한다? 머리를 똑바로 들고 드래곤을 바라보며 뭔가 말한다는 건…… 영웅들이 아니면 엄두도 못 내는 일이 아니던가?

그러나 점차 나는 모두 내 말을 기다리고 있는 것 같은 기분에 사로잡혀서 벗어나려 해도 벗어날 수 없는 지경에 이르렀다. 엉뚱한 망상일 수도 있는데 도무지 떨쳐지지 않았다. 침묵이 길어질수록 내가 실례를 저지르고 있다는 생각은 커져 갔다.

결국 나는 혼자 만들어낸 헛생각으로 나 자신을 멋대로 궁지에 몰아넣었다. 무슨 말이든 하지 않으면 안 돼. 한마디만 하면 되는데, 그랬다가는 벽력같은 노성이라도 터질 것 같아. 으아아…….

"저…… 저어…… 그러니까……."

이쯤에서 내 머리는 텅 비어 있어서 자신이 무슨 말을 하는지도 몰랐다.

"……어디까지가 이름인가요?"

뭐야, 무슨 소리지!

나는 본능적으로 고개를 푹 숙이고 몸을 움츠렸다. 한마디 하고 나니 그제야 돌아가기 시작한 머리를 급히 굴리며 상황 판단을 해보려 애썼다. 그, 그래, 역시 이게 아니었다는 사실만은 아주 잘 알겠다. 제가 잘못했습니다. 제발 연약한 제 머리에 꿀밤 한 대만은 참아주시고…….

머리 위에서 쇳소리 섞인 만돌린 같은 목소리가 울렸다.

"테아칸 정도면 적당하겠지."

"네, 네에?"

유리카가 내 손을 슬슬 잡아당겼다. 역시 내가 실례를 저질렀다고 생각하는 거겠지. 그렇지만 저 대답은 그다지 기분이 상한 것 같지는…… 아니지, 내가 드래곤의 목소리에서 감정을 알아낼 수 있다고 생각한다면 자신을 과대평가하는 거라고.

"부르기 쉬운 이름이 기억하기도 좋지. 어쨌든 네가 파비안이로군. 에제키엘이 말했던 자손인가? 파비안 나르시냐크, 아니 파비안 크리스차넨이 되겠군. 그렇게 되리라고 했던 것 같은데."

드래곤은 기억력이 좋을 뿐 아니라 남의 집안 가계에까지 정통했다. 나는 어찌되든 좋다는 심정으로 얼른 대답했다.

"네, 파비안 크리스차넨입니다."

이건 왕족을 만났을 때보다 더 어렵군. 높은 사람을 만나는 긴장감에다가 괴물을 만난 공포심까지 더해진 셈이잖아. 한 가지만으로도 견디기 힘든데.

"드노미린크, 그대도 슬슬 황혼에 접어들 시기겠군."

테아칸이 바라보자 미칼리스가 앞으로 나섰다. 드노미린크는 미칼리스의 별명인가?

"인간에게라면 길다고 할 정도의 시간은 남아 있소. 더구나 2백 년의 봉인이 있었으니 실제로는 그만큼 더 살 수 있는 셈이겠지요. 그렇다 하더라도 드래곤만큼 살 수는 없는 종족이니 안심하시오."

"무슨 소리. 나 역시 옛 생명을 만나는 것을 즐기지."

"그대만큼 긴 생애에 그만한 기억력은 축복임에 틀림없습니다."

"그래. 그렇다 하더라도 나는 아직 첫 균열을 보고 있다. 내 삶에 처음으로 찾아온 균열이지."

목소리의 여운이 사라지기도 전에 테아칸은 몸을 일으키기 시작했다. 산이 움직이는 것 같은 모습에 나는 저도 모르게 몸서리를 치며 물러섰다. 긴 목이 동굴 천장을 뚫을 것처럼 올라가고, 육중한 몸체는 바다에서 솟아오르는 섬처럼 새로운 윤곽을 드러냈다. 마치 드래곤에게는 감춰진 몸이 한없이 있어서 무한히 땅 속에서 솟아오를 수 있을 것처럼 보였다.

이윽고 테아칸이 일어서자 머리는 까마득한 허공으로 솟아 더 이상 보이지 않았다.

"그렇다면 그대는 아직 일만 살이 넘지 않았군요."

미칼리스가 한 말이 저 높은 꼭대기까지 들렸을까?

그러나 드래곤은 다리쯤에도 귀가 하나 달린 것처럼 대답했다.

"나이란 삶이 짧다고 여기는 자들이나 세는 것이지. 엘프여, 그대의 나이를 아는가?"

"알고는 있지만 그리 말하고 싶지는 않군요."

"그렇겠지."

미칼리스와 테아칸은 전부터 알던 사이인 듯했다. 음유시인이라도 있어서 이 장면을 보았다면 미칼리스의 풍채로 보아 드래곤을 사냥하러 온 영웅이라고 생각했을지도 모르겠다. 그러나 그들은 서로를 존중하며 대화하고 있을 뿐이었다.

"일단 맡긴 물건을 보여준 다음에 회포를 풀도록 할까."

회포?

인간을 본 지 너무 오래되신 모양이지요. 그 말이 모처럼 별식을 맛보시겠다는 뜻은 물론 아닐 테지만……

내 생각은 허공에 불쑥 떠오른 광채 때문에 끊어졌다. 나는 고개를 젖혔다. 갑자기 솟아난 빛이 드래곤과 우리 일행의 사이, 내 키 세 배 정도의 상공에 떠 있었다. 밝다 못해 눈을 찔러서 제대로 쳐다볼 수가 없었다. 우리는 모두 고개를 숙이거나 돌렸다.

달이 잠시 지상에 내려오기라도 한 듯한 빛이었다. 그런데 그 속에 뭔가가 들어 있었다. 하얀 물건이어서 윤곽을 알아보기 힘들지만…… 저게 바로 흰 보석, 니스로엘드의 심장일까? 그런데 이건 어쩐지 에졸린 여왕이 참새 그물을 보여줄 때 썼던 방법 같은데.

테아칸이 말했다.

"저걸 꺼낼 수 있는 것은 내가 아니지."

내가 꺼내야 한다는 건가?

잠시 후 눈을 찌르는 광채는 조금 덜해졌다. 우리는 다시 테아칸을 보았다. 그리고 이번에는 테아칸이 정말로 나를 보고 있다는 것을 알았다.

"닮긴 했군. 인간에게는 긴 세월이었을 텐데. 그 핏줄은 유난히 강한 각인을 가지고 있는 건가."

익숙한 말이었다. 에제키엘을 보았던 사람들이, 그리고 아버지를 보았던 사람들이 모두 내게 '닮았다'고 말했다. 그럼 에제키엘과 아버지도 비슷한 얼굴이었을까?

"균열을 막을 소년이여."

나는 대답해야 했다. 저쪽에서 기대했던 대답은 아니겠지만.

"균열이라니요?"

드래곤은 멀리서 대답해 왔다.

"또 당사자인 그대는 아무것도 모르는 건가. 이건 인간들의 나쁜 습성이야."

탓하는 목소리여서 나는 긴장하며 숨을 죽였다. 유리카도 잡고 있던 내 손을 더 꽉 쥐었다. 그러더니 한 걸음 나섰다.

"인간의 습성을 이해하지 못하시겠지요. 그러나 연약한 인간들은 작은 일에도 곧잘 극복하기 어려운 충격을 받습니다. 중대한 일에 맞닥뜨릴 때는 가끔 원치 않는 감정이 생기나 연약한 자아에 흠집을 만들기도 하지요. 이런 꼴이니 언제나 그런 것을 막기 위해 애쓰지 않으면 안 되는 것입니다."

"그 비슷한 이야기는 2백 년 전에도 들었다, 프랑데아미즈. 내가 너희의 연약함을 모른다고는 생각하지 마라."

프랑드가 봄이니 프랑데아미즈의 뜻은 봄의 공주이리라. 그렇다면 드노미린크는 푸른 활일까?

"이해해 주시니 감사합니다."

유리카는 가볍게 고개를 숙였다.

테아칸은 동굴 구석에서 한 걸음 걸어 나왔다. 드래곤의 한 걸음인지라 실은 코앞까지 다가온 거나 마찬가지였다. 나는 감히 물러서지 못하고, 실은 물러나 봤자 소용도 없을 것 같았기 때문에 그 자리에 선 채 뻣뻣해질 정도로 고개를 젖혀 드래곤을 올려다보았다. 올려다본다고 불쾌해하면 어쩐다?

"파비안 크리스차넨. 2백 년 전에 예언되었던 자를 만나니 약간은 세월이 지났다는 것을 실감하게 되는군. 그대에게 '균열의 날'이 무엇인지 말해줄 자가 설마 나이리라고는 생각하지 않았는데."

나는 고개를 돌리며 유리카에게 속삭였다.

"야, '균열의 날'이 뭐냐?"

유리카는 대답하지 않았다. 대신 드래곤의 이야기를 들으라는 눈짓을 보냈다. 그것 참 우울한 일이었다. 나는 다시 고개를 젖혀 드래곤의 머리인지 아니면 동굴 천장인지 모를 것을 쳐다보며 다음 말을 기다렸다.

"균열을 막을 자가 균열의 날을 모르고 있다니, 무엇부터 말해야 좋을지 모르겠군. 그대는 고대 이스나미르인이 균열 때문에 멸망했다는 것을 아는가?"

"모르…… 는데요?"

사실 나는 표면적인 대답보다 훨씬 심각하게 아무것도 모르고 있었다. 갑자기 고대 이스나미르인 얘기가 왜 나오는지, 균열의 날은 균열이 일어나는 날이란 소린지, 균열은 무슨 뜻이며 어디에서 일어난다는 건지, 그러니까 땅의 균열인지 하늘의 균열인지, 그리고 그게 내 임무와 무슨 관계가 있는지……. 그러나 그렇게 무식한 척 해봐야 절대 좋은 일은 없을 것 같았다.

"살아 있는 것들이 짐작할 수 없는 어느 때, 균열은 찾아온다. 균열은 살아 있는 것들을 죽인다. 균열은 징벌처럼 보이지만 실은 균형의 다른 표현에 지나지 않지. 균열은 잃었던 균형을 세상에 되찾아준다. 그것을 위해 죽는 자는 희생을 기꺼워하는 편이 좋겠지."

얼른 이해할 수는 없었지만 이상한 기분이 들었다. 아르누이크 테아칸이 한 말로 보아 '균열'은 불길하고 고통스러운 것이었다. 인간에게든, 엘프나 드워프에게든, 심지어 드래곤에게도. 그런데 균열의 결과를 기꺼워하는 편이 좋다고?

그때 미칼리스가 말했다.

"위대한 자여, 어쩌면 그것은 그대만이 할 수 있는 생각일지도 모르오. 그대 종족에 비해 작고 어린 자들이 그대의 마음과 같아지는 것은 무리일 것이오."

"길든 짧든, 균열을 두 번 겪을 만큼 오래 사는 자는 없지. 고대 이스나미르의 괴이할 정도로 오래 살던 자들이라면 모를까. 균열의 날 앞에서는 그대나 나나 마찬가지로 어린아이일 뿐이다."

"그러나 존엄한 자여, 그대와 우리는 세월을 보는 눈의 깊이가 다릅니다. 그래서 그대는 균열을 기꺼워하라 말하고, 우리는 균열을 막기 위해 할 수 있는 노력을 다하는 것입니다. 균열이 가져올 파멸을 막기 위해, 종족들을 지키기 위해, 2백 년의 봉인조차 마다하지 않은 우리입니다."

잠깐, 봉인이 균열을 막기 위해서였다고? 종족의 사라진 재생력을 되돌리려 했다고밖에 듣지 못했는데?

"2백 년은 어찌 보면 그리 긴 시간이 아니지."

"긴 시간이 아니었기에 유예도 가능했던 것이지요. 드래곤의 삶 속에서는 짧을 테지만 작은 종족 가운데 가장 오래 사는 엘프, 그 엘프인 나에게조차 그것은 고통이었습니다."

'고통'이라는 단어를 말하는 미칼리스의 미간이 처음으로 가볍게 찌푸려졌다. 그는 무엇을 생각하고 있을까? 그가 치러야 했던 희생, 2백 년의 봉인을 위해 버려야 했던 것들을 생각하고 있을까?

한 번도 그런 것을 표현한 일이 없었던 미칼리스였다. 천진할 정도로 쾌활한 그를 보고 있으면 고통 따위는 겪지 않았을 것처럼 보인다. 행복한 것만 보고 아름다운 것만 들으며 자란 어린아이처럼 순수하게 말하는 그다.

다시 유리카가 말했다.

"그대를 설득하고자 함은 아닙니다. 이해해 달라는 것도 아닙니다. 다만 균열에 저항하고자 하는 생명들도 있고, 세상 속 수많은 생물들 중에는 이런 자들도 있을 수 있다는 것을, 그대의 넓고 깊은 생각 가운데 넣어 주셨으면 하는 바람뿐입니다."

드래곤은 고개를 약간 숙였다. 녹색 눈동자가 천장에서 번뜩이고 있었다. 까마득한 높이 때문에 보석 하나처럼 작아 보였다.

"생명은 다양하지. 그들의 생각 역시 다양하지. 다양한 것은 좋은 일이지. 그러나 균열도 마찬가지다. 균열은 세상이 지닌 다양함 가운데 하나다. 심지어 다양함을 지키려는 힘이지. 균열은 징벌이나 재앙이 아니라 세상을 지키는 힘이다. 이 세상에 사는 자들의 희생으로, 다음 세상에 살 자들이 만들어진다. 프랑데아미즈, 그대는 희생이 싫은가? 세상을 위해 자신의 생명을 던지는 일이 아까운가?"

날카로운 만돌린의 음색에 대답하는 목소리는 단호했다.

"생명은, 살아 있기 때문에, 살고자 하는 것이 본능이자 목적이며 덕목입니다. 균열의 시대에 살았다고 해서 스스로의 생명을 가볍게 내던져도 좋은 건 아닙니다. 산 자가 생명을 쉽게 포기하는 것은 심지어 죄악이기도 하지요. 모든 생명이 삶을 소중히 여기지 않는다면 그것 역시 균열을 거부하는 일 못지않게 세상의 질서를 파괴하는 일일 겁니다. 균열에 저항하는 것, 그것 역시 살고자 하는 생명에게는 당연한 일입니다."

"죽음의 본당, 아스테리온 무녀인 그대로부터 그런 이야기를 듣다니 의외로군."

죽음의 무녀는 조용히 대답했다.

"저라 해서 할 수 없는 생각은 아니나 저 혼자 해낸 생각은 아닙니다."

"그렇지. 에제키엘이야. 그 자가 제 생각을 전염시켰어. 전염병 같은 자야."

테아칸이 한 말은 예전에 미칼리스가 했던 '불량식품 같은 친구'라는 말을 상기시켰다. 한동안 아무도 말하지 않았다. 거대한 드래곤도,

그 앞에서 형편없이 작지만 당당하게 선 미칼리스와 유리카도, 말이 없는, 심지어 소개조차 없는 엘다렌도.

그 침묵을 깬 것은 나였다.

"무슨 이야기를 하시는 건지 모르겠어요."

내 목소리 말고는 잔돌 구르는 소리도 들리지 않았다.

"균열이 뭐죠? 균열의 날은 언제인데요? 멸망을 가져온다고요? 대체 무엇이 세상을 멸망시키죠? 균열은 왜 오는 건데요? 아룬드나얀하고는 무슨 상관인데요? 그리고 그 모든 것이 사라진 재생력을 되찾으려 하는 엘프와 드워프와는 무슨 관계가 있는 건데요?"

나조차 높아진 내 목소리에 흠칫 놀랐다. 그러나 나는 그런 실수를 저지를 만큼 혼란스러웠다.

"파비안."

미칼리스가 내 어깨를 짚었다.

"우리가 막으려는 것이 바로 그 균열이다."

"균열이라니요? 땅이 갈라진다는 건가요? 하늘이 쪼개지나요? 그렇게 갈라지면? 그 사이로 나쁜 것이 들어옵니까? 아니면 이곳의 생명이 그 균열로 빠져나가나요?"

"좋은 질문이야."

머리 위에서 울린 대답에 나는 멈칫하며 고개를 들었다. 아까보다 쇳소리가 더 많은, 금속 무기의 마찰음 같은 목소리가 말했다.

"균열이 눈에 보이는 틈은 아니지. 그리로 어떤 힘이 들어오는지, 또는 나가는지 분명하게 말할 수 있는 자는 아무도 없을 것이다. 나도 모르거니와 두 발로 걷는 자들 가운데 가장 현명했다고 하는 에제키엘조차 몰랐으니까."

"그러면 그 힘이 무슨 변화를 일으키는데요?"

나는 스스로도 놀랄 정도로 대담하게 드래곤을 향해 물었다. 테아칸은 몸을 약간 틀었다. 긴 목이 먹이를 낚아채려는 것처럼 순식간에 떨어져 내렸다. 나는 잠깐 만에 눈앞으로 다가온 드래곤의 머리와 정면으로 마주보게 되었다.

숨이 막혔다. 내 키와 맞먹을 정도로 큰 눈동자를 코앞에서 마주보면 누구나 그럴 수밖에 없을 것이다. 마치 번뜩이는 녹색 호수 같았다. 얼굴은 비늘과 흉터로 가득했다. 어쩌면 흉터가 아닐지도 모르지만 매끈한 얼굴에 익숙한 종족인 나는 그렇게 생각할 수밖에 없었다. 나무들이 그렇듯, 비늘 하나하나에 나이를 새겨 넣은 것 같았다.

그런데 나를 보는 오른쪽 눈에는 이 정도로 가까이에서 보지 않으면 알 수 없을 미세한 균열이 가지를 뻗고 있었다. 더 깊은 곳에는 흠집도 남아 있었다. 저 균열은 인간으로 치면 핏줄일지도 모른다. 흠집은 혹시 전투의 흔적이 아닐까? 그러나 누가 감히?

나는 곧 드래곤이 내뿜는 콧김 때문에 비켜설 수밖에 없었다. 몸속에 불이 든 듯 뜨거운 숨결이었다.

"균열의 결과라. 참으로 어려운 문제야. 닥치기 전에는 아무도 모르지. 고대 이스나미르에 살았다던 괴물 같은 자들은 알고 있었을까? 알수 없는 일이지. 그러니 이번 세상에 닥칠 균열의 결과를 인간인 에제키엘이 예측할 수 있었던 것은 참으로 놀라워. 진심으로 경탄할 수밖에 없어."

나는 귓가를 후벼 파듯 쟁쟁한 목소리 속에서 정신을 차리려 애쓰며 부들부들 떨었다. 나만 그랬던 것은 아니다. 동료들도 다리에 힘을 주려는 것처럼 등을 구부리며 미간을 찡그렸다. 드래곤의 입에서 나온 단어들에게 얻어맞기라도 한 것처럼.

"어떤…… 결과가…… 오지요?"

"죽지."

목소리는 나지막했지만 지금까지와는 다른 울림으로 다가왔다. 문득 헤아릴 수 없을 정도로 오래 산다는 드래곤도 '죽는다' 는 단어를 나와 비슷하게 느끼는 것이 아닐까 하는 생각이 들었다.

미칼리스가 나를 돌아보았다.

"파비안, 지금까지 엘프와 드워프의 재생력이 왜 소멸되었다고 생각했지?"

그건…… 소멸되었다고 하니까 그런 줄로 알았을 뿐이야. 소멸된 까닭이 뭐냐고? 그런 것은 모르겠는데?

"균열 때문이야. 그 사이로 빠져나가버린 거야."

말을 잇기라도 하듯 유리카의 목소리가 뒤따랐다.

"엘프와 드워프 뿐이 아냐. 인간은 달랐겠어? 2백 년 전에 세 종족은 균열 앞에서 똑같이 위기에 처했어. 그리고 두 종족의 재생력이 봉인되고 마침내 파멸하는 동안 인간만은 2백 년의 유예를 얻어 살아남았어. 그리고…… 에제키엘은 죽었어."

에제키엘은 죽었다. 그래서 이 자리에 내가 있다. 잘 알고 있던 일이다. 그런데…….

머릿속에서 뭔가가 빠르게 그려지기 시작했다. 2백 년 전에 이들에게 닥쳤던 운명을 느끼며 나는 뺨을 움찔거렸다. 에제키엘은 왜 죽었지? 그는 왜 죽어야 했지?

말을 잇는 유리카의 입술이 떨렸다.

"검푸른 깃털의 희생물……."

엘프와 드워프를 되살리기 위해 미칼리스와 엘다렌은 이곳까지 왔다. 그러나 그들의 종족은 2백 년 전에 재생력을 봉인 당했으니 멸망한 것이나 마찬가지지. 이번 일을 완수해서 재생력이 돌아온다 해도 종족을 처음부터 새로 건설하지 않으면 안 될 거야. 그런데 똑같은 재앙 앞에서 인간만은 문제없이 살아왔다.

검푸른 깃털의 희생물, 에제키엘을 바쳤기 때문에.

"그렇다면……."

나는 말을 멈춰 버렸다. 에제키엘은 균열의 결과를 예상했기에 막을 방법을 찾으려 했고, 결국 막지는 못했지만 2백 년 뒤로 유예시킬 수 있었다. 그렇다면 2백 년이 지난 지금은?

"제가 해야 할 일은 뭐죠? 에제키엘이 자신을 희생시켜 얻은 유예가 끝나고 균열이 닥쳐오는데, 저더러 그걸 다시 막으라는 말씀입니까? 에제키엘의 희생으로도 막을 수 없었던 것을?"

"네가 할 수 있을지는 아무도 모른다."

드래곤의 목소리에 깃든 우울한 감정은 놀랄 만큼 빠르게 전달되었다. 이게 조금 더 강해지면 상대의 마음을 조종하는 힘이 되는 건지도 모르겠다.

"균열이 무엇이냐? 모르지. 왜 오는 것인가? 역시 모른다. 현자들의 나라였다던 고대 이스나미르를 멸망시킨 것도 균열의 힘이다. 도대체 왜? 어째서 그 후에 나타날 모든 종족들보다 우월하고 도덕적이며 육신과 시공간을 초월하는 기술마저 다뤘던 자들을 이 세상에서 추방해버린 것일까? 그들이 가졌던 마법에 비하면 2백 년 전에 존재했던 마법은 어린아이 장난에 지나지 않아. 그러나 '균열의 힘'은 그들이 더 이상 세상에 필요 없다고 판단한 거야. 그들이 멸망하는 편이 세상을 위해 낫다고 여겼던 것이다. 왜냐고? 모르지!"

모른다고 말하는 드래곤은 내가 제멋대로 했던 상상 속에서도 가장 낯설었다. 그렇게 느끼는 것은 나뿐이 아니었다. 테아칸도 자신이 한 말이 달갑지 않은 듯 말을 그치고 허공으로 시선을 돌렸다.

테아칸은 내게 균열을 완벽히 설명해주지 못했다. 그조차도 모르니 달리 누가 말해줄 수 있을까? 심지어 나는 그중에서도 가장 무지한 자였다. 그런 내가 그것을 막아야 한다고 했다. 모르는 것을 막기 위해 아무것도 모르는 자가 필요하다니, 마치 설화에 나오는 농담 같다.

"균열의 날은 언제인가요?"

"올해, 문자 아룬드의 어떤 날. 그 이상은 알 수 없지."

"아룬드나얀의 힘이 그 균열을 막습니까?"

"그렇지."

"그렇다면 에제키엘은 2백 년 전에 왜 그걸 막지 못했죠? 아룬드나얀은 그가 만든 것인데, 저처럼 평범한 인간이 할 수 있는 일을 에제키엘이 하지 못한 이유가 무엇인가요?"

테아칸의 눈이 나를 굽어보았다.

"그 질문을 너 자신에게 할 날이 올 것이다. 에제키엘이 그랬듯이. 그때가 되어 스스로 그 질문에 답하라. 너의 답이 세상을 균열에서 구할지, 구하지 못할지 결정할 것이다."

지금의 나로서는 이해할 수 없는 말이었다.

"그렇다면 에제키엘의 대답은 무엇이었습니까?"

"에제키엘의 대답을 알고 싶은가?"

테아칸의 고개가 다시 내려오더니 나를, 그리고 내 동료들을 쏘아보았다.

"너다. 너 자신이 그의 답이다. 그리고 2백 년의 봉인을 견뎌 이곳에 다시 온 저들이 그의 답이다. 에제키엘의 둘도 없는 친우였던 두 종족의 수장, 그리고 생명처럼 아끼던 어린 누이, 그들이 저기 서 있는 것이 보이지 않는가?"

나는 돌아보았다. 유리카가 두 손을 마주 쥔 채 드래곤을 올려다보고 있었다. 가녀린 어깨가 떨리고, 힘을 준 손목에는 파르스름한 핏줄이 서 있었다.

"전 모르겠어요. 어째서…… 2백 년 전에 안 되던 일이 지금은 되는지. 2백 년 전 아룬드나얀의 주인은 하늘을 뚫고 땅을 가르는 대마법사였지만 지금의 주인은 보잘 것 없는 소년인…… 저일 뿐이잖아요. 물론 동료들이 도와주겠지만, 그들은 2백 년 전에도 에제키엘 곁에 있었어요."

그때 미칼리스가 내 어깨에 손을 얹었다.

"나는 숨기는 것을 싫어하지. 유리와 엘다가 네게 많은 것을 숨겨왔다는 걸 알았지만 나까지 그럴 생각은 없었어. 그게 어떤 것이든 알 사람은 알아야 한다고, 그렇게 생각해 왔어. 그러나 이번만은 다르다. 약속을 하나 하지. 에제키엘이 왜 2백 년 전에 균열을 막을 수 없었는지, 균열을 막는 의식이 끝나는 날 말해 주겠다고. 그때 아는 편이 가장 좋아. 그 전에 안다면……."

돌아보자 그와 눈이 마주쳤다. 미칼리스는 내가 지금까지 본 중 가장 우울한 얼굴이었다. 그런 채로 입술을 짓씹더니 다시 말했다.

"너도 내가 그랬던 것처럼 에제키엘을 오해할지도 모른다."

결국 나는 고개를 끄덕였다. 그러나 의문이 가신 것은 아니었다. 에제키엘은 내게 뭘 기대했을까? 난 그가 기대한 것을 갖고 있을까?

"이유는 어쨌든 좋습니다. 어쩌면 제가 이해하기엔 너무 큰 이유일지도 모르죠. 하지만 저는 한 가지는 알고 있거든요. 제게 아무 능력도 없다는 것, 그것 하나만은 누구보다도 잘 압니다. 위대한 조상이 있다고 해서 제가 저절로 위대해지는 건 아니니까요. 마법도, 현명함도, 심지어 의지조차 물려받지 못했는데 그 대마법사를 아는 여러분과 위대한 드래곤께서는 무슨 근거로 제가 그런 일을 해낼 거라고 생각하는 건가요?"

대답한 것은 유리카였다.

"에제키엘은 준비했어."

"무엇을?"

"2백 년 후의 네가 그걸 해낼 수 있도록…… 모든 일을 내다보고 준비했어. 에즈가 예측한 대로 목걸이는 너를 선택했어. 그리고 넌 임무를 받아들였고. 남은 것은 마지막 의식뿐이야."

나는 고개를 홱 돌려 유리카를 보았다. 까닭모를 분노가 마음속에서 솟아났다.

"그래! 목걸이는 나를 선택했지. 왜냐고? 내가 에제키엘의 자손이기 때문이야! 다른 이유는 없어. 내게 무슨 훌륭한 점이 있어서 그런 게 전혀 아니라고! 그러니 나는, 내가 해야 할 일이란 에제키엘이 준비해놓은 대로, 심부름을 하는 꼬마처럼 따라하는 것뿐이지? 내게 의지 따위가 필요하긴 한 거야? 내가 무슨 결심을 할 수 있는데? 난 그냥 꼭두각시야. 생각은 할 필요가 없어. 동료들을 돕겠다는 생각조차 할 필요가 없다고. 엘다렌, 기억해요? 내가 파하잔에서 한 약속을……. 타로핀을 걸고 한 맹세는 절대 어겨서는 안 된다고 했나요? 자신 있느냐고 물었던가요? 없을 리 없죠! 2백 년 전에 설계한 대로 움직이는 인형일 뿐인 내게 무슨 의지가, 무슨 결심이 필요하단 말입니까! 시킨 대로 따라 하기만 하면 되는 머리가 텅 빈 헝겊인형일 뿐인데!"

"……."

아무도 대답하지 않았다. 무릎에서 힘이 빠졌다. 누군가가 '그렇지 않다'고 말해 주기를 기대했지만 아무도 그러지 않았다. 뒤늦게 깨달았을 뿐, 잔인한 현실은 바뀌지 않았다.

"아무도 아니라고 하지 않는군요. 엘다렌, 미칼리스, 유리카, 다들 나와는 격이 다른 동료들이에요. 에제키엘한테나 어울렸을 그런 동료들이니까……. 나, 난, 처음부터 아무 고민도 할 필요가 없었는데……
그 사이 쓸데없는 생각을 많이 했죠. 내가 제대로 할 수 있을까, 그런
큰일을 그르치지 않을 능력이, 용기가, 의지가 내게 있을까, 만일 없다
면 어떻게 해야 얻을 수 있을까, 어떻게 해야 훌륭한 당신들과 어울리
는 사람이 될까…… 그런 쓸데없는 고민을……."

나는 유리카에게 한 발 다가섰다. 나를 바라보는 녹색 눈이 무얼 생
각하고 있는지 모르겠다. 그 눈을 바라보는 것을 그토록 좋아했는데,
지금만은 멀리 있는 타인 같다.

"유리카, 너는 왜 나를 좋아했어? 너한테는 어울리지 않잖아? 너도
알고 있었을 텐데……. 아스테리온의 고위 무녀이고 2백 년 전엔 대단
한 마법사, 나보다 수백 배는 현명한 너인데 겨우 나 따위 바보를 좋아
한다는 것이 말이 돼? 유리 너도, 내가 에제키엘의 자손이기 때문에 날
좋아했어? 아룬드나얀의 주인이기 때문에, 아니면, 아니면, 아니면, 단
지 내 얼굴이…… 에제키엘과 닮았기 때문인 거야?"

유리카의 손이 올라가 자신의 입을 막는 것이 보였다. 눈동자가 한
없이 커질 것처럼 부풀어 올랐다. 어깨가 떨리고 뺨이 창백해졌다. 내
가 한때 목숨을 걸고 지키려 했던 그녀가 내가 한 말 때문에 부서질 듯
흔들리는 것을 보았다.

하지만 내 목숨을 지불해도 살 수 없었을 것이다. 그보다 무한히 귀
했을 것이다. 넌 왜 울지? 그 값비싼 눈물을…… 겨우 나를 위해 흘리
기는 아깝잖아?

"파비안, 그런 말은 하지 마. 너 유리카를 울리는 게 좋아?"

주아니의 목소리였다. 나는 주아니가 어디에 있는지 찾으려고 한 바퀴 빙 돌아보았다. 주아니는 놀랍게도 드래곤의 발치에 서 있었다.

"주아니, 너……."

주아니는 내 놀란 눈빛은 아랑곳 않고 다시 말했다.

"너, 그러고도 유리카를 좋아한다고 말할 수 있어?"

나는 가만히 주아니를 바라보았다. 그리고 스스로도 놀랄 정도로 대담하게 드래곤의 발치로 가서 주아니에게 손을 내밀었다.

"이리 와……."

주아니는 움직이지 않았다. 나는 다시 한번 말했다.

"나한테 오고 싶지 않아?"

주아니는 고개를 흔들었다.

"너도 나 같은 건 필요 없나?"

"파비안!"

나는 손을 거두고 동료들 쪽을 돌아보았다. 어깨를 으쓱해 보이며 말했다.

"걱정은 마세요. 사정이야 어찌됐든 제 할 일은 할 테니까요. 물론 약속한 것도 있지만 그런 거야 한 푼어치 가치도 없을 거고…… 어쨌든 나도 그렇게 나쁜 녀석은 아니니까요. 내 감정에 사로잡혀서 2백 년을 간직해온 소원을 짓밟고, 수많은 사람들이 죽어가는 것을 볼 정도로 대담한 녀석은 못 되거든요. 인형한테도 인형의 할 일은 있지 않겠어요? 저버리지 않을 테니까……."

갑자기 미칼리스가 세 걸음 만에 다가왔다. 이어 번쩍, 하고 내 눈앞에 불꽃이 지나갔다.

"……."

돌바닥에 쓰러진 나는 얼얼한 뺨을 싸쥐고 미칼리스를 올려다보았다. 그는 딱딱하게 굳어진 얼굴이었다. 그의 손이 얼마나 강한지는 팔씨름을 해본 내가 잘 안다. 평소라면 정신이 반쯤 나갔을 테지만 머릿속이 잠시 핑 도는 듯하더니 나는 곧 정상으로 돌아왔다.

차라리 몇 번이고 맞고 또 맞아서 이런 일을 다 잊어버릴 수 있다면 좋을 텐데.

"오래된 숲의 종족인 엘프는 네 녀석에게 삶 따위를 구걸할 정도로 자존심조차 잃지는 않았다. 그런 식이라면 엘프든 드워프든 인간이든 모조리 멸망해버리는 편이 나아. 의지 없는 인간이, 이 세상을 만들어낸 질서의 힘, 그 힘이 가져오는 균열을 막을 수 있다고 생각하나? 그럴 바엔 균열을 받아들이고 다음 세상과 후손을 위한 거름이 되는 편이 몇천 배 더 낫다."

정적이 흘렀다. 이윽고 엘다렌의 목소리가 고요를 깼다.

"드래곤의 말대로…… 균열에 저항하는 것만이 옳은 일은 아니다. 균열은 기실 세상의 균형을 되찾는 힘이지. 균열이 우리의 재생력을 거두었다는 것은, 세상의 균형이 인간과 엘프와 드워프의 멸망을 원한다는 뜻이 된다. 고대 이스나미르인이 멸망했기 때문에 지금의 종족들이 생겨났던 것처럼, 미래의 생명을 위해 우리는 무대에서 퇴장할 시간이 된 거다. 그러나 나와 미카와 유리, 그리고 에즈는 순종해야 하는 고난이라 할지라도 끝까지 저항하는 것이 생명의 본령이라는 점에 의견을 같이했다. 세상의 질서가 주는 파멸이라면, 순응하는 자만을 요구할 리 없다고, 모든 생명의 자포자기를 전제로 그런 파멸이 찾아오는 것은 아닐 거라고. 우리는 살아 있다……. 길어야 천 년, 짧으면 백 년밖에 살지 못하는 우리가 만 년, 억 년의 질서를 위해 자신의 생명을 조용히 내준다는 것은 결단코 '악(惡)'이라고 우리는 생각했다. 악이 아니라면 패배할 운명을 타고난 자들의 부도덕함일 뿐. 짓밟힐 풀잎 한 조각이라도 숨이 붙어 있는 한, 마지막 한순간까지 뿌리로는 물을 빨아들이고 햇빛으로는 양분을 만든다. 삶을 포기하는 자들로 가득 찬 세상이라면 질서조차 없을 것이고 남은 것은 멸망뿐일 거다. 그건 세 종족뿐 아니라 세상의 멸망이다."

말들은 내 귓가에서 윙윙거렸다. 내 머리는 그 말을 이해하기도 했고, 어느 순간은 전혀 이해하지 못하기도 했다. 미칼리스는 내 뺨을 때린 손을 들여다보았다. 그리고 특유의 힘찬 목소리로 말했다.

"생명이 생존하겠다는 본능을 버리는 것, 그것이야말로 세계의 멸망보다 더욱 끔찍한 일이야. 그런 우리가, 그렇게 집요한 삶의 욕구를 갖고 모든 것을 버려가며 여기까지 온 우리가, 겨우 '나는 인형일 뿐이다'라고 생각하는 자의 내키지 않는 도움을 받아야 한다는 거냐? 그런 식으로 막는 균열이야말로 질서를 거스르는 악덕에 불과하지!"

나는 입을 벌린 채 고개를 저었다. 턱이 제멋대로 올라갔다 내려갔다 했다. 미칼리스의 말은 계속되었다.

"우리가 죽음이 두려워서, 멸망을 용납하지 못해서 이렇듯 애쓰는 것으로 보이나? 우리는 살아 있다는 것을 증명하기 위해, 산 자의 본능을 따라서, 실패하든 성공하든 마지막 순간까지 해야만 하는 그 일을 하고 있다. 그렇게 하지 않는 세상은 죽은 세상이고 미래란 없어. 이렇게 애썼는데도 모든 일이 실패하고 결국 세 종족에게 멸망이 닥친다 해도…… 후회하지 않는다."

"후회하지 않는다고요?"

미칼리스는 주저앉은 나를 내려다보았다. 동굴 속에서 홀로 파랗게 맑은 눈으로, 푸른 불꽃처럼 타오르는 눈으로 나를 보며 말했다.

"무슨 짓을 해도, 어떤 노력을 해도, 소용없이 멸망을 향해 달려갈 뿐이라 해도, 나는 아무것도 하지 않는 자를 향해 몇 번이고 뺨을 후려갈 거다."

나는 부풀기 시작한 뺨으로 손을 가져갔다. 손바닥이 시원하게 느껴졌다. 고요한 가운데 내 거친 숨소리만이 동굴을 울렸다. 미칼리스는 확신에 찬 어조로 말했다. 그는 열정적이지만 나는 그렇지 못했다. 왜? 나는 살고자 하는 열정이 부족해서?

"너는 이 시대의 사람이야! 너는 이 세상에, 2백 년 전에서 온 우리 모두를 합친 것보다 더 막중한 책임을 지고 있다. 우리보다 네 힘이 약하다고? 너는 수억 년의 질서를 움직이는 균열의 힘 앞에서 한낱 인간이나 엘프, 드워프 하나의 힘이 얼마나 보잘 것 없는지 모르겠나? 차이 따위가 있을 수 있다고 생각해? 균열의 힘이 산이라면 우리 모두는 한 톨의 모래에 불과해. 저 드래곤에게 네가 살아온 19년은 하루살이의 생애나 다를 것 없지. 균열의 힘이 이성을 갖고 있다면 우리 모두는 그저 짓밟고 가도 좋은 잡초 이상으로 보이지 않을 것이다. 그러나 잡초 역시, 삶을 포기하는 순간 잡초조차 될 수 없지!"

나는 조금 전에 했던 말을 느리게, 한 마디씩 되풀이했다.

"후회하지, 않는다고요?"

"나, 너를 좋아한 것을 후회하지 않아."

갑자기 들려온 유리카의 목소리에 몸이 굳어졌다. 눈물은 걷혔지만 상처받은 마음은 숨기지 못한 목소리를 들으며 돌아볼 수가 없었다.

"네가 내 마음을 몰라준다 해도…… 좋아하는 마음만은 그것 그대로 끝까지 가져갈 테니까. 그것도 사랑이라는 것을 하는 사람이 버려서는 안 되는 의지야. 그런 것이 없다면…… 누군가를 좋아할 자격 따윈 없을 테니까."

그 말을 듣는 순간 말할 수 없는 기분이 나를 휩쌌다. 가슴이 답답했다. 어떻게 해야 좋은 것인지 모르겠어. 옳은 일이 무엇인지 판단할 수가 없어.

"이해할 수 없는 섭리는 받아들여선 안 된다고…… 그러니까 인간이든 엘프든 드워프든 이해할 수 없는 균열의 의지 같은 것은 따를 필요는 없다는 말이로군요. 나는 '균열을 막는다'는 행동의 의미를 이해하지 못하니까 그걸 할 자격도, 그럴 필요도 없다는…… 그런 말인가요?"

"이해하려 하지조차 않는다면."

미칼리스의 단호한 대답에 이어 드래곤의 목소리가 울렸다.

"결과를 알고 있나?"

"결과요?"

"종족이 멸망한다는 말, 재생력이 사라진다는 말의 의미를 아느냐

말이다. 네 종족에게 어떤 일이 닥칠지 알고서 말하고 있느냐고 묻는 것이다."

"죽겠지만……."

겨우 그 말만 하고 생각에 잠겼다. 죽는다니? 균열의 날이 도래하면 제 할일을 하고 있던 인간들이 갑자기 죽어 넘어지기라도 한다는 말일까? 모든 것을 잊고 돌로 변해버리기라도 하는 건가?

드래곤이 말했다.

"이미 닥쳐오고 있다. 누군가는 징조를 깨닫고 있을 것이다. 한 아룬드 정도가 더 지나면 제아무리 명백한 증거를 외면하기 좋아하는 인간족이라 해도 모르는 체 할 수 없겠지."

"어떤 징조죠?"

"계절의 순환이, 바퀴가, 아룬드가 빨리 흐르고 있다. 스조렌 산맥은 늦가을에 접어들었다고 하더군. 달크로이츠 영지는 기후가 달라져 황무지로 변했다. 상텔로즈는? '세르네즈의 하늘'이 상텔로즈를 떠난 후로 닥친 일은 입에 담고 싶지 않군."

"듣고 싶군요."

그렇게 말한 것은 미칼리스였다.

드래곤이 말한 세 장소는 보석들이 숨겨져 있던 곳이고 또한 동료들의 고향이었다. 모든 일은 그곳에서 시작되었고 멸망도 거기부터였다.

"드노미린크, 그대가 듣고 싶다면 말하지. 상텔로즈는 말라가고 있다. 그대의 결계 안이라면 그대로일지도 모르지. 그러나 숲은 생명력을 잃어 잎이 자라지도 꽃이 피지도 않는다. 있던 생명은 마르고 새 생명은 태어나지 않는다."

미칼리스는 침묵했다. 그가 옛이야기에 나오는 자연을 사랑하는 엘프의 모습은 아닌 것 같다고, 내가 그렇게 말했던가?

상텔로즈 숲의 이야기를 들은 미칼리스의 표정은 인간이 사랑하는 무언가를 잃었을 때의 망연자실함과는 어딘가 달랐다. 고향이 파괴됐다거나, 나라가 망했다는 소식을 들은 자의 얼굴도 아니었다. 물론 자신과 무관한 비극을 전해들은 얼굴도 아니었다. 비탄도, 눈물도, 분노도, 고통도 표현하지 않는 눈빛이지만 그 안에는 상처가 있었다.

한참 만에 나는 그 표정을 비유할 곳을 찾아냈다. 그건 마치 잘려나간 팔을 바라보는 사람과도 같은 눈빛이었다.

테아칸이 다시 말했다.

"드노미린크에게 알려줄 소식이 하나 있지. 오랜만에 만난 친구에게 주는 선물로 합당할지는 알 수 없군."

미칼리스는 대답하지 않았다. 드래곤은 그를 위로하려 하는 것일까?

"아라스마드가 빛나고 있다. 그 빛이 이곳에서도 보인다. 대략 스무해 만의 빛이다."

나는 아라스마드가 무엇인지 몰랐다. 다만 엘다렌과 미칼리스가 흠칫하는 것을 느꼈을 뿐이었다.

"다음 징조는 무엇인가요? 마법이 돌아오나요? 이젠 마법 따위 돌아오지 않더라도 세상이 변하지 않았으면 좋겠지만……."

마법이 돌아오는 것이 좋은 일이라고만 생각해 왔다. 보석들을 하나씩 찾아내면서 세상은 더 좋은 곳으로 변하려는 거라고 생각했지. 어린 소년 같은 기분으로 마법이 돌아오게 될 세상을 신나게 상상한 일도 있었어. 그런데 이것들은 다 뭐야?

"그렇게는 되지 않는다."

엘다렌이 말했다.

"봉인에는 대가가 필요하다는 것을 기억하는가? 마법이 왜 사라졌을 것 같은가? 마법은, 균열의 힘을 2백 년 간 유예시킨 대신 치른 대가였다. 그 덕택에 드워프와 엘프의 재생력도 마법과 함께 아룬드나얀 속에 봉인될 수 있었다. 그래서 우리가 그걸 되찾으려 노력할 수도 있는 것이지. 하지만 그런 의식이 공짜일 리 없다. 에제키엘은 균열을 납득시키기 위해 가장 위대한 마법사였던 자기 자신의 목숨을 제물로 바쳤던 것이다."

동상처럼 선 미칼리스가 말을 받았다.

"그 목숨 값으로 우리는 살아 있다……. 역사는 되돌려지지 않아. 모든 일은 되풀이되겠지. 일그러진 생명들, 죽어 가는 아이들, 황폐해지는 마음도. 괴물들이 왜 사라졌다고 생각하나? 괴물을 만들어내는 힘의 근원은 마법과 동일하다. 괴물이 처음부터 악한 존재였다고 생각하나? 생명의 시작은 누구나 깨끗해. 깨끗하게 시작된 생명을 괴물로 만들어버리는 힘과, 그 괴물을 퇴치하는 마법은 같은 힘이 반대쪽 끝으로 치달은 결과일 뿐이야. 2백 년 전에 마법이 사라지고 나자 괴물도 더 이상 탄생할 수 없게 되었지. 그런데……."

미칼리스의 목소리가 잦아들더니 고통스럽게 흘러나왔다.

"……괴물이 다시 생겨난 것을 보았겠지? 마법의 힘이 돌아오고 있기 때문이다. 그러나 다시 태어난 괴물들은 과거의 놈들과 다르다. 너도 기형 와이번들을 보았겠지? 그게 뭘 닮았다고 생각하나?"

닮았다고? 누구를?

그런 생각을 한 일이 있었던 것 같다. 기형 와이번이 무언가를 닮았다고…….

엘다렌의 말이 창처럼 폐부를 찔렀다.

"인간이다. 인간의 일부가 괴물로 변하고 있다."

"말도 안 돼요!"

내 외침이 천장을 울렸다.

"어떻게 인간과 괴물이 같을 수 있죠? 그럼 예전의 괴물들도 모두 그렇게 인간이나…… 엘프나 드워프 같은 종족들이 변한 거였단 말인가요? 난 믿을 수가 없어……."

"예전과는 다르다. 본래 괴물은 생명이 부정한 힘을 받아 뒤틀린 결과로 태어났지. 번식을 하니만큼 잘못된 환생의 결과라고 볼 수도 있을 것이다. 그러나 오늘날 인간이 와이번으로 변할 정도로 종족들이 뒤섞이기 시작한 것은 균열의 영향이라고밖에 생각할 수가 없다. 인간의 생명력은 균열의 전조 앞에 시들기 시작했고, 생명을 나누는 경계도 믿을 수 없을 만큼 약해졌다. 그리고 과거에도……."

엘다렌의 목소리가 끊어졌다. 나는 떨면서 되물었다.

"과거에도?"

"엘프와 드워프에게도 같은 일이 일어났다. 괴물이 된 엘프나 드워프를 상상해 본 일이 있나?"

대답한 건 미칼리스였다. 나는 한 번 더 '믿을 수 없어'라고 중얼거렸지만 나조차 알아듣기 힘들 정도로 약해진 목소리였다. 물통에 구멍이 뚫리면 물이 새어나가지. 달걀 껍데기가 약해지면 병아리는 태어날 수 없는 거야. 모든 생명의 경계가 허물어지는 순간, 세상은……

유리카가 말했다.

"악령의 노예를 기억하지? 그런데 하비야나크에 나타났던 그들보다 켈라드리안에 나타난 그들의 숫자가 훨씬 많았어. 두 번 다 보았기 때문에 난 알아. 악령의 노예는 생명이 아니기 때문에 불어날 수 없어. 인간이 변하기 전에는."

나는 고개를 홱 돌렸다. 인간이라니?

"그럼…… 우리 마을 사람들이 그들 속에 있었다는 거야?"

"……그들이 전부는 아닐 수도 있어."

나는 고개를 흔들었다. 들은 말을 잊어버리려는 것처럼. 그러나 불가능했다. 나는 합동 장례를 치를 때 시체들의 수효가 턱없이 부족했던 사실을 떠올렸다. 시체 대신 이름을 쓴 나뭇조각을 태웠던 가족들이 있었어. 그래서 놈들에게 잡아먹힌 것이 아니냐는 소문도 돌았지.

에렌트 형도, 게퍼도, 심지어 벤야도…… 시체는 없는데?

그럼 아르나 강의 절벽에서 미친 듯이 베고 찢었던 그들이 내 고향 사람들이었다는 거야? 내가 그들을 다시 한 번 죽인 거야?

눈앞이 흐려지다가 흔들렸다. 부풀어 오르는 세상, 물에 빠진 것처럼 흐늘거리고 뒤엉키던 세상은 이윽고 부서져버렸다.

"왜 내게 이런 일이……."

빛에 감싸여 오롯이 떠 있는 흰 보석, 니스로엘드의 심장이 보였다. 그 빛 너머에는 모든 것을 알고 모든 답을 가졌을 것만 같은 드래곤이 있었다.

그러나 그것은 사실이 아니다.

"앞으로 얼마나 많은 일이 일어나야 합니까? 위대한 자여, 저는 당신을 부를 적당한 말을 별로 알지 못하지만…… 그래도 물을 수밖에 없습니다. 우리가 무엇을 또 견뎌야 하죠?"

"나인들 균열의 뜻을 예상하겠는가? 인간뿐 아니라 존재하는 모든 생명들이 한바탕 혼란을 겪을 것은 자명하다. 균열의 날이 지나고 나면 결과는 분명해진다. 잃어버린 것은 되찾을 수 없고, 세상은 안정을 되찾는다. 사라지는 것은 인간, 엘프, 드워프이다."

"어째서 그들만인가요? 그대와 같은 드래곤도, 로아에나 페어리도, 그 외에도 온갖 생명이 이 세상에 살아가고 있는데?"

"너는 균열의 힘을 향해서도 그렇게 어린아이처럼 질문할 참인가? 그들은 균열이 고른 자다. 이번 세상에서 멸망하여 다음 세상의 밑거름이 될 자들로 선택된 것뿐."

균열의 힘이 택했을 뿐이라고? 질문 따윈 불가능하다? 우리가 할 수 있는 일은 잠자코 순응하는 것뿐?

균열의 힘에게 이성이 있을 리 없다. 있다 해도 우리가 이해할 수 없는 종류일 거야. 자연이나 정령처럼. 나는 네 정령에 대한 이야기를 기억하고 있어. 땅과 흙의 나스펠, 강과 비의 미라티사, 불꽃과 화덕의 블로지스틴, 바람과 폭풍의 요르실드, 그들은 세상에 드러난 종족들과는 전혀 다르게 세상을 바라본다. 오히려 그들이 하는 일이 세상을 움직이는 데 더 중요할지도 모른다고 했지. 어쩌면 인간이나 엘프, 드워프는 들러리에 불과할지도 모른다고.

그러나 정령의 이성은 정령의 이성일 뿐이다. 균열도 마찬가지다. 인간인 나는 이해할 수 없는데 그걸 따라야 한다고? 내게 그들은 말이 통하지 않는 괴물일 뿐이야!

"왜 하필 인간인지, 엘프이고 드워프인지, 이유는 없다고요? 몰라도 된다고요? 그럴 수 없어요. 인간은 납득이 필요한 존재거든요. 그렇게 만들어졌어요. 내가 죽고 난 뒤의 결과 따윈 볼 수 없는 거죠. 다가올 세대라고 깨닫는다는 보장이 있을까요? 자연이든, 균열의 힘이든, 정령들이든, 인간이 이해할 수 없다는 점에서는 똑같은데, 그들이 우리의 삶을 책임져 주나요? 좋은 결과가 올 거라고 믿고 얌전히 죽어준다 해도 쓸 만한 결과 따윈 전혀 없을지도 모르잖아!"

내가 누구에게 반말을 한 것인지 모르겠다. 드래곤의 묘한 음성이 귓가를 파고들었다. 처음 느꼈던 희한한 음조가 아니라 또 다른 감정이 담겨 있었다.

"변명하는 것인가?"

나는 고개를 쳐들고 답했다.

"물론이지요."

나는 죽을 때까지, 죽는 그 순간에도, 나 자신과 내가 아끼는 존재들을 위해 변명할 거다. 누구도 그것에 대해 뭐라 할 수 없어.

변명이 구차한가? 구구하거나 창피한가? 말도 안 되는 소리! 내가 내 입장을 말하는 것이 뭐가 창피하지? 나는 만 년을 산 드래곤 앞에서든, 영속 불변하는 자연에게든, 말이라고는 씨알머리도 안 먹힐 것 같은 균열의 힘 앞에서든 변명할 의무와 책임과 권리가 있어.

"나는 겨우 백 년도 못 사는 인간이라 균열의 힘이 무슨 대단한 계획을 가지고 있는지 못 믿겠어요. 내가 죽고 나서 천 년쯤이나 만 년쯤 뒤에 올 결과를 미리 내다보는 힘은 없거든요. 고대 이스나미르인들은 균열의 힘에 순응하고 멸망했다죠? 우리보다 훨씬 대단한 능력과 지식을 지녔다던 그들이 설마 우리보다 힘이 부족해서 멸망한 건 아니겠죠. 그들은 너무 지혜가 넘쳐난 나머지 미래까지 다 내다보고 기쁘게 균열을 받아들였을지도 모르죠. 그렇지만 나는 그들에 비하면 하루살이에 불과한 존재니까, 하루살이에 걸맞은 생각과 행동을 해야겠습니다."

드래곤은 대답하지 않았다. 그 역시 고대 이스나미르인만큼이나 넘치는 지혜를 가졌기 때문일까? 그러나 하루살이이고, 하루살이로 살다가, 하루살이로 죽을 나는 말했다.

"후손들이 나를 이기적이라고 욕한다 해도 어쩔 수 없어요. 생명은 자신을 위해 살도록 만들어져 있으니까요. 안 그러면 생명이 아니죠. 나는 바라볼 수 있는 미래만 바라봐요. 게다가 나는…… 본래 다른 사람들보다 이기적이고 이해타산에 능한 편이니까 이런 결정도 오히려 쉽군요. 나는 막겠습니다. 이유도 모른 채 세상을 빼앗기지 않을 겁니다."

다 말하고 나자 마음이 편해졌다. 내가 깊은 한숨을 내쉬었을 때 머리 위에서 드래곤이 말하기 시작했다. 나를 향해. 나 역시 그만을 보았다.

"아룬드나얀은 고대 이스나미르인들이 저들의 파멸을 막기 위해, 즉 균열을 막기 위해 만든 물건이다. 그러나 그들은 긴 안목과 분별력으로 새로운 결정을 내려 그것을 사용하지 않았다. 그래서 아룬드나얀은 여기까지 왔다."

역시 그런 거였다. 이 시대의 연약한 종족들에게 균열의 힘 따위를 막을 물건이 처음부터 있었을 리 없었다.

"그리고 운명이었든 우연이었든 아룬드나얀은 에제키엘의 손에 들어가 다시금 이 세상에 닥친 균열을 막는 데 쓰이게 되었다. 그 돌은 옛 이스나미르의 가장 비밀스러운 축복 문자가 새겨진 타로핀이며, 또 다른 이름으로는 '세월의 돌', '시간의 돌', '사계절의 돌'이라고도 한다. 아룬드나얀의 테두리에 쓰인 글자는 '모든 힘을 흡수하고 가득 찼을 때 내어뱉는다'는 의미이다."

나는 문득 예지를 느끼고 물었다.

"그렇다면 그건…… 균열의 힘조차 빨아들인다는 의미입니까?"

"그렇다. 하르마탄의 마법진은 그 의식을 위해 에제키엘이 준비한 것이다. 물론 그 마법진의 기초는 고대 이스나미르인들이 만들었다. 그들은 균열에 대적하기 위해 힘이 모여드는 장소를 알아냈고, 훨씬 나중에 온 마법사인 에제키엘도 똑같이 알아냈다. 에제키엘은 묻혀버린 마법진을 손질하여 새로운 힘을 가진 것으로 재창조했다. 그리고 거기에서 의식을 행해 자신의 혼을 떠나보냈지. 그날 이후로 아룬드나얀에는 세상에 존재하던 모든 마법, 엘프와 드워프의 재생력, 그리고 에제키엘의 마력마저 깃들게 되었다."

몸에 서늘한 기운이 돌았다. 쾌활한 마법사 에제키엘의 혼은 이 목걸이에 깃들었을까? 아니면 그는 이스나에가 되었을까? 또는 환생해서 이 세상 어딘가에서 살아가고 있을까?

"마법진의 위치는 어디입니까?"

"인간들이 '피아 예모랑드'라고 이름붙인 성의 지하이지."

피아 예모랑드 성?

어쩐지 익숙한 이름이었다. 나는 잠시 고민에 빠졌다. 물론 그건 점성술 아룬드의 별 이름이었다. 그리고 또…… 아버지의 영지 예모랑드…… 그 성의 이름!

"나르시냐크 가문의 성 말입니까?"

"에제키엘이 죽은 후 그 마법진을 감추려는 목적으로 피아 예모랑드 성이 세워졌다. 나르시냐크 가문이 대대로 성을 수호했지."

믿을 수 없는 우연 같기만 했다. 그러나 나는 에제키엘의 자손이었다. 아버지의 성(城)이 에제키엘의 성인 것은 당연한 일이 아닌가?

드래곤이 다시 고개를 번쩍 들었다. 희미한 소음이 멀리서 들려왔다. 나는 동굴 밖에 천둥이 치고 있는 것은 아닌가 생각했다.

"마지막으로 말한다."

나는 고개를 들었다. 무슨 까닭인지 이제는 드래곤이 그리 두렵지 않았다. 세상이 멸망할 거라는 이야기를 들었기 때문에? 그런 이유도 있지만 그뿐만은 아니다. 아니, 어쩌면 그것 때문이다. 나는 2백 년 전에 그 멸망을 막고자 노력했던 자의 자손이었고 내 목에 걸린 목걸이에는 그의 의지가 들어 있었다. 천재일수록 자기 목숨을 아깝게 여길 것 같은데 그는 어떻게 웃으면서, 미래를 믿고 자신의 생명을 내놓았을까?

에제키엘은 미래를 내다보았다고 했던가? 2백 년 후의 자손인 내가 언제 어디에서 태어날지, 심지어 이름까지 알고 있었다고 했나?

"너의 의견과 나의 의견은 다르다. 너는 인간이고 나는 드래곤이기 때문일 것이다. 또는 너는 소멸을 앞둔 종족이고, 나는 그 소멸을 지켜보고 다음 세상까지 살아갈 자이기 때문일지도 모르지. 그러나 드래곤에게도 균열의 영향은 있었다. 이 세상의 드래곤이 인간의 손가락으로 꼽을 수 있을 정도로 줄어든 것도 2백 년 전 균열의 탓이었다."

나는 이제 음악적으로까지 느껴지는 드래곤의 목소리를 들었다.

"어떤 어리석은 자의 의지에도 까닭이 있으며, 부당한 욕망에서 나온 것이 아니라면 가볍게 여길 수 없다. 너는 인간일 뿐 고대 이스나미르인이 아니며 드래곤도 아니다. 살아 있는 것들은 모두 자기 뜻대로 한다. 나도 마찬가지, 그리고 너도 마찬가지다."

허공에 떠 있던 니스로엘드의 심장이 스르르 내 눈앞에 와 멈췄다. 희게 빛나다 못해 머릿속까지 직격으로 꽂히는 듯한 빛이었다. 나는 눈을 감지 않고 그걸 바라보려 애썼다.

"더구나 네 욕망은 살고자 하는 하나뿐이다. 그것은 생명의 의무이며, 가장 깨끗한 욕망이라고도 할 수 있겠지. 드래곤의 지혜는 수명이 만든다. 고대 이스나미르인은 드래곤보다 오래 살았으니 그들의 지혜는 측량할 길이 없겠지. 그러나 오래 살 수 없는 너희는 너희의 길을 가야 할 것이다."

보석의 빛이 숨을 쉬듯 울렁거렸다. 나는 손을 내밀었다.

"나는 너희들이 성공하는 것도, 실패하는 것도 바라지 않는다."

손에 들어온 보석은 믿을 수 없을 정도로 차가웠다. 그러나 얼음과는 달리 녹지 않았다. 니스로엘드의 심장, 다시 말해 겨울의 심장이기 때문일지도 모른다.

"가라. 갈 길을 가라."

나는 아룬드나얀을 꺼내 들여다보았다. 작은 수면처럼 변한 마지막 보석의 자리에 또 다시 이해할 수 없는 풍경이 떠올랐다. 이상하게 재단된 옷을 입은 사람들이 오가고 있었다. 이상하게 생긴 탈것들이 달려갔다. 거리에는 알 수 없는 글자들이 수십 가지 색깔들로 쓰여 있었다. 하늘은 흐렸다. 사람들은 바쁘고 무심하며 우울해 보였다.

이게 혹시 우리 뒤에 온다는 후세의 모습인가?

"노력할 겁니다."

동시에 나는 나 자신에게 물었다. 왜 너는 노력하지?

그게…… 자신을 위해 할 수 있는 유일한 일이니까.

꼭두각시는 죽어 있으니 다시 죽을 일이 없지만, 생명인 나는 아니었다. 나는 감사해야 할지도 모른다. 무얼 위해 어떻게 노력해야 하는지 안다는 것을. 만약 우리가 실패한다면 수많은 생명이 영문도 모른 채 죽을 것이다. 나는 그들 중 하나일 수도 있었다. 그들도 나처럼 할 일을 안다면 결코 피하지는 않을 것이다. 생명의 본능인 생존을 사는 일을 외면할 사람이 있을까?

나는 그들 중 하나였다. 수많은 사람의 평범한 의지와 똑같은 의지가 내 안에 있었다. 내가 왜 선택되었든, 그 기회의 소중함을 모른다면 선택되지 않은 사람들 앞에서 얼굴을 들 수 없을 것이다.

나를 선택한 건 에제키엘도, 내 핏줄도 아니었다. 그건 균열의 힘이었다. 누군가는 균열과 맞서 싸워야 했다. 그게 누구였든, 그건 중요하지 않았다. 왜 나였는가는 중요하지 않았다. 중요한 건, 누군가는 해야 한다는 사실이었다.

다시 말하지만 나는 꼭두각시가 맞았다.

세상 모든 사람들의 의지를 대신하는 꼭두각시 말이다.

나는 처음으로 내 의지로 아룬드나얀의 마지막 자리를 막았다. 드디어 네 보석이 한 자리에 박혔다. 프랑드의 별, 세르네즈의 하늘, 모나드의 눈, 그리고 니스로엘드의 심장.

아룬드나얀은 완성되었다.

카라드-리테는 검고 붉었다.

휴화산이라고 했던가? 그런데 저 많은 봉우리 중 어디서 용암이 나왔던 거지? 그리고 그중 가장 높은 곳은 어딜까? 많은 것을 알고 가지만 정작 인간들이 산에 대해 알고 싶어 하는 것들은 전혀 알아내지 못했네.

"주아니, 앞으로 몸집이 큰 상대를 보면 겁이 난다는 말은 하지 마라. 다 거짓말이었지? 드래곤도 두려워하지 않는 로아에가 고작 목소리 큰 사람을 무서워한단 게 말이 되겠어?"

"이제 용자 로아에라고 불러야겠군."

"그, 그렇지만……."

주아니를 둘러싸고 이야기를 주고받는 것은 엘다렌과 미칼리스였다. 그러나 이런 때 앞장서서 지분거렸어야 할 나와 유리카는 아무 말도 없었다. 그녀와 나는 산을 다 내려오고도 서로에게 얻은 상처를 지우지 못했다.

"휴우, 겨우 나왔네. '드래곤의 이빨'이라더니 드래곤의 입속까지 들어갈 뻔했군."

미칼리스는 땀도 한 방울 흘리지 않은 주제에 그렇게 말하며 산을 돌아보았다. 아침빛에 싸인 산은 후광을 입은 듯 보였다. 안개 속에서 나타난다는 거인 요괴처럼 그렇게 빛의 고리를 이고 있었다.

돌이켜 보면 우린 드래곤과 밤새 이야기를 나눈 셈이었다. 내용이 뭐 즐거운 것도 아니었고, 긴장은 얼마나 했던지. 이제 와서 돌이켜보니 쓸데없이 뒷덜미가 서늘해지며 식은땀이 날 것 같다. 오르카, 라무아노드, 소르드, 레벤다드, 아르누이크 테아칸이라.

나중에 들은 바로 이 긴 이름들은 테아칸의 조상들의 이름이라고 했다. 일견 무한히 사는 것으로 보일 만큼 오래 사는 드래곤이지만, 자손의 수도 만만찮게 적어서 마치 한 가족처럼 조상의 이름을 모두 기억하고 있는 것이다. 그러니까 저 이름들을 모두 기억해 부르는 것은 굉장히 예의를 차린 셈이다. 간소하게 예의를 갖추려면 그중 가까운 조상의 이름까지만 부르면 된다.

그리고 보면 저 테아칸조차 몇 살인지 알 길이 없는데 맨 앞의 '오르카'라는 드래곤은 도대체 어느 시대의 드래곤이지?

참, 내 마음 속 '불굴의 용기' 님에게도 안부를 전해야겠다. 언제 스리슬쩍 왔다가 다시 가셨는지 몰라도 돌이켜보니 꽤 활약을 하신 것 같았어.

우리는 다시 히스 평야로 접어들었다. 올 때는 주아니를 찾아 미친 듯이 달리느라 둘러볼 틈이 없었던 탓인지 풍경이 생소한 것 같다. 꽤 그럴싸하게 황량한데. 넓기도 하고. 참, 여긴 드라니아라스 대평원의 일부지.

"드래곤은 저 산에서 계속 사나요?"

산을 나온 후 처음으로 입을 열며 미칼리스를 쳐다보았다. 그는 언제부터인가 가장 대답을 잘 해주는 동료가 되어 있었다.

"글쎄, 그건 드래곤 마음이지 내 마음이 아니잖아."

……물론 항상 쓸 만한 대답을 한다는 보장은 없었다. 나는 어깨를 으쓱거리며 중얼거렸다.

"드래곤처럼 날아서 갈 수 있다면 좋겠네요. 드래곤이 말한 그 샘에 갔다가, 드디어 하르마탄으로 떠나는 거군요?"

우리가 하르마탄으로 가기 전에 마지막으로 들를 곳은 아라스마드, 즉 '영혼의 샘'이라는 곳이었다. 아라스타니아 숲의 남쪽 자락에 있는데 긴 동굴을 통해 들어가야 한다고 들었다. 아르누이크 테아칸은 그 샘이 미칼리스에게 주는 선물이라고 말했다. 거기에 뭐가 있는지 궁금하긴 한데, 그 이야기가 나올 때 미칼리스의 표정을 보면 선뜻 묻기가 어려웠다.

유리카가 문득 고개를 들더니 중얼거렸다.

"라—메르이르는 어떻게 됐을까?"

주아니는 소의 행방을 설명해 줄 입장이 아니었다. 와이번에게 잡혀가는 내내 유리카의 가방 속에만 들어앉아 있었으니까. 처음 가방 밖으로 나왔을 때는 이미 테아키, 아니 아르누이크 테아칸의 은신처였다고 했다. 주아니 입장에서는 와이번이 퍼덕거리며 날아가느라 흔들리는 거나 테아키가 가방을 가져가느라 흔들리는 거나 매한가지였을 것이다.

"으음……."

지금 서로 말을 안 하고 있기도 하지만, 앞으로도 유리카에게 라—메르이르의 일은 이야기하지 않을 작정이었다. 드래곤이 한 입에 꿀꺽— 어쩌면 와이번까지 통째로—했다는 이야기가 그녀에게 좋은 인상을 줄 리 없었다. 자칫했다간 주아니까지 꿀꺽 했을지 모르고…… 으음, 어쨌든 나도 흠칫했던 이야기야. 그 말을 하던 테아키의 표정을 떠올려보면 말이야.

산을 내려오며 내가 마음속으로 가장 감사했던 일은 일전에 들판에서 미칼리스의 억지 주장으로 구워 먹었던 와이번 새끼가 기형이 아니었다는 점이었다. 사람고기를 먹었다면 죽고 싶어지지 않았을까.

나는 다시 미칼리스를 보았다.

"그런데 아르누이크 테아칸은 왜 테아키를 다른 사람인 것처럼 이야기하죠? 끝끝내 친구라고 하는 걸 보니 영 기분이 이상해서."

"그게 말이야, 나도 궁금하긴 한데 드래곤이 오래 살다 보니 좀 지루해서 장난을 하는 게 아닌가 싶어."

"……."

드래곤이 장난을 하다니, 전혀 달가운 상상이 못 되었다. 그런 건 강아지나 고양이들이 하는 걸로도 족한데.

엘다렌이 말을 받았다.

"어쩌면 산에서 파비안 너를 만난 것처럼 우연히 마주치는 사람들을 능숙하게 속이기 위해 두 가지 모습에 각각 익숙해지려 하다 보니, 저도 모르게 이중인격을 갖게 된 것은 아닐까 싶기도 하다."

"……이중인격 드래곤이라고요?"

갈수록 태산이었다. 아르누이크 테아칸은 우리와 헤어진 후 계속해서 인상을 망치고 있었다. 제발 멀리서 우리 얘기를 엿듣는 능력은 없었으면 좋겠다.

"하긴 그래. 파비안이 설명한 대로라면 누구나 테아키라는 사람을 보물 사냥꾼이라고 생각했을걸. 직업이니, 은신처니, 얘기들이 너무 그럴듯하잖아? 한두 해 연습한 실력이 아닐 것 같단 말이야."

"이상한 점이 없진 않았어요. 음…… 나는 그가 지나치게 동작이 크다고 생각했죠. 팔을 휘저을 때라든가……."

다시 생각해보면 그건 그렇게 몸집이 거대한 생물로서 당연한 일이었을 것 같았다. 그런 생물이 눈짓을 하거나 손끝을 까딱거린다고 해서 우리 같은 조그마한 생물들이 의미를 알아듣기는커녕 눈치나 챌 수 있을 것 같아? 그런 건 우리처럼 몸집이 비슷한 자들끼리 하는 거라고.

그럼 테아키가 고개를 돌리고 한쪽 눈으로만 살펴보던 것도 드래곤일 때의 버릇일까? 드래곤은 눈이 얼굴 양쪽에 달려 있잖아.

유리카는 우리가 나누는 이야기에 전혀 끼어들지 않았다. 혼자 앞장서서 걷고 있더니 문득 하늘을 가리켰다.

"저길 봐."

우리는 고개를 젖혔다.

"세상에……."

처음에는 하나의 점이었다.

잠시 후, 까마득히 높은 하늘에서 펄럭이는 날개가 보였다. 이어 기류를 타고 나는 새처럼 날개 끝을 펴고 비스듬하게 유영했다. 금빛 갑옷은 막 떠오른 태양빛에도 선명하게 번쩍였다. 어두운 동굴 속에서 보았을 때에는 비늘에 온갖 색깔이 섞여 있다고 생각했지만, 지금 보니 아르누이크 테아칸은 오직 순수한 금색과 녹색으로만 빛나고 있었다.

우리는 한동안 할 말을 잃고 그 모습을 바라보았다. 그건 허공을 가로지를 수 있는 가장 장엄한 생물의 모습이었다.

유리카가 중얼거렸다.

"어디로 가는 걸까."

상관없었다. 돌아보지만 않으면 되었다. 다시 와서 '어이, 빠뜨린 얘기가 있는데' 이러지만 않으면 대만족이었다.

"에제키엘과 한 약속을 지켰으니 가고 싶은 곳으로 떠나는 게 아닐까."

미칼리스는 갑주를 입은 생물이 금빛 점으로 변할 때까지 이마에 손차양을 대고 있더니 그렇게 말했다. 나는 그를 돌아보았다.

"그렇다면 테아칸은 니스로엘드의 심장을 지키느라 카라드−리테에 머물렀던 거군요?"

이윽고 금빛 점은 반짝, 하더니 사라져 버렸다. 어디로 갔을까. 어딘가에서 이번엔 어부 테아키나 사냥꾼 테아키, 아니면 탐험가 테아키 같은 모습으로 사람들 사이를 돌아다니려는 걸까.

드래곤이 자신의 둥지를 잘 떠나지 않는 것을 생각할 때, 아르누이크 테아칸은 나름대로 그들 종족의 '에프랑지아' 인 셈인지도 모르겠다.

12장.

11월 '점성술(Astrology)'

11월 '점성술(Astrology)'

점성술의 별 '피아 예모랑드'가 지배하는 아룬드. 가을의 시작답게 안온하면서
도 서늘한 날씨이다. 바람이 유난히 많이 부는 이때 대지는 수확, 또는 긴 잠을
준비한다. 그대는 스스로에게 얻은 해답을 하늘의 지도와 맞추어 보고 사람들을
위해 기록할 수 있으리라.

점성술은 예언의 다섯 분야, 즉 자연점술, 매개점술, 강령술, 꿈, 그리고 점성술
가운데 으뜸을 차지하는 학문으로 개인적 직관이나 예지에 의존하는 다른 분야
에 비해 고도로 분화, 구체화된 예언의 체계를 가지고 있다.

최초의 점성술사는 '푸른 로브'라는 이름으로 문헌에 나타나는 고대 이스나미
르인이며 그 전통은 이후 '헬 위스'로 시작되는 일련의 이름들로 이어졌다. 고
대 이스나미르의 '헬 위스 나르본', '헬 위스 카르모하드' 등은 모두 점성학의
대가이자 위대한 예언자였다. 이들은 존경의 의미로 '일곱 별자리의 예언자'라
고도 불렸는데 이는 현재에도 칭호로 이어져 오고 있다. 이 칭호를 받은 자들은
하늘에서 가장 중요한 일곱 별자리의 의미를 모두 꿰뚫었다는 의미로 일곱 별자

리가 새겨진 푸른 겉옷을 입는다.

점성술 아룬드는 한 해 중 가장 맑은 하늘을 볼 수 있어 별의 운행 또한 명확하게 보인다. 따라서 모든 천궁도는 점성술 아룬드의 하늘을 기초로 만든다. 이스나미르의 '예마드(맑은 샘)', 세르무즈의 '니그엘드(별의 아이)'와 같은 왕립 점성술 회의에 속한 점성술사들은 이 시기에 모여 한 해 내내 보았던 예지와 징조를 공유하고, 점성술 아룬드가 끝날 무렵 다가올 해에 대한 예언을 내어놓는다. 이러한 예언은 각 나라의 중대사를 결정할 때 중요하게 고려되며 특히 왕실의 혼인, 탄생, 계승 등과 밀접히 연관되어 있다.

"건너고 돌아보니 다리가 끊어지다"라는 경구가 보여주듯 미지의 세계로 나아간 후에는 결코 돌아올 수 없고, 운명을 극복하기 전에는 결코 휴식이 없음을 보여주는 때이다. 돌이킬 수 없는 결정을 내림, 고통스러운 후회, 거부할 수 없는 운명, 다른 사람이 준 임무를 수행함, 오래 헤어졌던 사람과의 재회, 잃어버리고 안타까워하던 것의 행방을 알게 됨, 이상을 위해 일상을 희생함, 미래를 내다보고 받아들임 등을 암시한다. 이 아룬드를 상징하는 빛깔은 점성술사들의 전통적인 옷 색깔인 파란색이다.

— 점성술사들이 달력에 적는 각 아룬드의 의미,

그중 열한 번째.

1. 추억과 전설의 샘

'영혼의 고향'이라고 불리는 숲 깊은 곳에는 죽은 자의 혼을 불러내는 샘이 있으니 이를 '영혼의 샘'이라고 부른다. 이 샘으로 들어가는 동굴에는 일 년 내내 짙은 안개가 걷히지 않는다. 숲 근방에 사는 자들은 모두 이 샘의 존재를 알고 있으며 샘에 다녀온 이도 쉽게 만날 수 있다.

그렇다면 어째서 마법사와 예언자, 또는 호기심 많은 자들이 이 샘을 찾아가 영혼을 불러내려 하지 않는가? 그것은 샘이 찾아온 자들의 소원을 모두 들어주지는 않는 까닭이다. 샘이 산 자의 소원을 받아들여 죽은 자를 불러내어 주는 것은 수십 년에 한 번, 샘에서 붉은 광채가 비쳐 하늘까지 닿는 때뿐이다. 한 번 영혼을 불러내고 나면 샘은 다시 빛을 잃고 수십 년간 빛나지 않는다.

이 샘의 빛은 가까이 사는 자들에게는 오히려 잘 보이지 않는다.

샘을 감싼 안개를 뚫고 동굴 천장의 구멍을 거쳐 뻗어 오른 빛의 기둥은 먼 곳, 특히 높은 산에서 굽어보는 자의 눈에 쉽게 띈다. 이 샘이 부른 영혼은 생전의 모습으로 나타나 불러낸 자와 대화를 나눌 수 있으나 다른 사람과는 대화할 수 없다. 오직 불러낸 사람의 마음과 연결되어 그자의 말만을 듣고 대답할 수 있을 뿐이다. 이를 통해 알 수 있듯 아라스마드는 어떤 영혼이든 불러내어 주지는 않는다. 왜냐하면 영혼 역시 부르는 사람의 소리에 응답할지 아닐지를 결정할 자유가 있기 때문이다. 다시 태어나지 못한 영혼은 오랫동안 목적 없이 방랑할 수밖에 없으므로 피로하고 고통스러운 상태이기 쉽다. 그러므로 산 자의 절실한 소원, 또는 생전에 맺어진 깊은 인연이 없다면 영혼은 쉽게 산 자의 부름에 응답하지 않는다.

— 류지 로 주하, 〈알려져 있지 않은 것들에 관한 알려진 이야기들〉
14장 '죽은 자와 대화한 자들'
3편 '아라스마드' 중에서

"안개가 상당하군."

"상당한 게 아니고 엄청난데요. 끔찍한데요. 살인적인데요."

이런 안개 속에서 발을 잘못 디뎌 넘어지거나 부러지거나 떨어지거나 긁히는 방법은 이루 헤아릴 수 없을 정도로 많았다. 죽는 법이라고 없으란 보장은 없지. 그러면 바로 살인 안개가 되는 거지 뭐.

앞서 가던 미칼리스가 말했다.

"이봐, 안개 같은 것한테 하는 말치고는 심하잖아."

안개는 드래곤과 달리 귀가 없을 테니 그런 걱정이라면 나는 완전히 안심이었다.

안개 속에서는 횃불도 별 도움이 되지 않았다. 우리 모두는 밧줄로 서로의 왼손을 엮은 채 걸어갔다. 발부리에 돌이라도 걸릴라치면 한꺼번에 비틀거리는 단점은 있었지만 이렇게라도 안 하면 한 명쯤 눈 깜빡할 새 잃어버릴지도 몰랐다. 맨 앞에 선 미칼리스는 나뭇가지를 하나 들고 앞을 휘휘 저어가며 걸었다. 엘프의 밝은 눈도 이런 데서는 별무신통인 모양이다.

가을이 온 숲은 고요와 거리가 멀었다. 발밑에서는 죽은 잎들이 버석거렸고, 가끔 머리 위로 떨어지는 잎도 앞이 안 보이는 우리에게는 깜짝 놀랄 거리였다. 갑자기 뚝 떨어지는 열매는 말할 것도 없었다. 우리 넷은 모두 한 번 이상씩 열매에 얻어맞고 깜짝 놀랐다. 비명은 내가 제일 크게 질렀고.

점성술 아룬드 4일. 가을의 첫 아룬드가 시작되었다.

"드래곤의 산도 떠났는데 새삼 괴물이 나타나거나 하지는 않겠지."

안개도 안개고, 손까지 묶고 있으니 괴물이 나온들 제대로 된 싸움이 될 리 없었다. 또다시 미칼리스가 대답했다.

"그렇게 믿는 수밖에."

한나절 넘게 이불 속 같은 안개를 헤치고 걸은 끝에 우리는 동굴 앞에 섰다. 사실 숨겨진 동굴이라고 할 순 없었다. 근처 마을에 사는 사람들은 우리가 찾는 샘을 다들 잘 알고 있어서 멋대로 여러 조언을 해주기도 했다. 그런데 희한하게도 샘이 빛나고 있다는 사실까지는 모르더란 말이야. 가까이 살면서 모르는 건 역시 안개 탓인가?

"안개는 고대 이스나미르 어로 뭐라고 부르죠?"

"이에."

미칼리스의 대답이 안개 속에서 들려왔다.

"그럼 '칼리엔 다 이에에' 쯤 되겠군요."

아라스탄에서 들었던 '섬의 바다'라는 이름을 응용해서 그렇게 말해봤지만 미칼리스는 고개를 저었다.

"'칼리엔 다 이에'. '안개'라는 말에는 복수형이 없어."

계속 미칼리스와 대화하는 건 그가 대답을 잘해서이기도 했지만, 유리카와의 대화가 완전히 끊어졌기 때문이기도 했다. 우리는 아직까지도 서로 말을 걸지 못했다. 아니, 적어도 나는 그랬다. 자존심 싸움을 하고 있는 것은 아니었다. 나는 이 상황을 어떻게 해야 좋을지 알 수가 없었다.

내 생각은 바뀌었을까? 내가 했던 말이 이젠 틀렸다고 생각하고 있나?

모르겠다.

동굴은 좁고 길었다. 안개는 동굴 속에서도 계속되었다. 이 안개가 전부 그 샘에서 피어나는 거라면 샘이 아니라 바다쯤은 되어야 하는 거 아닌가? 아라스탄 호수의 안개도 이 정도는 아니었는데.

앞장 선 미칼리스는 장애물이 있을 때마다 먼저 발견하고 우리에게 경고해 주었다. 그러나 깊이 들어갈수록 그는 점차 말수가 줄어들었고, 결국 한마디도 하지 않게 되었다. 나는 드래곤이 그에게 준다는 선물이 뭔지 몰랐기 때문에 그의 태도를 이해할 수가 없었다. 설마 샘을 통째로 준다는 말은 아닐 테고, 샘에 중요한 거라도 숨겨 놓았나? 그런데 왜 저렇게 우울해하지?

"아라스마드 샘에 가면 무슨 일이 일어나요?"

결국 엘다렌에게 물을 수밖에 없었다. 유리카한테 묻지도 못하고 미칼리스도 말을 안 하니 다른 도리가 없었다. 확실히 최악의 선택이었지만.

"가 보면 안다."

쯔읍, 저런 대답일 줄 알았지.

주아니가 내 웃옷 주머니에서 머리를 내밀고 귀를 기울이고 있다가 말했다.

"이상한 바람 소리가 들려."

"동굴인데 바람 소리가 나는 게 뭐가 이상해?"

내가 대꾸하자 주아니는 고개를 흔들었다.

"아냐. 이건 흔한 바람 소리랑은 뭔가 달라."

우리는 도중에 아무데나 주저앉아 식사를 했다. 식사는 근처 마을에서 만들어 온 도시락이었기 때문에 그럭저럭 먹을 만했다. 물주머니에 담아온 우유까지 있었다.

나는 둥근 빵을 베어 물다가 으깬 달걀과 감자를 섞은 것을 한 숟갈 뜬 채 멍하니 허공을 바라보는 유리카를 흘끔 보았다. 그녀는 나와 말하지 않게 되자 미칼리스나 엘다렌, 주아니와도 거의 이야기를 나누지 않았다. 필요한 말 한두 마디를 하는 것 말고는 하루 종일 목소리조차 들을 길이 없었다. 그런 날이면 동료들이 그녀에게 말을 좀 걸어 주었으면 하는 생각까지 했다.

유리카가 죽을지도 모른다고 생각하던 때의 간절한 기분이 때때로 떠오른다. 그때의 심정이었다면 지금처럼 그녀와 차가운 거리를 두고 지낼 수 있을까? 그때의 나와 지금의 나는 다른 나란 말인가?

"응, 알았다."

주아니가 불쑥 말하는 바람에 내 생각은 끊겼다. 주아니는 바닥에서 빵 부스러기를 들고 앉아 있다가 갑자기 발딱 일어나면서 나를 올려다봤다.

"뭘 알았다는 거야?"

"그 소리 말이야. 어디서 나는지 알았어."

"바람 소리?"

"응, 바람 소리긴 한데……."

언뜻 보니 미칼리스가 주아니를 보고 있었다. 그의 손에는 양상추 조각 조금뿐이었다.

"좁은 데서 갑자기 넓은 데로 불어나가는 소리야. 동굴 너머에 아주 넓은 데, 아마 천장이 하늘로 뚫린 곳이 있나봐."

"그래?"

소리로만 그런 것을 알아낸다는 것이 신기하긴 했지만 그저 그렇게만 대답했다. 다시 고개를 돌리는데 미칼리스의 얼굴이 한 번 더 눈에 들어왔다. 그는 피로한 미소를 짓고 있었다. 잊었던 씁쓸한 기억이 떠오른 것처럼.

엘다렌이 말했다.

"얼른 먹고 출발하는 편이 좋겠다."

이들과 오래 여행해 왔기에 나는 엘다렌이 무슨 생각을 하는지 알 듯했다. 그는 친구인 미칼리스를 위해 서두르고 있었다.

나는 내 몫을 다 먹었지만 유리카는 채 반도 먹지 못했다. 그녀는 못 다 먹은 음식을 엘다렌에게 넘겨주었다. 나는 우유를 마신 뒤 옆으로 돌렸다.

"늦게 간다고 사라지는 건 없어."

미칼리스가 상추 조각을 입가에서 떼면서 싱긋 웃었다. 이례적으로 보자기를 걷으며 식사한 자리를 치우고 있던 엘다렌이 대꾸했다.

"기다림은 고통스럽지. 충분히 길었으니 더 늦출 필요는 없다."

"기다리다니, 누가 말인가?"

"그렇게 애써 모르는 체 할 필요는 없다."

"자네도 그렇게 신경 쓸 필요는 없어."

"기다리는 사람은 지치지 않는 줄 아는가."

미칼리스는 대꾸 없이 잠시 잠자코 있었다. 손가락이 버릇처럼 머리 끝을 매만졌다. 한참 만에 뺨에 움푹 팬 자국을 남기며 입가가 벌어졌다. 그는 웃고 있었다. 그런데 그런 표정으로 웃는 미칼리스는 처음이었다.

"죽은 여자가 기다리지 않으면 또 어디로 간단 말인가."

뭐라고?

자조적인 웃음을 거둔 미칼리스는 일어났다. 엘다렌이 다시 말했지만 더 듣고 있지도 않았다. 실은 나도 듣지 못했다. 죽은 여자라니, 그럼 설마…….

"엘다렌, 샘에 가면 누가 있는 거죠?"

내가 물었지만 엘다렌은 대답하지 않았다. 배낭을 당겨 짊어졌을 뿐이었다.

"쓸데없는 감상."

유리카의 목소리가 차가웠다. 왜 저런 말을 하는 거지?

"미카의 생각은 알아. 가자. 가서 만나면 되잖아. 산 사람을 만나는 것도 아닌데 서두르고 말고가 어디 있어? 기다리고 말고가 어디 있느냐고."

제일 먼저 걸음을 떼어 놓은 것은 유리카였다. 그녀는 손이 묶여 있었기 때문에 잠시 발을 멈추었다. 그러나 오래 기다릴 필요는 없었다.

"가자."

동굴은 흰 입김을 뿜으며 우리를 기다리고 있었다.

이베카 민스치야.

연인이 돌아오기를 기다리다가 시든 꽃처럼 져버린 엘프 여인. 현명했다지만 결국 현명하지 못했던 여자.

바보 같은 걸까? 하지만 그런 판단은 누가 하는데?

온갖 생각이 맴돌았지만 입 밖에 내지는 못했다. 조금 전에 나는 아라스마드가 죽은 자를 불러내는 샘이라는 이야기를 들었다.

누구나, 언제나 죽은 자를 만날 수 있는 건 아니었다. 평소에는 다른 샘처럼 고인 물에 불과했다. 그러나 언제가 될지 모르는 어느 때, 붉은 빛이 솟아오르는 때, 그때만은 죽은 자와 산 자를 연결해 주는 거울이 되었다.

죽음과도 맞바꿀 만큼 간절한 기원이 없는 자의 소원은 들어 주지 않는다. 서로 간절히 만나고 싶어 하는 자들만이 만날 수 있다. 부르더라도, 영혼이 응답하지 않으면 그만이었다. 따라서 원한다고 고대의 영혼을 멋대로 불러낼 순 없었다. 만약 그럴 수 있었다면 이 샘은 고대의 지혜를 알고자 하는 자들로 몇 년이고 몇십 년이고 장사진을 이루었을 것이다.

아라스마드는 샘을 처음 방문한 한 명의 소원만을 들어 주었다. 그러고 나면 다시 빛을 잃고 평범한 샘으로 돌아간다. 언제 다시 빛이 나타날지는 아무도 예상할 수 없었다. 일생에 단 한 번만 영혼과 만날 수 있는 샘. 그 힘의 근원은 무엇일까? 정령의 힘 같은 것일까?

톡, 토독.

자욱하던 안개가 동굴 천장에 맺혀 미지근한 이슬로 변해 떨어졌다.

산 자와 죽은 자의 비밀을 감추려는 것처럼 샘은 두터운 커튼 속에 숨어 있었다.

죽은 자를 만나는 기분은 어떨까.

그렇게 생각하자 호수의 오리안느가 떠올랐다. 스스로를 옭아맨 저주 때문에 미쳐가고 있던 악령. 내가 만나본 혼은 그뿐이었던 것 같은데…… 아, 목 없는 기사도 쳐야 하나? 어쨌든 둘 다 끔찍한 기억일 뿐인데.

이스나에가 될 수 있는 생명은 무척 적기 때문에 이베카가 이스나에가 되었으리라는 짐작은 하기 힘들었다. 악령이 아니고 이스나에도 아니며 심지어 환생도 하지 않았을 때, 영혼은 고통스럽게 세상을 떠돌게 된다. 누구의 눈에도 띄지 못한 채, 누구와도 이야기하지 못하면서, 심지어 그렇게 떠도는 영혼끼리도 대화하지 못한 채…….

이베카는 환생을 하지 않았을까?

이미 환생해 버렸다면 만날 수 없는 게 아닐까?

그게 아니라면, 아라스마드의 빛은 다른 이름으로 환생한 영혼도 불러낼 수 있는 걸까?

동굴의 끝이 가까워졌다. 이윽고 발소리가 멎었다.

"저게 그 샘인가요?"

내 목소리는 동굴의 벽을 타고 허공으로, 하늘로 퍼져나갔다. 주아니의 말대로 머리 위는 탁 트인 하늘이었다. 발밑에서 내리막이 시작되어 커다란 대접처럼 패인 구덩이로 이어졌다. 그 가운데 붉은 빛이 나는 무엇인가가 고여 있었다. 나는 순간적으로 그게 핏물이 아닐까 의심했다.

샘에서 솟은 광채는 하늘까지 뻗는 기둥을 이루고 있었다. 동굴에 들어오기 전부터 보이지 않았던 것이 이상할 정도였다.

"어째서 이런 때에 깨어난 거지."

미칼리스가 중얼거렸지만 다른 사람이 아닌가 싶을 정도로 가라앉은 목소리였다. 늘 듣던 쾌활한 목소리는 간데없었다. 여태껏 그가 어떤 사람인지 전혀 몰랐던 기분이 들 정도였다.

미칼리스는 이윽고 다시 말했다.

"꼭 나일 필요는 없지."

엘다렌이 고개를 저었다. 잠시 침묵이 흘렀다.

아라스마드가 불러낼 수 있는 영혼은 하나뿐이다. 이미 샘을 본 우리는 앞으로 다시 아라스마드가 깨어나는 것을 본다 해도 소원을 빌 수 있는 기회는 없었다. 일생에 한 번, 샘을 처음 본 순간만 마법은 이루어질 수 있었다.

내 머릿속에 떠오르는 사람은…… 어머니였다.

무슨 말을 할 수 있을까. 사람의 마음을 비교할 수 있을까? 미칼리스가 이베카를 생각하는 마음과 내가 어머니를 생각하는 마음을?

있을 수 없는 일이다.

"누구에게나 보고 싶은 사람은 있어."

유리카의 목소리가 들렸다. 나는 생각했다. 그녀에게도 부모가 있겠지. 2백 년이 지났다고 해서 보고 싶은 마음이 약해지는 것은 아닐 거야. 더구나 2백 년이나 잠들었던 그녀의 기억 속에선 단 몇 달 전에 죽은 부모일 수도 있는데.

하지만 나는 유리카의 부모에 대해 들은 일이 없었다.

"하지만 난 미카가 이베카와의 약속을 지켰으면 해."

유리카가 경사를 내려가 샘으로 다가갔다. 샘가에 서자 흡사 온몸이 피에 물들기라도 한 것처럼 보였다. 그녀는 쪼그리고 앉아 샘물을 들여다보았지만 손을 대지는 않았다. 저 붉은 샘은 생사의 경계선이었다. 아라스마드는 산 자의 세상과 죽은 자의 세상 사이에서 빛나고 있었다.

"유리, 너도 보고 싶은 사람이 있다는 걸 알아."

미칼리스가 샘가로 다가가 유리카의 어깨에 손을 얹었다. 그의 얼굴은 처음으로 나이에 어울리는 모습으로 돌아간 듯했다. 그의 단단한 이마에, 흰 뺨에, 강건한 눈매에 어린 것은 7백 년 동안 지치고 피곤해진 자의 표정이었다.

동굴 위로 뚫린 하늘은 대조적으로 파랬다. 가을 하늘이었다. 점성술 아룬드는 일 년 중 가장 깨끗한 하늘을 볼 수 있는 때다.

유리카가 고개를 흔드는 것이 보였다. 그녀는 아무 말도 하지 않았지만 대답은 다른 곳에서 나왔다.

"너, 에즈가 보고 싶지?"

그 말을 듣는 순간 몸이 굳어지는 기분이 들었다.

우리를 여기까지 인도한 대마법사였다. 누구라도 만나고 싶어 했을 사람, 심지어 나조차도 바랐을지 모른다. 실제로 어린 시절의 꿈속에 몇 번인가 나타나곤 했으니까.

에제키엘을 만난다면 임무에 대해 더 많은 이야기를 들을 수 있을지도 모른다. 누구보다 좋은 조언을 해줄 테지. 생전에 미처 알려주지 못했던 것이 있을지도 몰라. 더구나 나는 나에 대해 그토록 잘 알고 있었다던 에제키엘에게 묻고 싶은 것이 많다. 그러니 현실적으로 생각한다면 만나서 가장 많은 것을 얻을 수 있는 사람은 그야.

그렇지만 그런 것과는 다른 무엇인가가 있었다.

"……."

유리카는 대꾸하지 않았다. 미칼리스도 말하지 않았다.

에즈, 에제키엘, 에제키엘 나르시냐크, 대마법사 에제키엘…… 그 이름이 내 주위를 휩싸고 도는 듯했다. 나는 생각했다. 아주 우스운 생각을. 나, 2백 년 전의 조상인 대마법사에게 질투를 느껴도 좋은 걸까.

아무리 생각해도 바보 같을 뿐이다.

유리카가 천천히 나를 돌아보았다. 나는 눈을 돌리려다가 가만히 있었다. 오랜만에 눈이 마주쳤다.

"나……."

무슨 말을 하려는 거지?

왜 나는 아직도 불안해하지? 시금껏 헤아릴 수 없는 말들로 약속했던 우리잖아. 그런데 왜 그 마음을 의심할까? 내가 바보라서? 의심밖에 할 줄 모르는 속 좁은 인간이어서?

"……에즈를 만날 필요 없어."

우리의 눈은 서로에게서 떨어지지 않았다. 참으로 이상한 상황에서 마음이 오가는 것이 느껴졌다.

"나에게는 에즈보다 중요한 사람이 있어. 그것도 내 곁에서 날마다 살아 숨쉬는……. 충분히 축복받은 거야. 하지만 미카에게는 한 명뿐이야. 다른 누군가는 있을 수 없으니까."

입술이 바짝 말랐다. 눈을 감고 그 자리에서 숨어버리고 싶었다.

"그러니까 이베카를 만나는 것이 옳아."

침묵이 흘렀다.

"유리의 말이 옳다."

엘다렌의 목소리가 울리고, 한참 후 미칼리스의 금빛 머리도 끄덕여졌다. 그의 얼굴에 다시 미소가 떠올랐다. 나는 예전에 유리카가 했던 말을 이해할 수 있을 것 같았다. 미칼리스에게 이베카의 이야기를 꺼내지 않는다면 그는 언제까지라도 쾌활하고 낙천적인 모습으로 있을 거라던.

그러나 지금의 당신도 자신다운 거야. 숨길 필요는 없어. 이 모든 감정을.

"미칼리스."

나는 샘을 향해 걸어갔다. 샘은 물결이 있는 것처럼 가볍게 일렁이고 있었다.

이제부터 하려는 말은 결코 쉽지 않은 이야기였다. 그러나 산 자들은 살아 있기 때문에 가장 소중할 수밖에 없어. 산 자는 산 자와 함께 살아간다. 죽은 자와 함께는 아니야.

"나 역시 가장 소중한 사람이 곁에 있기 때문에…… 어머니를 만나지 않아도 좋아요."

나는 두 사람 곁에 섰다. 그리고 유리카를 향해 손을 내밀었다.

"……."

손 하나를 끌어당겨 감싸 잡았다. 유리카는 미칼리스를 쳐다보더니 미소를 지었다.

"난 미카와 이베카의 결정을 몹시도 싫어했지."

나도 기억하고 있었다. 유리카가 하던 말들을.

"그런 식으로 사랑하는 연인은 주위 사람들까지 아프게 하는 거라고…… 원치 않는 희생은 할 필요가 없다고 생각했어. 바보 같았던 걸까? 어쩌면 나는 그런 희생이 내게 가져다준 선물을 느끼지 못했던 것 같아. 나는 깨닫지 못하는 사이에 당신의 선물을 받고 있었어. 그런 주제에 쓸데없이 투정하면서, 어린아이처럼……."

유리카는 고개를 흔들더니 웃었다.

"친구 자격이 없었지."

유리카가 말을 맺고 고개를 숙이자 엘다렌과 함께 있던 주아니도 입을 열었다.

"많이 늦긴 했지만 아주 늦진 않았잖아. 얼마나 다행이야."

엘다렌이 마지막으로 말했다

"거절하지 마라."

그래, 몇백 년이나 늦어버린 선물인걸. 거절할 시간 따위는 남아 있지 않아.

나는 유리카의 손을 잡고 몸을 돌려 동굴 입구가 있던 쪽으로 걸어 나왔다. 엘다렌도 뒤를 따랐다. 미칼리스는 아무 대답도 하지 않았다. 가만히 샘을 지켜볼 뿐이었다. 산 사람의 피처럼 빛나는 샘을.

동굴에 이르자 엘다렌은 아예 안쪽까지 가 버렸다. 아무 소리도 들리지 않는 곳으로 갈 작정인 듯했다.

"유리카."

동굴 구석에 나란히 앉았을 때 입을 열었다. 유리카의 눈이 나를 바라보았다. 무표정할 정도로 짙게 갠 녹색이었다.

"사람의 마음은 왜 이렇게 바보 같을까?"

저만치에서 조용한 목소리가 들려왔다. 미칼리스가 고대어를 말하는 것을 처음으로 들었다. 자신이 가진 수많은 능력들을 자랑한 일이 없는 그이기 때문인지 내가 알 수 없는 일을 하는 그가 조금은 낯설게 느껴졌다. 그러나 그는 고대로부터 온 전사였고, 그의 가라앉은 목소리는 저 이해할 수 없는 낯선 언어와 어울렸다.

"살아 있는 것은 무엇이든 다 바보야."

유리카의 말을 들으며 나는 생각했다. 네가 이베카를 바보라고 하던 생각이 난다. 켈라드리안 숲에서, 바보 같은 선택을 한 바보 같은 여자라고 했지.

"그러면…… 그런 바보가 저지르는 실수 같은 것은…… 용서받을 수도 있는 건가?"

유리카의 고개가 약간 기울어졌다. 나는 여전히 그녀의 오른손을 두 손으로 포개어 잡고 있었다. 손바닥에 약간 힘이 들어갔다.

"음…… 어떤 실수냐에 따라 다르지."

"그 바보가…… 나일 때는 어때?"

갑자기 붉은 광채가 동굴 입구를 폭죽처럼 찬란하게 비췄다. 딱 한 번, 그런 다음 모든 빛은 사라져 버렸다.

"내다보지 마."

그러나 내 시선은 저도 모르게 샘 쪽을 향했다. 미칼리스가 무릎을 꿇고 있는 것이 보였다. 그는 한참 동안 고개를 숙이고 있다가 마침내 들었다. 그 순간, 유리카가 고개를 끄덕이며 한 말이 들려왔다.

"그 용서해 주는 사람이 나라면……."

이럴 때면 나 자신이 미워지려 한다. 이런 유리카의 마음을 상하게 한 나를 꾸짖고 싶어진다.

베일을 쓴 듯한 공기, 허공을 뒤덮는 너울 속에서 긴 세월 유예된 이야기들이 침묵이 되어 흘렀다. 샘 속에 어렴풋한 갈색 그림자가 어리는 것이 보였다.

"예전에…… 네가 내 모습을 지켜주고 싶어서 2백 년 전의 비밀들을 처음부터 알려주지 않고 미뤘다고 했잖아?"

"응."

그때 나는 유리카나 엘다렌이 나를 어린애 취급하는 것 같다고 생각하며 기분 나빠했다. 역시 난 그들보다도 나 자신을 몰랐다. 그 말은 옳았다. 내가 이번에 저지른 일을 보면 뻔하지.

나는 그 비밀들을 견딜 준비가 되어있지 않았다. 그건 너무 무거워서 하나씩, 차례로 받아들여야 했던 거다.

"이제 무슨 뜻인지 알겠어."

유리카는 고개를 수그리더니 작게 미소 지었다. 잠시 후 나는 예전부터 꼭 묻고 싶었던 이야기가 생각났다.

"유리, 만약 선택할 수 있었다면 넌 이 세상으로 왔을까?"

일렁이는 불빛이 동굴 입구를 희미하게 물들였다. 동굴은 피리처럼 긴 바람 소리를 냈다. 샘가에서 오갈 이야기는 이곳까지 들려오지 않았다. 그들은 무슨 이야기를 나눌까? 나는 짐작할 수 없었다. 엘프는 인간보다 세월에 익숙한 종족이라고 알고 있지만 그렇다고 어제 만났다가 헤어진 것처럼 인사하고 안부를 물을 수 있을까? 아침은 먹었느냐고? 잠은 잘 잤냐고?

나라면…… 저런 상황에서 무슨 말을 했을까?

"비슷한 질문을 전에도 했던 것 같네."

유리카의 말대로 나는 융스크-리테의 지하에서 왜 이 세상으로 왔느냐고 물은 일이 있었다. 그때는 뭐라고 대답했지?

"그 세상에 별로 미련이 없어서…… 라고 내가 대답했었지?"

내가 고개를 끄덕이자 유리카는 조금 전의 미칼리스와 비슷한 미소를 지었다. 그리고 눈을 허공으로 돌렸다. 저도 모르게 그녀가 바라보는 쪽으로 시선이 따라갔다.

"미련은 별로 없었어. 2백 년 전에 내가 사랑했던 사람들은 엘다, 미카, 그리고 에즈…… 이들뿐이었으니까. 난 아버지의 얼굴을 몰라. 내가 태어나기도 전에 돌아가셨으니까. 어머니도 또렷한 기억은 없어. 나는 다섯 살 때부터 아스테리온 본당에 맡겨져 무녀들의 손에 키워졌거든. 수많은 할머니들한테 둘러싸여 컸다고나 할까."

유리카가 어깨를 움츠리며 웃었다. 나는 무녀들이라니 굉장히 까다로운 할머니들이 아니었을까 생각했다.

"아스테리온 본당의 무녀들은 견습이라 해도 열대여섯은 됐기 때문에 어린 나와 놀아줄 친구는 없었어. 고아나 다름없던 나를 무녀들이 받아들여준 것은 어머니도 아스테리온 무녀였기 때문이었지. 하지만 단지 받아들여줬을 뿐이었어. 그렇게 외롭게 자란 내 앞에 에즈가 나타났어."

"에제키엘은 너하고 몇 살 차이가 나지?"

"에즈는 내가 태어났을 때 이미 열일곱 살이었지."

유리카는 특이하게 대답하면서 빙긋 웃었다. 남매라고 하기에는 꽤 많은 차이였다.

"에제키엘이 왜 너를 찾아왔는데?"

"나도 처음엔 몰랐어. 그렇지만 고리타분한 할머니들과 깍쟁이 언니들 사이에서 빠져나갈 수만 있다면 어떤 생활이라도 상관없다고 생각했지. 너 기억하지? 내가 나이가 어린데도 이미 아스테리온의 고위 무녀였다는 얘기 말이야."

"응."

켈라드리인의 거인 호그돈은 악령의 노예들이 유리카에게 입힌 상처가 금방 낫는 것을 보고 '그건 고위 무녀만이 가능한 건데?'라고 말한 적이 있었다.

"그것 때문에 늘 시기를 받았어. 골탕도 많이 먹었고. 내 혈통에는 이상한 것이 섞여 있대. 그래서 어머니도 젊은 나이에 최고위 무녀가 되고서 더 배울 것이 없다며 멋대로 본당을 떠났다는 거야. 할머니 무녀들은 그 일을 기억하고 있었지. 그분들은 어머니를 좋아하지 않았어.

음…… 어머니가 미인이었다는 것도 한 몫 했나봐. 할머니 한 사람은 나만 보면 어머니 얘기를 들먹이면서 '예쁜 것들은 시집이나 가라'고 악담을 퍼부었거든."

"악담 치고는 좀 이상한 말이네."

"그게 사정이 있는 말이야. 아스테리온은 결혼을 할 수 있지만 실제로 결혼하는 무녀는 굉장히 적거든. 죽음의 무녀라는 이름은 두렵고 부담스러우니까. 상대 남자가 괜찮다고 한다 해도 주위 사람들의 눈은 무섭지. 편견을 뚫는다는 건 말로는 쉬워도 직접 하기는 어려운 거라서. 이렇다 보니 대부분 처녀로 늙게 되고, 결혼한 무녀는 가르침을 저버렸다는 소리를 듣게 돼. 어머니는 멋대로 떠난 데다 결혼도 하고 심지어 어린애를 본당에 떠맡기기까지 했다, 이런 식으로 욕을 먹고 있었던 거지. 처녀들이 대부분이다 보니 다들 어린애를 좋아하지도 않았고."

무녀들의 세계도 세상 사는 것과 별다르지 않은 모양이다. 유리카가 문득 웃더니 고개를 흔들며 말을 이었다.

"물론 살갑게 대해준 무녀들도 있었어. 안 그랬다면 그 많은 괴롭힘을 참지는 못했겠지. 에즈가 오기도 전에 뛰쳐나갔을지도 몰라. 다른 사람들의 노리개가 되는 일 따윈 사양이라 나중엔 나도 영악하게 처신했지만 말이야."

"응, 그 부분만은 아주 상상이 잘 간다."

"후훗……."

유리카가 웃더니 입구 쪽으로 몸을 기울였다. 나 역시 움직임을 멈추고 귀를 기울였다.

"......"

방해해선 안 된다고 생각하지만 솔직히 궁금하기도 했다. 호수의 오리안느와 목 없는 기사까지 만나고 보니 전처럼 죽은 자들에 대한 공포는 크지 않았다. 오히려 이야기로만 들어온 이베카가 어떤 모습일지 보고 싶었고, 어떤 목소리로 어떤 이야기를 할지 들어보고 싶었다. 이베카 시가 어떻게 되었는지도 알려주고 싶었다. 그리고 물어보고 싶었다.

기다리는 기분은 어떤 것이냐고.

"잘 알아들을 수가 없네."

유리카의 말대로였다. 소리는 약한 데다 자꾸 끊어졌다. 나는 무릎으로 기어서 밖을 내다보았다. 미칼리스의 뒷모습은 잘 보였다. 그는 이제 일어서 있었다. 그리고 희미한 빛, 긴 갈색 커튼 같은 것이 어른거렸다.

내가 다시 자리로 돌아오자 유리카가 말을 이었다.

"에즈는 내 어머니를 알고 있었어. 어머니와 아버지를 둘 다 잘 아는 마법사가 있었는데 그분이 바로 에즈의 스승이었대. 그분이 나를 그곳에 두지 말고 데리고 나오라고 했다더라. 아마 균열의 전조를 알고 있었나봐. 그걸 막기 위해 내가 필요하다는 것도. 나는 에즈를 따라 세상에 나와서 꼬마에서 소녀가 될 때까지 함께 많은 일을 겪었어. 항상 같이 있지는 못했지만, 주로 같이 있었지. 같이 다닌 지 이 년쯤인가 되던 해에 우린 남매를 맺었어. 나는…… 에즈의 하나뿐인 누이동생이야"

나는 대답하지 않았다. 그런 유리카를 좋아한다고 생각하면 역사에 개입하는 느낌이었다.

"에즈도 고아였거든."

유리카의 이야기는 이어졌다. 여덟 살 먹은 에제키엘을 제자로 삼아 자식처럼 키운 마법사와 그의 아내에 대해서. 몇 번인가 넘겼던 죽을 고비, 에제키엘과 떨어져 지냈던 시간들, 그리고 그의 결혼…….

"에제키엘에게 아내가 있었어?"

내가 약간 놀라면서 묻자, 유리카가 희미하게 웃더니 대답했다.

"에즈에게 자식이 없었다면 파비안 크리스차넨, 네가 어떻게 이 세상에 있을 수 있겠니?"

아, 맞다. 나는 그의 자손이었지.

"에즈의 아내와 나는 사이가 좋았어. 어려운 시절을 가로질러간 잠깐의 행복이었지. 2백 년 전 세상에서 가장 행복했던 때가 그들 부부와 함께 지내던 몇 년이었던 것 같아. 그렇지만 길지 않았어. 에즈가 예측하고 준비해 왔던 균열의 때가 다가왔고, 에즈와 나는 그녀를 떠날 수밖에 없었지……."

유리카는 동굴 천장을 바라보았다.

"물론 미카랑 엘다랑 함께 다니던 때도 재미있었어. 하지만 그때 우리에겐 무거운 임무가 있어서 마냥 가벼운 기분일 수만은 없었지. 미카와 엘다 모두 누구도 덜어줄 수 없는 자기만의 고통을 짊어진 이들이야. 각 종족의 왕이며 수장이던 그들이 멸망해가는 동족을 바라보며 얼마나 참담한 기분이었을까? 그러나 그들은 내색하지 않고 쾌활했어. 나는 그들이 내가 사랑할 사람들이라고 느꼈지……. 정착하지 못하고 늘 떠돌아다니며 한 번도 또래들과 어울려 본 일이 없는 아이, 그게 나야."

멀리서 대화가 끊길 듯 끊길 듯 들려왔다. 나는 그 속에서 미카의 목소리와 대조적인 엷은 음성을 구별해냈다. 나부끼는 버들잎처럼, 볕 속에서 흔들리는 여름 잎처럼 속삭이는 소리를.

"에즈의 스승은 내 역할을 잘 알고 있었어. 나는 한 시대의 가장 젊고 강한 아스테리온이었지. 2백 년 전에도 그랬고, 지금도 그래. 마찬가지로 이번에도 나는…… 균열을 막는 의식의 매개가 되어야 해."

"매개?"

놀라서 목소리가 커졌다.

"매개라니? 정확히 뭘 하는 거야? 위험한 건 아니야?"

"파비안."

유리카는 힘들게 웃었다.

"균열의 힘은 세상을 바꾸는 혼돈의 힘이야. 기존의 질서를 엎고 새 질서를 가져오기 위해 우리 같은 종족들의 생명을 앗아가지. 그 힘의 속성은 '죽음'인 아스테리온과 연결되어 있어."

그때 샘에 뭔가가 빠지는 소리가 나서 나는 흠칫 놀랐다. 그러나 내다보지 않고 계속 유리카를 보았다.

"그래서?"

"본래 세상 전체로 쏟아질 그 힘을 피아 예모랑드의 마법진이 한 곳으로 모으는 거야. 난 그 마법진 위에 서야 해. 마법진 속에서도 힘을 너라는 한 점에 집중시키기 위해서……. 나는 균열의 힘과 아룬드나얀의 주인인 너를 연결하는 역할을 하게 돼."

내가 궁금한 것은 하나뿐이었다.

"다치지는 않는 거야?"

유리카는 고개를 저었다. 눈빛이 불안하게 흔들렸다.

"나는 오히려 네가 걱정돼. 너는 아룬드나얀 자체야. 그 힘이 누군가를 죽인다면 가장 먼저는 너야. 나는 그저 뿌리와 열매를 연결하는 가지에 지나지 않아."

"그런…… 일이 일어날 수도 있는 거야?"

"아룬드나얀은 항상 새 생명을 요구해. 더 젊은 주인을 원하지. 다음 세대로 계승되지만, 결코 윗대로는 돌아가지 않아. 왜냐하면 그건 균열과 같은 속성의 힘이거든. 균열은 격변이고 새로운 세상을 위한 힘이지. 그래서 그 힘은 나이 어린 아스테리온인 나를 필요로 하고, 나이 어린 주인인 너를 필요로 하는 거야. 아룬드나얀은 2백 년 전에 시작되려던 균열을 유예시키고도 지금껏 건재했어. 온 세상의 마법, 엘프와 드워프의 재생력, 그리고 에제키엘의 힘과 생명까지 삼켰는데도. 그러니 이번에도 잘 될 거라고 생각해."

정말 잘 될 거라는 보장은 어디에도 없었다. 그러나 나는 유리카의 말을 믿는 것처럼 고개를 끄덕거렸다. 아르누이크 테아칸에게 말했듯 하는 데까지 해보는 수밖에. 다른 방법은 없어. 그리고 해보기 전에 미리 결과를 아는 방법도 없어.

유리카가 빙그레 웃더니 나를 바라봤다.

"내가 선택할 수 있다면 이리로 왔겠느냐고? 응. 난 왔을 거야. 미카와 엘다를 다시 만날 수 있는 곳으로. 그리고 지금은 그 이상으로 오길 잘했다고 생각해."

나는 고개를 끄덕거렸다. 고마웠다. 이리로 와 줘서. 그리고 그렇게 말해줘서.

잠시 후 유리카가 물었다.

"두렵지 않니?"

우리는 둘 다 대답하지 않았다. 그러나 우리가 끝을 향해 나란히 달려왔던 것처럼, 시작을 향해서도 함께 갈 것을 믿었다. 나는 내가 품었던 의심만큼이나 힘껏 유리카의 손을 쥐었다.

"응."

무엇에 대한 대답인지는 우리 둘 다 몰랐다.

갑자기 발소리가 울리더니 동굴 안쪽에서 엘다렌이 나왔다. 그는 앉아 있는 우리를 내려다보며 말했다.

"나가자. 끝났다."

그걸 어떻게 알았담?

우리는 일어나 한 조각 푸른 거울이 머리 위에서 빛나고 있는 땅으로 걸어 나갔다. 이제 샘은 더 이상 붉지 않았다. 하얗게 반짝이는 샘 앞에 미칼리스가 홀로 서 있었다.

돌아서 있어서 표정이 어떤지 볼 길이 없었다. 우리가 다가갔지만 미칼리스는 꼼짝도 하지 않았다. 유리카가 그를 불렀다.

"미카……."

미칼리스는 고개를 숙인 채 두 손으로 얼굴을 가렸다. 그런 그대로 한참이나 대답하지 않았다.

얼굴을 가린 손은 컸다. 그러나 그것으로도 감정을 모두 감출 수는 없었다. 비록 몸은 돌처럼 굳어져 있었지만 가슴만은 천천히 위아래로 물결치고 있었다.

미칼리스도 감정을 가졌고, 살아 있었다. 아무리 초연한 체 하려 해도 늘 그럴 수 있다면 그건 산 생명이 아냐. 마음이 흔들리지 않는다면 가파른 바위, 무심한 물, 변함없는 흙과 다를 것이 뭐가 있을까.

누구도 어깨에 손을 얹지도, 말을 걸지도 않았다. 저런 고통은 스스로의 위로 말고는 어떤 것도 덜어줄 수 없다.

거짓말처럼 하늘은 밝았다. 밤도 아닌 낮이었다. 샘은 닫혔고, 왔던 이도 없었던 것처럼 사라졌다. 그러나 명백한 증거가 눈앞에 있기에 그건 거짓이 아니었다. 어떤 감정에도 흔들리지 않던 미칼리스가 우리에게 얼굴을 보이지 않고 있으니까.

빛은 모든 눈을 깨끗이 씻고도 남도록 내렸다.

"다 끝났어. 이제 가는 거야."

아픔은 세상 곳곳에 남겨둘 수밖에 없어. 많은 것이 남아있어도 가야 할 이들은 나아간다.

우리는 다시 바다로, 이번에는 이스나미르의 바다로, 대륙만큼이나 큰 섬 하르마탄에서 기다리는 마지막 약속을 위해 간다.

2. 잊을 수 없는 마지막 항해

당신을 잊기 위해 많은 곳을 방랑했습니다.

대륙을 가로지르고 바다를 건넜습니다. 섬의 흙을 만졌고 숲의 이름을 들었습니다.

그러나 시간은 가슴속에 간직한 그대의 모습을 더욱 강하게, 잔인할 정도로 각인시켰을 뿐 내 방랑은 성공적이지 못했습니다.

우연히 바라본 구름은 그대의 모습을 하고 나를 굽어보았고, 지친 목을 축이려 다가든 우물 속에도 그대의 푸른 눈빛이 보였습니다. 그대는 어쩌면 세상의 모든 꽃과 바람, 향기와 속삭임 속에 빠짐없이 자리 잡고 있을 수 있었는지요.

그런 것들을 바라보는 내 입가엔 저도 모르게 미소가 어립니다.

짧은 행복 속에서 모든 것을 잊고서. 곧 깨닫고 떨쳐내려 해도 소용없었습니다. 자신에게 하는 거짓말 치고 좋은 결과를 가져오는 것은 별로 없다는 것을 나는 알고 있습니다.

무모한 여행은 성공하지 못했습니다. 그래서 이렇게 다시 그대 곁으로 돌아왔습니다.

그대가 내쫓는다면 이제는 문설주를 붙들고, 닫힌 울타리 앞에 무릎을 꿇고라도 쫓겨나지 않을 생각입니다. 그대의 신발을 품에 껴안고 아무 데도 가지 못하도록 할 겁니다. 다른 것을 보지 못하도록 그대의 눈이 가는 곳마다 맨발로라도 뒤쫓을 겁니다.

두렵지 않느냐고요? 네, 두렵습니다.

세상에 태어나 한 번도 이토록 심한 두려움에 사로잡혀 본 일이 없을 정도로, 그렇게 두렵습니다.

우리가 이 세상에서 맺어지지 못하고 다시 태어나 서로를 찾아 헤매야 할까봐, 이 묵은 짐을 그대가 덜어주지 않을까봐, 그것이 두렵습니다.

세상 사람들은 나를 여러 가지 이름으로 부르곤 합니다. 그러나 그대가 불러 줄 이름 하나면 다른 것은 모두 허물 벗듯 내버릴 겁니다.

내 힘과 진심을 다해서, 삶의 끝까지 그대를 사랑하겠습니다. 세상이 내일 멸망한다고 해도 내 관심사는 오직 그대의 사랑을 얻는 일뿐입니다.

나 에제키엘 나르시냐크, 그대의 노예로 삼아 주십시오.

— 기억 IX

"저 집이라니까요!"

단호한 목소리, 진실만을 말하는 부릅뜬 눈동자, 아니라고 했다간 한 대 때릴 것처럼 치켜든 손⋯⋯.

"아, 알았다니까요."

나는 고개를 대강 끄덕거린 다음 슬금슬금 물러나 아까 전까지 있던 어느 처마 그늘로 되돌아왔다. 거기엔 나와 생사고락을 같이했으며 시대를 뛰어넘어 세계를 구하기 위해 나타난 영웅적 동료들⋯⋯ 이 동네 꼬마들처럼 쭈그리고 앉아 나를 기다리고 있었다.

"어땠나?"

"그, 그러니까⋯⋯ 이번엔 저 집이라는데요."

"흐음."

"거긴 아까 가본 데잖아."

그들은 잠시 침묵했다. 아니, 분위기 있고 그럴싸한 침묵이 아니라 어이가 없어 입을 다물었다는 말이다. 나는 별수 없이 궁색하게 웅얼거렸다.

"나 때문이 아니라고요⋯⋯."

그렇다. 절대 나 때문이 아니다. 나는 길거리를 지나가고 있는 사람들을 불만스럽게 눈짓하며 뒤꽁무니를 시선으로 뒤쫓았다. 더 이상 물어볼 기운도 나지 않았다.

프론느 헤르미는 세상에서 가장 쉬운 일인 것처럼 제일 큰 저택으로 들어가 자기 이름을 대기만 하라고 했지만, 그녀가 고향을 비운 사이 도시가 엄청나게 발전을 했는지 도대체 어느 것이 제일 큰 저택인지 알아낼 길이 없었다. 여기는 달크로즈처럼 높은 곳에서 한눈에 내려다볼 수 있는 지형도 아니었다. 야트막한 평지에 다닥다닥 붙어 있는 집들 사이에서 우리는 우울한 고민에 빠졌다.

물론 우리는 온갖 사람을 붙들고 우리가 찾는 집을 설명했지만 그들은 하나같이 아무 의견도 없…… 는 것이 아니고 너무 의견이 풍부했다. 즉, 질문을 받은 사람들은 모두 자기가 가리킨 집이 바로 우리가 찾는 그 집임에 틀림없으며, 우리가 설명을 듣는 즉시 그 집으로 뛰어가지 않으면 몽둥이라도 들고 쫓아올 기세였던 것이다. 최근에 제일 큰 저택 뽑기 대회라도 했던 거야, 뭐야? 아니면 이 도시에는 일곱 개의 중대한 파벌이 있어서 자기 파벌의 집이 제일 커야만 하는 거라든가…….

아니 뭐, 전혀 예상 못한 일은 아니라고 해야 할지도 모른다. 따져보면 이 도시가 어떤 곳인지 약간의 사전 지식은 갖고 들어온 셈이니까. 유명한 별명을 붙여서 우리가 도착한 곳을 설명하자면 이렇다.

우리는 드디어 '거짓말쟁이 도시 룬서스'에 도착한 것이다.

이게 어디에서 나온 말이냐고? 바로 옆에 붙은 쌍둥이 도시 록서스가 아니면 어디겠어. 록서스 사람들의 말로는 룬서스에서 길을 물으면 열 중 여덟이 일부러 잘못 가르쳐 준다던데.

"이렇게 큰 도시가 되어버렸나?"

언젠가 룬서스에 와본 일이 있다는 미칼리스는 처음 들어설 때부터 눈이 휘둥그레져서 사방을 두리번거리고 있었다. 물론 그가 와 봤댔자 몇백 년이나 지난 얘기고, 세월도 그 정도면 어촌이 항구도시가 되는 거야 다반사겠지. 그러나 룬서스 사람들에게 2백 년 전의 엘프가 불쑥 나타나 돌아다니는 일은 다반사가 아니었다. 그의 엄청난 키, 여자들보다 화려한 금발, 장대한 활은 어디서나 관심을 끌었다.

"와 멋있다……."

장난감 활을—이런 의견은 누군가의 영향을 받은 것 같은데—든 소년 하나가 입을 벌리고 다가왔지만, 당사자인 미칼리스는 곤란한 표정을 지을 뿐 인간에게 쉽게 접근하지 않았다. 활로 말할 것 같으면 이제 나도 하나 갖고 있다만 옆의 활이 워낙 근사하다 보니 별로 눈에 띄지는 않고. 나는 머리를 긁으며 대책을 고심했다.

"이름으로 집을 찾을 만한 도시가 아니란 얘기쯤은 해줬어야지."

유리카는 이제 와서 소용없이 프론느 헤르미, 아니 이곳 이름으로 '헤르미 산토즈' 양을 원망하며 대강 그린 약도 위에서 또 하나의 저택을 지웠다. 우리가 룬서스 사람들의 친절한 거짓말 덕택에 구경해 본 저택은 그 사이 다섯 군데가 되었다. 참, 그중 세 번은 문 앞에서 쫓겨났다.

우리는 세르무즈에서 신세를 졌던 바르제 가문의 여주인 프론느 헤르미의 친정을 찾는 중이었다. 그녀가 전해 달라고 한 편지는 ㄱ 사이내 배낭 속에서 추격전과 혈투를 겪고, 왕궁에 초대받고, 미망의 호수를 건넜다가, 숲속의 결계를 거쳐 드래곤까지 만난 세상 최고의 모험을 겪은 편지가 되어 있었다.

일행은 푸른 처마 밑에서 슬금슬금 나왔다. 그리고 친절한 시민이 사라졌는지 살펴본 뒤 다음 골목으로 도망치듯이 들어갔다.

"점심이라도 먹을 테야?"

"싫어."

이 문답도 그 사이 세 번째다. 내 계산에 의하면 오랫동안 행방을 모르던 딸의 편지를 전해준 사람한테 가족들이 점심 한 끼 대접하지 않을 리 없었다. 그것도 아주 진수성찬일 거고, 잘만 하면 저녁까지 얻어먹을지 모르지. 그런 일이 예상되는데 돈을 들여 식사를 한다는 건 내 상식으로 있을 수 없는 일이라고.

비록 내가 아무런 설명도 하지 않았지만 유리카가 한심한 표정으로 나를 보더니 말했다.

"야, 이 갈데없는 천생 점원아, 넌 배고픈 것도 느낄 줄 모르니?"

하긴 벌써 점심보다 저녁 시간이 가까워져 간다. 나는 어물어물 대답했다.

"음, 그건 미칼리스에 대한 교육 차원에서……."

"교육? 무슨 교육?"

유리카는 먼저 눈썹을 치켜뜨더니 멋대로 해석해 버렸다.

"파비안 쟤가 미카한테 점원의 기본자세를 습득시켜주기 위해 이제부터 굶기 실습을 시킬 생각이래. 이참에 미카도 배고플 때 활 쏘는 법에 대한 강의나 시작해보지 그래? 어차피 굶는 김에 보복도 할 겸."

"응?"

미칼리스는 무슨 소리인지 이해하지 못했지만 나는 알아들었다. 우리 둘은 앞서 걷기 시작한 미칼리스와 엘다렌의 등 뒤에서 짓궂게 서로를 노려봤다.

골목을 빠져나온 우리는 마차 몇 대가 지나가기를 기다려 대로변을 따라 걷기 시작했다. 날씨는 좋았다. 편지를 전해주고 하르마탄 행 배를 띄우기에도 괜찮은 날씨일 게 틀림없었다. 첫가을에 나온 반짝거리는 과일들은 근사한 만찬 뒤에 따라올 후식에 대한 욕구를 부추겼다. 조금만 참자. 조금만 참아.

옅은 가을빛이 골목마다 가득했다. 몇몇 나무는 아직 늦여름의 푸른 잎을 머리 가득 이었지만, 첫 물이 들기 시작한 은행잎 끝에는 노란 물이 금방 차오를 듯 찰랑거렸다. 하늘은 푸르고, 바람은 불고, 해는 빛나고, 행인들은 제 갈 길을…… 어, 그런데 저 사람은, 아닌가, 아닌데, 잠깐, 어어!

"저기, 저, 자, 잠깐만요!"

내가 손을 내뻗으며 부르려다가, 이름을 몰랐던 탓에 아무렇게나 부른 여인은 내가 생각하던 사이 벌써 멀어져 골목에 접어들려는 참이었다. 길쭉한 빵을 담은 바구니에 붉은 체크무늬 보자기를 씌워 옆구리에 끼었고, 긴치마에 이 지방 특유의 머릿수건을 한…….

나는 동료들에게 설명할 틈도 없이 그 여자를 쫓아 뛰어갔다.

"잠깐만요! 그, 지, 앞에 가는 아가씨…… 아니, 아주머니, 아니 아가씨!"

순간적으로 계산한 결과였다. 여자들은 아가씨라고 부르는 걸 좋아한다던데. 아냐, 그러다가 자기를 부르는 것이 아니라고 생각할지도 몰라. 아냐, 저 여자가 프론느 헤르미와 비슷하다면 분명 아가씨라는 말에 반응할거야.

다행히 마지막 결론은 들어맞았다.

그러나 길거리의 십여 명이나 되는 여자들이 한꺼번에 나를 돌아볼 거란 점은 예상 못했다. 게다가 그들 모두가 다른 여자들을 보더니 자신을 부른 게 아닐 거라고 생각하고 도로 고개를 돌려버렸다. 물론 내가 부른 여자도.

"아, 아니, 저, 아가씨!"

결국 발로 따라잡는 수밖에 없었다. 마침내 쫓아가 어깨를 두드리자 돌아본 여자는……

"저 말인가요?"

기대 이상이었다.

나는 말문이 막혀 그녀를 빤히 바라보았다. 숨이 막히고, 입이 딱 벌어지고, 하려던 말까지 잊어버렸다. 참, 절세 미녀라도 만났느냐고? 그런 게 아냐!

"프론느 헤르미!"

여자는 프론느 헤르미와 똑같은 얼굴을 하고 있었다. 그 즈음 영문도 모르고 뛰어온 동료들이 숨을 몰아쉬며 도착했다.

"왜 갑자기 뛰는 거야? 설명을 하고 가야할 것……"

그렇게 말하려던 유리카도 여자의 얼굴을 보고 말문이 막혔다. 하지만 놀란 것은 우리만이 아니었다. 여자도 내 팔을 잡더니 외쳤다.

"당신, 헤르미를 아는군요? 그런데 잠깐, 프론느는 누구지?"

프론느 헤르미와 신기할 정도로 닮은 여자는 헤르미의 동생 헤르시홀른센이었다. 그런데 또 쌍둥이는 아니란다.

헤르시에게 자초지종을 설명하자 그녀는 헤르미와 똑같은 표정과 몸짓으로 '어머'를 연발하며 흥미진진하게 이야기를 들었다. 나는 속으로 징그러울 정도로 닮았다고 생각했다. 가무잡잡한 피부와 붉은 머리까지 말이다. 그러고 보면 아라디네도 헤르미만 쏙 빼닮았는데 저 집안 피에 뭔가 강력한 것이 들어 있을지도 모르겠는데.

우리는 헤르시를 따라간 결과 그렇게 헤매도 찾을 수 없었던 산토즈 저택에 드디어 도착했다. 그리고 헤르미가 이 집을 '가장 큰 저택'이라고 말했던 까닭도 알았다. 그건 집이 아니라 공회당이었다.

"여기가 집이에요?"

어이가 없어진 우리를 대표하여 유리카가 묻자, 헤르시는 대답 대신 공회당 안마당 한쪽을 가리켰다. 그곳에 아담한 집이 한 채 있었다.

"엄마!"

헤르시가 친정집 문을 향해 달려가는 동안 우리는 서로의 얼굴을 마주보았다. 미칼리스가 그나마 느긋하게 대꾸했다.

"뭐, 제일 큰 집으로 들어가란 설명이 아주 틀린 건 아니었군."

"그거야……."

물론 공회당은 한눈에 봐도 룬서스에서 가장 큰 건물이기는 했다. 그렇지만 공회당은 저택하고 다르잖아! 비록 공회당 치고 저택과 비슷하게 생기긴 했지만 저택은 저택이고 공회당은 공회당이지. 쳇.

"들어오세요!"

헤르미…… 아니, 헤르시가 집에서 고개를 내밀며 손짓했다. 내가 먼저 들어서자 크진 않았지만 아늑한 거실이 눈에 들어왔다. 오색 실로 짠 양탄자 위에 푹신한 겨자 색깔 의자가 빙 둘러 놓였고, 벽에는 로즈메리 잎으로 만든 리스(wreath)가 걸려 있었다. 야트막한 탁자에는 오렌지색, 초콜릿색, 아마색 천을 이어 붙인 조각보가 깔려 있었다.

의자에 할머니 한 분이 앉아 있는 것이 보였다. 무릎에는 짜다 만 뜨개질거리가 바늘까지 꽂힌 채 놓여 있었다.

"아…… 안녕하세요."

먼저 인사를 했지만 할머니는 아무 반응도 보이지 않았다. 우리를 보지도, 내 말을 듣지도 못한 것처럼 말이다. 우리가 우물쭈물하고 있는데 유리카가 주위를 둘러보더니 생긋 웃었다.

"할머니, 냄새가 아주 좋아요."

아침에 새로 내린 눈처럼 새하얀 할머니의 머리가 움직이더니 가까스로 끄덕여졌다. 천장 서까래 틈마다 말린 향초 다발이 매달려 있어서 거실 전체에 향긋한 냄새가 떠돌았다.

"게다가 아주 멋진 장식이네요."

유리카가 바라본 쪽은 자두색 햇살이 들어오는 창가였는데 흰 크레이프 커튼 위에 이상한 장식이 있었다. 하얗게 벗긴 나뭇가지 두 개를 가로로 매고, 그 밑에 얇게 잘라 말린 모과, 빨간 고추, 표고버섯 따위를 색실로 꿰어 매달아 놓았다. 모두 매달린 높이가 달라서 그럴듯한 벽걸이 모양이 되었다.

창가로 다가간 유리카가 모과 조각을 만졌다. 씨가 있던 자리에 물방울 모양의 구멍 다섯 개가 꽃잎처럼 동그랗게 나 있었다. 할머니가 고개를 돌려 유리카를 보더니 손짓으로 불렀다. 유리카가 다가가자 할머니는 치마에 찬 주머니에서 뭔가를 꺼내 손에 쥐어주었다.

손을 열어 보니 그건 천을 꿰매 만든 작은 인형이었다. 유리카가 눈을 동그랗게 뜨고 깜빡이자 헤르시가 웃음을 터뜨렸다.

"엄마도 참. 여자아이에게는 항상 인형을 주고 싶어 하시거든요. 자, 다들 앉으세요."

일종의 허락 과정이었는지도 모르겠다. 우리가 둘러앉는 동안 할머니는 우리를 바라보느라 하다가 놓아버린 뜨개질 거리가 무릎에서 흘러내리는 것도 몰랐다. 헤르시가 다가가 할머니의 뜨개질거리를 집어 탁자에 놓았다.

나는 할 말이 떠오르지 않아 편지부터 꺼내며 헤르시를 보았다.

"이분이 프론느 헤르미의 어머니신가요?"

"아까부터 프론느를 찾는데 그건 누구예요? 헤르미 언니가 프론느라는 사람하고 결혼했어요?"

나는 순간 폭소를 터뜨릴 뻔했지만 간신히 참았다.

"결혼은 했지만 그런 사람하고는 아니고…… 어쨌든 편지를 보시면 알아요."

편지에 자세한 얘기가 쓰여 있겠지 싶었다. 나는 기름 먹인 종이였는데도 얼룩지고 쭈글쭈글해진 봉투를 탁자에 놓고 할머니 쪽으로 밀었다. 할머니의 마른 손이 무릎에서 내려와 봉투를 집어 들었다. 밀랍 봉인을 뜯을 수나 있을까 싶을 정도로 맥없는 손짓이었다. 약간의 떨림 끝에 봉투가 열렸다.

"와아, 할머니! 향초 편지네요?"

유리카가 말한 대로 봉투에서 나온 것은 테두리에 말린 향초를 꼼꼼하게 붙인 편지였다. 그렇지 않아도 향기로운 거실에 새로운 향이 퍼졌다. 그제야 나는 내가 가져온 것이 이 집에서 태어난 아이가 보낸 편지라는 것을 실감했다.

저 편지를 간직하고 여기까지 오면서 한 번도 저런 편지일 것이라고는 생각하지 못했다. 프론느 헤르미는 우리가 오늘처럼 날씨 좋은 가을날, 향초로 지은 집에 들어와 이 편지를 전하리라는 것을 미리 알고 있었을까?

"헤르미 아주머니가 멋진 사람이라는 건 알고 있었지만 선견지명까지 있는 줄은 몰랐는데."

유리카가 내 생각을 읽기라도 한 것처럼 말하면서 할머니가 앉은 의자의 팔걸이에 기대어 앉았다. 그녀는 고개를 기울여 할머니와 함께 편지를 읽었다.

"아…… 아아, 그렇지……."

우리는 할머니와 유리카가 사이좋게 편지를 다 읽도록 기다렸다. 굳이 따지자면 유리카도 이백열여덟 살이나 먹은 할머니였다. 나는 편지 한 장에 기껏해야 얼마나 많은 얘기가 적혀 있을까 생각했다.

편지를 다 읽은 할머니가 고개를 들었다. 입술이 천천히 벌어졌을 때 나는 다시 한 번 놀랐다.

"우우우…… 응응…… 아아바바바……."

나는 당황해서 헤르시를 바라봤다. 그녀가 고개를 끄덕여 보였다.

"네. 어머니는 말씀을 못하세요. 선천적이시죠."

그제야 할머니가 아무 말도 하지 않았던 이유를 알게 되었다. 우리를 둘러보는 할머니의 눈이 물기로 반짝거렸다. 비록 말을 하지는 못했으나 한 명 한 명 바라보는 눈빛에 깊은 감사가 담겨 있었다. 그러자 정직한 미칼리스는 자신이 한 일은 아무것도 없다는 것을 알리기라도 하려는 것처럼 기침 소리를 냈다.

"으흠, 큼큼."

나는 궁금해졌다. 말을 못하는 어머니 밑에서 자란 헤르미가 어떻게 그렇게 명랑하고 수다스러울 수 있었을까? 헤르시도 헤르미와 비슷한 성격인 것 같은데.

"어머니가 여러분께 고맙다고 하세요. 그리고 헤르미가 잘 있어서 다행이라고 그러시네요."

할머니가 손짓 몇 번을 한 것만 갖고 헤르시는 금세 뜻을 알아들었다. 하긴 눈빛만 봐도 알 수 있을 것 같았지만.

"헤르미 언니는 어려서부터 여행을 좋아했어요. 아버지를 닮은 성격이지요. 언니와 내가 소녀들이었을 때는 부모님께서 우리를 데리고 이스나미르 이곳저곳을 여행 다니셨죠. 그러나 나는 정착해서 엄마처럼 집을 꾸미는 것을 더 좋아했어요. 언니가 대륙 곳곳을 여행 다니면서 살겠다고 했을 때 부모님께선 말리지 않았어요. 난 지금도 언니가 어딘가 신기한 곳을 탐험하고 있을 줄 알았어요. 그런데 언니도 드디어 결혼을 했군요."

"자매 두 분 뿐이세요?"

유리카가 묻자 헤르시는 고개를 저었다.

"아뇨. 오빠가 있는데 아버지의 일을 돕고 있어서 저녁때 함께 들어올 거예요. 아참, 저녁을 드시고 가세요. 아버지께서도 여러분을 꼭 보고 싶어 하실 거예요."

"무슨 일을 하시는데요?"

나는 저녁을 먹으란 말에 계산이 완전히 틀리진 않았다고 생각하며 물어봤다.

"공회당을 관리해요."

"네……."

역시 공회당을 대대로 관리해 온 집안이었구나. 그래서 헤르미는 룬서스에서 가장 큰 집을 찾으면 된다고 한 거였구나. 나는 헤매던 생각에 웃음이 나서 헤르시에게 말했다.

"헤르미 아주머니가 우리한테 수수께끼를 냈더군요. 저희는 여길 찾느라고 진땀을 뺐어요. 부인을 보지 못했다면 아직도 헤매고 있었을지도 몰라요."

헤르시의 얼굴에 묘한 빛이 떠올랐다. 저건 수수께끼의 내용을 듣겠다는 사람이 아니라 수수께끼를 낸 사람 같은 얼굴인데?

"언니가 뭐라고 했는데요?"

"어…… 룬서스에서 가장 큰 저택을 찾아 자기 이름을 대면 모두 알 거랬는데, 저는 저택이라고 하기에 당연히 공회당은 생각도 못하고……."

헤르시의 얼굴에 못 참겠다는 듯 미소가 번졌다. 그것조차 헤르미와 꼭 닮았다.

"푸후훗, 그건 언니가 낸 수수께끼가 아닌걸요."

"네?"

"반대예요. 우리 가족이 언니한테 수수께끼를 낸 셈이죠. 물론 본의는 아니었지만."

유리카가 불쑥 말했다.

"그럼 역시 저 공회당은 산토즈 가문의 저택이었던 거군요?"

"에엣?"

그리하여 우리가 헤맬 수밖에 없었던 사실이 밝혀졌다. 약 10년 전, 산토즈 가문은 이 큰 저택을 공회당으로 내놓고 앞마당 구석에 작은 집을 꾸며 살아가기 시작했다. 헤르미가 여기 살던 때는 물론 공회당이 아니고 산토즈 저택이었을 것이다.

"어머니는 예전부터 아담한 집을 갖는 것이 소원이셨어요. 큰 저택은 늘 부담스러워하셨죠. 아버지는 여행을 좋아하는 분이시라 그런 큰 집이 별 소용도 없었고요. 그래서 의미 있는 일에 집을 내놓기로 한 거예요. 물론 아버지께서도 나이가 드셔서 이제 여행은 못 다니시고 요즘은 공회당 관리에 재미를 붙이셨어요. 모르는 사람들이 아버지와 오빠를 보고 대대로 공회당을 관리해 온 집안이냐고 물으면 그렇게 재미있어 하실 수가 없어요."

방금 했던 생각이 떠올라 얼굴이 간지러워졌다. 하긴 볼수록 놀랄만한 집안이었다. 저만한 저택을 버리고 요렇게 작은 집에 산다는 게 쉬운 일일까? 물론 향초로 꾸민 집이 나쁘다는 건 아니지만, 큰 집에서 살던 부자들이 갑자기 작은 데서 살려면 좁고 불편할 텐데.

"어머니께선 말을 못하시다보니 손님이 오는 것을 별로 좋아하지 않으세요. 그렇지만 여러분은 반가운 소식을 가져온 분들이라 몹시 기뻐하고 계세요. 물론 저도 그렇고요. 언니 얘기를 좀 더 해주세요. 어디서 어떻게 살고 있나요? 남편은 어떤 사람이죠? 자식은 있나요?"

세상에, 정말 편지에 아무것도 안 써 놓았군.

편지를 읽은 유리카가 대답했다.

"헤르미 아주머니는 아주 재미있게 살고 있어요. 아까 쟤가 프론느 헤르미라고 불렀잖아요? 프론느는 세르무즈 사람들이 결혼한 여자한테 붙이는 경칭이거든요. 그러니까 헤르미 아주머니는 세르무즈 사람하고 결혼했단 얘기죠. 남편 되시는 포웬 바르제 씨는 온화하고 너그러운 분이시고 뭐, 지참금도 풍부한 셈이었어요. 딸만 해도 둘이나 있으셨거든요."

"아…… 네……."

유리카의 아무렇지도 않은 말을 헤르시가 어떻게 들었는지 모르겠다. 내가 옆에서 거들었다.

"헤르미 아주머니가 낳은 딸은 아라디네 바르제라고 하고요, 지금 앞에 계신 분의 얼굴을 꼭 닮았어요."

헤르시는 웃었다. 무슨 말인지 아는 모양이었다.

"언니와 저와 오빠, 그러니까 저희 집 삼남매도 세쌍둥이처럼 닮았답니다."

유리카가 덧붙였다.

"아라딘은 상냥하고 아주 좋은 소녀예요."

아, 그…… 물론 굉장히 좋은 소녀지.

그 뒤로도 유리카와 헤르시는 한참 동안 프론느 헤르미 이야기를 놓고 재잘거렸다. 내가 슬슬 두 여자의 수다를 멈추고 우리가 점심을 굶었다는 사실을 우회적으로라도 알려야겠다고 생각하는 순간이었다.

"아참, 저희는 아직 점심을 못 먹었거든요? 죄송하지만 저녁을 조금 일찍 먹으면 안 될까요?"

유리카가 너무 솔직하게 말해서 당황했지만 헤르시는 개의치 않았다.

"아아, 그러세요? 어쩌다가 지금까지 식사를 못하셨어요? 잠시만 기다리세요. 금방 차려 드릴게요."

"흠, 으흠."

나는 '어쩌다 식사를 못했느냐'는 말에 불편한 듯 기침을 했는데 그건 유리카가 코를 쳐들며 슬쩍 째려봤기 때문이기도 했다.

"아니, 우리가 일찍 들어올 줄 어떻게 알고 벌써 식탁을 차렸지?"

우리가 막 식사를 시작하려는 순간, 작은 집의 문이 열리며 사람들이 들어오는 소리가 들렸다. 헤르시가 얼른 일어나 밖으로 나갔다.

"아빠! 오늘은 어떻게 이렇게 일찍 오셨어요?"

"손님들이 찾아와서 일찌감치 나왔다. 그나저나 손님 상 좀 봐야겠는데."

"손님이요? 손님이라면 여기 와 계시는데?"

"여기도 손님이 오셨나?"

할머니의 남편이라면 할아버지일 텐데, '아빠'라고 불린 사람의 목소리는 젊은이처럼 활기가 넘쳤다. 그건 그렇고 산토즈 씨도 손님을 이끌고 들이닥친 모양이었다. 우리 일행은 몹시 배가 고팠지만 식사를 시작하지 못한 채 밖에서 들리는 소리에 귀를 기울였다.

"아아아바, 우부부…… 아아다다아……."

말 못하는 노부인이 우리더러 상관 말고 식사를 하라고 그런다는 건 알겠는데, 식당도 하나뿐이고 이런 상황에서 먹기만 하고 있을 수야 있겠어.

헤르시의 목소리가 들렸다.

"으응, 아빠. 헤르미 언니의 소식을 가지고 온 분들이 계세요."

"어허, 그래?"

이 집안은 수십 년 동안 편지 한 장 없던 딸의 소식이 왔다 해도 도무지 충격을 받는 법이 없었다. 본래 방랑자가 많은 집안이었던 건지도 모르겠다.

"지금 안에서 식사하고 계세요. 조금 기다렸다가 만나보세요."

"그러자. 나도 손님들에게 저녁을 대접해야 할 테니 잠깐 여기에서 기다리마."

헤르시가 다시 부엌으로 돌아왔다. 워낙 작은 집이라 밖에서 오가는 얘기가 다 들렸을 것을 알면서도 그녀는 상황을 설명해 주었다.

"우선 식사부터 하시고 아버지를 만나시는 게 좋겠어요. 아버지께서 모셔온 손님들이 좀 많은 듯하네요. 부엌은 워낙 좁아서 그분들은 거실로 모셔가야겠어요."

큰 집에서 살 때의 버릇이 남은 것인지 이 집 식구들은 손님 치르는 것에 익숙한 듯했다. 우리는 고개를 끄덕이고 다시 포크를 잡았다. 빵에 마멀레이드를 바르고 있는데 밖에서 산토즈 씨와 손님들의 목소리가 들렸다.

"집 나간 딸자식의 소식을 가져온 사람들이 또 있다는군. 20년도 넘게 소식 한 번 없더니 이게 웬일인지 모르겠소. 어쨌든 먼 길 오시느라 수고가 많으셨을 텐데 여기서라도 좀 쉬시구려."

"친절한 말씀이십니다. 갑작스런 방문인데도 이렇듯 환영해 주시니 저희로서는 감사할 따름입니다."

나는 포크를 든 손을 딱 멈췄다. 예전에 함께 지냈던 사람의 목소리였다. 그런데 어떻게 이곳에?

밖에서 계속 대화가 들려왔다.

"원 별말씀을. 이 집은 손님 대접하는 것을 낙으로 삼는다오. 찾아주시니 우리가 더 고맙소."

"따님을 찾아뵈었을 때처럼 참 편안한 집입니다."

"그거야말로 우리가 듣고 싶은 유일한 치하라오."

나는 식탁 건너편에서 고개를 든 엘다렌을 바라보았다. 그도 동작을 멈춘 채였다. 유리카도 마찬가지였다.

벙어리 노부인이 느릿느릿 식사하는 것을 돕고 있던 헤르시도 이상한 기색을 눈치챘는지 나를 쳐다보았다. 한차례 웃음소리가 나더니 산토즈 씨의 우렁우렁한 목소리가 들려왔다.

"그건 그렇고 세르무즈에서 여기까지 찾아올 만한 약속이라니 참으로 대단하오. 그것 하나만으로도 당신한테 감탄했소."

까닭을 알 리 없는 미칼리스가 우리를 둘러보더니 우물거리던 빵을 삼키고 한마디 했다.

"왜들 그래?"

대답할 겨를이 없었다. 문밖에서 다음 말이 들려오는 순간 엘다렌은 의자를 밀고 일어섰다. 손님의 목소리가 말했다.

"제가 원해서 한 약속이었으니 평생 지킬 생각입니다. 또한 저의 가장 명예로운 약속이기도 합니다."

나 역시 벌떡 일어섰다. 엘다렌은 이미 나가고 있었고 유리카도 뒤를 따랐다. 노부인과 헤르시는 까닭을 모른 채 놀란 눈으로 우리를 바라봤다. 거실로 나가자마자 나는 반가운 손님을 큰 소리로 불렀다.

"선장님!"

그 역시 반가움이 가득한 목소리로 대답했다.

"선주님들! 다시 뵙게 되어 정말 기쁩니다!"

고집스러운 얼굴, 다부진 입매와 날카로운 눈동자까지 몇 달 전과 똑같았다. 그러나 입가에는 함박웃음이 걸려 있었다. 푸른 굴조개호의 선장 아티유 지스카르트였다. 마치 어제 헤어졌다가 만난 것 같다. 선주님이라는 호칭까지 그대로였다. 이제 우리는 선주가 아닌데도 말이다. 그러나 그 호칭이 기분 좋은 추억을 떠올려 주었다.

나는 선장을 얼싸안다시피 했고 유리카도 반갑게 팔에 매달려 웃었다. 헤어졌던 것은 겨우 몇 달뿐이지만 다시는 못 만날 거라고 생각했기 때문인지 몇십 년 만에 만난 사람처럼 반가웠다. 그는 우리의 환영에 일일이 답례한 후 엘다렌 앞에 섰다. 엘다렌은 키가 큰 그를 올려다보았다.

"선주님, 이렇게 약속을 지키게 되어 기쁘기 한량없습니다."

아티유 선장은 기사들처럼 엘다렌 앞에 무릎을 꿇으며 인사했다. 그렇게 하자 엘다렌과 눈높이도 맞았다. 이어 둘은 손을 맞잡았다.

"반갑다."

엘다렌은 짧은 말밖에 하지 않았지만 오랫동안 함께 지낸 나는 그 목소리에 큰 기쁨이 담긴 것을 알 수 있었다. 그러고 보니 얼떨떨해진 이 집 가족들에게 상황 설명을 하는 걸 깜빡했다. 산토즈 씨가 먼저 말했다.

"지스카르트 씨, 당신이 찾던 사람들이 이들이었소? 약속을 지키기로 했다는?"

아티유 선장이 싱긋 웃으며 대답했다.

"네. 이분들이 바로 제 배의 선주님들이십니다."

'제 배'라는 말을 듣는 순간 나는 새로운, 그리고 동시에 즐거운 예싱이 떠오르는 것을 느끼며 외쳤다.

"푸른 굴조개가 여기에 와 있나요?"

아티유 선장이 고개를 끄덕였다.

"물론이지."

푸른 굴조개를 다시 보게 된다!

나와 유리카는 기쁨을 참지 못하고 손을 맞잡았다. 아티유 선장은 산토즈 씨에게 양해를 구하는 것처럼 고개를 숙여 보이고는 문 쪽으로 성큼성큼 걸어갔다.

"들어오게!"

선장이 문을 열고 외치자, 수십 명의 목소리가 한여름 햇살처럼 쏟아져 들어왔다. 함께했던 시간이 갑자기 되살아나 돌아온 것만 같았다. 길진 않지만 짧지도 않았던 헤어짐, 그 전에 우리는 여름을 앞둔 청명한 하늘을 함께 보았었다.

"선주님들, 다시 뵙게 되다니 꿈만 같습니다!"

"엘다렌 선주님, 여전하십니다! 저희를 봐서 기쁘시지요? 그렇죠?"

"파비안 님은 그동안 키도 자라신 것 같네요?"

"유리카 아가씨는 더 예뻐지시고요!"

"어이쿠, 집이 좁아서 다 들어갈 수가 있어야지!"

"이봐, 비켜! 나도 좀 들여다보자!"

수십 명의 선원들이 한꺼번에 들어오려고 머리를 내미는 바람에 문짝이 떨어져 나갈 지경이었다. 재빠르게 먼저 들어온 선원들은 우리를 둘러싼 채 저마다 질세라 손을 붙들고 흔들어댔고, 고개를 꾸벅 숙이고 어깨를 두드려 가며 수선을 피웠다.

이러고 있으니 이들과 헤어지던 바르제 저택으로 되돌아간 것만 같았다. 헤어지던 때도 비슷한 분위기였지. 바스케스, 데스덴, 훌스트, 델고린, 딤스빌…… 모두 반가운 얼굴들이었다.

갑작스런 소란에 산토즈 씨는 놀랐지만 곧 상황을 이해하고 빙그레 웃었다.

"이거 대단한 소란들인걸. 모두 공회당으로 가는 것이 어떤가. 전부

들어왔다간 이 집은 정말 무너질지도 모르네."

그 말이 옳다 싶어 엘다렌에게 나가자고 말하려는 순간이었다. 뒤통수를 치는 목소리가 있었다.

"유리카! 파비안! 이렇게 다시 만날 줄은 몰랐죠?"

나는 눈을 둥그렇게 뜨고 목소리의 주인공을 바라보았다. 유리카도 놀라서 벌린 입을 다물지 못했다.

"어떻게 여길?"

우리 앞에 나타난 사람은 블랑디네 바르제였다. 마르텔리조에서 본 여관 아가씨 이니에처럼 종아리까지 오는 짧은 바지에 이마에는 두건을 두르고 환하게 웃고 있었다. 건강하게 탄 얼굴빛이 영락없는 한 명의 선원이어서 옛날 바르제 저택에서 보던 모습은 찾아볼 길이 없었다.

"선원이 된 거예요?"

내 질문에 대한 대답은 다른 데서 나왔다. 블랑디네가 입을 열기도 전에 입구에 낀 채 와글거리고 있는 선원들의 틈을 간신히 뚫고 익숙한 금발 사내가 나타났다. 이번엔 유리카가 먼저 소리쳤다.

"스드라엘!"

잠깐 사이를 두고 유리카는 다시 한 번 외쳤다.

"두 사람, 결혼했군요!"

뭐, 뭐, 뭐야?

내가 뒤로 자빠지지 않은 건 순전히 유리카가 뒤에서 잡아 준 덕택이었다. 엘다렌마저 놀란 듯 로브 자락을 젖히며 한마디 했다.

"빠르군."

블랑디네는 엘다렌 앞으로 가더니 옷섶에 감춰져 있던 목걸이를 꺼냈다. 그리고 목걸이 추를 엘다렌에게 보여 주었다.

"선주님의 선물, 잘 간직하고 있어요."

밤톨만 한 사파이어가 파랗게 반짝거렸다. 나는 그게 무엇인지 즉시 깨달았다. 푸른 굴조개호가 출항하기 직전, 엘다렌이 나를 통해서 스트라엘에게 건네준 손수건에 들어 있던 것일 것이다.

"남편이 결혼 기념으로 제게 선물한 거예요. 선주님이 주신 물건을 함부로 처분할 수는 없다면서요. 우리 부부의 기념품으로 오래오래 간직하기로 했어요."

"……."

엘다렌은 결혼 비용에 보태라는 뜻에서 그걸 스트라엘에게 주었을 것이다. 젊은 항해사인 스트라엘이 많은 돈을 저축했을 리 없었다. 블랑디네는 부잣집 딸이었고, 그런 그녀와의 결혼식을 초라하게 치른다면 바르제 가문 사람들이 서운해 할 수도 있으니 말이다. 그러나 어찌된 셈인지 그 보석은 이렇게 남아 있었다.

스트라엘이 다가왔다. 그는 우리에게 미소를 보낸 다음 엘다렌 앞에 섰다.

"선주님, 반갑습니다. 그리고 고맙습니다."

둘 다 과묵한 편이라 긴 말은 오가지 않았다. 선원들도 잠시 떠드는 것을 멈추고 그들을 바라보았다. 이윽고 블랑디네가 생긋 웃더니 스트라엘에게 다가가 팔짱을 끼면서 말했다.

"우리 결혼을 제일 먼저 예견한 분이 엘다렌 선주님인걸요. 편지에

써 주신 말은 저도 읽어보았어요. 그리 이른 결혼 선물은 아니었답니다. 우리 결혼한 지 이제 두 달 되어요."

엘다렌의 얼굴에 오랜만에 뚜렷한 미소가 떠올랐다. 그는 말했다.

"사이는 좋겠지?"

엘다렌이 그런 말을 했다는 것에 놀라기도 전에, 블랑디네가 대꾸한 말이 주위 사람들을 나자빠지게 만들었다.

"그럼요! 이이가 얼마나 귀여운 사람이라고요! 전 결혼한 다음에 더 반해버렸어요!"

"……"

스트라엘은 당황해서 입술을 움찔거렸으나 블랑디네는 개의치 않고 아예 그의 목을 끌어안으며 뺨에 입을 맞췄다. 바르제 저택에서 프론느 헤르미가 만들어 준 호박 프리터스를 먹던 날 이래로, 스트라엘의 얼굴이 새빨갛게 된 것을 다시 보자 웃음이 터졌다.

"하하하하……."

놀라긴 했지만 더없이 행복해 보이는 모습을 보니 그 기분이 전염되는 느낌이었다. 나는 슬그머니 손을 내려 유리카의 손을 잡았다. 푸른 사파이어는 블랑디네의 가슴에서 그지없이 아름답게 반짝이고 있었다.

"공회당으로 갑시다!"

"할 얘기가 아주 많아요! 가서 우리 밤새껏 얘기해 봅시다!"

작은 집에 지진을 일으키며 들이닥쳤던 선원들이 저마다 외쳐대자 목소리가 파도처럼 거실을 채웠다. 우리도 할 이야기가 많았다. 그들과 헤어진 후에 겪었던 그 많은 일들을 전부 얘기할 수나 있을까?

아티유 선장과 엘다렌이 달밤에 나눈 이야기가 무엇인지도 알게 되었다. 하르마탄으로 가는 가장 중요한 항해를 함께 하겠다는 약속······ 아티유 선장은 그것을 기꺼이 지켰다. 자의로 한 약속이었고, 지킬 수 있다는 것을 명예롭게 생각했다.

아티유 지스카르트는 그런 사람이었다.

푸른 굴조개는 세르무즈보다 항해 기술이 앞선 이스나미르의 항구에서도 단연 돋보이는 배였다. 그 배가 룬서스 앞 바다에 둥실 뜬 모습을 보자 가슴이 부풀어 올랐다.

"다시 이 배를 타게 될 줄은 몰랐어."

유리카가 말했다. 내 생각도 마찬가지였다. 살아 있으면 언젠가 만나리라고 생각하긴 했지만 하르마탄으로 가는 항해를 이 배와 함께하게 될 줄이야.

그 상상할 수 없던 일을 만들어낸 사람은 내 친구였다. 이제는 이스나미르의 국왕이 되신 분 말이다.

"휴, 나르디 녀석."

국왕이 되고 나니 없는 곳에서 이렇게 부르는 것조차 좀 어색하다. 곁에서 빙그레 웃는 유리카는 작은 화분을 하나 안고 있었다. 레몬버베나를 길러 줄기를 둘로 나눈 다음, 끝을 가운데로 동그랗게 구부려 묶어 하트 모양을 만든 일종의 토피아리(topiary)였다. 말 못하는 할머니인 산토즈 부인의 선물이다.

하지만 화분의 주인은 유리카가 아니라 블랑디네였다. 손녀에게 준 결혼 선물이다. 생전 처음으로 외할머니를 만난 블랑디네도 기뻐했지만 노부인의 기쁨도 못지않았다. 비록 피는 한 방울도 이어지지 않았지만 마음도 잘 통해서 두 사람은 집을 떠나오는 순간까지 끊임없이 손짓과 입모양만으로 이야기를 주고받았다.

저 조그마한 식물이 바다를 건너 블랑디네의 집까지 무사히 돌아갈 수 있을까?

선원 하나가 외쳤다.

"곧 출항입니다!"

아티유 선장을 비롯한 푸른 굴조개호의 선원들은 모두 세르무즈 사람이었지만 룬서스 항구에 정박하는 데 아무런 문제도 없었다. 우리가 남긴 말 한마디만 믿고 간이 여행증을 발급받아 도보로 달크로즈까지 간 그들도 대단했지만, 나르디는 아예 푸른 굴조개호 자체에 국왕 명의로 통행증을 발급해 줬다고 한다. 달크로즈 거리를 헤매고 있는데 어느 날 들이닥친 병사들의 손에 이끌려 성으로 가고, 갑자기 국왕을 알현하라고 해서 첩자 혐의라도 받은 게 아닐까 떨고 있는데 국왕의 얼굴이 어쩐지 익숙하더라는 얘기다.

마르텔리조 선적의 배가 이스나미르 바다 전역을 자유롭게 다니게 된 것도 수백 년래 처음이라고 들었다. 덕택에 아티유 선장과 선원들은 세르무즈에 두고 왔던 푸른 굴조개호를 타고 동쪽 바다를 돌아 룬서스까지 와서 우리와 딱 마주친 것이다. 그런데 나르디 녀석은 어떻게 이렇게 날짜 조절을 잘했지? 혹시 우리가 마을에 들를 때마다 왕궁으로 보고서가 날아가고 있는 거 아냐?

"그 젊은이가 이스나미르의 국왕 폐하가 되어 계실 거라고 누가 생각이나 했겠어요?"

선창가에 선 우리에게 데스덴이 말을 붙였다. 나는 어설픈 웃음으로 대답을 대신했다. 그들이 내가 놀란 만큼 놀라려면 아직 멀었다.

나르디는 선원들 사이에서 평판이 좋았다. 먼저 그들을 찾아내어 성으로 불러들이고, 융숭한 대접과 더불어 관대하게 편의를 봐주기까지 했으니 말이다. 그들은 명성이 자자한 달크로즈를 구경한 감격을 숨김없이 이야기했고, 옥좌에서 자신들을 맞이한 나르디를 보고 충격을 받은 이야기는 매일같이 입에 달고 다니다시피 했다. 그때 선장님도 놀라 주저앉을 뻔 했어, 네 녀석은 아예 바닥에 납작 엎드렸으면서 뭘 그러냐, 등등.

"그만 타십쇼!"

뱃전에서 훌스트가 소리쳤다. 훌스트는 일전에 폭풍 속에서 다리를 다쳐 꼼짝도 못 하던 그를 선실로 옮겨준 일로 나르디를 생명의 은인으로 생각하고 있어서, 그가 이스나미르의 국왕이라는 사실에 가장 많이 놀랐던 사람이었다. 그는 이런 이야기도 했다.

"세상에, 일국의 태자가 폭풍우가 치는데 그렇게 몸을 던질 수 있단 말요? 아를로이 공 같으면 갑판에 가만히 서 있기만 하라고 해도 하나, 둘, 셋 세는 동안 나가떨어졌을 거요. 암, 틀림없고말고. 엘라비다가 상상 이상으로 대단한 데가 있단 말요."

세르무즈의 태자인 아를로이 공이 마브릴 족에게 평가가 안 좋다는 것은 알고 있었지만 이 정도인 줄은 몰랐는걸.

"네! 올라갑니다!"

이윽고 뱃전에서 내려다본 룬서스는 과자들을 늘어놓은 모양으로 변해 있었다. 아티유 선장이 다가와 어깨에 손을 얹었다.

"역시 이 배가 가장 믿을 만하지 않은가?"

바다에서 다른 배를 타본 일은 없지만 나는 웃으며 대답했다.

"물론이죠. 푸른 굴조개가 아니면 바다에 나갈 엄두도 못 내겠어요."

푸른 굴조개호의 돛대에는 깃발이 둘 달려 있었다. 하나는 마르텔리조 선적을 표시하는 녹색 바탕의 깃발이었고, 다른 하나는 이스나미르 왕가와의 우호를 상징하는 푸르고 흰 깃발이었다. 두 깃발은 아침 항해를 축복하는 바람을 맞아 시원스럽게 나부꼈다.

"하르마탄까지는 긴 항해가 될 거야. 쉬운 항해라는 보장은 없네."

나는 어깨를 으쓱했다.

"적어도 시즈카는 없을 것 아닙니까?"

"하하, 그건 그렇지."

미칼리스가 저만치에서 걸어왔다. 예전에 엘다렌이 선주면 우리도 선주 일행이었던 것처럼, 아티유 선장은 미칼리스 역시 당연하게 선주 일행으로 대접했다. 그러나 직접 한 일도 생색낼 줄 모르는 미칼리스는 아무 까닭 없이 얻게 된 호칭을 곤혹스럽게 여기는 눈치였다.

아티유 선장도 작은 키는 아니었지만 미칼리스는 그보다 머리 하나는 더 컸다. 배 안의 모든 사람들은 이 금발 엘프와 말이라도 한마디 나누려면 고개를 한껏 쳐드는 수고를 감수해야 했다. 이번에도 마찬가지였다.

"항해는 해보셨습니까?"

아티유 선장이 정중하게 묻자 미칼리스는 선생 앞에 선 학생처럼 계면쩍어했다. 이럴 때 보면 미칼리스는 순박한 데가 있었다.

"아…… 네, 조금은요."

"다행입니다."

뱃사람은 항해에 있어서 바다 위에서의 경험만을 중시하기 때문에 노련한 전사의 풍모를 지닌 미칼리스라 하더라도 배에 탄 이상 관리해야 할 일반인일 뿐이었다.

아티유 선장은 미칼리스가 엘프라는 사실을 몰랐다. 아니, 엘다렌이 드워프라는 것을 알고 있으니 조금쯤은 짐작했을지도 모른다. 하지만 그는 우리가 말하지 않는 한 먼저 캐물으려 하지 않았다.

선장이 출항을 명령하기 위해 자리를 떠나자 미칼리스는 우리와 나란히 뱃전에 서면서 말했다.

"책임감이 강한 사람 같군."

"강한 정도가 아니죠."

"그래. 그런 것 같은데."

출항을 알리는 익숙한 목소리가 울리고 선원들이 바쁘게 뛰어 다니기 시작했다. 이 모든 것이 신기하기만 하던 때도 있었는데. 익숙한 배를 다시 탈 수 있도록 배려한 나르디가 얼마나 고마운지 모르겠다.

미칼리스가 말했다.

"움직이는데."

"그러네요."

배는 서서히 항구를 빠져나갔다. 멀어지는 도시를 바라보다가 시선을 바다로 돌렸다. 하르마탄까지의 항해는 일전에 롱봐르 만을 가로지르던 항해보다 훨씬 길 터였다. 동쪽 바다에는 섬조차 거의 없다. 그러나 나는 잘 쳐다보면 하르마탄이 보이기라도 할 것처럼 다가오는 먼 바다를 계속 지켜보았다.

"드디어 마지막 항해네."

유리카가 피식 웃으며 대꾸했다.

"그럼 하르마탄에서 임무를 마치면 거기서부터 첫 번째 항해를 해서 돌아오는 거야?"

"글쎄. 그럴지도 모르겠지만."

나는 고개를 갸웃대며 잠시 생각하다가 말을 이었다.

"왠지 잊을 수 없는 항해가 될 것 같다는 느낌이 들거든. 임무가 끝나가서 그런가?"

"많은 사람을 다시 만난 이유도 있겠지."

그러나 그뿐이 아니었다. 요즈음 자꾸 이상한 기분이 솟아났다. 전에 유리카가 말했던 '예지'라는 것이 점차 뚜렷하게 자리를 잡는 것 같다. 다가올 일을 예언할 정도는 아니었지만 예전 같으면 어렴풋한 느낌으로 넘겼을 법한 것들에 확신이 커졌다. 특히 아룬드나얀이 완성된 후로 증폭된 느낌이었다.

평범하던 내게 이런 능력이 생기는 건 역시 아룬드나얀의 힘일까? 그렇다면 임무가 끝나고 나면 다시 사라져버릴까?

아니면 유리카가 말해준 것처럼 대마법사 에제키엘의 보석이었던 '니스로엘드의 심장'이 그와의 연결을 끊고 내 것이 되었기 때문인지도 모른다. 그렇다면 나는 이 시대에 태어난 사람이면서 2백 년 전에서 온 사람도 되는 셈일까?

"오늘도 흐리구나."

항해를 시작하고 줄곧 날씨는 흐렸으나 비나 폭풍은 몰아치지 않았다. 매일 이 정도의 바람, 이 정도의 습기였다.

해질녘인데도 태양의 흔적은 어디에도 없었다. 장막처럼 펼쳐진 잿빛 하늘이 손에 잡힐 듯 가까울 뿐이었다. 회색과 보랏빛이 기이하게 휘몰아치는 하늘을 유리카는 오랫동안 올려다보았다.

"혹시 비가 올 것 같아요?"

등 뒤에 와서 선 미칼리스에게 묻자 그는 고개를 저었다. 날씨만은 미칼리스에게 묻는 것이 가장 정확했다.

미칼리스는 이어 허리를 굽히더니 유리카가 든 화분에 코를 대고 향초 냄새를 들이마셨다. 블랑디네는 겉모습만 선원이 아니라 실제로 선원 못지않은 일을 하고 있어서 화분을 돌볼 틈이 없었다. 그래서 유리카가 가끔 들고 나와 볕을 쪼이곤 했다.

미칼리스는 우리가 멋대로 '향초 할머니'라고 부르고 있는 산토즈 부인이 뒤꼍에 기른 향초들을 좋아했다. 할머니는 미칼리스가 엘프라는 사실을 알고는 떠나기 전에 특별히 고른 향초를 모아 넣은 주머니를 주었다. 항해하는 동안은 나무도 풀도 보지 못할 테니 마음을 써준 것이다. 우리가 아티유 선장 일행을 만나 거실에서 소란을 떨고 있을 때

식탁에 남아 있던 할머니와 미칼리스는 향초에 대해 고견을 나눴던 모양이었다. 물론 말로 한 건 아니었겠지만. 그런데 이상하게도 할머니는 엘프를 만났다는 것을 조금도 놀랍게 생각하는 것 같지 않았다.

"동쪽 바다는 예로부터 친절한 바다로 알려져 있지."

미칼리스뿐 아니라 아티유 선장도 그렇게 말했다. 넓은 바다나 롱봐르 만 일대에 비해, 그리고 가장 사납다고 알려진 하르마탄 서안의 바다에 비해 동쪽 바다는 확실히 고요했다. 악명 높은 폭풍이나 해류도 없었고, 한겨울을 제외하면 동풍이 주로 불어서 북쪽으로 가든 남쪽으로 가든 역풍을 만날 일도 거의 없다고 했다.

"엘다렌이 아티유 선장님한테 우리 임무에 대해 말해주겠다고 하더군요."

내가 말하자 유리카와 미칼리스가 동시에 고개를 끄덕였다. 이만한 신의는 어떤 식으로든 보답 받을 만했다. 미칼리스가 말했다.

"받았다면, 줄 수 있는 것을 주는 편이 좋아. 파비안 너는 받은 만큼 주는 편이 아닌 것 같지만. 아무래도 네가 선생으로서 부족하거나 불성실한 것 같아."

처음에 소질을 보였던 대로 내 활솜씨는 눈에 띄게 발전하고 있었다. 이러다가 검술은 접고 궁사로 나서는 편이 낫지 않을까 싶을 정도다. 반면 지금껏 죽어라 강의한 내 소견으로는 엘프한테 물건 값 깎는 법 따위를 가르친다는 것 자체가 불가능하지 않나 싶다. 엘프가 무한히 정직하다거나 선(善) 그 자체라거나 하는 따위 내 오래된 공상들은 빗나갔지만, 인간의 오래된 술수를 배우는 데 열등생인 것만은 분명했다.

엘프의 사고방식은 인간과는 좀 다른 재료로 만들어져 있는 모양이다.

그러나 같은 이유로 미칼리스는 자신이 열등생이라는 사실도 납득하지 못했다. 그가 한참이나 불만스럽게 웅얼거렸으므로 나는 눈을 가늘게 뜨며 그를 보았다.

"당신 사실은 천재였군요? 뭘 배웠다 하면 다 잘하는 게 일상이었던 거죠? 그러니 이런 상황에 적응을 못하지."

유리카가 말을 받았다.

"아냐. 인간한테 뭘 배울 땐 항상 그래. 혹시 이베카가 저번에 만났을 때 얘기해주지 않았어? 에즈한테 잘 배웠다면 연인한테 그렇게밖에 못했을까."

"……."

유리카는 아라스마드를 떠난 후로 미칼리스 앞에서 이베카 이야기를 종종 꺼내 우리를 당황시켰다. 예전과 정반대가 된 태도였다. 나한테 이베카의 이름도 꺼내지 말라고 하던 게 누구였더라.

심지어 아라스마드를 떠나자마자 '이베카가 뭐라고 하더냐'고 질문을 퍼붓기까지 했다. 우리가 미칼리스에게 들을 수 있었던 대답은 하나뿐이었다.

"계속 기다리겠다더군."

미칼리스가 죽을 때까지 기다리겠다는 뜻일까?

아니면 자신이 다시 태어날 때까지 기다리겠단 뜻일까?

그도 아니면 다음 세상에서 만날 때까지 기다리겠단 뜻일까?

어느 쪽이든 긴 세월을 견뎌야 하는 것만은 틀림없었다. 두 사람 사이에 가로놓인 것은 생사(生死)만이 아니라 세월이기도 했다.

점성술 아룬드도 중반으로 접어들었다. 오늘은 11일이었다. 하르마탄까지 아티유 선장이 계산한 항해 일수는 보름 이상이다. 순풍만 받아 간다면 며칠쯤 앞당길 수도 있겠지만 그런 행운만 바라긴 힘든 것이 항해라는 것도 알고 있었다.

미칼리스가 평소처럼 배가 바다에 남긴 물결 자국을 구경하러 고물 쪽으로 가자 유리카가 말했다.

"잠깐 얘기나 할래?"

지금까지도 얘기하고 있었는데 굳이 그렇게 말하는 이유를 몰라 얼굴만 쳐다봤다. 유리카는 내 반응은 아랑곳 않고 주 돛대 꼭대기를 손가락질했다.

"올라가자."

나는 잠시 머뭇거렸지만 유리카는 곧장 갑판을 가로질러 돛대 앞으로 다가가더니 늘어진 밧줄을 잡았다.

"안 오니?"

하긴 반대할 이유 따윈 없었다. 유리카가 웃었나.

"데스덴이 와서 보기 전에 빨리 와. 나도 소원 좀 풀자."

유리카는 겁내는 기색 없이 손쉽게 첫 번째 활대까지 올라갔다. 머리카락이 칼날처럼 허공을 가르며 날았다. 이진즈 강을 여행하던 시절부터 장루에 올라가 보기를 소원하던 유리카가 떠올라 나는 피식 웃음을 머금었다. 하긴 데스덴이 나타나면 또 귀찮은 소동을 빚을지도 모른다.

나는 내가 죄를 짓기라도 한 것처럼 주위를 둘러본 다음 후다닥 돛대 앞으로 갔다. 유리카는 어느새 꽤 높이 올라가 있었다.

그런데 따지고 보면 둘 다 죄지은 것은 전혀 없는데?

드넓은 바다에 수많은 바람이 몰아쳤다.

음, 말하고 보니 좀 그렇네. 바람을 숫자로 헤아릴 수 있는 건가? 그렇지만 그냥 한 개라고 부르기엔 너무 많은 것 같아서. 특히 이런 곳의 바람은.

"아, 소원 풀었다."

유리카는 바람 때문에 머리카락을 가눌 수가 없어서 어깨 안쪽으로 훑어 모아 왼손에 감았다. 그녀는 와이번에게 배낭을 빼앗기면서 머리끈이며 잔–이슬로즈 공주가 준 진주조개 머리빗, 심지어 아르나에서 가져온 빗까지 전부 잃어버려서 머리를 묶을 만한 것이 없었다.

"기분 좋아?"

"응. 그렇지만 저 밑에 데스덴이 보이지 않나 잘 살펴봐."

푸훗. 나는 웃으면서도 갑판을 꼼꼼히 둘러보고 고개를 흔들었다. 유리카가 고개를 끄덕이더니 말했다.

"나타나면 잽싸게 숨어야지."

사실 꼭 숨어야 할 이유는 없었다. 그러나 유리카는 재미로 그러는 것처럼 싱긋 웃을 뿐이었다.

우리는 얼마간 말없이 장루에 올라온 기분을 즐겼다. 날이 흐려서인지 동쪽 바다의 물빛은 롱봐르 만보다 어두운 듯했다. 바다와 하늘이 닿는 곳은 구름들로 두텁게 가려져 있었다.

유리카가 입을 열었다.

"이 세상은 또 다른 세상하고 연결되어 있대. 여기하고 전혀 다르게 생기고 다른 사람들이 사는 세상 말이야. 그런데 통하는 문이 막혀 있어서 갈 수 없는 것뿐이래."

"그게 어딘데?"

"그야 아무도 모르지. 거긴 우리가 갈 수 없는 곳이거든."

"죽은 사람들이 가는 곳인가?"

유리카는 고개를 흔들었다. 손에서 머리 몇 가닥이 빠져나와 긴 곡선을 그렸다.

"그런 데 말고. 서로 오갈 수 없을 뿐이지 여기처럼 사람들이 사는 세상이래. 우리와 똑같이 미워하거나 사랑하고, 먹을 것과 입을 것을 걱정하는 그런 세상 말이야."

"이상한 얘기구나."

내가 고개를 갸웃거리자 유리카도 고개를 끄덕였다.

"응, 이상한 얘기야."

"그런 이야기를 어디서 들었어?"

"어렸을 때. 내가 열 살 때 돌아가신 아스테리온 대무녀께서 그런 얘기를 해 주셨어. 그분은 나를 데리고 다니며 이런 저런 얘기를 해 주는 것을 좋아하셨거든."

"좋은 분이셨어?"

"응. 나를 아껴준 몇 안 되는 분들 중 하나지."

"그럼 그 세상으로 갈 방법은 없대? 혹시 넓은 바다를 건너면 있는 건가?"

"글쎄. 그런 말씀은 안 해주셨지만 그런 식으로 갈 수 있는 데라면 굳이 다른 세상이라고 할 필요가 없지 않았을까?"

하긴 그런 것도 같다. 그렇지만 아무리 좋은 배로도 넓은 바다를 건너는 건 불가능하잖아. 그러니까 그 너머가 다른 세상이라고 할 수도 있는 거지 뭐.

"그럼 그곳 사람들은 뭘 하며 사는데?"

"그게 말이지……."

유리카는 자꾸만 흘러나오는 머리를 정리하는 걸 포기했다. 손을 놓아버리자 머리카락이 살아 있는 것처럼 한꺼번에 사방으로 흩날렸다. 나는 머리카락이 눈을 찌를 것 같아서 몸을 젖혔다.

"그렇게 놔두니까 꼭 마녀 같다, 너."

"후훗, 그래?"

장루에서는 바람이 자는 법이 없었다. 바람이 얼굴 쪽으로 불자 유리카는 머리카락이 뒤로 날리도록 잠시 내버려두었다. 얼굴을 때리는 바람은 살갗을 찢을 것처럼 세찼다.

"대무녀께서도 잘 모른다고 하셨지만, 특별한 마법으로 그 세상을 들여다봤다는 사람들이 말하기를 그곳 사람들이 입은 옷도, 먹는 음식도, 사는 집도 어떻게 만들었는지, 왜 저렇게 만들었는지 알 수가 없었대. 도시처럼 보였지만 풀도 나무도 없고, 그렇다고 사막이나 황무지도 아니고 말이야. 가장 많은 건 색칠된 돌로 만든 높다란 집들이었다나.

그런데 내가 이 이야기를 하는 이유는……."

유리카가 두 손으로 뺨을 감싸 쥐고 몇 번 비비더니 말했다.

"네가 아룬드나얀에 보석을 넣을 때 보았다는 이상한 풍경 때문이야."

나는 눈을 껌뻑거리다가 한마디 했다.

"거기가…… 거기라고?"

유리카가 고개를 끄덕였다가 다시 저었다.

"확신할 순 없겠지. 그렇지만 네가 니스로엘드의 심장을 넣으면서 보았다던 영상…… 그게 대무녀께서 해주신 이야기하고 비슷하게 느껴지더라고. 흐린 회색 세상이더라는 말이 똑같았거든."

"으음……."

나는 옷 위로 손을 얹어서 아룬드나얀을 만져 보았다. 네 개의 보석이 단단히 자리 잡은 것이 느껴졌다.

"그럼 혹시 아룬드나얀은 그 세계에서 온 걸까?"

"아룬드나얀은 고대 이스나미르인의 물건이잖아. 고대 이스나미르인들이 그들 시대에 찾아왔던 균열을 막기 위해 타로핀에 특수한 힘, 마법이 아닌 다른 힘을 불어넣어 아룬드나얀을 만들었다고 들었어. 그걸 네 개의 보석이 박힌 목걸이로 변화시켜 이번 세상에 찾아온 균열을 막는 데 사용하려 한 것이 에제키엘이고."

"그러고 보면 고대 이스나미르인은 균열에 순응했잖아. 그런데 왜 아룬드나얀을 만들었을까?"

"글쎄, 만들어 놓고 나중에 생각이 바뀐 건지도 모르지 뭐. 사실 순응했다는 것 자체도 우리로선 이해하기 힘들지. 에즈는 고대 이스나미르인이 영혼을 발달시킨 나머지 너무 자연의 섭리에 가까워졌던 거라고 말했어."

"순응한 결과 고대 이스나미르인들은 다 죽었을까?"

"아마도. 그렇지만 어딘가 다른 곳으로 갔을지도 모르지. 우린 그들의 능력을 짐작할 수 없으니까."

"그렇다면 혹시 고대 이스나미르인은 본래 그 이상한 세상에서 왔던 게 아닐까? 여기서 살다가 균열이 오자 도로 그리로 되돌아간 거고, 이 목걸이로 우리에게 저들의 메시지를 전하려고……."

유리카가 싱긋 웃었다.

"알 수 없는 일이지. 그냥 그렇다는 것일 뿐이야. 그렇지만 꽤 재미있는 생각이긴 하네."

이야기는 잠시 끊겼다. 등을 대고 돌아선 우리는 서로에게 보이지 않는 풍경을 바라보았다. 보라색 구름 덩어리가 괴물처럼 뭉쳐지는 중이었다. 비구름일까? 폭풍이라도 올지 모른다.

나는 불쑥 말했다.

"우리…… 하르마탄에 가서 아무 일 없을까?"

유리카는 대답하는 대신 수평선을 가리키더니 말했다.

"날씨가 이상해졌어."

"뭐라고?"

"저길 봐."

나는 유리카가 가리키는 쪽을 바라보았지만 희끄무레한 구름이 잔

뚝 쌓여 있을 뿐 별다른 것을 찾지 못했다. 그녀가 말했다.

"겨울이 다가오는 바다야. 겨울 바다의 일기지."

"겨울 바다라고?"

"난 2백 년 전에 동쪽 바다를 항해해 본 일이 있어."

나는 다시 유리카와 나란히 섰다. 해 지는 방향으로 볼 때 저쪽은 남쪽일 것이다.

"아르누이크 테아칸이 말했지. 상텔로즈가 황폐해지고 있다고. 내가 태어난 달크로이츠 영지도, 엘다렌의 고향인 스조렌 산맥도 마찬가지라고. 게다가 계절은 빨라지고 있고."

"2백 년 전에도 그랬어?"

유리카가 천천히, 그러나 깊게 고개를 끄덕였다.

"2백 년 전에 균열을 유예시키는 의식을 행하려던 때는 방랑자 아룬드였는데 이미 겨울이었어. 환영주 아룬드의 마지막 며칠 동안 첫눈을 보기까지 했지. 하루 밤 하루 낮 동안 무릎이 빠질 정도로 함박눈이 내렸어. 내가 여섯 살 꼬마였다면 강아지처럼 뛰어다니며 기뻐했을 텐데."

"……."

온몸이 추워지는 느낌이 들었다. 나는 부르르 몸을 떨면서 다시 수평선 너머를 바라보았다.

"그때 동쪽 바다도 이런 일기였어. 가을이 없어져 버렸어. 가을을 뛰어넘어 곧장 겨울이 올 거야."

보이지 않는 사이에 해가 졌는지 사방이 점차 어두워졌다.

"조금만 더 여기 있자. 너한테 보여줄 것이 있어."

해가 져 버리자 대기는 급속도로 차가워졌다. 구름 속에 숨어 있었어도 해는 해였다. 유리카도 곧 입술을 떨기 시작했다.

"여긴 밤에 있기엔 너무 추워. 네 말대로 겨울이 오고 있다면 더 그렇지."

"그렇지만 꼭 보여줘야 할 것이 있어."

잠시 더 시간이 흘렀다. 나는 말없이 떨고 있는 유리카의 어깨를 감싸 주었다. 너무나 가벼웠다. 어떻게 날려가지 않을까. 이 바람 속에서. 이 검은 바다 위에서.

"아무것도 보이지 않는데."

그렇게 중얼거렸지만 갑판에는 횃불이 몇 개인가 켜져 있어 배가 있다는 사실을 상기시켜 주었다. 그렇지 않았다면 나는 하늘을 가로질러 날고 있는 것처럼 느꼈을지도 모르겠다. 좁은 장루 안에서 그녀와 나, 둘이 날아가고 있다고.

어디로?

"저길 봐."

유리카의 손가락 끝에 별이 달려 있었다. 차디차게 빛나는 별들이 반짝이는 빗방울처럼 흔들렸다.

흐린 하늘이라 별이 많지 않았는데 유리카가 가리킨 곳만은 구멍이 뚫린 것처럼 검게 개어 있었다. 김 서린 거울의 한 부분만 닦아 놓은 것처럼 말이다. 검은 거울 조각 속에서 별 몇 개가 강한 광채를 뿌렸다.

"저기가 어떤 별자리인지 알겠어?"

"저기라면…… 열린 문 자리 아냐?"

그렇게 대답하며 다시 유리카가 가리킨 별무리를 보았다. 별들은 파르스름하게 빛났고, 점점 많아졌다. 구름이 걷힐수록 더 많은 별이 솟아났다.

나는 눈을 깜빡거렸다. 잘못 보았나 했다. 열린 문 자리에는 본래 저렇게 많은 별이 없었다. 별자리가 다른 모양으로 변해버렸다.

"저게…… 다 어떻게 된 거야?"

대답하는 유리카의 목소리에 두려움이 있었다.

"별이 태어나고 있어. 어쩌면 열린 문을 통해 이쪽으로 들어오고 있는 것일지도 모르겠다는 생각도 들어. 저 밖의 다른 세상에서 말야. 이 세상 밖의 것들이 갈라진 문을 넘어 들어오고 있어."

대답할 말이 떠오르지 않았다. 나는 잠자코 귀를 기울이기만 했다.

"나도 저걸 발견한 지 얼마 안 됐어. 2백 년 전에는 이런 일이 없었는데, 별이 변하다니……. 긴 세월 어떤 것보다 변치 않는 것이 별들인데. 어째서 저토록 많은 별이 갑자기 생겨나는 걸까?"

유리카가 나를 바라보았다. 눈동자 속에 검은 하늘이 한 조각 들어 있었다.

"아무리 좋은 포도주라고 해도 서로 다른 두 포도주를 섞어버리면 맛을 버리게 돼. 똑같이 살아 있다고는 하지만 괴물의 피가 인간의 피를 대신할 순 없어. 두 가지 아름다운 음악이 있다고 해도 동시에 연주하는 것을 들으면 소음일 뿐이야."

"그래서?"

"두 세상은 섞여선 안 돼."

나는 얼어붙은 유리카의 손을 당겨 감싸 쥐었다. 봄의 초록빛이 든 눈을 들여다보았다. 시시각각 겨울로 뒤덮여가는 세상 속에서 저 눈빛 같은 봄을 다시 만날 수 있을까?

"어쩌면 균열이란 두 세상의 경계가 흐트러지는 것을 말하는지도 몰라. 두 세상 사이에 생긴 틈, 균열."

유리카의 말을 듣는 순간 예지가 머릿속을 스쳐갔다. 무엇이었는지는 잘 모르겠다. 무엇에 대한 것이었는지도 모르겠다. 뭔가 알 것만 같은, 그러나 결국 기억할 수 없는 짧은 빛이 머릿속의 어둠을 반짝 비추고 사라졌다.

그건 마치 결계에 대해 유리카가 설명하던 것처럼, 눈에는 보이지 않지만 실재하고 있는 먼 세상에 대한 느낌이었다. 그러나 잊었던 꿈을 기억해 냈다가 다시 잃어버린 것처럼 한번 스쳐간 빛은 다시 밝아지지 않았다.

"그렇다면 저 별들은 불길하구나."

그렇게 말했지만 사실 별들은 아름다웠다. 10여 개나 무리지은 별들이 밤하늘에서 가장 밝은 별들만큼이나 환했다. 전에 유리카와 나르디가 시간의 강 자리가 변했다는 얘기를 했던 것처럼 하늘의 별자리도 전혀 바뀌지 않는 것은 아닐 것이다. 그러나 별들에게도 태어나고 자라서 죽는 삶이 있다면 어째서 저들은 처음부터 저렇게 빛나는 걸까?

"문이 정말로 열렸나 봐."

열린 문 자리와 상응하는 지상의 존재는 로존디아의 수도 아르나브

르에 있다는 거대한 돌문, '하리아누그 라바티(인도자의 문)' 였다. 물론 그 문을 건축한 것은 현재의 인간이 아니었다. 풍파에 닳아서 새겨진 글자를 알아보기 힘들 정도이고, 조금 더 있으면 짓기 전의 돌 더미로 돌아가 버릴 것처럼 늙은 문이라고 들었다.

"그렇다면 닫아야지."

내 대답에 유리카가 희미하게 웃었다. 이제 추위는 옷 속으로 맹렬하게 파고들었다. 바람 때문에 온몸이 뻣뻣해지는 느낌이었다.

"너…… 류지아라는 소녀 말인데……."

유리카가 뜻밖의 이야기를 꺼내서 나는 아연해졌다. 그녀가 류지아의 이름을 기억하고 있으리라고는 생각지도 않았다.

"스조렌 산맥에서 얘기한 일이 있을 거야. 나 말이야, 류지아에게 못할 짓을 했다고. 그 소녀와 너 사이에 연결되어 있던 예언의 고리가 갑자기 가로막힌 건…… 내가 그렇게 한 거야."

"네가 그렇게 하다니?"

나는 상황을 이해하지 못해 그렇게 되물었다. 류지아와 나 사이에 뭐랄까, 운명 같은 게 연결되어 있다는 얘기는 기억이 났다. 예언력이 나와 연결되어 있다고 했던가? 류지아는 나를 가장 잘 점칠 수 있다고 했지. 그런데 나중에 헤렐이 말하길 더 강한 힘을 가진 사람이 나타나는 바람에 가로막혔다고 했는데…… 새로운 연결자가 너무 강해서 류지아가 튕겨나 버렸다고 했던가?

새로운 연결자?

"저, 잠깐만 유리카……."

유리카가 고개를 끄덕였다.

"맞아. 내가 류지아와 너 사이에 끼어들어 연결을 가로챈 새로운 연결자야."

"하지만 왜?"

"그건……."

류지아한테는 상처를 준 셈이 되는 걸까? 그렇게 끊어져 버리면 류지아에게 다른 연결자가 다시 생겨나긴 하는 걸까? 아니면 아무 대책도 없이 빼앗겨버리는 건가?

"나는 2백 년 전부터 에즈에게 네 이야기를 들어 알고 있었어. 잠에서 깨어나 네 고향 마을에 가까이 가면서 네가 어떤 사람인지 미리 알아야겠다 싶어서 네 속을 들여다보려 애썼지. 그런데 그걸 가로막는 끈이 있는 거야. 그게 바로 류지아였어. 나야 그게 누구라는 것은 몰랐지만 한 예언자와 연결되어 있을 정도로 네 운명이 강하다는 것은 알았지. 세상 사람이 누구나 예언자의 연결자가 되는 것은 아니거든."

"그래서? 네가 그 끈을 끊었어?"

"일부러 끊은 건 아니야. 하지만 너도 알다시피 나는 아스테리온으로서 거의 최고 단계까지 도달한 무녀야. 내가 내 능력을 써서 네게 다가갈수록 나보다 약한 류지아의 끈은 점차 희미해졌어. 그만둬야 하는 것이 아닐까 하는 생각도 했지만 우리 임무가 더 중요했기 때문에 그럴 수 없었어. 나는 그때 내 정체며 임무에 대해 숨겨야겠다고 마음먹었기 때문에 더더욱 너에 대한 정보가 필요했지."

나는 약간 묘한 불쾌감을 느끼며 물었다.

"그래서 많은 정보를 얻었어?"

유리카는 미소를 짓더니 고개를 저었다.

"아니. 네가 생각하는 그런 식의 접근은 아니야. 난 네가 아룬드나얀의 주인인지 알아야 했고, 에제키엘의 자손인지 알아야 했고, 그 일을 해낼 만한 운명을 가지고 있는지 알아야 했어. 에제키엘이 말했던 사람이 정말 너인지 알아보려고 한 거야. 나한테 독심술 같은 건 없으니까 성격이나 마음 같은 것까지 들여다볼 순 없어. 혹시 네가 죽은 자라면 모를까. 난 아스테리온이지 예언자가 아니라고."

"푸훗……."

웃기는 했지만 류지아에게는 여전히 미안했다. 유리카는 류지아와 나 사이의 고리가 완전히 끊어진 것은 아니라고 말했다. 유리카는 예언자가 아니었기 때문에 류지아의 자리를 대신할 수는 없었다. 말하자면 힘과 힘의 간섭 효과랄까, 유리카의 힘이 접근하면서 류지아가 내 운명을 들여다볼 수 없도록 검은 보자기 같은 것을 씌운 셈이었다. 나중에 류지아를 다시 만난다면 끈은 회복될지도 모른다.

마주 선 채 바람을 맞고 있자니 유리카의 입술이 조금씩 움직였다. 그러고도 한참이나 지나 말소리가 흘러나왔다.

"……껴안아 줄래?"

"그래."

얼어붙은 옷깃이 날 선 칼날처럼 서로의 몸을 스쳤다. 머리카락은 작은 벌침처럼 뺨을 찔렀다. 그러나 네 개의 손이 서로의 몸을 끌어당겨 감싸자 산 자의 입김이 허공에 서리를 그리며 흩어졌다.

수천 년 전으로 돌아간 듯한 고요였다. 세상에 오직 둘만이 남은 듯했다.

"나, 많은 것을 바라지 않을게."

유리카의 입에서 나온 단어들이 얼지 않고 흐르는 것이 신기했다.

"내 곁에 꼭 있어달라고도, 나만을 생각하라고도, 내가 원하는 일을 하라고도 하지 않을게. 나, 그런 것은 바라지 않…… 을…… 게, 나……."

"……."

나는 침묵했다. 어째서 무슨 소리냐고, 왜 그런 말도 안 되는 소리를 하느냐고 묻지 않는 걸까. 내가 유리카의 곁에 있지 않으면 누구의 곁에 있으며, 그녀를 생각하고 그녀를 위한 일을 하지 않는다면 누구를 위해 살아간단 말인가.

끊어질 듯하던 유리카의 목소리가 이윽고 하나의 문장이 되었다.

"…… 기억…… 나를 기억해 줘."

나는 느리게 고개를 끄덕였다.

"내 기억을 나눠 짊어져 줘. 이 많은 짐 때문에 잠들어서도 난 너무 무거웠어. 너하고 나누고 싶어. 나도 네 기억을…… 나눠 갖고 있을게. 언제까지고, 잊지 않고."

내 입에서도 내가 이해할 수 없는 대답이 흘렀다.

"내 마음을 다해서……."

기억하겠어.

내가 알았던 한 소녀와 추억을, 행복하고 힘겨웠던 순간들을, 잊지 않고 간직할 거야. 잊을 수 있을 리 없어. 영혼 깊은 곳에 각인된 기억들이 사라질 순 없어.

네가 왜 이런 말을 하는지는 몰라. 내가 왜 이런 대답을 하는지도 몰라. 그렇지만 나는 말해야 했어. 네가 원하고 나 또한 원하는, 해야만 했던 대답을.

나는 알고 있어. 네가 나를 만나기 위해 많은 생명을 거쳤다는 것을, 그리고 나 역시 그랬다는 것을. 스노이안의 동굴에 누워 있던 동안 나는 다 알게 됐어.

우린 아마 수십 번, 수백 번, 수천 번을 만나고 사랑했을 거야. 어떤 때는 헤어졌을 거야. 어떤 때는 행복하게 서로의 주름진 얼굴을 바라볼 때까지 살았을 거야. 그러나 우리는 계속 되풀이해서 다른 삶이 되어 만났어. 왜일까. 너와 내가 서로에게 갚을 것이 있어서일 거야. 너는 내게 빚이 있어. 그건 나도 마찬가지.

이번이 아니라면, 다음 생애가 있겠지.

그러려면 필요한 것은 무엇일까.

기억.

"기억…… 해야…… 해……."

몇십 번이고, 몇백 번이고, 몇천 번이고 그랬던 것처럼 나는 다시 약속한다. 그녀를 위해 고개를 끄덕인다. 이 생애에서조차 왜 우리에겐 이토록 많은 약속이 필요할까. 너와 나는 수천 번의 약속으로 맺어져 서로에게서 벗어날 수 없는 존재야. 그건 우리가 기억했기 때문이지.

호수의 오리안느, 또는 목 없는 기사처럼 이 기억을 내 몸 깊이, 영혼 깊이 각인하고 싶다. 마법을 거는 것처럼, 마법을 위한 각인처럼 내 피속으로 녹아들도록. 오늘 한 또 한 번의 약속이 우리를 이후 천 년 동안 묶어놓더라도 나는 그 약속을 내 심장부터 머리카락 하나에 이르기까지 새겨 놓았다.

　너무 오래 사는 것은 좋지 않아. 너무 일찍 죽는 것이 좋지 않은 것처럼.

　삶이란 적당한 시점에서 되풀이될 필요가 있는 법이지…….

3. 왕과의 약속

나의 왕이시여.

그대가 전래의 보관(寶冠)과 조상들 앞에 맹세한 바와

그대의 지킬 바 명예를 위해

나, 살아왔습니다.

이제 그대의 진노한 얼굴이 눈앞에 선해

그대의 싱처빈을 자존심이 걱정스럽습니다.

일생을 걸쳐 단 한 번, 그대의 명을 어기고

저 강을 건너라, 마지막 진격을 명령합니다.

빠른 새의 날개로 전해진 소식을 들은

그대의 아름다운 눈썹이 어떻게 찌푸려질까요.

불복종과 외면을 결코 견디지 못할

그대라는 것을 잘 알고 있지요.

그대의 기사가 그대를 버렸다 생각하고

화가 난 나머지 잔인한 명령을 내릴지도 모르지요.

그러나 일생 그대 위해 행하지 않았던 일이 없었듯

이 모든 일은 또한 그대를 위해…….

이제 그대의 처분을 기다리려 합니다.

누구보다도 사랑하는 그대

끝없는 세월 속에서 영원히 사랑할 그대

목숨 다해 지켜드리리라 맹세하였고

그 맹세 지키기 위해 그대의 명을 어긴

불행한 기사의 주인

이제 이 목숨 취하실

나의 왕이시여.

— 로존디아 기사, 로이카르트 르 덴

〈나의 왕, 주드마린〉 중에서

폭풍의 고향.

섬이라기보다 대륙에 가까운 땅이었다. 그만큼 넓었다. 롱봐르 만에 몰아치는 바람과 광풍, 시즈카의 고향이었다.

"드디어 왔구나."

배에서 내린 우리를 가장 먼저 맞은 것도 혼을 빼놓을 것처럼 휘몰아치는 모래바람이었다. 이만한 범선을 댈 만한 항구조차 없어서 푸른 굴조개호를 멀찍이 정박시키고 보트를 타고 섬으로 들어왔다. 그나마 보트를 저어 올 때 바람이 몰아치지 않은 것이 다행이랄까.

하늘은 높고 맑았다. 겨울이 다가온 바다는 잠시 손을 담그기도 힘들 정도로 차가워져 있었다. 사람들도 대부분 망토 등을 걸친 차림이었다.

석양이 걸린 지평선에는 붉은 바위산이 길게 이어지고 있었다. 그림자가 곧 발치에 닿을 듯했다. 인기척은 물론 짐승이나 벌레 한 마리조차 눈에 띄지 않았다. 섬의 첫인상은 불친절했고 심지어 적대적으로까지 느껴졌다.

위이이잉…….

바람이 요란한 소리를 냈다. 여기야말로 바람이 지배하는 영토였다.

대륙 사람들에게 하르마탄 섬은 예로부터 낯설고 위험이 도사린 땅으로 생각되었다. 잘못 그려진 게 아닐까 싶을 정도로 커다란 섬이 지도 가운데 웅크린 것을 보며 묘한 이질감을 느껴본 사람은 나뿐이 아닐 것이다. 도아 해협을 사이에 두고 날씨가 좋은 날은 양쪽의 곶이 바라다 보일 정도로 가까운데도 대륙 사람의 마음속에서 하르마탄은 갈 수 없는 땅이었다.

　그러나 나의 집안은 저 땅에 대대로 영지를 가져 왔다지 않은가. 저 곳은 에제키엘의 자손이 살아온 곳이며 내 아버지의 고향, 그리고 어쩌 면 나의 고향이기도 했다.

　우리가 내린 곳은 이스나미르령 하르마탄에서 가장 큰 이자르보 만 안쪽이었다. 좁다란 모래톱이 드문드문 이어질 뿐, 해변은 비탈과 암초 투성이였다. 내린 사람은 나와 유리카, 주아니, 미칼리스와 엘다렌, 아 티유 선장, 스트라엘과 블랑디네, 그리고 선원 몇 명뿐이었다.

　"대륙과 섬 사이에 배가 오가긴 할 텐데, 어째서 그럴듯한 항구가 하 나도 없는 거죠?"

　몰아치는 모래바람 때문에 눈도 제대로 뜨지 못한 채 모래톱을 가로 질러 관목 숲에 들어갔다. 나무는 높게 자라지 못해 옆으로만 가지를 뻗었다. 간신히 바람이 가라앉고서야 몇 마디 나눌 만해졌다.

　아티유 선장이 대답했다.

　"항구가 없지는 않아. 다만 큰 항구는 도아 해협 서편에 밀집되어 있 고 이쪽에는 별다른 시설이 없는 편이지. 그렇지만 우리가 여기로 온 건⋯⋯."

　블랑디네가 끼어들었다.

　"도아 해협은 이스나미르 해군이 철저히 봉쇄하고 있거든요. 그리고 남쪽 해안은 차크라타난의 영토여서 역시 함부로 접근할 수 없고요. 그 래서 세르무즈 배는 이쪽으로든 저쪽으로든 하르마탄 동안으로 넘어올 수가 없어요. 그러니까 이스나미르령 하르마탄의 동안은 아주 안전한 곳인 셈이죠."

나는 블랑디네가 이쪽 사정을 어떻게 저렇게 잘 아는가 싶어 눈을 둥그렇게 떴지만, 그녀가 스트라엘에게 눈짓을 하는 걸 보고 상황을 알아차렸다. 나는 흠흠, 기침을 하며 말했다.

"그래서요 선장님? 이쪽으로 온 이유가 뭔데요?"

아티유 선장은 대답하려 했다. 그런데 다른 사람의 목소리가 가로막았다.

"만날 사람이 있어서 그렇지."

모습은 보이지 않았다. 나무가 딱 키 높이로 자랐던 탓이었다. 나뭇가지가 부러지는 소리와 함께 다가오는 기척이 났다. 잊을 수 있을 리가 있나. 저 녀석의 저 목소리를.

"나르디!"

목소리도 지체 없이 응답했다.

"파비안!"

나는 관목 사이로 나타난 나르디를 덥석 얼싸안았다. 얽혀든 가지들이 목덜미를 긁었지만 둘 다 개의치 않았다. 포옹을 푼 다음 나무를 헤치고 얼굴을 보았다.

"반갑네! 지금까지 기다리고 있었어!"

늘 기억하던 대로 빛 좋은 금발을 하고, 얼굴 가득 웃음을 띤 친구가 내 앞에 서 있었다. 달크로즈의 마지막 밤, 눈앞에서 닫히던 문이 떠오른다. 그 문 안에 중책을 짊어진 그를 남겨두고 떠나야 했다. 다른 길로 달릴 수밖에 없었지만 다시 만날 날을 기약했었다. 그날이 오늘이었다.

마침내 함께 웃을 수 있게 된 날.

"유리카, 이젠 정말 건강한 거군? 아, 꿈만 같은데. 헤어지던 날을 기억하는가? 그간 내가 얼마나 걱정을 많이 했는지 모를 거네."

나르디는 유리카에게 다가가 악수를 하고 엘다렌을 향해 고개를 숙여 보였다.

"반갑습니다, 엘다렌."

"일국의 국왕이 아무한테나 고개를 숙여선 안 될 텐데."

엘다렌의 첫 마디를 들은 나르디는 시원스럽게 웃었다.

"아무한테라니, 무슨 소리십니까. 엘다렌도 일국의 국왕이 아닙니까. 게다가……."

나르디는 그들만의 추억을 떠올린 것처럼 다시 빙그레 웃었다.

"저는 달크로즈의 은인을 언제까지나 처음 감사했던 마음 그대로 존경할 테니까요."

"……."

엘다렌은 대답하지 않았지만 나는 그가 나르디의 호의를 받아들였다는 것을 알았다. 이어 나르디는 내 곁으로 슬쩍 와서 선원들의 눈에 띄지 않게 주아니와도 반가운 인사를 나누었다.

나르디는 혼자였다. 일국의 국왕이 비록 영토이긴 하지만 이 외딴 땅에서 수행원도 없이 어슬렁대고 있다니, 나라도 이 녀석을 혼내줘야 하는 게 아닐까 모르겠다. 게다가 입은 옷은 함께 여행하던 시절에 입던 것과 똑같았다. 깨끗이 빨아서 묵은 먼지가 없다는 점이 다를 뿐이었다.

나르디는 이어 미칼리스 앞에 섰다.

"살아가며 숲의 종족을 만나는 영광이 있을 줄은 짐작하지 못했습니다. 이스나미르의 국왕으로서, 또한 파비안의 친구이자 옛 동료로서 그대를 환영합니다. 세월을 넘어 오신 하얀 부리 엘프족의 수장이시여."

"아, 네. 반갑습니다."

둘이 나누는 인사를 듣고 있자니 나르디 쪽이 2백 년 전에서 온 것 같다.

"하하, 전해들은 그대로시군요. 모르셨겠지만 제 쪽에선 꽤 오랫동안 만나 뵙고 싶었거든요."

미칼리스는 나르디의 말에 의아한 표정을 지었다. 이 녀석, 진짜 우리 뒤에 추적단이라도 붙였던 거 아냐?

"너, 미칼리스를 언제부터 알고 있었는데?"

나르디는 내 말을 못 들은 체 하고 아티유 선장에게 다가갔다. 아티유 선장과 선원들은 예를 갖추기 위해 무릎을 꿇고 있었다.

"훌륭하게 모셔왔군요. 전부터 알고 있었지만 정말 신뢰할 만한 분입니다."

"할 일을 했을 뿐입니다."

우리 일행이 눈을 둥그렇게 뜨고 바라보는 동안, 나르디는 내 쪽을 돌아보며 재미있는 장난을 꾸미는 것처럼 싱글거렸다.

"다른 얘기는 가면서 하자. 참, 이따가 다른 사람들을 만나면 나 왕 대접은 좀 해줘라. 알았지?"

"더 신기한 건 마르텔리조에서의 일이지. 오소블 섬을 중심으로 넓은 바다에 구역권을 발동시킬 거란 얘기를 꺼낸 것이 그 친구…… 아니, 이스나미르 국왕 폐하가 아니셨냐 이 말이야. 이미 선박 발주까지 들어갔다고 했잖아."

"생각해 보면 그거, 국가 기밀 아닌가? 그런데도 거리낌 없이 말해주다니…… 하여간 신기한 분이야."

"뭐, 이젠 비밀도 아니잖은가. 정보가 빠른 친구들이라면 다 아는 얘기가 됐으니까."

선원들은 뒤에서 들리지 않게 말한답시고 소리를 낮춰가며 속삭였지만, 워낙에 목청들이 좋아서 앞서가는 내 귀까지 다 들렸다. 남들 듣기에 뭣한 이야기가 나올 때마다 흠흠, 하고 헛기침을 해서 말을 막는 수밖에 없었다.

"재미있는 손님을 많이 보게 될 거야. 기대해도 좋을 걸세."

나르디에게 할 이야기라면 며칠 밤을 새워도 모자랐다. 들을 이야기도 못지않았지만. 나르디가 세운 숙영지(宿營地)로 걸어가는 동안 들은 이야기 중에 놀랄 만한 것은 다음과 같았다.

하르마탄에는 나르디 혼자 와 있는 것이 아니었다. 왕립 해군 함대 '달크-하그르(흰 날개)'가 하르마탄 동안에 주둔해 있으며 지상군 4만 명도 상륙하여 진을 치고 있다고 했다.

"도대체…… 넌 호위병이 그렇게나 많이 필요하냐?"

"하하하……."

웃음으로 얼버무리는 것은 변하지 않았다. 궁금했지만 당장은 설명해 줄 분위기가 아니어서 자세한 것은 차근차근 듣기로 했다.

걸으면서 이야기를 해 보니 나르디는 엘다렌이 달크로즈를 떠난 후 우리의 여정이 어땠는지 대강 알고 있었다. 아티유 선장을 룬서스로 보내서 우리와 만나도록 꾸미기까지 했던 녀석이니 무리도 아니었다.

또 하나, 하르얀 사건 당시에 엘다렌이 달크로즈 수복에 대단한 공을 세워서 그리반센 가문과 듀플리시아드 왕가가 동맹자이자 친우로서 대대로 친교를 맺게 됐다는 이야기도 들었다. 나르디가 아까 엘다렌을 만나서 했던 말이 이것이었다. 거참, 엘다렌은 왜 지금까지 이런 이야기를 전혀 안 해줬지.

"……."

물론 지금이라고 설명을 보탤 엘다렌이 아니었다. 무슨 말을 들으면 꿀꺽 삼켜버리고 도무지 뱉어놓질 않으니까.

"아참, 국왕 폐하께서 승하하신 일은 매우……."

나르디가 씁쓸하게 웃으며 고개를 저어 내 말을 막았다. 숙영지가 내려다보이는 언덕 앞에 막 도착한 참이었다.

"나보다는 어마마마께서 많이 상심하셨시."

어마마마란 아마리에 왕비를 말하는 거겠지. 하긴 새로 태어날 아기는 아버지 얼굴도 모르겠구나.

나는 망설이다가 다시 물었다.

"괜찮으셔?"

"응."

짧은 대답만으로도 태어날 동생에게 무슨 일은 없었다는 것을 알 수 있었다. 이윽고 우리는 언덕 꼭대기에 올라 아래를 내려다보았다. 나는 한동안 풍경에서 눈을 뗄 수가 없었다.

"저게 다 네가 이끄는 군대란 말이지……."

발밑은 천막의 바다였다. 4만 명이 저렇게 많은 거였구나.

울타리를 두른 사각형의 숙영지 안에 자로 잰 것처럼 줄지어 선 천막들이 빼곡했다. 천막과 천막 사이로 잘 지은 도시처럼 십자로가 나 있었고, 그런 길들이 사방으로 뚫린 큰 출입구 여덟 개로 연결되어 있었다.

중앙에 유난히 크고 훌륭한 푸른 천막이 있었다. 휘날리는 깃발로 보아 국왕의 천막일 것이다. 파란색과 흰색은 달크로즈 왕가의 빛깔이니까. 그 천막을 중심으로 녹색 천막들이 열다섯 개 있었는데 아마 귀족들의 것인 듯싶었다. 나머지는 배치로 보아 신분이나 목적이 다를 것 같긴 했지만 내가 알 수야 없는 노릇이었다.

숙영지 옆은 비탈 해안이었다. 그리로는 작은 배밖에 댈 수 없을 것처럼 보였다. 달크-하그르 함대는 어디로 갔는지 보이지 않았다.

"자, 이제부터 다시 왕이 되어야겠군."

나르디의 얼굴에는 웃음기가 남아 있었지만 목소리만은 달라졌다. 그가 호위병도 이끌지 않고 우리를 만나러 온 것은 다른 사람의 눈을 신경 쓰지 않고 재회를 기뻐하고 싶어서였을 것이다. 귀족이나 호위 기사가 따라왔다면 우리가 얼싸안고 반가워할 수는 없었겠지.

"내려가자."

가까이에서 본 숙영지의 구조는 한층 정교했다. 기병들을 위한 마구

간이 숙영지를 빙 돌아가며 세워져 있었고 연설대와 연병장, 취사 장소와 식사 장소, 근처 강에서 물을 길어 오는 체계까지 완벽하게 잡혀 있었다. 입구에서는 보초들이 삼엄한 경계를 서고 있었다.

"폐하, 이제 돌아오십니까!"

기사 세 명이 기다리고 있다가 나르디를 보자 얼른 뛰어나왔다. 그들 뒤에는 만일의 경우 즉시 출동할 태세를 갖춘 백여 명의 별동대가 대기하고 있었다.

나르디가 손을 들어 그들을 멈추게 했다. 우리는 즉각 중앙 통로를 지나 네 개의 천막 앞으로 안내되었다. 나르디는 우리 일행의 구성까지 짐작하고 있던 모양이었다.

"남자 분들께선 첫 번째, 아가씨들께선 두 번째, 그리고 선원 분들께서 나머지 두 개의 천막을 사용하십시오. 저녁 식사는 폐하의 천막에서 하시게 될 것입니다. 불편한 것이 있으면 언제든지 각 천막의 보초에게 말씀해 주십시오."

기사들은 정중하게 설명을 마친 다음 물러났다. 가슴에 듀플리시아드 왕가의 흰 별이 새겨진 것을 보니 왕실 근위 기사들일 것이다. 우리가 천막에 들어가 짐을 풀어놓고 나오는 동안 나르디는 신분에 걸맞은 복장으로 갈아입기 위해 떠났다. 나는 그 사이 머릿속에서 계산을 굴려 보았다.

나르디를 만난 것은 무한히 반갑지만 그가 왜 여기에 와 있을까? 국왕으로 즉위한 지 얼마 안 되었으니 달크로즈에서 처리할 일만도 산더미일 텐데. 더구나 적지 않은 규모의 함대와 군대까지 이끌고, 전통적으로 본토에서 반쯤은 방관하고 있는 하르마탄 섬에 오다니 도대체 무슨 일이 있는 거지?

바닷바람을 맞아 얼굴이 뻣뻣했기 때문에 숙영지 한쪽의 세면장으로 세수를 하러 갔다. 물이 가득 담긴 커다란 통들을 죽 늘어놓은 곳이었다. 차가운 물에 얼굴을 적시고 흔들면서 생각해 보았지만 여전히 해답은 얻을 수 없었다.

세수를 끝낸 나는 병사들의 안내를 받아 나르디의 천막에 들어섰다. 유리카를 비롯한 일행은 이미 와 있었다. 그리고 익숙한 얼굴이 하나 더 있었다. 나는 엉겁결에 그의 이름을 불렀다.

"엘비르!"

리안센 부단장의 맏아들, 엘비르 리안센이었다. 달크로즈에서 그랬듯 나르디 곁을 굳건히 지키고 선 모습이었다. 그를 보자 저절로 달크로즈 성에서의 마지막 밤이 떠오르고, 그날 그가 했던 이야기도 되살아났다.

"……."

엘비르는 나르디가 입을 열기 전인지라 내 부름에 대답하지 않았다. 다만 내 얼굴을 쳐다보는 것으로 나를 알아보았다는 뜻을 대신했다. 나르디가 쾌활하게 말했다.

"내 수행 기사로 왔지. 엘비르는 달크로즈 수복 과정에서 공이 커서 근위 기사단의 정식 기사로 내 곁에 두고 있네."

전에는 구원 기사단의 수련 기사라고 하지 않았던가?

엘비르와 나는 악수를 나누었다. 기분이 약간 묘했다. 그와 나는 같은 사건으로 동생을 잃었던 것이다. 그러나 엘비르의 단정한 얼굴에서 그런 동감은 찾아볼 수 없었다.

그는 나와 오래 눈을 마주치고 있었다. 어쩌면 내게 하고 싶은 말이 있을지도 모른다. 전처럼 태자 전하를, 아니 이제는 국왕 폐하가 된 나르디의 앞을 막아서지 말라고, 눈빛으로 말하고 있는지도 모르겠다.

그 눈을 보고 있자니 베르나르트의 일도 떠올라 나는 가슴이 답답해졌다.

"그 말고도 놀랄 만한 사람이 또 있지."

나르디가 눈짓하자 천막 입구에서 대기하고 있던 병사가 밖으로 나갔다. 나는 새로 나타날 사람에 대한 기대보다 헤어진 사이에 한결 국왕다워진 친구를 생각했다. 물론 나르디는 예전에도 왕자다운 위엄을 지닌 사람이었다. 그러나 지금처럼 눈짓 하나, 손짓 하나로 모든 것을 통제하고, 또한 원하기만 한다면 헤어진 친구들의 행로 정도는 충분히 알아낼 수 있는 모습과는 조금 달랐을 것이다. 젊은 나이에 갑자기 국왕이 되어 당황하거나 서투른 기색은 눈 씻고 봐도 없었다.

병사가 천막을 젖히고 늘어왔다. 그 뒤를 따라 늙수그레한 남자 하나가 모습을 드러냈다. 누구더라?

"어……"

모르는 얼굴은 아니었다. 나는 헷갈리는 머릿속을 정리하려 애쓰면서 입을 벌렸다. 그러자 그 남자가 고개를 들어 나를 쳐다보았다. 눈이 마주치는 순간 저절로 이름이 튀어나왔다.

"마디크 에라르드!"

이게 어찌된 일이야.

나는 내가 말해 놓고도 믿어지지 않아 확인을 기대하며 주위 사람들을 돌아보았다. 일행도 놀라긴 마찬가지였다. 마르텔리조의 배 기술자이자 푸른 굴조개호를 만든 사람, 그가 왜 여길 왔지?

"약속을 지키러 왔소."

에라르드가 한 말에 나는 다시 한 번 머릿속이 엉망이 되었다. 내가 저 사람하고 무슨 약속을 했지? 뭐 잘못한 게 있었던가? 그런 일은 없었던 것 같은데?

갑자기 머릿속이 밝아졌다. 있었다. 한 가지 약속이.

"그, 그게……."

나는 말을 더듬었다. 도무지 믿어지지 않아서다. 키티아 아룬드에 마르텔리조를 떠났고 지금은 점성술 아룬드이니 겨우 여섯 아룬드가 지났을 뿐이잖아. 그동안 다 만들 수 있었을 리가…….

"저기, 그 약속이라는 것이……."

그때 내가 잊고 있었던 점이 떠올랐다. 에라르드 부녀와 한 이면 계약을 아는 건 나와 주아니뿐이었다. 엘다렌과 유리카에게는 얘기하지 않았다. 일부러 그랬던 건 아니지만, 어차피 진짜 지켜질 약속도 아닌데 싶어 잊어버렸던 것이다. 이런 데서 사실이 밝혀져 버리면 엘다렌은 뭐라고 생각할까?

"아직 전부는 아니오."

마디크 에라르드는 전과 마찬가지로 피곤한 듯한 무표정이었다. 나는 그의 입을 막을 수도 없고 그렇다고 이야기를 다른 데로 돌릴 방법도 없어서 속으로만 발을 동동 구르고 있었다.

"아직 다섯 척 뿐이오."

"다섯 척?"

유리카가 묻더니 엘다렌을 돌아봤다. 에라르드도 유리카를 보았다. 어휴, 내가 동료들한텐 절대 비밀이라고 말해 뒀잖아? 오래돼서 잊어버렸나? 하긴, 뭐 나도 잊어버린 마당이니…….

"어, 어쨌든…… 반가워요. 프로첸 리스벳은 잘 있나요?"

에라르드가 고개를 끄덕였다.

"딸아이는 잘 있소. 보여드릴 것이 있으니 이스나미르의 국왕 폐하께서 허락하신다면 나가보는 것도 좋을 듯하오."

나르디를 봤더니 모든 것을 다 아는 듯한 미소를 짓고 있었다. 이 녀석, 도대체 뭘 어디까지 꾸며놓은 거야?

"그럼 식사 전에 살펴보고 오기로 할까."

나르디가 몸을 일으키며 함께 나가보자는 몸짓을 했다. 모두 천막을 나와 눈앞에 펼쳐진 해안으로 걸어갔다. 멀리 갈 필요도 없었다. 언덕에서 숙영지를 내려다보았을 때는 보이지 않던 것이 지금은 아주 잘 보였다. 거대한 배가, 수십 개의 돛에 모두 금빛 달무늬가 수놓인 멋진 범선 다섯 척이.

"어, 어떻게……."

흩날리는 머리카락을 넘기며 나르디는 웃었다.

"주문했던 배들이라던데."

결국 동료들도 상황을 다 알고 말았다. 나는 엘다렌의 눈길을 피해서 슬금슬금 나르디 뒤쪽으로 갔다. 녀석이 얘기에 나오는 왕들처럼 거대한 망토 같은 걸 걸치고 있었더라면 좋았을걸.

엘다렌은 아직 아무 말도 없었다. 무슨 소리를 할지 짐작도 안 갔다. 유리카도 침묵을 지켰다. 으음…… 주아니가 내 변명을 해 줄까?

쳇, 이렇게 사람이 많은데 얼굴을 내밀 리가 없지.

"저기 손님이 또 오는군."

나르디의 말을 듣고 해안을 내려다봤더니 오는 사람은 하나가 아니라 수십이었다. 그런데 앞장선 사람의 얼굴이 익숙했다. 이번엔 아티유 선장이 나보다 먼저 외쳤다.

"페스버스!"

"아티유! 이 친구, 여기서 날 보게 될 줄은 몰랐지?"

아티유 선장이 한달음에 달려가 페스버스의 손을 움켜잡았다. 푸른 굴조개호의 선원들도 우르르 달려 내려가 어깨를 얼싸안으며 즐거워했다. 에라르드가 말했다.

"페스버스 선장이 1호선을 맡고 있소. 배 이름은 선주님들께서 지어야 하니 그냥 내버려두었소이다. 명명식 없이 항해를 시작하는 것이 마음에 걸리긴 했지만 어쨌든 아직까지 1호선, 2호선, 하는 식으로 부르고 있다오."

내가 아는 마르텔리조 사람들이 전부 다 몰려온 것 같았다. 청어대가리 여관에서 얼굴이 익은 사람들도 있었고, 카메이노의 경매 자리에서 떠들던 사람들도 있었다. 딱히 이름은 기억나지 않았지만 하여튼 그랬다. 갑자기 내가 마르텔리조로 온 것이 아닌가 하는 착각이 들 정도였다.

"모두 어떻게 국경을 넘어서 온 거죠?"

나르디 녀석이 꾸민 일이라는 것은 틀림없었다. 아티유 선장을 룬서스로 보낸 것처럼 말이다. 하지만 푸른 굴조개호 한 척도 아니고 이만한 선단과 사람들이 국경을 넘어가는데 이스나미르의 허가만으로 될 리가 없잖아?

설마 우리가 그랬던 것처럼 불법 입국일 리는 없고, 이 많은 사람들이 갑자기 망명을 한 것도 아닐 테고, 둘 다 아니라면 세르무즈의 국왕 폐하가 허가를 해줬다는 말밖에 안 되는데. 나르디라면 몰라도 세르무즈에서 허락을? 어쩐지 믿어지지 않는단 말이야.

"다 방법이 있었지. 불법으로 온 것은 아니니 안심하시오."

페스버스는 그을린 얼굴에 가득 웃음을 물고 대답하더니 스트라엘 등의 어깨를 두드리기 위해 비탈 위로 올라왔다. 페스버스를 뒤따라 온 선원들이 곧 엘다렌을 둘러쌌다. 미칼리스가 곁에서 머리를 긁으며 말했다.

"난쟁이 친구의 인기가 엄청난데."

나도 알고 있었다. 제발 엘다렌이 저걸로 기분이 좋아져서 날 용서해 줬으면 좋겠는데.

"오랜만에 뵙습니다! 그간 별고 없으셨습니까?"

"선주님! 저번에 푸른 굴조개 때 선원 모집에서 탈락한 녀석입니다! 이제 이렇게 선주님으로 부를 수 있게 되어서 기분이 썩 좋습니다!"

"선주님, 저 기억하십니까? 그날 새벽에 제일 먼저 만세 복창하자고 소리치던 녀석입니다!"

"청어대가리의 프로첸 이니에가 안부 전해 달라면서 최고급 흑맥주를 열 통 보냈습니다! 청어대가리의 흑맥주라면 죽여주지 않습니까? 오늘 저녁엔 잔치 한 판 어떻습니까?"

"지금 마르텔리조가 얼마나 잘 되어 나가고 있는지 모르시죠? 완전히 새 도시가 되었습니다! 도와주겠다는 유지들도 많아졌고요. 이게 모두 선주님께서 희망을 주신 덕분입니다."

"그럼요! 돈이 문제가 아니라, 선주님이 주신 희망이 점차 불어나서 도시를 가득 채운 겁니다!"

왁자지껄한 목소리들은 예나 지금이나 변하지 않았다. 그들은 나르디 뒤로 도망친 나까지 끌어내어 신나게 손을 잡고 흔들어댔다. 이 소란은 유리카도, 미칼리스까지도 피할 수 없었다. 그들은 왕이 된 나르디한테 이런 식으로 반가움을 표시할 수 없으니 꿩 대신 닭이라는 건지 까닭 없이 미칼리스를 대환영했다. 그 바람에 졸지에 마르텔리조 사람들의 영웅이자 친구로 급부상한 것에 당황한 미칼리스는 문틈에 끼어 오도 가도 못하게 된 사람 같은 표정을 짓고 있었다.

에라르드가 다시 말했다.

"다음 달 안으로 세 척이 더 도착할 것이오. 그러면 남은 배는 모두……."

나는 그의 입을 막기 위해 재빨리 소리쳤다.

"아, 알았어요! 여러분들의 호의는 정말 감사하게 생각하고, 만나게 된 것도 반갑고, 또 이곳까지 온 수고도……."

"감사해야겠지."

드디어 엘다렌이 입을 열어 내 말은 가로막혀 버렸다.

"……."

우와, 무슨 말을 들을지 전혀 모르니까 더 겁이 나네.

"모두 만나게 되어 반갑다. 그러나 저 배들은 이해할 수가 없다. 나는 배를 더 산 일이 없다."

에라르드가 느릿느릿 말했다.

"파비안 크리스차넨 님의 이름으로 된 계약서가 있습니다."

"그렇다면 보자."

으으, 비리가 완전히 밝혀지는구나.

에라르드는 이미 준비해 온 듯 품에서 원통을 꺼내어 뚜껑을 열었다. 그 안에서 동그랗게 말린 계약서가 나왔다. 그때 분명 즉석에서 대강대강 만들었던 그 계약서가 틀림없는데 어찌된 셈인지 종이가 금박이 박힌 훌륭한 것으로 바뀌어 있었다. 그렇게 되고 나니 거기에 쓰인 내 달필이라 할 수 없는 글씨도 이상스럽게 멋져 보이는 듯했다.

계약서는 엘나렌에게 건네졌다.

"……."

엘다렌이 묵묵히 계약서를 읽는 동안 나는 숨을 죽이고 얼굴을 살폈다. 분명 그는 한 푼도 깎지 않고 150만 메르장을 내겠다고 말했다. 그리고 한번 한 말을 쉽게 거둘 드워프도 아니었다. 그의 무지막지한 자존심을 생각할 때 과연 그냥 넘어갈 수 있을지…….

"흠, 별 문제 없군."

그래서 대답이 나왔을 때 나는 엘다렌이 벌컥 화를 내는 것 이상으로 놀랐다.

"그렇습니다. 하자가 없는 계약서입니다."

에라르드는 침착하게 대답했다. 나는 입을 열지도 못하고 침만 꿀꺽 삼키면서 앞으로 어떻게 해야 되나 궁리해 봤다. 엘다렌의 목소리가 이어졌다.

"파비안의 이름으로 된 계약서이니 나와는 관계없다. 나는 배를 산 일이 없지만, 파비안이 배를 샀군."

저게 무슨 소리야?

"열여섯 척이나 되는 배의 선주라, 그걸로 상단(商團)을 창립해도 되겠는걸. 축하할 일인가?"

나는 엘다렌이 나를 놀리는 것으로 알고 소리쳤다.

"엘다렌, 그런 식으로 놀릴 것까지는 없잖아요! 제가 잘못했지만 그땐 어쩔 수 없었기 때문에……."

계약서가 유리카의 손으로 넘어갔다. 그녀는 한참 계약서를 들여다보더니 고개를 들고 내 얼굴을 봤다.

"맞는 말이네 뭐. 파비안, 부자가 됐네?"

이, 이, 이게 무슨…….

나는 엉거주춤하게 손을 벌린 채 엘다렌과 유리카를 번갈아 보았다. 선원들도 영문을 모르겠다는 표정들이었다. 그러자 엘다렌이 확고한 목소리로 잘라 말했다.

"배는 네 거다, 파비안. 네가 샀으니 네 거다."

나는 결사적으로 항변했다.

"저한테 돈이 어디 있어요!"

"돈은 이미 지불되었다고 하지 않았나?"

엘다렌은 그렇게 말하며 에라르드를 쳐다보았다. 그러자 그가 고개를 끄덕였다.

"그렇습니다. 돈은 모두 지불되었습니다."

엘다렌은 다시 나를 쳐다보며 남의 말을 전하기라도 하는 것처럼 말했다.

"그렇다는군."

"……."

선원들은 우리 사이의 금전 관계 따위에는 별 관심이 없었다. 그도 그럴 것이 마르텔리조에 있을 때도 돈을 낸 것은 엘다렌이었는데 우리 모두 선주였으니 말이다. 따라서 이번에는 엘다렌이 아니라 내가 선주라는 둥 하는 말이 오가도 그들은 우리 모두를—심지어 미칼리스까지—똑같은 선주로 간주했다.

나르디가 짓궂게 웃으면서 입을 열었다.

"얘기가 잘 된 것 같군요. 그럼 이만 안으로 들어갑시다. 여러분을 위한 만찬이 준비되어 있으니까요. 국왕이 베푸는 만찬은 물론 시시한 것이 아닙니다."

그러자 왁자한 환호성 소리가 하늘을 뒤덮었다.

사람들이 숙영지로 발길을 돌릴 때까지도, 유리카가 다가와 눈을 찡긋하며 팔을 툭 칠 때까지도, 나는 멍청한 표정으로 서 있었다. 아직도 실감이 안 났다. 열여섯 척이나 되는 배가 내 거라고?

"바보야. 엘다렌이 네 생각을 몰랐다고 생각해? 너, 처음부터 마르텔 리조로 배를 찾으러 갈 생각 따위는 없었던 거잖아. 그 사람들한테 다 주고 잊어버릴 생각이었던 거 아냐. 마음을 착하게 써서 행운이 돌아왔다고 생각하고 그냥 받아들여."

유리카가 생긋 웃더니 다시 팔을 잡아끌었다. 엘다렌은 이미 등을 돌리고 저만치 걸어가고 있었다. 마음을 착하게 써? 내가 그랬던가?

유리카는 이어 한마디를 더 해서 안 그래도 혼란한 내 머릿속에 결정타를 날렸다.

"나도 이왕이면 부자 남편이 좋단 말이야."

아무래도 내가 충격에서 회복되려면 사흘 밤낮은 걸릴 것 같다.

나르디가 베푼 만찬은 사람이 많은 관계로 야외에 준비되었다. 바람이 좀 불었지만 네 개나 되는 모닥불은 활활 타올랐다.

그중 한 모닥불에 우리 일행, 그러니까 나와 유리카, 미칼리스와 엘다렌, 나르디, 그리고 아티유 선장과 에라르드, 페스버스가 둘러앉아 있었다.

청어대가리 여관의 이니에가 보낸 흑맥주의 맛은 기가 막혔다. 여기까지 오는 시간을 고려해서 숙성될 날짜까지 맞췄다는 얘기가 정말이었나 보다. 물론 선원들 특유의 허풍이었을 가능성도 충분히 있지만.

거대한 돼지 통구이들이 지글거리며 구워지고, 럼주를 넣어 훈제한 팔뚝만 한 소시지들, 새끼돼지의 넓적다리뼈가 그대로 든 맛 좋은 햄,

버터를 발라 구운 옥수수와 훈제 연어, 구운 조개 등 온갖 진미가 푸짐하게 나왔다. 접시마다 과일도 그득했다. 보고 있자니 달크-하그르 함대가 전부 먹을 것만 싣고 온 것은 아닌가 의심스러워졌다.

"마르텔리조와 그 근처 도시들의 조선 일꾼들을 모조리 동원해서 저 배들을 만드셨다고요?"

나는 에라르드를 한참 잘못 보았다. 정말로 배를 가져와서 내 뒤통수를 때리다니. 그는 나와 한 약속을 지키기 위해 자금과 인맥을 총동원해 기술자들과 자재를 집결시켰다고 했다. 게다가 완성된 배들을 인도하기 위해 양국 왕가의 도움을 다 얻었다. 겉으로는 느릿해서 답답해 보이는 그였지만 자기에게 맡겨진 일만은 사력을 다해 해치우는 사람이었던 것이다. 사기 치듯 얼렁뚱땅 만들어낸 내 계약서에 얌전히 고개만 끄덕인 다음 돌아서서 자기 이익이나 챙기고 있는 부류는 아니었다.

하여간 장인 정신이란 무서워. 장인들 앞에서 함부로 뭔 말을 하면 안 되겠어. 하긴 그러니까 세르무즈 안에서도 몇 손가락에 꼽히는 조선 장인이 되었겠지.

"이거 참, 실은 전혀 예상을 못 한지라 뭐라고 말씀드려야 할지……."

"마르텔리조 사람이라면 당연히 그래야지."

페스버스가 불쑥 말했다. 날카로운 눈매와 하얗게 센 머리카락은 그대로였지만 오늘은 기분이 좋은지 유쾌한 얼굴로 술을 마시고 있었다. 그러나 술잔을 부숴버리던 모습을 기억하고 있다 보니 아직도 대하기가 좀 어려운 사람이었다.

"참, 마디크 카메이노는 어떻게 하고 있어요?"

여기저기서 마브릴 호칭과 엘라비다 호칭이 뒤섞여 튀어나오는 별난 자리였다. 유리카가 묻자 페스버스가 머리를 쓸어 넘기며 대꾸했다.

"어떻게 하긴. 그냥 그렇게 지내고 있다오. 그때의 실패로 한참 동안 웃음거리가 되긴 했지. 하지만 워낙 돈 있는 양반이 돼놔서 대놓고 적대할 사람은 없다오. 하던 사업도 그럭저럭 번창하고 있다고 하고. 다만 그때 사건 후로 배라면 치를 떤다오. 어찌 생각하면 요즘 마르텔리 조에서 부흥 조짐이 보이는 조선업에 투자할 좋은 돈줄을 하나 잃은 셈인데."

물론 페스버스의 말은 농담이었다. 에라르드뿐 아니라 누구도 카메이노를 위해 배를 만들고 싶어 하지는 않을 테니까.

"프로첸 이니에도 왔으면 좋았을 텐데."

유리카의 말에 내가 어깨를 으쓱하며 고개를 저었다.

"그 프로첸이라면 절대 여관을 버려두고 여기까지 오지 않을걸. 나만 해도 큰사슴 잡화가 멀쩡했더라면 가게 놔두고 여행을 떠났을 리 없다고. 프로첸 이니에나 나처럼 장사하는 사람들은 하루라도 가게를 떠나 있으면 그 날 올렸을지 모르는 매상이 머릿속에서 맴돌기 때문에 절대 맘 편히 가게 문을 못 닫지."

그러고 보면 여행하며 만난 사람들 중 그 점에서 나와 가장 닮은 사람이 이니에였지.

페스버스가 덧붙였다.

"요즘은 가게 일 말고도 프로첸 이니에가 바쁠 일이 많소. 내가 이번 항해를 떠맡는 바람에 엘다렌 선주님께서 맡긴 돈의 관리를 그쪽에 맡

겠거든. 거기다가 마르텔리조 부흥회인가 뭔가 하는 데서 회장도 맡았고. 정말 하루하루 바쁘게 사는 프로첸이야."

나는 이니에가 어떻게 살지 눈앞에 선해서 다시 피식 웃었다. 언젠가 기회가 된다면 마르텔리조도 다시 가보고 싶다. 그 말고도 세르무즈에서 가볼 곳이라면 많지. 드워프들로 가득 차게 될 파하잔도 가봐야겠고, 꽃의 수도 하라시바 구경도 새로 해야 하고, 바르제 자매들과 프론느 헤르미도 보러 가야지.

"어쨌든 많이 놀랐어요. 마디크 페스버스까지 이렇게 만날 줄은 상상도 못했거든요. 아티유 선장님도 모르셨죠?"

"난 내가 마르텔리조로 돌아가지 않는 한 이 친구 얼굴은 다시 못 볼 줄 알았지."

아티유 선장이 그렇게 말하며 페스버스의 어깨를 두드렸다. 페스버스가 말을 받았다.

"그 정도는 약과요. 청어대가리 여관 구석에 앉아 계시던 분이 지금 이스나미르 국왕 폐하라는 얘기를 들었을 우리 기분을 상상해 보시오. 그때 잔인한 엘라비다 놈들이 어쩌고 소리 실러대던 것을 생각하니 등에 식은땀이 흘렀소이다."

그런 소리를 한 사람은 페스버스가 아니었지만 기막힌 기분이었던 것은 다 같았을 것이다. 아티유 선장도 고개를 끄덕이며 웃었다. 나는 또 궁금한 것이 있었다.

"그쪽 선단은 어떻게 나르…… 아니 폐하의 도움을 받을 수 있었죠? 또 이만한 함대를 이끌고 국경을 넘는데 세르무즈의 국왕 폐하께서 허락을 해 주시던가요?"

"아티유가 폐하를 먼저 뵙고 돌아와 소식을 보내줬기 때문에 마디크 에라르드도 어떻게 배를 전달하겠다는 계획을 세울 수 있었던 거지. 그리고 또 공주 전하께서 도와주시지 않았다면……."

말을 듣다가 흠칫 놀라 고개를 들었다. 나보다 먼저 유리카가 다그쳐 물었다.

"공주 전하요? 잔-이슬로즈 공주 전하 말씀이세요?"

"공주 전하께선 세르무즈로 돌아가셨나요?"

아티유 선장과 페스버스 선장, 두 뱃사람은 의아한 표정으로 우리 둘을 보았다.

"우리 공주 전하를 알고 계시오? 그분은 또 언제 뵈었소?"

"……."

설명을 하려니 상황이 애매했다. 공주가 달크로즈로 가게 된 사정을 마브릴들이 아는지도 확실하지 않았고 말이다. 그때 나르디가 끼어들었다.

"조금 있으면 알게 되네. 이슬라 공주는 아직 귀국하지 않았어. 어쨌든 그 문제는 잠시 후에 설명해 주지. 물론 이들이 이리로 온 데는 공주의 배려가 컸지."

잔-이슬로즈 공주가 본국에 돌아가지도 않았는데 뭘 어떻게 도와줬다는 것인지 이해가 가지 않았지만 이따가 설명한다는 말에 일단 고개를 끄덕였다.

푸짐한 음식에 술까지 마시고 나니 배도 부르고 졸음이 쏟아졌다.

나르디가 대기하고 있던 기사들을 부르더니 사람들을 각자의 천막으로 안내하도록 했다. 사람들이 흩어지고 있는데 나르디가 나를 불렀다.

"파비안, 유리카하고 엘다렌, 그리고 저분, 미칼리스라는 분만 잠시 남도록 얘기해 줘. 따로 하고 싶은 얘기가 있거든."

그래서 주아니까지 모두 다섯 명이 꺼져 가는 모닥불 주위에 남았다. 캄캄한 하늘 위로 붉은 재가 휘날리는 모습을 바라보고 섰는데 나르디가 기사들에게 처리할 문제들을 지시한 다음 우리 곁으로 돌아왔다. 그는 어깨를 으쓱하더니 어색하게 웃었다.

"밤새 연회를 즐기시느라 다들 피곤하신 것을 알지만, 중요한 얘기가 있어서 잠시 남아달라고 부탁드렸습니다. 잠시 저와 함께 걸으십시다."

밤이 깊어질수록 바람이 강해졌다.

우리는 숙영지를 벗어나 언덕 뒤로 이어진 숲 사이의 오솔길을 걸었다. 다들 말이 없었다. 우리를 인도하는 나르디 역시 아무 말도 하지 않았다. 어디로 가는 건지, 무슨 얘기를 하려는 건지 언질도 주지 않았다.

날이 밝으려면 한 시간쯤 남았을까?

"춥군."

그 말과 가장 어울리지 않을 미칼리스가 꺼낸 말이었다. 엘프는 우리보다 추위를 타지 않을 텐데. 그러나 그는 어깨를 움츠려 보이며 말을 이었다.

"살아 있는 자들 사이에도 한기가 도는군."

"아아."

앞서 걷던 나르디가 알아들었다는 것처럼 기척을 냈다. 규칙적으로 나던 발소리가 잠깐 엇갈렸다가 다시 고르게 나기 시작했다.

램프를 들고 걷는 나르디를 보니 융스크-리테의 지하에서 얼결에 엘다렌한테 램프를 넘겨받고도 불평 없고도 열심히 들고 다니던 그가 떠올랐다. 지금도 그때처럼 캄캄했지만, 이번엔 하늘에 덮인 커다란 가마솥 뚜껑에 빛 드는 구멍이 잔뜩 뚫려 있었다.

오른쪽 둔덕이 점차 높아지더니 이윽고 절벽으로 변했다. 어디선가 물소리가 들려왔다. 나르디는 점점 걸음을 서둘렀다. 내가 참다 못해 물었다.

"만날 사람이라도 있는 거야?"

나르디가 돌아보지 않고 대꾸했다.

"응. 지금 안부를 물으러 가는 중이지."

"뭐?"

이 황량한 땅에 사람이 어디 있다고 안부를 묻지? 나르디는 조금 후에 덧붙였다.

"자네도 아는 사람이라네."

수수께끼라도 내는 건가?

내가 아는 사람이 하르마탄에 와 있을 까닭이 없었다. 여기 사는 사람을 알 가능성은 더더욱 없었다. 나도 처음 왔으니 말이다. 혹시 마법이라도 쓰나? 스노이안이 썼던 것처럼 멀리 있는 사람과 대화를 나누는……

쳇, 나르디한테 그런 능력이 있을 턱이 없잖아.

그렇게 걸은 끝에 우리는 물소리가 들리던 곳에 도착했다. 어느새 지형이 높아진 모양이었다. 눈앞에 벼랑이 나타나고서야 실감했다.

"수영하기엔 추운 날씬데."

미칼리스는 움츠렸던 목을 펴 이리저리 움직이며 말하더니 몇 발짝 나아가 벼랑 아래를 내려다보았다. 캄캄해서 잘 보이진 않았지만 저 아래 강이 흐르나보다. 물론 수영하자고 온 것은 아니겠지. 이제 그만 이유를 얘기해 줘도 좋겠는데.

"잠시 앉을까요?"

나르디의 제안으로 우리는 다들 망토를 들쓴 채 벼랑 위에 둥그렇게 둘러앉았다. 물소리는 매우 가까웠다. 벼랑이 생각만큼 높지 않은 모양이었다.

"우선 말없이 먼 곳까지 오시게 해서 죄송합니다. 하지만 사람들의 눈과 귀를 피하기 위해 이럴 수밖에 없었습니다."

나는 무슨 소린가 싶어 되물었다.

"야, 누굴 만난다면서?"

"물론 그 이유도 있고, 다른 할 얘기도 있다네."

유리카가 잠깐이라도 불을 피우는 게 어떻겠느냐고 해서 엘다렌과 내가 모닥불을 준비했다. 날씨가 건조한데다 주위에 마른 잔가지나 관목이 많아서 바람만 아니라면 불 피우기에 좋은 곳이었다. 잠시 수고한 끝에 작은 불꽃이 피어나는 것을 보며 나는 다시 자리에 앉았다.

잠깐 침묵이 흘렀다.

"여러분이 어디로 가시는지 알고 있습니다."

나르디가 불쑥 한 말에 다들 고개를 움직였다. 불을 보던 시선이 그의 얼굴로 옮겨갔다. 엘다렌이 입을 열었다.

"왜 가는지도 아는가."

"물론……."

나는 나르디가 말하는 것을 들으며 그가 진짜 이유를 알지는 못하리라고 생각했다. 그는 내가 예전에 그랬던 것처럼 엘프와 드워프를 되살리는 의식이라는 정도까지 알고 있겠지.

"여러분의 임무에 대해 자세히는 모릅니다. 다만 그게 세상을 위해 아주 중요한 일이라는 것만은 압니다."

나르디는 잠시 호흡을 고르는 것처럼 말을 멈췄다. 우리는 기다렸다.

"그 이상을 알 필요도 없겠지요. 물론 도와드릴 일이 있다면 성심껏 돕겠습니다만, 그 이상으로 참견할 자격은 없을 겁니다. 지금 드리려는 말씀은 임무에 대한 것이 아닙니다. 문제는 장소지요."

미칼리스가 처음으로 기척을 냈다.

"장소가 문제가 된단 말이오?"

"그렇습니다. 거기가 피아 예모랑드 성이라는 것이 문제입니다."

나르디는 과연 정확히 알고 있었다. 유리카가 물었다.

"왜 문제인데?"

이번 침묵은 길었다. 나르디는 주저했지만, 끝까지 그럴 사람은 아니었다. 새벽을 앞둔 밤의 마지막 자락은 칼날 같았다. 하룻밤 중 가장 추운 때다. 잠시 바람이 자려는 순간 나르디의 가라앉은 목소리가 들려왔다.

"아르킨 나르시냐크 단장이 그 성에 있습니다."

아버지가?

퍼뜩 고개를 들고 나르디를 보았다. 그러자 시선이 마주쳤다. 좀 전부터 나를 보고 있었던 것처럼.

아버지가 피아 예모랑드 성에? 물론 그곳은 가문의 영지이니 아버지가 가신 것이 이상할 건 없었다. 하지만 나르디의 표정은 심각했다. 대체 왜?

"구원 기사단은?"

내가 묻자 나르디가 씁쓸한 미소를 지었다. 마치 아라스마드에서 미칼리스가 지었던 표정처럼.

녀석에겐 어울리지 않는다고 말하고 싶었다. 세상에 지친 듯한 그런 표정은. 막중한 책임이 요구되는 자리에 앉았기 때문에 전에 없던 고민들이 생겼을까?

"단장과 함께 그곳에 주둔하고 있네."

"어떻게 된 거야? 어째서 기사단이 님-나르시냐크가 아니고 거기 있는 거지? 아버지 한 사람이라면 몰라도 기사단은 수도를 지켜야 하잖아?"

나르디의 얼굴은 어느새 단단히 굳어져 있었다. 그게 차가운 바람 탓인지 다른 이유 때문인지는 몰랐다. 그는 입술을 꾹 다물면서 나를 오랫동안 바라보았다. 어쩐지 불길한 예감이 든다. 다시 한 번 시험을 당할 것만 같아. 너와 나 사이의 시험은 이걸로 네 번째인가?

"그것 때문에 내가 군대를 이끌고 이곳까지 온 거네."

"……."

나는 고개를 돌렸다. 내 눈은 잘 보이지 않는 벼랑 밑을 더듬고 있었다. 점차 눈앞의 모든 것이 뒤틀리기 시작했다. 뭐야, 이 상황은…… 뭐가 어쨌다는 거야. 내가 뭘 어쨌다고…….

엘다렌이 입을 열었다.

"반란인가."

"아직은 알 수 없습니다."

알 수 없다면? 알 수 없는데, 저 많은 군대를 이끌고 여기까지 왔다는 거냐? 너는 명백히 전투를 준비하고 있는데?

"속단할 수는 없습니다. 그러나 분명한 것은 구원 기사단이 왕가의 허락 없이 님-나르시냐크를 이탈하여 이곳 하르마탄까지 왔으며, 이에 대해 어떤 사후보고도 없었다는 점입니다. 구원 기사단의 총 병력은 수련 기사를 제했을 때 1천 3백 가량입니다. 수련 기사의 숫자는 그보다 많겠지만 대부분 이동하지 않고 님-나르시냐크에 남아 있습니다. 현재 피아 예모랑드 성에 있는 구원 기사단은 1천 5백에 조금 못 미치리라고 봅니다. 그 기사들이 이끌고 온 병사들과 예모랑드 영지에 있던 병력을 합한 숫자는 8천 이상으로 짐작됩니다. 따라서 도합 약 1만의 병력이 피아 예모랑드 성에 주둔하고 있습니다."

나르디는 전황을 보고하는 전령처럼 기계적으로 말을 마쳤다. 그런 다음 모닥불로 시선을 돌렸다.

나는 나르디의 옆얼굴을 바라보고 있었다. 불빛이 너울대는 뺨과 굳게 다문 입술, 흩날리는 머리카락이 그리는 곡선을 보았다. 조각처럼 꼼짝도 하지 않는 동료들 사이로 모닥불만이 이리저리 춤을 추었다.

"……내게 원하는 게 뭐야. 우리에게 뭘 원하는데?"

나르디의 입술이 약간 열렸다가 닫혔다. 그는 나를 보지 않았다. 내게 대답하지도 않았다. 그러나 나는 그의 생각을 알고 있었고 대답을 들어야만 했다.

"나르디 너…… 내가 그리로 가면 반란에 가담할지도 모른다고 생각하는 거냐?"

"……."

다시 바람 소리만이 한참 동안 절벽을 울렸다. 동편 하늘이 밝을 조짐이 보였다. 캄캄하기만 하던 대기에 붉은 기운이 번져갔다.

"나는 까닭을 모르겠어. 아버지가 왜 반란을 일으킨다는 거야? 듀플리시아드 왕가에 반기를 들 이유가 어디 있지? 이름 높은 구원 기사단의 단장이고, 얼마 전에는 자신의 아들에 대항해서…… 달크로즈를 구하기도 했잖아? 하르얀은 죽었고…… 그걸로 끝났잖아. 모든 일은 그걸로 됐잖아……."

나는 내 말대로 생각하고 있을까? 정말로 아버지가 반란을 일으킬 이유는 조금도 없다고 생각하고 있을까?

마음 깊은 곳에서 누군가가 '아니다'라고 말했다.

혹시 아버지는 하르얀 때문에 그러시는 걸까? 아냐, 그럴 리가 없어. 하르얀은 구원 기사단을 저주하고 아버지를 원망하고 있었는데 설마 그것 때문에 아버지가 똑같이 무모한 일을 벌이신다고?

"나르디, 뭐라고 말을 해봐."

나르디의 눈이 나와 엘다렌 사이의 검은 허공을 쏘아보았다. 어둠이 괴물이라도 되는 것처럼 꼼짝 않고 노려보았다.

"나도 모르겠어."

대답이 울렸지만 나는 아무 소리도 듣지 못한 기분이었다. 나르디의 목소리가 이어졌다.

"그래, 솔직해지자. 아르킨 단장은 예전부터 왕가와 그리 좋은 관계가 아니야. 구원 기사단과 왕가의 관계에서 파생된 문제이기도 하지. 정규군을 위협할 정도로 커져버린 기사단과 왕가 사이에는 수십 년 동안 알력이 있어 왔어. 국왕조차 참견할 수 없는 기사단의 내규라고 했던가? 내 할아버지께서 재위하시던 때부터 왕가에서는 더 이상 기사의 숫자를 늘리지 말라고 구원 기사단에게 권고해 왔네. 그러나 그들은 수도 방위를 책임진다는 명목으로 여전히 수련 기사를 받고 정식 기사를 늘려 지금의 규모에 이르렀지. 수련 기사와 휘하 모든 병력을 합하면 구원 기사단의 규모는 블루 카운티 주둔군의 두 배에 달한다. 달크로즈가 있는 블루 카운티는 전국의 카운티 중 가장 많은 병력을 보유한 지역인데도 그런 상황이다."

말하기 시작하면서 나르디의 목소리에 점차 열기가 어렸다.

"나는 어려서부터 아르킨 단장을 봐 왔지. 아무것도 몰랐던 시절에는 탁월한 기사인 그를 존경하기도 했다."

감정은 점차 거칠어졌다. 좁은 절벽 위에 파도 같은 감정이 뒤얽혀 부딪쳤다.

"난 한때 아르킨 단장에게 검을 배운 일도 있어."

나르디의 허리에 예의 시미터와 검은 날의 검이 보였다. 저 검을 아버지가 가르쳤다고?

"물론 잠깐 뿐이었네. 열 살도 되기 전의 이야기지. 그때 배운 것은 한 손 대검을 쓰는 방법이었지만 나는 나중에 다른 사람에게 배운 이 검들을 더 애용하게 되었지. 아르킨 단장에게 검을 배운 것은 반년 정도였어. 그때는 락샤미야 의식을 치르기 전이라 태자가 아니었지만 어쨌든 하나뿐인 왕자의 검술 스승으로 대륙에 이름이 자자한 검사를 들였다는 것이 이상한 일은 아니겠지. 그때는 기사단장도 아니었고 말이네. 기억하건대 참으로 혹독한 스승이었지."

표정은 없었으나 목소리가 한 음절 한 음절 딱딱하게 울렸다. 특히 마지막 말에서 그랬다.

"나는 자네보다 아르킨 단장을 오래 알아 왔다. 어쩌면 그를 좀 더 잘 알지도 모르네. 나는 그가 얼마나 두려운 사람인지 전에도 알았고 지금도 알고 있네."

나르디는 말을 끊었다. 그리고 드디어 모닥불 대신 나를 보았다.

"충분히 그럴 이유는 있어. 확증이 없을 뿐."

"……."

그런 말을 듣고도 나는 아니라고 소리치거나, 말도 안 된다고 화를 낼 수 없었다. 아버지는 내 하나 뿐인 핏줄이었다. 비록 만난 지는 한 해도 안 됐지만 그래도 그분을 안다고 생각해 왔다. 그러나 과연 잘 안다고 할 수 있을까?

엘다렌이 말했다.

"아직 모른다고 했나. 그렇다면 그것은 여전히 알 수 없는 것이다. 어떤 굳은 심증이 있다 한들, 확증 없이는 누구도 아들에게 아버지를 의심하라고 하지 못한다. 가서 확인하기 전에는 함부로 말할 수 없는 일이다."

미칼리스가 입을 열었다.

"엘라비다 족의 왕이여. 당신은 우리가 그곳으로 가서, 아니 그보다 파비안이 그곳으로 가서 돌아오지 않을지도 모른다고, 즉 당신을 배신할지도 모른다고 생각하는 것이오? 그래서 그를 보내주지 않을 작정이오?"

나르디의 금갈색 눈동자가 흔들리는 듯했다. 대답보다 바람이 먼저 긴 비명을 남기며 스쳐갔다.

"그 대답은 파비안에게 넘기고 싶군요. 저는 결론을 내리기가 어렵습니다."

엘다렌이 물었다.

"어째서인가. 친구의 마음을 모른다는 것인가?"

"아닙니다. 친구의 마음을 마음대로 속단할 수 없다는 말입니다. 한 사람의 마음은 다른 사람의 마음이 될 수 없으니, 그의 마음은 저의 마음이 아닙니다."

"……."

해가 뜨려는 절벽에는 점점 더 거센 바람이 불었다. 마지막 순간 해는 어김없이 떠오를 텐데도 인간의 희망을 속이려는 것처럼 밤을 붙들고 사납게 몰아쳤다.

"파비안, 나는 자네의 생각을 듣고 싶네. 길을 막을 생각은 없어. 내게는 그럴 자격이 없지. 그러나 자네의 행동이 가져올 결과는 말해주지 않을 수 없었네. 그래, 자네의 아버지에 대한 문제다……. 내가 자네의 친구가 아니라 이스나미르의 국왕일 뿐이라면 당연히 자네를 잡아야 하겠지. 어쩌면 반역자로 체포해야 했을지도 몰라. 실제로 그래야 한다고 주장하는 자들도 있었네. 그러나 나는 그러지 않을 것이고, 자네는 계획대로 피아 예모랑드 성에 가서 아르킨 단장을 만나겠지. 그 다음엔 어쩌면 정말로 그를 돕게 될지도 모른다……. 그렇지만, 그렇다고는 하지만, 나는……."

나르디는 말을 멈추고 내 눈동자를 보았다. 이윽고 그로서는 무한히 하기 힘든 말이 떨어졌다.

"……나는 그런 것을 배신이라 부르지는 않을 생각이야."

한때 나는 나르디가 태자로서 더없이 어울린다고, 필요하다면 개인적인 가책을 무릅쓰고라도 해야 할 일을 해낼 거라고 생각한 일이 있었다. 입 밖에 낸 일도 있었지. 지금도 그 생각은 변하지 않았다. 너는 많은 것을 희생하고라도 의무를 다할 책임과 소질을 타고난 사람이야.

그러나 또한, 친구로도 더없이 어울리는 사람이야.

"너는 왜 그렇게 나를 특별하게 대우하는 거냐. 어째서 나는 네 모든 기준 밖에 서 있는 거지?"

나르디는 가만히 나를 보더니 말했다.

"왜 네가 내 친구냐고 묻는 건가?"

눈가가 아파 오는 듯했다. 바람 속에서 나는 잠시 눈을 감았다. 끝에 와 있다는 느낌이 강하게 들었다. 나르디와 내가 친구가 된 후로 몇 번이나 닥쳤던 위기 중 마지막이자, 가장 높은 벽 앞에서 우리는 마주보고 있었다.

참 힘든 우정을 지켜 왔다. 너와 나는 타로핀의 달에 우정을 약속했지. 그 아룬드의 이름에 맞는 신뢰를 쌓았고, 너도 나도 힘들여 그것을 지켰어.

왜 나의 동생은, 나의 아버지는, 몇 안 되는 내 소중한 핏줄들은 매번 네게 맞서지 않으면 안 되었던 걸까? 꼭 그래야만 했던 걸까? 이렇게 만든 자는 누구지?

왜 너와 나는 그날 이베카의 여관에서 만났던 걸까? 그러지 않았더라면 나는 네게 다른 사람과 똑같은 타인에 불과했을 텐데. 네게 짧은 고민조차 줄 필요가 없었을 텐데.

왜 너는 태자이고 왕이어야 했지? 그렇지 않았더라면 우리에게 아픈 기억 따위는 있을 리 없었을 텐데. 너도, 나도, 상처 입히는 일 따위는 좋아하지 않잖아.

몇 번이고 의심하고, 용서하고, 희생이 필요했던 일들…….

"함부로 친구라고 말할 수 없는 것처럼 그 이름에 어울리게 사는 건 쉬운 일이 아니지. 친구라는 이름의 굳은 가치에 걸맞은 행동을 항상 해낼 수 있는 자가 세상에 몇이나 있단 말인가? 삶은 매번 이렇듯 위기로 가득 차 있는 것을."

미칼리스가 말하며 하늘을 올려다봤다. 다시 동편 하늘을 보자 가느다란 아침빛이 막 번져가는 중이었다.

달크로즈를 떠나기 직전에 엘비르가 했던 말이 떠올랐다. 그는 내 앞에서 늘 양보하고 마는 나르디를 걱정했고, 그런 존재인 내가 나르디에게 걸림돌일지도 모른다고 했지. 이 순간 엘비르가 이곳에 있다면 똑같이 말했을 것이다. 나르디가 나를 택하는 대신 저버리는 것은 백성이라고.

그 생각을 하자 점차 머리가 맑아졌다.

친구라는 이름은 오래 가질수록 무겁다. 나르디, 너는 그걸 지키기 위해 너의 권리를 희생하려 하고 있어. 아냐, 너는 그래서는 안 돼. 너는 왕이야. 한 나라의 국왕이야. 그리고 그 나라는 나의 나라이기도 해.

너는 나라를 짊어지고 결정해야만 해. 그러기 위해 아프더라도 꺾어버려야 할 것이 있어. 내가 사랑하는 수많은 사람들의 나라를 지키고 대표하는 네가, 그렇게 쉽게 약해져서는 안 돼.

"나르디, 그런 약속은 온당치 못해. 나는 그 약속을 받아들이지 않겠어."

나르디는 반박하지 않고 나를 바라볼 뿐이었다.

"국왕은…… 그런 것을 쉽게 약속해선 안 돼. 나는 네 친구이지만 또한 이 나라의 백성이기도 하니까……. 그래, 나는 그 약속을 받아들이지 않아. 약속은 내가 하겠어."

빛이 검푸른 하늘, 두터운 구름을 가르며 퍼져나갔다. 광채의 강을 검은 새들이 날아 건너고 있었다.

"나는 돌아오겠어. 내 임무를 끝내면 네 곁으로 돌아오겠어. 결코……"

내 입에서도 하기 힘든 말이 나오려 하고 있었다.

"……그 누구를 도와서도 네게 검을 들이대지 않겠다고 약속하겠어. 어머니께서 물려주신 내 이름과 2백 년 전의 대마법사가 물려준 아룬드나얀을 걸고, 이스나미르 국왕 나르디엔 루아 듀플리시아드의 정통성을 부인하는 일은 결단코 없을 거다."

"……."

나르디의 금갈색 눈동자가 가늘게 떨렸다. 잠시 후 그는 절벽 쪽으로 얼굴을 돌렸다.

나르디와 내가 맞닥뜨렸던 것은 높은 벽이었지만 벽은 문일 수도 있었다. 그 문을 열고 나가지 않으면 안 된다. 어느 쪽이라도. 이번엔 나였다. 그럴 때가 왔다는 것을 알았다.

나는 나르디가 훌륭한 국왕이라는 사실을 믿는다. 내 모든 것을 걸고 믿고 있다.

"파비안."

나르디의 얼굴이 다시 나를 향했다. 그의 눈가에 낯선 것이 반짝이고 있었다.

"내가…… 다른 곳에서 지금 같은 신뢰를 얻을 수 있을까? 다시 이런 기분을…… 맛볼 수 있게 될까?"

나는 손을 뻗어 나르디의 손을 잡고 힘껏 고개를 끄덕였다.

"그럼. 난 앞으로도 네 곁에 있을 테니까 죽도록 실컷 보게 될 걸."

새로운 하루가 시작되는 순간이었다. 붉은 기운은 천지를 뒤덮고 지평선 너머까지 감아 들여 세계를 고대의 유적처럼 찬연한 자태로 바꾸어 놓았다. 안개는 불타는 바다였다. 태양의 이마가 그 밑에 있었다.

나르디가 일어섰다. 그는 일어서려다가 발을 잘못 디뎌 약간 비틀거렸다.

"그래, 그래…… 나, 나…… 멋진 것을 보여주려고 여기까지 온 거였는데, 잊어버렸군. 미안해."

나르디의 목소리는 밝았지만 말끝이 떨렸다. 이윽고 바로 선 그는 맺힌 눈물을 닦지도 않은 채 환하게 웃었다. 저 얼굴만은 나중까지도 잊고 싶지 않다.

"엘다렌, 미칼리스, 이쪽으로 저를 따라오시겠습니까?"

절벽 옆에 아까는 어두워서 보이지 않던 길이 있었다. 길은 구불구불 아래로 이어져 잠시 만에 바위 절벽 일대를 한눈에 내려다볼 수 있는 장소로 나왔다. 시원한 물소리가 들렸다. 발 아래였다. 희미하게 밝아진 절벽 아래 급류가 굽이쳐 흘렀다.

"저기입니다."

우리는 절벽 한쪽에 큰 소나무가 있는 쪽으로 가서 바위를 붙잡고 강을 내려다보았다. 주위를 휩쌌던 안개가 걷히자 강은 본연의 색깔로 맑게 빛났다. 그때 태양이 머리를 내밀며 붉은 그림자를 펼쳐 놓았다.

"저기!"

눈이 밝은 미칼리스가 먼저 발견하고 외쳤다. 그의 손가락을 따라가자 맞은편 절벽에 뚫린 수로를 통해 한 척의 배가 미끄러져 나오는 것이 보였다.

"저런! 굉장히 작은 배가 아닌가?"

배라기보다는 보트, 아니 그보다 좁고 길어 버드나무 잎사귀처럼 생긴 날씬한 조각배였다. 나르디가 말했다.

"카약(kayak)이라고 합니다. 하르마탄에만 있는 독특한 배라고 하더군요."

워낙 가느다랗게 생겨서 딱 한 명밖에 탈 수 없을 것처럼 보였다. 실제로 한 사람이 타고 교묘하게 노를 저으며 내려오고 있었다. 한 개뿐인 노는 양쪽에 날이 달려 있어서 가운데를 잡고 좌우를 다 저을 수 있었다.

막 떠오른 태양이 쏜살같이 다가오는 배에 강렬한 후광을 더했다. 배의 검은 표면이 물고기 등처럼 반짝거렸다. 더 다가오자 배를 탄 사람의 모습이 뚜렷해졌다. 검은 머리, 그을린 피부, 오렌지색 깃이 달린 여행자의 복장과 노를 젓는 재빠른 손놀림이 보였다. 사방으로 물방울이 튀었다. 갑자기 머릿속에서 모든 것이 가까워지는 듯했고, 다음 순간 나는 소리를 질렀다.

"이슬라 공주님!"

내가 멋대로 애칭을 불렀다는 사실조차 깨닫지 못했을 정도였다. 잔-이슬로즈 공주가 어째서 여기에 있는 거지?

"파비안!"

내 이름을 부른 것까진 좋았는데 그 다음에는 물소리가 요란해져서 뭐라고 하는지 알아들을 수가 없었다. 잔-이슬로즈도 들리지 않을 것을 알았는지 손을 흔들어 인사를 보냈다. 물론 그녀는 카약 조종에 집중해야 했기 때문에 다음 순간 재빨리 배가 기울어지지 않도록 바로잡았다.

나는 나르디를 돌아봤다.

"야, 어떻게 된 거야? 공주 전하께서 어떻게 여기 계시지?"

"공주 전하는 '계시고' 국왕한테는 '야 라니 균형이 안 맞잖은가."

나르디가 농조로 말하더니 자기도 잔-이슬로즈에게 손을 흔들었다. 표정은 알아보기 힘들어서 이쪽을 바라본 그녀가 웃었는지 어쨌는지는 알 수 없었다.

"어쨌든 설명 좀 해봐. 공주 전하께서 너랑 같이 온 거야? 아니면 따로? 귀국을 못 하신 건 네가 잡아놔서 그런 거냐?"

내 생각에는 균형이 잘 맞는 말투 같은데 말이야. 나르디는 싱긋 웃더니 내려가는 길을 가리켰다.

"가서 직접 물어 보게."

안 그래도 그럴 참이었다. 우리는 바윗길을 돌아 절벽 아래로 내려가서 손바닥만 한 모래톱에 섰다. 카약은 물결을 몇 개 넘어 금세 모래톱으로 밀려들어왔다. 잔-이슬로즈는 배가 멈추기 전에 발딱 일어나더니 재빨리 뛰어내려 이쪽으로 달려왔다. 얕은 강물이 발치에서 시원스럽게 튀어 올랐다.

"파비안, 유리카! 다시 만나서 반가워요. 파하잔의 지배자께서도 여전히 건강하시군요."

나는 잔-이슬로즈를 만난 것보다 다른 것 때문에 얼떨떨했다. 아까는 멀어서 느끼지 못했는데 눈앞에 서니 갑자기 뚜렷해졌다.

"그 머리……."

"아, 어때요? 시원해 보이지 않나요?"

잔-이슬로즈의 긴 머리, 까마귀의 우아한 깃털이 사라지고 없었다. 개구쟁이 소년처럼 귀밑으로 자른 머리카락이 미풍에 나풀거릴 뿐이다. 당황한 것은 유리카도 마찬가지였다. 잔-이슬로즈는 유리카의 표정을 보고 싱긋 웃었는데 어쩐지 나르디의 미소를 떠올리게 하는 웃음이었다.

"유리카 아가씨의 머리는 여전히 예쁘군요."

유리카가 얼른 말했다.

"아, 아니에요. 공주님께선 짧은 머리도 잘 어울리시는군요."

나르디가 다가와 잔-이슬로즈와 짧은 악수를 나눴다. 옆얼굴이었지만 미소를 주고받는 것도 보였다. 둘은 언제 헤어졌다가 만난 거지? 함께 이 섬에 온 게 아닌가?

낯선 인물이 하나 있긴 했다. 공주가 미칼리스를 바라보자 나르디가 몇 마디 설명해 주었다. 보아하니 나르디가 우리를 뒷조사한 내용까지 다 알고 있는 모양이었다.

"엘프시라고요. 만나서 반갑습니다. 엘프의 예법에 맞는 인사는 알지 못하나 마음만은 충분히 알아주시리라 믿습니다."

잔-이슬로즈와 마주선 미칼리스의 금빛 머리는 엘프만이 가질 수 있는 광채, 태양을 감춘 금빛 구름의 빛을 냈다. 그러나 그런 모습인 미칼리스의 대답은…….

"반갑습니다."

딴판으로 간단하지.

인사가 오가고 나자 나는 궁금하던 것을 물어보았다.

"공주님께선 아직 본국으로 돌아가지 않으셨다고 들었는데, 설마 아직도……."

"아, 물론 아닙니다."

잔-이슬로즈가 즉각 대답하더니 잠시 앉자는 손짓을 했다. 우리는 강변에 듬성듬성 놓여 있던 바위들을 하나씩 택해 걸터앉았다. 발이 젖은 공주는 강에 솟은 바위에 앉았는데 입은 것도 무릎 정도만 덮는 간편한 바지였다. 물속으로 하얗게 닦인 자갈이 보였다. 물결이 밀려올 때마다 카약이 잎사귀처럼 몸을 갸웃거렸다.

"저는 이제 포로가 아니에요. 얼마 전에 사건이 좀 있어서 정식 손님으로 승격되었지요."

우리가 공주에게 존대를 들을 처지는 아니었지만 그녀는 우리가 나르디의 친구라는 것을 의식해서인지 겸손한 말투였다.

"손님이라면 지금도 이스나미르에 계시다는 뜻인가요?"

"지금도 이렇게 있잖아요?"

하긴 북부 하르마탄도 이스나미르 땅이니까 그 말도 맞았다. 그렇지만 물론 그런 의미로 물은 게 아니었다. 잔-이슬로즈가 본국에 돌아갔다면 다시 올 이유가 없을 거고, 포로가 아니라면 안 돌아갈 이유가 없는데? 설마 갔다가 다시 올 이유라도 있나? 두 나라는 엄연히 적국인데? 설마 관광차 방문했다거나…….

"여기저기 여행하고 있는 중이지요."

내 상상은 여지없이 깨져버렸다. 나는 결국 나르디를 봤다.

"야, 그러니까, 그게…… 공주님께선 여기에 왜…… 아니, 여기에 오신 것은 너와 함께…… 아니, 그게 그러니까……."

유리카가 나를 한심하다는 듯이 쳐다보는 바람에 결국 생각나는 대로 말하고 말았다.

"잔-이슬로즈 공주 전하와 나르디엔 국왕 폐하께선 현재 무슨 관계신가요? 아까 손님이라고 하셨지만 뭔가 이상하잖아요. 하르마탄까지 같이 와 계시니 말입니다."

잔-이슬로즈가 싱긋 웃으며 고개를 끄덕였다. 그때 짧은 머리 양쪽으로 한 쌍의 귀걸이가 경쾌한 빛을 발하며 흔들렸다. 장신구를 잘 갖추지 않던 그녀였기 때문에 저도 모르게 눈이 갔다. 투명한 보랏빛 돌이 도톰한 삼각뿔 모양으로 깎여 있었는데 간소하지만 고상한 느낌을 주었다.

공주는 내가 귀걸이를 보는 것을 눈치채고 나르디에게 미소를 보냈다. 나르디가 고개를 끄덕이더니 품안을 헤치고 뭔가를 꺼내놓았다.

목걸이잖아?

"똑같네?"

유리카의 말대로 나르디의 목걸이에는 잔-이슬로즈의 귀걸이와 똑같은 보석이 매달려 있었다. 크기도, 모양도, 색깔도 똑같았지만 목걸이였기 때문에 보석은 한 개뿐이었다. 끈은 단순한 가죽으로 되어 있었다.

대강 짐작은 가는데 선뜻 말이 나오지 않았다. 내가 망설이면서 헛기침을 하자 내 기색을 알아챈 유리카가 한마디 하려는 순간…….

"결혼식은 언제입니까?"

겨, 겨, 결혼식?

미칼리스의 입에서 튀어나온 소리에 나는 입을 딱 벌렸다. 유리카도 당황해서 급히 손을 내저으면서 잔–이슬로즈의 기색을 살피려 했다. 미칼리스는 유리카를 멀뚱히 보더니 다시 말했다.

"뭐야. 유리, 너도 알고 있잖아. '아르나의 눈빛'은 보통 약속을 한 사이에서 주고받는 물건이 아니지."

저게 아르나의 눈빛이라고?

나는 벌린 입을 재빨리 다물고 유리카에게 확인을 구하는 눈빛을 보냈다. 아르나의 눈빛이 뭔지는 무식한 나도 들어본 일이 있었다. 그게 처녀 아르나의 눈 색깔과 같은 보랏빛 보석 알만딘(almandine)의 별칭이라는 걸 말이다. 연인들을 위한 사랑의 수호석이자 '아르나와 레오 로아킨의 이름을 건 맹세'를 행한 연인들이 나누어 가지는 돌이라는 것도 알고 있었다. 다만 평민들이 선물할 만큼 싸구려가 아니다 보니 실물을 본 일이 없었을 뿐이지.

그렇다면?

"정말 둘이 미래를 약속한 사이란 말이에요?"

두 나라는 오랫동안 적국이었고 게다가 듀플리시아드 왕가는…… 전통적으로 고대 이스나미르로부터 내려온 혈통을 굉장히 중시하지 않던가? 나르디의 금발이 바로 그 혈통의 증표잖아? 그런데 마브릴 공주와의 결혼이라고?

내 머릿속에서는 양가의 반대 속에서 사랑을 쟁취해야 하는 불운한 연인들에 대한 온갖 이야기들이 떠올랐지만 잔-이슬로즈가 한 대답으로 여지없이 깨져 버렸다.

"그래요. 하라시바에 계신 부왕께서도 우리의 약혼을 축복해 주셨고 이스나미르 추밀원의 동의도 이루어진 걸로 알아요. 알만딘 귀걸이와 목걸이는 약혼 선물인 셈이지요."

심지어 약혼한 사이란다. 엘다렌은 스트라엘과 블랑디네에 이어 다시 한 번 '빠르군'이라고 말해야 했고, 미칼리스는 거보라는 듯 어깨를 으쓱였으며, 나와 유리카는 왠지 모를 배신감으로 나르디의 발그레해진 얼굴을 보았다. 주아니조차 주머니 속에서 의견 표시를 위해 분주하게 꼬물거렸다.

그러고 보면 아르나와 레오 로아킨의 이름을 건 맹세는 사랑하는 사이라고 섣불리 할 만한 것은 아니었다. 두 사람을 맺어주기는 하지만 맹세를 깬 사람에게는 어김없이 대가를 내린다는 이름들이니까.

나르디가 말했다.

"그래, 자네 생각대로야. 그런 맹세가 필요할 정도로 이번 결정은 쉽지 않았네. 우리를 둘러싼 사람들이 받아들이기 어려웠다는 뜻이 되겠지. 자세한 이야기는 나중에 따로 해줄 기회가 있을 거야. 어쨌든 친구들에게 사실만은 알려 두고 싶었네."

나는 한참 만에 엉뚱한 소리를 내뱉어 소감을 대신했다.

"너 예전에는 마르텔리조 아가씨들이 연상이라서 싫다고……."

유리카가 내 옆구리를 쿡 찔렀다. 나는 말실수를 했음을 깨닫고 잔-이슬로즈를 바라보며 바보처럼 헤헤 웃었다. 그녀는 관대하게 미소 지으며 나르디를 보았다.

"폐하께서 연상이 싫다고 하셔도 이제 와서 어쩔 수 없는 일이죠. 그러니 제 쪽에서 연하를 좋아한 결과라고 생각하시는 편이 어떨까요?"

"아…… 아, 네."

대담한 공주님한테 한 방 먹고 입을 다무는 것으로 사태는 종결되었다. 우리가 일어나자 잔-이슬로즈는 카약을 챙겨 놓으러 갔다. 그녀도 우리를 따라 숙영지로 돌아갈 참인 듯했다.

강가를 떠나려다가 나르디가 내 얼굴을 보더니 말했다.

"도무지 기뻐하는 얼굴이 아니라니 섭섭한데. 축하한다는 말도 해주지 않……."

나와 유리카는 그 말이 끝나기도 전에 동시에 외쳤다.

"축하해!"

그것 참, 제일 중요한 말을 빠뜨리다니. 너무 놀란 나머지 머리가 어떻게 됐던 게 아닐까?

잔-이슬로즈의 앞머리가 미풍에 가볍게 날렸다. 새벽녘 공기가 가시고 대기가 따뜻해지는 동안 우리는 숙영지 근처까지 왔다.

"휴, 그렇게 된 거구나."

둘이 어떻게 끌리고, 마음을 확인하고, 사랑을 맹세했는지는 도무지 말하려 하지 않아서 대신 우리는 어떻게 양국 왕가를 설득했는지 물어봤다. 그리고 설득 방식에 경탄을 금치 못하는 중이었다. 정확히는 설득이 아니고 협박인가?

불법 침입한 타국의 태자를 전투 끝에 놓치고 아끼는 공주까지 빼앗긴 세르무즈 국왕의 속은 몹시 쓰렸을 터였다. 그렇다 보니 잔-이슬로즈를 돌려받기 위한 세르무즈 국왕의 사절은 생각보다 일찍 당도했다. 그러니까 달크로즈에서 하르얀이 일으킨 반란이 무마되고 처형과 국왕 즉위가 있은 직후였다. 물론 새 국왕 즉위를 축하하는 목적도 함께 띠고 있었다.

프랑도비네 14세의 사신은 젊은 국왕을 조심스럽게 떠보고는 어리다고 무시할 상대가 아니라고 판단했던 모양이다. 여간해서는 공주를 돌려받기 어렵겠다고 생각했는지, 그는 우회 작전을 쓴답시고 이스나미르가 수도에서 일어난 반란을 가라앉히는 동안 세르무즈가 관여하지 않고 점잖게 관망하지 않았느냐는 이야기를 꺼냈다. 거기에 나르디가 받아친 대답은 이랬다.

"맞는 말이오. 그래서 나는 더욱 공주 전하의 중요성을 절감하게 되었소."

공주가 없었더라면 세르무즈가 과연 내란이 일어난 틈을 타서 이스나미르를 넘보지 않을 수 있었겠느냐, 그러니 더욱 돌려보낼 수 없다는 대답이었다. 그러자 사신도 대담한 반론을 택했다.

"폐하의 그 말씀은 이스나미르의 평화와 발전이 앞으로도 세르무즈 공주 전하의 자유를 볼모로 하지 않으면 불가능하다는 말씀이십니까?"

"글쎄, 꼭 그렇지만은 않소. 평화와 발전이란 말의 의미란 다양한 법이니 말이오. 양국의 협력으로 이루어진 양국 모두의 평화와 발전이라면 더욱 바람직한 것이겠지. 그에 대해 세르무즈 국왕 폐하의 생각은 어떠하실지 궁금하오."

"협력이라니요, 폐하?"

사신도 바보는 아닌지라 말뜻은 짐작하고 있었다. 돌아올 대답은 뻔했다.

"이스나미르 국왕 나르디엔은 전사들의 나라에서 태어난 아름다운 공주가 마음에 들었다고 전해 주시오."

잔-이슬로즈도 대단했다. 그녀는 프랑도비네 14세에게 두 나라의 평화를 위해서라면 자기 한 몸 희생하여 이스나미르로 시집가겠다는 편지를 썼다. 어차피 돌려보낼 기약이 없는 공주를 되찾으려면 전쟁이라도 하지 않으면 안 될 판에, 세르무즈에게도 이 조건이 그렇게까지 나쁜 것은 아니었다. 볼모로 잡혀 있는 공주보다야 결혼한 공주 쪽이 협력을 위해서든 체면을 위해서든 훨씬 나았을 테니까 말이다. 더구나 태자비도 아니고 왕비이니 이스나미르에서 상당한 권력을 쥘 수 있다는 뜻도 되었다. 아무리 부인하려 해도 이스나미르는 아직 대륙 최강국이었다.

"게다가 동전 사건도 한몫했지."

그 말대로 세르무즈는 또 한 가지 중대한 약점을 안고 있었다. '이름 없는 산'에서 발견된 유물을 독차지하려 했던 음모를 증언할 사람으로 다름 아닌 나르디엔 국왕 자신이 있었으니 말이다. 잔-이슬로즈 공주는 부왕에게 보내는 편지에서 교묘하게 그 점도 언급했다. 프랑도비네

14세는 승복할 수밖에 없었다.

마지막으로 이스나미르 추밀원을 설득하는 일이 남았다. 이것 역시 쉬운 일은 아니었지만 이번엔 잔-이슬로즈의 계략이 주효했다. 그녀는 부왕의 답신 내용을 '만일 결혼을 한다면 모르되 그대로 볼모로 있을 바에는 차라리 깨끗이 자결하는 편이 낫다. 만일 자결을 한다면 그 원한은 아버지가 반드시 갚아 줄 터이니 심려할 것 없다'는 식으로 전해 주었다.

다른 때였다면 모르되 반란 시도로 수십 명의 귀족이 죽어나간 직후였으므로 추밀원에서도 전쟁이라면 무조건 피하고 싶었을 것이 틀림없었다. 설상가상으로 구원 기사단에서 반란 조짐이 보인다는 소식까지 전해지자 모든 일은 일사천리로 진행되었다. 양국에 사신이 오가는 가운데 페스버스와 에라르드 등이 선단을 이끌고 이스나미르로 오는 일도 함께 성사되었다.

도대체 어떻게 된 거야. 나르디도 알고 보니 연애 문제라면 물불을 안 가리는 녀석이었잖아. 과격한 공주님이야 말할 것도 없고. 게다가 왕족들이란 분위기가 무르익기만 하면 연애고 뭐고 없이 곧장 결혼이로군. 둘이 만난 지 얼마나 됐다고……

"결혼식 들러리는 두 사람으로 예약이다, 알지?"

나르디의 말에 유리카가 빙긋 웃으며 공주를 보았다. 알만딘 귀걸이가 잘 어울리는 짧은 머리의 공주는 돌아보지 않고 미소만 지었다.

갑자기 왜 미르디네가 떠오르는 거람. 나중에 이 소식을 전해주는 역할만은 사양하고 싶어지는데.

"그건 그렇고 저 카약인가 하는 배를 조종하는 건 언제 배우신 거야?"

숙영지 앞에 다 왔을 즈음이었다. 나르디가 대꾸했다.

"하르마탄에 도착하자마자 당장 배우겠다고 하더라고. 예전부터 저 배 이야기를 알고 있어서 별렀던 모양이야. 하르마탄에 있는 강은 좁고 급류도 상당한 편이라 카약을 타기에는 안성맞춤이지. 그러니까 저런 배가 개발되기도 한 거겠지만."

"위험하지 않아?"

나르디는 소리 내어 웃었다. 잔-이슬로즈는 저만치 앞서서 걸어가고 있었다. 그는 턱으로 그녀를 가리키면서 낮게 말했다.

"나한텐 그녀를 막을 능력이 없다네. 얼굴을 한 번 보는 것만으로도 뭐든 허락해주고 싶어지거든."

나르디는 황당한 표정을 짓고 있는 나를 앞질러 숙영지를 경계하던 보초의 경례를 받고 잔-이슬로즈와 나란히 안으로 들어갔다. 나와 함께 뒤에 남은 유리카가 중얼거렸다.

"쟤한테도 저런 면이 있었네."

그, 그래…… 나한테만 있는 건 아니었단 말이다.

떠나야 할 시간이 왔다.

점심 식사는 조촐했다. 왕의 천막에서 식탁에 둘러앉은 것은 나르디와 잔-이슬로즈, 나와 유리카, 엘다렌과 미칼리스가 전부였다.

나르디에게는 부관인 엘비르 외에도 따라다니며 잔소리하는 것이

직업인 늙은 귀족이 한 사람 있었다. 레들로우 후작이라는 사람으로 추밀원에서 젊은 국왕을 위해 파견한 '보좌관'이라는데, 그가 나르디와 잔–이슬로즈의 결혼을 가장 반대했다고 했다. 레들로우 후작을 비롯한 몇몇 귀족들은 나르디보다 연상인데다 타국의 왕가라는 배경을 등에 업고 있으며 강한 전사이기까지 한 대찬 아가씨를 왕비로 맞아들이게 되면 그녀의 존재가 국왕의 위엄을 가릴지도 모른다고 우려했던 모양이었다. 정확히는 추밀원의 입김이 약해질지도 모른다고 생각한 거겠지만. 그러나 나는 그 사람들이 나르디를 잘 몰라서 하는 소리라고 확신할 수 있다.

그래, 그 귀족들이라면 나를 피아 예모랑드로 보내주는 것도 반대했겠지.

"내게도 한 가지 약속해 주었으면 하는 일이 있어."

나는 식사를 끝내고 포크를 내려놓으면서 나르디를 바라봤다. 나르디가 포도주 잔에서 입을 떼며 말했다.

"약속하겠네."

내 말을 듣지도 않았는데 그렇게 말했다. 그것은 나에 대한 그의 신뢰가 얼마나 강한가를 보여주는 일이기도 했다.

"고마워. 그러나 우선 내 이야기를 들어보고 다시 한 번 결정해 줘."

"그러지."

나와 나르디는 한참 동안 서로의 눈을 들여다보았다.

나르디는 주홍빛 천에 금빛 줄이 들어간, 몸에 꼭 맞는 옷을 입고 있었다. 잔 이슬로즈의 좁고 긴 드레스도 같은 주홍빛이었다. 치맛자락에 금박 무늬가 드문드문 박혀 있었고 그 속에 섬세한 나뭇잎 무늬가 수놓아져 있었다.

그 모습을 보자니 곧 있게 될 두 사람의 결혼식이 떠올랐다. 아니, 어쩌면 왕과 왕비가 된 두 사람의 모습일지도 모르겠다. 나는 그 결혼식의 하객이 될 수 있겠지. 그리고 두 사람이 살아가는 모습을 가까이에서 지켜보게 될 테지.

정말…… 그렇게 될까?

"내가 돌아올 때까지 기다려 줬으면 해. 반란이라고 확신할 수 있게 된다 해도, 공격을 시작하지 말고 나를 기다려 줘."

"……."

나르디는 잠시 말이 없었다. 나도 쉬운 부탁이 아니란 것을 알고 있었다.

"대신 내가 문자 아룬드 5일이 되어도 돌아오지 않으면, 그때는 나를 찾으러…… 피아 예모랑드로 와 줘."

찾으러 와 달라는 말의 의미를 나르디도 모르지 않았다.

오늘은 점성술 아룬드 28일이었다. 피아 예모랑드 성까지의 거리는 말로 달려 하루 정도였다. 나르디가 우리 일행에게 말을 제공하기로 했으므로 오가는 시간은 도합 이틀, 아버지와의 대화는 사흘이면 충분하겠지.

나는 아버지를 설득해 볼 생각이었다.

나와 내 친구, 내 나라, 그리고 동료들을 위해 되든 안 되든 도전해 볼 것이다. 내가 아버지에게 어느 정도의 영향력을 가지고 있는지는 전혀 자신할 수 없지만 그래도 해보는 수밖에 없었다.

이윽고 나르디의 고개가 천천히 끄덕여졌다.

"약속하겠네."

"고마워."

쉬운 약속이 아니란 것을 알고 있었다. 이제는 외줄을 타는 길밖에 없었다. 실패한다면 어떻게 될지 아무도 모른다. 결국 모든 일이 실패로 돌아가고 전투가 벌어진다면 어느 쪽이 이길까. 누구나 인정하는 대륙 최고의 기사이자 전략가인 아버지이다. 그러나 수적으로는 불리해. 아냐, 그렇다고는 하지만 아버지가 거느린 것은 구원 기사단이야. 수많은 지원자 중에 선발되어 실력을 갈고 닦은 최고의 정예들만이 그곳에 모여 있어. 츠칠헨도, 키반도 거기에 있겠지.

"자네에게 줄 것이 있어."

나르디가 입구 쪽으로 손짓을 하자 한 사람이 들어왔다. 엘비르였다. 그는 손에 검 하나를 받쳐 들고 있었다. 나르디가 받아들더니 내게 내밀었다.

나르디는 내게 이미 끔찍 무식한 검이 있다는 사실을 잘 알고 있었다. 이제는 그 검에 어울리는 일격필살의 정신도 어느 정도 갖췄다. 그런 것을 알고 있을 그가 왜 내게 검을 주는 거지?

내가 묻기 전에 나르디의 설명이 이어졌다.

"나르시냐크 가문 대대로 내려오는 검이네. 아르킨 단장도 그 검을 쓴 일이 있었지. 가장 최근에는…… 하르얀이 가지고 있었네."

그랬구나.

나는 검을 넘겨받아 쥐어 보았다. 그래, 기억이 난다. 푸른 굴조개호에서 하르얀과 마주쳤을 때 그가 쥐고 있던 세이버가 이것이었다. 그게 우리 가문의 검일 줄이야.

"자네에게 돌려줘야겠다는 생각이 들더군. 달리 줄 사람도 없어서."

나는 말없이 고개를 끄덕였다. 나 말고는 가질 사람이 없겠지. 앞으로도 사용할 일은 없을 것 같지만.

뽑아서 날을 볼까 하다가 국왕의 천막 안이라 참았다. 칼집에 든 채로 짐에 꽂아 넣는데 갑자기 의문이 떠올랐다. 우리 집안 대대로 내려오는 검이라면 왜 그걸 아버지가 아니라 하르얀이 갖고 있었지? 그럼 아버지가 가지고 계시던 검은 또 뭐야?

그러나 입 밖에 내지는 않았다. 나는 고마움을 담아 나르디에게 씩 웃어 보였다.

"나중에 내 아들이 이놈의 거대한 검을 못 쓰겠다고 하면 이거라도 주지 뭐."

잔-이슬로즈가 가볍게 웃음을 터뜨렸다. 벌써 아들이 있기라도 한 것처럼 말했다는 것을 깨닫고 나도 피식 웃고 말았다. 내 아들이라, 그런 사람을 언젠가 보게 되긴 하는 걸까?

"자, 출발해야지."

미칼리스가 말했다. 다시 헤어져야 한다는 사실이 몹시 아쉬워졌다.

그렇지만 곧 만날 수 있을 거야. 네가 약속을 지키리라는 걸 알아. 그래, 우리 모두 무사할 거야.

식탁에서 일어나는데 잔-이슬로즈가 나를 한쪽으로 불렀다. 내가 다가가자 그녀는 소매 속에서 봉인된 편지를 꺼내 슬쩍 건넸다.

뭐지?

밖으로 나오면서 겉봉을 보니 한 번 봉해졌다가 뜯은 흔적이 있었다. 먼저 붙였던 봉랍에 문장을 찍었던 모양이지만, 그 위에 새로 봉랍을 부어서 붙였기 때문에 알아보기는 힘들었다. 겉봉에는 날씬한 필적으로 다음과 같이 쓰여 있었다.

아버지를 만날 때까지는 뜯지 마세요. 아버지를 만나 이야기가 잘되거든 반드시 뜯지 말고 태워버리세요.

아버지를 만나서 설득이 잘 되지 않으면 뜯어보라는 얘기인 모양이었다. 무엇인지 궁금했지만 나는 묻지 않고 편지를 품에 집어넣었다.

이윽고 우리는 나르디가 준비해 준 네 필의 말에 올랐다. 아티유 선장 등과는 아까 미리 인사를 나누었다. 곧 돌아오겠다고 말하는 것만으로는 좀 부족했지만 그들은 우리를 이해해 주었다.

"파비안, 자네가 잘 해낼 것을 믿네. 그것이 무엇이었든."

나르디가 나를 올려다보며 말하더니 불쑥 다른 이야기를 꺼냈다.

"추밀원 귀족들 중에는 자네를 조심하라는 사람들도 있더군. 자네가 오르코시즈에 중독된 유리카를 업고 달려왔을 때 성문 밑에서 뭔지 모를 검술을 썼다는 거야. 그게 세상에 알려지지 않은 특별한 것이라고들 했네. 나는 직접 안 보아서 모르겠지만 뭔가 대단한 것일 테지?"

나는 나르디가 왜 이런 말을 하는지 몰랐다. 그래서 그저 고개만 끄덕였다. 그는 말에서 물러서며 소리쳤다.

"곧 다시 만나자!"

이어 유리카가 기운차게 외쳤다.

"안녕히 계세요, 공주님!"

"유리카, 엘다렌, 주아니, 미칼리스, 모두 안전한 여행을 빕니다!"

기울어져 가는 태양을 향해 달리는 네 마리 말의 발굽 소리가 나르디의 마지막 말을 지워버렸다. 녀석의 입에서 주아니의 이름까지 나왔는데 나중에 공주님한테 잘 설명할까 모르겠네.

떠나온 곳이 보이지 않게 될 때까지 나는 돌아보지 않았다. 잠시 소풍이라도 떠나는 것처럼, 그들이 곧 뒤따라 올 것처럼, 저녁 먹기 전에 돌아와 다시 만날 것처럼, 그렇게 돌아보지 않았다.

하루가 지나 태양이 기울기 시작한 같은 시각, 우리는 어느 벼랑에 이르러 말을 멈췄다.

"저 성인가."

주홍빛 안개가 바다처럼 깔려 있었다. 그 아래는 어둠이었다.

두터운 양탄자 같은 안개 위로 산도, 나무도, 새도 보이지 않았다. 멀리 오직 피아 예모랑드 성의 탑들만이 검게 솟아 있었다. 아버지가 계신 가문의 영지, 그리고 대마법사의 성.

탑들은 보였지만 성벽이나 성문은 보이지 않았다. 성은 마치 안개 위에 선 듯, 또는 암흑 속으로 서서히 가라앉고 있는 듯 보였다.

균열의 힘이 집중되는 비밀스러운 마법진이 저 안에 있다. 나를 기다릴지 아닐지 모를 아버지도 그곳에 있다. 내가 상상할 수 없는 다른 것들도 때를 기다리며 도사리고 있는 건 아닐까.

"다 왔어. 모든 여행이 시작되었고 모든 여행이 끝날 곳에 드디어 온 거야."

유리카의 말에 나는 고개를 끄덕였다. 엘다렌과 미칼리스는 침묵했다. 세 사람은 모두 이 성에 와 보았을 것이다. 아니, 그때는 성이 아니었겠지. 숨겨진 마법진의 땅이었을 거야. 그 후 같은 자리에 2백 년을 서 있었을 저 성을 이들은 처음으로 보고 있구나.

"무엇을 기다리나. 무엇을 망설이나. 2백 년 전처럼 모든 것은 우리를 위해 예비되어 있는데."

미칼리스의 말을 엘다렌이 받았다.

"이번에는 최후의 장애가 무엇일 것 같은가."

에제키엘에게는 최후의 장애가 있었다. 그래서 균열을 완전히 막지 못하고 2백 년 후의 부족한 후손인 내게 맡겼다. 거기에는 비밀이 있어. 곧 나도 알게 되겠지.

"자, 내려가지 않겠나?"

말이 벼랑을 돌아 안개 속으로 내려가기 시작했다. 네 개의 검은 그림자가 마지막 길로 사라져 갔다. 가슴 속에 수많은 약속을 품은 채.

13장.
12월 '문자(Word)'

12월 '문자(Word)'

문자의 별 '푸비아니(Fubiani)'가 지배하는 아룬드. 가을이 빛을 더해가면서 잎은 시들고 과실은 단단해진다. 일기가 온전하여 들판을 걷는 자와 지붕 밑에 머무는 자 모두에게 즐거움을 준다. 그대는 후세를 위해 예지를 석판에 기록하고 보아서는 안 될 자에게는 숨길 수 있으리라.

문자는 기억이자 마법이다. 고대 이스나미르에서는 특별한 문자를 쓰는 것으로 마법을 대신하기도 했는데 이를 '주문 글자'라고 불렀다. 이러한 글자를 타로핀으로 된 석판에 철필로 써서 마법이 시전 되는 자리의 중심에 놓았다. 철필 끝에는 눈에 보이지 않는 잉크를 발랐는데 환영주를 특정한 비율로 섞어 이스나에들이 알아보도록 했다.

이러한 주문 글자의 체계는 오늘날 대부분 소실되어 아주 적은 글귀만이, 그나마 번역문 속에 남아 있을 따름이다. 그러나 문자 아룬드가 정해지던 시대에는 마력을 가진 글자의 사용이 광범위하게 받아들여졌던 것으로 보인다. 주문 글자 외에도 축복 문자, 신성 문자 등이 존재했으며 용도는 모두 달랐다. 그중 가장 많은 단어로 이루어져 있었다고 하는 축복 문자는 최근까지도 일부가 전해지는

데, 이스나미르의 수도 달크로즈에 있는 '사자(死者)들의 홀'에 가장 많이 남아 있다. 고대로부터 영웅들과 이름 없는 기사들이 함께 묻히는 납골당인 이곳의 입구에는 일곱 기둥이 세워져 있고 그 표면에 수천 단어 이상의 축복 문자가 새겨져 있다. 축복 문자는 귀한 무기나 마법에 쓰이는 도구를 축복하기 위해 물건의 표면에 새기는 경우도 있었다고 하나 현재 그런 물건은 남아 있지 않다.

문자 아룬드는 숨겨져 있던 진실을 마침내 찾아내고, 돌에 기록된 글자처럼 오랫동안 기억한다는 의미를 갖는다. 찾아낸 진실은 때로 가혹하며 기대와 다를 수도 있으나, 찾아낸 이상 되돌릴 수는 없다. 이러한 의미를 되새기듯 고대 이스나미르로부터 내려오는 일부 문서들은 문자 아룬드가 오면 자간과 행간에 그간 보이지 않던 글자들이 나타나면서 문장 자체가 새로운 의미로 변한다. 각지의 도서관에 흩어진 이러한 문서들은 수만 종에 달하는데 오랫동안 연구해도 풀리지 않던 비밀들이 이러한 문서 몇 장으로 한꺼번에 풀리는 일도 있다. 이리하여 문자 아룬드가 되면 온 대륙의 학자들이 고대 이스나미르인들이 숨겨 놓은 비밀을 찾아내기 위해 각국의 왕궁 도서관으로 모여드는 진풍경이 벌어진다.

"사람을 위해 신성한 문자로 기록하여 남기다"라는 경구는 기록, 즉 기억의 의무를 상기시킨다. 필연적인 노력, 갈고 닦아야 할 선대의 유산, 숨겨진 진실, 그러한 진실이 주는 고통, 조상이나 영적 존재의 도움, 기억해야 할 일, 잊을 수 없는 사람, 후대를 위한 의무, 그리고 오랫동안 지켜야 하는 약속 등을 암시한다. 이 아룬드를 의미하는 빛깔은 낡은 책표지와 같은 갈색이다.

— 점성술사들이 달력에 적는 각 아룬드의 의미,
그중 열두 번째.

1. 검은 성

벼랑에서 내려와 보니 바닥이 없지는 않았다.

성은 검었다. 검은 돌로만 지은 것처럼 기단부터 탑 꼭대기까지 새카만 성이었다. 역광 때문에 그렇게 보인 것이 아니었다. 그리고 검은 돌처럼 침묵하고 있기도 했다.

"검게 칠한 건가? 아니면 정말로 전부 검은 돌인 거야?"

대답할 수 있는 사람은 없었다. 가까워실수록 성벽이 위압적으로 높아졌다.

"저 성을 세운 것은 누구죠?"

에제키엘은 아닐 것이다. 그는 성이 세워지기 전에 죽었으니까. 그가 완성한 것은 성이 아니라 마법진이었다.

"에제키엘의 아내가 아닐까?"

미칼리스가 말했다. 나는 말 등에서 고개를 돌리며 물었다.

"에제키엘의 부인을 본 일이 있어요?"

"음."

미칼리스는 보았다는 것인지 못 보았다는 것인지 알 수 없는 소리를 내며 말을 약간 앞으로 몰아갔다. 나는 그를 뒤따라 내 옆으로 온 유리카를 보았다.

"에제키엘의 부인은 어떤 사람이었어?"

"조피?"

조피라니, 마치 열 살 먹은 소녀의 이름처럼 들려서 나는 고개를 갸웃거렸다. 유리카가 말을 이었다.

"조피스티네 위텔스바른이라는 복잡한 이름이었거든. 그러니 줄여 부를 수밖에."

유리카가 이름을 줄이는 데 남다른 취미를 갖고 있다는 거야 이미 알고 있다. 종족의 왕에 해당하는 엄숙한 동료들의 이름조차 저렇게 바꿔놨는데 뭐.

"조피는 음…… 멋있는 사람이었어. 에즈하고는 동갑이었지. 작고 날씬한 여자였는데 아름다운 금발과 숲속에 숨은 호수 같은 눈을 갖고 있었어. 타고난 사냥꾼이어서 산과 들을 사슴처럼 뛰어 다니며 숲에서만 살았지. 갈색 가죽옷과 빛나는 머리띠, 흩날리던 곱슬머리, 허리에 꽂고 다니던 폭이 넓은 단검, 가벼운 활, 녹색 장갑, 늘 맨발에 상처투성이였던 다리…… 그런 것들이 기억나. 그런 모습인데도 가까운 마을 사람들은 그녀를 경외하며 숲의 처녀라고도 불렀어. 조피는 말수가 적고 낯선 사람에게는 차디찼지만 가까운 사람이라면 그녀가 얼마나 섬세하고 따뜻한 사람인지 알았을 거야. 이 팔찌.”

유리카가 손목에 걸린 은팔찌를 흔들어 보였다.

“조피가 내게 준 거야.”

유리카의 이야기는 이어졌다. 조피스티네의 어머니는 일찍 죽었고 아버지는 궁정 학자를 지낸 사람이었으나 그 즈음에는 숲의 은둔자였다고 했다. 아버지는 예지력을 약간 지니고 있어서 뒷날을 어렴풋이 내다보고 에즈와 딸의 결혼을 반대했다. 그 때문에 둘은 오랫동안 고통을 겪었고 결국 아버지가 죽은 다음에야 맺어질 수 있었다. 두 사람이 결혼한 것은 서른세 살 때였다.

“조피는 아버지를 닮아서 때때로 놀라운 통찰력을 발휘했어. 그녀도 어쩌면 에즈와 자신이 오랫동안 행복할 수 없으리라는 것을 느꼈는지도 몰라. 둘은 한때 헤어져서 오래 떨어져 지냈어. 그러나 결국 에즈는 되돌아왔고, 그 후로는 그녀의 아버지가 무어라 하든 굳은 결심을 한 것처럼 조피의 곁을 떠나지 않았어.”

나는 불쑥 말했다.

“금발머리에 활이라…… 왠지 미칼리스하고 비슷했을 것 같은데요?”

유리카와 미칼리스가 동시에 황당한 표정을 지으며 나를 돌아보았다. 미칼리스가 먼저 말했다.

“활만 해도 조피의 활과 내 활은 종류가 달라. 넌 자루에 날이 붙어 있을 뿐인 검의 종류가 얼마나 다양한지 모른단 말이냐?”

“그녀도 장난감 활을 썼나보죠?”

내가 눈을 가늘게 뜨며 짓궂게 말했지만 미칼리스는 단호히 고개를 저었다.

"그런 것은 장난감이 아니지. 날렵한 활이라고 하는 것이다. 그녀 나름의 일가를 이룬 활이었지."

미칼리스의 말에 나는 기분이 나빠졌다. 왜 자꾸 이랬다저랬다 하는 거야. 나도 그럼 날렵한 활을 배울 수도 있었잖아. 괴물 검에 괴물 활을 날마다 짊어지고 다녀야 하는 기분이 좋을 수만은 없는 거라고.

"그래, 조피였다면 이 모든 일을 해내고도 남았을 거야."

유리카는 가까워져서 이제 올려다봐야 하는 피아 예모랑드 성을 바라보며 중얼거렸다. 나는 조피스티네의 모습을 떠올려 보았다. 숲속을 맨발로 달리는 모습은 어쩐지 엘프에 가깝게 느껴지기도 했다. 낯선 사람과 마주치면 금빛 눈썹을 찌푸리며 재빨리 사라져 버렸겠지.

조피스티네도 나의 조상이었다. 어쩌면 그녀가 내게 활쏘기 소질을 물려줬을지도 모른다. 그런데 세상에 돌아다니던 에제키엘에 대한 이야기에서 어떻게 그녀의 이야기는 완전히 빠져버렸을까? 참 이상한 일이다.

"저기 누가 와."

웃옷 주머니의 주아니가 말했다. 우리가 가던 길은 성문까지 곧장 이어졌는데 수레도 다닐 수 있을 정도로 잘 정비되어 있었다. 그런데 저만치에서 기사 몇 명이 말을 몰아 나오는 것이 보였다. 성에서 나왔을까? 구원 기사단인가?

우리는 말을 멈추었다. 기사들이 다가오며 외쳤다.

"멈추시오!"

안 그래도 멈췄는데 뭘 또 멈추라는 거야.

기사는 다섯 명이었는데 모두 낯선 얼굴들이었다.

"무슨 볼일이십니까?"

내가 목소리를 높여 묻자 우리 앞에 온 기사들도 말을 멈추더니 살피는 듯한 눈으로 우리를 훑어보았다. 그러더니 물었다.

"성으로 가시는 길이오?"

"그렇습니다."

내가 대답했기 때문에 기사들은 저절로 내 얼굴을 바라보게 되었다. 그렇게 얼굴을 마주보고 있자니 얼굴이 몹시 근지러워졌다.

이윽고 기사들은 저들끼리 목소리를 낮추어 수군거렸다. 한 명이 고개를 끄덕이더니 물었다.

"혹시 파비안 나르시냐크 님이십니까?"

선택의 여지는 없었다. 나는 대답했다.

"그건 내 이름입니다만."

기사들이 고개를 끄덕이더니 둘과 셋으로 나뉘어 우리 양쪽에 섰다. 내게 다가온 기사가 정중하게 말했다.

"단장님께서 기다리고 계십니다."

나를…… 기다리고 있다고?

한동안 소리 높여 반대한 보람도 없이 나는 결국 일행과 갈라져야 했다. 우리를 들여보낸 도개교가 다시 올라가는 것을 불만스럽게 바라보고 있자니 미칼리스가 내 어깨를 짚으며 쾌활하게 말했다.

"뭐, 별일은 없을 거야. 최소한 저녁 먹을 땐 불러 주겠지."

유리카는 나를 바라보았지만 별다른 말은 하지 않았다. 나는 눈빛만으로 인사를 나누고 몸을 돌려 안내하는 기사의 뒤를 따라갔다.

성 내부까지 검을 줄 알았는데 그렇지는 않았다. 다만 성의 내벽은 장식도 없이 간소했고 천장이나 복도에서 그림이나 무늬 같은 것은 눈 씻고 봐도 찾을 수 없었다. 같은 성이라 해도, 예를 들어 달크로즈 성과는 전혀 달랐다.

복도에는 창이 별로 없었다. 가끔 있더라도 유리나 덧문도 없이 그냥 네모지게 뚫려 있을 뿐이었다. 그 너머로 붉은 노을이 내렸다. 복도가 한 번 꺾어진 뒤로는 창이라기보다는 활을 쏘는 구멍처럼 보이는 틈이 자주 나타났는데 그걸 보니 성벽이 얼마나 두꺼운지 실감할 수 있었다. 내가 양팔을 펼쳐도 성벽 두께에 못 미치지 않을까 싶었다.

"이곳입니다."

기사는 문 앞에 이르러 비켜서며 나 혼자 들어가라는 몸짓을 했다. 나는 다가가 문을 열었다.

방은 어두웠다.

이 방만은 성벽처럼 검은 벽을 가지고 있었다. 창은 하나뿐이었고, 그나마 두꺼운 커튼으로 반쯤 가려져 있었다. 상자가 하나 놓여 있을 뿐 그 외에는 아무것도 없는 탁자가 보였다. 황량한 벽에 뭔지 모를 글자들이 새겨져 있었지만 이미 흐려져 알아보기도 힘들었다.

추운 곳이었다. 창에서 들어오는 바람뿐 아니라 방 전체에 묵은 냉기가 감돌고 있었다.

"어서 오너라."

그리고 그렇게 말하는 아버지가 서 있었다.

까마득한 옛날처럼 느껴지는 어느 날처럼, 아버지는 검푸른 망토와 은빛 갑주 차림이었다. 전투용 장갑을 끼고 손에는 투구를 들고 있었다. 하비야나크에서도, 도크렌 시커 들판에서도 아버지는 지금처럼 저렇게 대지라도 가를 수 있을 것 같은 모습으로 서 있었다.

"오랜만입니다."

나는 전처럼 '보고 싶었습니다'라고 말하지 못했다. 비슷한 모습이지만 모든 것이 달라졌다. 마주선 장소가 달랐고, 내가 느끼는 아버지의 존재가 달랐고, 우리가 만난 목적이 달랐다.

나는 아버지에게 다가갔다. 그때처럼 손을 내밀어 악수를 했다.

"보고 싶었다."

"……."

나는 아버지의 말에 대답하지 못한 채 아버지가 가리키는 대로 탁자 옆에 놓인 의자에 앉았다. 창으로 들어오는 저녁 햇살이 곧바로 탁자 머리에 쏟아졌다.

아버지는 앉지 않았다. 탁자의 맞은편으로 가서 햇빛을 가리며 그 자리에 섰다. 역광 때문에 표정이 잘 보이지 않았다. 검푸른 머리 주위가 후광 같은 주홍빛으로 물들어 있었다.

이어진 말을 들은 나는 놀라서 눈을 크게 떴다.

"네가 무엇 때문에 왔는지 알고 있다."

알고 있다고?

아버지가 오른손을 내밀더니 뭔가 하라는 듯한 손짓을 했다. 뭘 하라는 거지? 아니, 뭘 보여 달라는…….

아룬드나얀?

품에 넣은 손이 단단한 목걸이를 잡았다. 나는 아주 잠깐 망설였으나 곧 그것을 끄집어냈다. 목걸이가 묵직하게 흔들리며 멈췄다.

"드디어 해냈구나."

석양빛 속에서 각자의 빛깔로 빛나는 네 보석은 긴 여행과 긴 기다림이 남긴 것들이었다. 이 목걸이에 얼마나 많은 생명이 소원을 빌어야 할까. 다른 것도 아닌 삶을 위해서.

나는 이 목걸이를 아버지가 주었다는 사실을 오랜만에 떠올렸다. 그렇다면 아버지가 내게 말하려는 것은 뭘까. 완성된 목걸이를 돌려달라고?

아니야. 아버지가 모르는 목걸이의 비밀을 이제 말해주어야 할 때야. 이것은 단순한 보물이나 가문의 유산이 아니니까. 이 목걸이에 소원을 걸었던 에제키엘과 동료들, 그리고 죽어간 생명들이 있어.

나는 목걸이를 벗지 않은 채 스스로도 놀랄 정도로 대담하게 아버지를 바라보았다. 아버지 역시 나를 똑바로 보았다. 무엇부터 말해야 할까. 어디부터 설명해야 할까. 어디까지 얘기해야 할까. 아버지는 얼마나 알고 계실까.

아버지가 먼저 입을 열었다.

"균열의 날이 멀지 않았을 테지."

나는 눈을 한층 크게 떴다. 눈꺼풀이 흔들렸다. 아버지가 어떻게 그걸 알고 계시지?

"놀라는 것도 무리는 아닐 게다. 네게 그것을 맡길 때는 아무 이야기도 해주지 않았으니까. 이제 너도 어느 정도는 알고 있는 모양인데, 내 말이 틀리느냐?"

나는 간신히 입을 뗐다.

"그, 그러면…… 왜 모른다고 하셨지요? 저한테 아룬드나얀을 주실 때는 그저 가문의 유물이라고만……."

"처음부터 그런 이야기를 해줄 수는 없었다. 만약 그때 사실을 알았다면 너는 부담스러워서라도 그걸 받지는 않았을 게다."

"그렇다면 아버지도 전부 다 알고 계신 건가요? 아룬드나얀이 균열을 막을 것이고, 그걸 해야 할 주인이 저라는 사실도, 모두 알고 계셨나요?"

아버지가 고개를 끄덕이자 나는 시선을 떨어뜨리며 생각했다. 아버지까지 그렇게 생각한 건가? 유리카와 엘다렌이 선뜻 말해 주기를 꺼렸던 것처럼, 미칼리스가 에제키엘의 비밀을 말해 주지 않은 것처럼, 내 운명에 대한 이야기를 모르는 건 늘 나뿐이다. 지금까지 내 임무에 대해 솔직했던 것은 아르누이크 테아칸뿐이었지. 이제 다 이해했다고 생각했으면서도 이런 말이 나왔다.

"……너무하시군요. 저를 어린아이 취급을 하셨군요. 동료들도, 아버지도."

"네 동료들은 2백 년 전의 세계에서 온 터, 네가 어린아이로 보일 수도 있지 않겠느냐. 그리고 내가 하비야나크에서 만난 너는 지금과는 다른 네가 아니었느냐.”

아버지는 동료들이 2백 년 전에서 왔다는 것도 다 알고 있었다. 그런데도 유리카나 엘다렌 앞에서 한 번도 그런 얘기를 꺼내지 않았다.

“그럼 지금은 그런 비밀을 말해도 좋은 녀석으로 보이시나요?”

불쑥 말이 튀어나왔다. 어머니가 돌아가셨을 때 이후로 아버지에게 이런 식으로 말하는 건 처음이었다.

“너는 아직도 나를 이해하지 못하는구나. 너는 너만이 에제키엘의 후손이고 임무를 받았다고 생각하느냐? 네가 그 예언을 완수하도록 하기 위해 나는 무슨 일을 했어야 한다고 생각하느냐?”

나는 당혹스러운 눈으로 아버지를 보았다. 그런 쪽으로는 생각해보지 못했다. 임무는 나와 유리카, 엘다렌과 미칼리스의 일이라고만 생각해 왔다. 아버지에게 역할이 있다는 생각은 생소했다. 그러나…….

“네가 그랬던 것처럼 나도 받아들이기 힘든 때가 있었다. 알고도 실감하지는 못했던 때도 있었다. 에제키엘은 대체 우리에게 무엇을 원했을까? 어디까지 알고 예비했을까? 예언은 어떤 식으로 성취되는 것일까? 때로 나 역시 그 예언의 무게 때문에 어찌할 바를 몰랐다. 그랬던 내가 예언의 뜻을 진실로 알게 된 것은 너를 만난 후였다.”

아버지는 늘 나와 다르다고 생각했다. 혼란이나 망설임 따위는 나 같은 녀석의 것이라고만 생각해 왔다. 그런 아버지가 나를 똑바로 바라보며 말을 이었다.

“트뢰멜에서 너를 만나는 순간 너만큼이나 내 운명도 빨리 흐르기 시작했다. 비록 이스나미르가 넓지만 나는 너를 열여덟 해나 찾아 헤맸다. 그 사이 북부에도 몇 번이나 갔는지 모른다. 그런데도 찾지 못했던 네 흔적이 작년에야 나타나더니 균열의 해인 올해, 그것도 음유시인 아룬드에 만나게 된 것이다. 마치 누군가가 정해준 것 같지 않느냐?"

그날 아버지를 만난 것은 내게도 기적 같던 일이었다. 에제키엘은 그 기적마저 내다보고 있었단 말인가?

"너와 나는 올해, 그렇게 만나도록 예정되어 있었다. 내가 네게 아룬 드나얀을 전하는 자였기 때문이다. 내가 너를 만난 기쁨과는 상관없이 그렇게 정해져 있었다. 그리고 너는 그때 고향을 떠날 것을 결심했다."

내가 고향을 떠난 것은 어머니가 돌아가셨기 때문이었다. 만약 어머니께서 살아 계셨다면 내가 그런 생각을 꿈에라도 했을 리 없었다. 그렇다면 어머니께서 그렇게 돌아가신 것도 예언의 일부란 말인가?

"그때만 해도 균열의 조짐조차 없었기에 나는 올해가 운명의 해라는 것을 몰랐다. 그래서 처음에는 너를 님-나르시냐크로 데려가고자 했지. 그러나 너는 가지 않겠다고 하더구나. 나는 네게 아룬드나얀을 주었지만 먼 미래에 네가 그 안에 든 뜻을 알아낼 날이 오리라 생각했다. 그러나 그것은 올해였다. 올해 네 운명은 변했고, 나 역시 변했다. 그리고 너는 스스로 떠나 네 운명을 만들고 마침내 여기까지 와 나와 마주선 것이다. 파비안. 아직도 너는 내가 예언의 일부라는 것을 이해하지 못하겠느냐?"

그런 것이었다. 아룬드는 에제키엘과 아버지와 나, 동료들과 온 세상의 생명들까지 매달고 빙글빙글 돌고 있었다. 매달린 자들이 몸부림치는 것 따위로는 바퀴의 궤적은 한 치도 바뀌지 않는 걸까?

"알겠습니다······. 하지만 운명이란 안다고 해서 전혀 즐거운 것은 아니군요. 그렇게 다 예비되어 있는 것을, 그걸 제 임무라고 생각하며 힘겹게 해나가야 하는 이유는 뭘까요? 그것조차 제가 임무를 완수하도록 정해져 있기 때문에?"

아버지는 대답하지 않다가 이윽고 내 곁으로 왔다. 아버지의 손이 내 손을 잡는 것이 느껴졌다.

"파비안, 이것만은 이해해 다오. 나르시냐크 가문은 에제키엘의 임무를 완성하기 위해 여기 있다는 것을. 너와 나의 생애에 우연 따위는 없다. 아직 어린 너는 그걸 답답하게 느낄지도 모르겠다. 왜 네가 그런 어려운 일을 해야 하는지, 심지어 2백 년 전에 다 준비해 놓은 일을 대신하는 꼭두각시가 되어야 하는지 이해하지 못할지도 모른다. 그러나 너도 언젠가는 나처럼 알게 될 것이다. 나는 이러한 운명이 존재하는 것에 감사한다. 세상이 바뀌는 순간 그것을 알 수 있고, 막기 위해 무엇인가를 할 수 있는 자리에 있다는 것에 깊이 감사한다. 그리고 세상을 위해 실패하지 않고자 한다. 만약 너 아닌 다른 자가 그 임무를 해야 할 운명이었는데 저버린다면, 우리는 이유조차 모른 채 한 순간 죽을 것이다. 나는 그들을 그런 처지에 빠뜨리고 싶지 않다. 그러지 않을 것이다. 왜냐하면 그것이 임무를 짊어진 자의 예의이기 때문이다."

아버지의 입에서 꼭두각시라는 말이 나오는 순간 나는 놀랐고, 이어지는 말을 들으며 마음이 가라앉았다. 그리고 부끄러워졌다. 나는 아직 열아홉 살 먹은 녀석에 불과하다는 것도 느꼈다. 아르누이크 테아칸을 만났을 때 이미 한번 깨달았으면서 이렇게 다시 투정을 부리다니. 그러나 아버지는 알고 계셨다. 그리고 다시 한번 나를 일깨워 주셨다.

내가 해야 하는 일은, 나여서가 아니라, 누군가가 해야 하는 일이기 때문에, 내가 할 뿐이다.

나는 고개를 끄덕이며 말했다.

"그러고 보면 왜 아버지가 아니고 제가 이 일을 떠맡게 된 건지 모르겠어요. 아버지께서는 저보다 훨씬 더 잘해내실 분인데."

내가 그렇게 말하는 순간 아버지의 표정이 미묘하게 변했다. 어쩌면 역광 때문에 내가 잘못 생각한 것일지도 모르지만. 아버지는 다시 탁자 머리로 돌아가 서며 말했다.

"그런 말은 말아라. 운명의 안배에는 다 이유가 있다. 우리 눈에 보이지 않을 뿐이지."

"아버지, 저, 그렇다면……."

나는 말을 꺼내기 전에 약간 망설였다. 이제 나르디의 이야기를 해야 할 때였다. 아버지는 이 임무가 막중하다는 것을 누구보다도 잘 알고 계셨다. 그런데 어째서 이런 순간, 이런 일을 벌이셨을까?

"말해 보아라."

"오는 길에 하르마탄에 와 계신 국왕 폐하를 뵈었습니다."

아버지도 나르디가 온 것을 이미 알고 계실 것이다. 왕국 함대 달크-하그르가 움직였고 마르텔리조에서도 몇 척이나 되는 배가 왔다. 4만에 달하는 군대가 상륙했으며 무엇보다 국왕이 수도를 비웠다. 누구라도 이 정도의 움직임을 눈치채지 못할 리 없었다.

"그랬구나."

아버지는 그렇게만 답하고 한동안 말이 없었다. 무엇을 생각하시는 걸까. 이제 와서 당신이 취한 행동을 후회하시는 건 아닐 것이다. 그럴 일이었다면 경솔하게 시작하지도 않았을 것이다. 그리고 아버지는 한 번 행한 일을 쉽사리 후회할 사람도 아니었다.

침묵 끝에 다시 내 말이 뒤따랐다.

"제가 국왕 폐하께 들은 대로, 정말 그런 겁니까?"

단도직입적인 질문이었다.

"네가 무엇을 들었는지는 모른다. 그러나 내가 여기에 있다는 사실, 구원 기사단의 주력이 모두 옮겨왔다는 사실, 국왕의 허락을 받지 않았다는 사실, 그 모든 것이 가리키는 한 사실에 대해 묻는 거라면······."

목이 졸리는 느낌이 들었다. 주위의 소음이 희미해지다가 사라졌다. 듣기 싫은 말을 듣지 않으려는 것처럼 내 귀는 갑자기 성능을 잃고 침묵했다. 그러나 고요해지자 대답은 한층 선명하게 들렸다.

"네 생각은 맞다."

알고 있었다. 새삼스러울 것은 없었다.

"왜입니까?"

"내 것을 찾기 위해서다."

"아버지의 것이라니요?"

"본래 내 것이었다. 그걸 국왕이 빼앗아갔고, 나는 되찾을 생각이다."

"그것이 무엇입니까?"

창에서 한 줄기 바람이 몰아닥쳐 탁자 위를 쓸었다. 불그레한 빛 속에서 먼지가 일어났다.

"네 조상들이 사심 없이 왕가에 바치고, 대가는커녕 배은만을 받았던 신의와 봉사에 대해 너는 아무것도 모르겠지. 대대로 흔들림 없는 충성만을 바쳐온 나르시냐크 가문과 구원 기사단을 왕가가 어떻게 생각하고 있는지 너는 전혀 모를 것이다."

아버지가 탁자를 돌아 내 곁으로 다가왔다. 막 창 너머에 걸린 석양이 시야로 쏟아져 나는 잠시 눈을 가렸다. 핏빛이었다. 그러는 내게 아버지는 검은 그림자처럼 성큼 다가왔다.

탁자 위에 뭔가가 놓였다. 나는 눈을 뜨고 그것을 보았다. 화려한 금빛 자루를 가진 단검이었다.

"네 할아버지의 물건이다."

나는 단검을 집어 들었다. 날을 뽑자 금속 스치는 소리가 날카롭게 울렸다. 그런데 가만히 보니 어디선가 본 것 같은 모양이었다. 이건…… 나르디가 가지고 있던 것과 아주 비슷한데?

"현 국왕의 조부인 휴로엘 국왕이 태자 시절 네 할아버지와 우정을 다짐하며 만들었던 두 자루의 단검 중 하나다. 네 할아버지가 열다섯 살, 휴로엘 국왕은 열여섯 살이던 때의 일이었지. 그러나 휴로엘 국왕은 결국 백 년 넘게 이어진 우정과 신뢰를 내버린 첫 번째 왕이 되었다. 그는 즉위한 지 얼마 되지 않아 귀족들의 중상모략에 눈이 멀어 나르시냐크 집안과 구원 기사단을 멀리하기 시작했다."

아버지가 이야기하는 동안 나는 기다렸다.

"휴로엘 국왕이 즉위하기 전까지만 해도 나르시냐크 집안과 듀플리시아드 왕가는 돈독한 우애로 맺어진 사이였다. 물론 친구와 같은 사이라 해서 나르시냐크 가문이 신하로서의 의무와 예를 게을리 한 일은 없었다. 그러한 우애는 우리 가문의 시조인 대마법사 에제키엘이 당시 국왕이던 나르디엔과 맺었던 친교가 후대로까지 이어진 결과였다. 에제키엘 이전에 나르시냐크 가문이 어떤 가문이었는지는 전혀 알려져 있지 않다. 어쩌면 보잘것없는 가문이었을지도 모른다. 그러나 에제키엘은 네가 알다시피 이 나라에, 그리고 이 세상 전체에 크나큰 은혜를 베풀었다."

나는 단검을 탁자에 내려놓았다. 그리고 생각했다. 나르디는 이 단검과 매우 비슷한 단검을 가지고 있었고, 그 물건은 내가 기억하다시피 이진즈 강의 물속에 수장되어버렸다. 부득이한 사정 때문이긴 했지만 나르디는 그 단검을 조금도 아까워하는 기색이 아니었다. 그리고 내 기억으로 나르디는 처음 그 단검으로 벌레를 죽인 다음 얼굴을 찌푸리며 말했다. '이걸 준 사람 생각만 안 했어도 버리고 가는 건데'라고. 그걸 준 사람은 돌아가신 이그논 국왕 폐하였을까?

단검을 들여다보는 내 머리 위에서 아버지가 말했다.

"이 단검은 두 집안의 마지막 우정을 상징하는 물건인 셈이다. 나는 이것을 물려받고서 지금까지 간직해 왔다. 그러나 듀플리시아드 가문의 후계자도 가지고 있을까? 확인되지 않은 이상 알 수 없는 일이지."

"……."

아버지에게 그 이야기를 할 수는 없었다. 대신 나는 물었다.

"그 말씀은 왕가를 원망하신다는 뜻인가요?"

"원망하느냐고 물었느냐?"

아버지는 내 쪽으로 굽혔던 몸을 일으키더니 창가로 걸어갔다. 해는 시시각각 지고 있었다. 나는 아버지의 뒷모습을 바라보며 머릿속이 복잡해지는 것을 느꼈다.

"그 표현을 쓰고 싶다면 써도 좋다. 그러나 내 감정을 표현하기에 그리 적당한 단어는 아니구나. 원망이란 자신이 입은 상처를 갚을 길이 없는 자들이 하는 것이다."

그럼 아버지께선 피해를 되갚겠다는 말씀이신가요?

그 말은 입 밖으로 나오지 못했다. 나는 우울하게 입술을 짓씹었다. 나는 아버지를 설득할 생각으로 왔지 설득당하러 온 것은 아니었다. 그러나 내 생각보다 뿌리 깊은 뭔가가 얽혀 있다는 느낌이 들기 시작했다.

"파비안, 들어라. 휴로엘 국왕 시대로부터 우리 가문이 겪어온 수모와 배신을 너는 모른다. 구원 기사단이 어째서 달크로즈에서 쫓겨나 님-나르시냐크를 주둔지로 삼게 되었는지, 어째서 구원 기사단장은 작위를 가질 수 없게 되었는지, 왜 내가 왕가와 거리를 두며 궁정 파티 등에 참석하는 것도 꺼리지 않으면 안 되었는지…… 그리고 결국 기사단을 이끌고 이 먼 땅으로 와 국왕의 군대와 대치할 수밖에 없었던 이유를 너는 모른다."

나는 그것들을 알지 못했다. 그러나 한 가지만은 알았다. 두 가문 사이에 원한이 있다고 치자. 그렇다고 그게 반란을 일으킬 이유가 되는 것일까? 아니 물론, 상대가 나를 죽일지도 모르기 때문에 이쪽에서 먼저 공격하지 않을 수 없는 상황이 있겠지. 그러나 나는 나르디가 그런 사람이라고는 생각하지 않는다. 그러나 그런 나르디도 아버지를 좋아하지는 않았다.

두 집안의 싸움에 휘말려 죽어갈 병사들, 그리고 구원 기사단의 기사들은 또 어떤가? 그들이 죽는 것쯤은 아무렇지도 않은가? 듀플리시아드 왕가가 흔들리면 세르무즈는 가만히 있을까? 만약 더 큰 전쟁이 벌어진다면 백성들의 고통은 이루 말할 수 없을 것이다.

온갖 생각이 떠올랐지만 겨우 이런 말밖에 할 수 없었다.

"님—나르시냐크는 수도 방위도시가 아니었나요? 이름도 우리 가문에서 따온 것이고……."

"이름은 물론 그렇다. 그러나 수도 방위도시라는 님—나르시냐크가 달크로즈에서 얼마나 멀리 떨어져 있는지 너도 지도를 보았다면 알고 있겠지. 일례로 하르얀의 사건에서도 님—나르시냐크에 있는 병력은 당장 어떤 도움도 되지 않았다. 만일 그것이 소년들의 조잡한 반란이 아니라 제대로 된 군세를 갖춘 조직적인 반란이었다면 지금처럼 왕가가 살아남았을 가능성은 크지 않았을 것이다. 그래, 어리석은 왕가는 내부의 적을 눈치채지 못하고 규모가 크다는 이유만으로 구원 기사단에만 근거 없는 의심을 품어온 것이다. 그 결과가 결국 쉰일곱 명의 병사가 지키는 수도라는 어이없는 상황을 만든 것이지. 그들은 다른 어떤 것보다 구원 기사단으로부터 달크로즈를 지키고 싶었던 것일지도 모른다. 지금쯤은 그들도 조금 깨달았을까."

하르얀이 이끈 것은 왕국 귀족들의 자제들이었다. 그들이 내부의 적이라는 말은 맞았다. 내부의 적이 커지는 동안에도 죄 없는 구원 기사단만 의심하고 있었다고?

내가 보기에도 나르디는 구원 기사단을 믿지 않았다. 그러나 그렇게 따지자면 기사단은 정말로 반역의 의도가 없었던 건가? 결과적으로 보면 이렇게 반란을 일으키지 않았나? 설마 왕가가 막을 겨를도 없이 기사단을 하르마탄으로 옮기고, 전투 준비며 농성 대책까지 갖추는 일이 하루아침에 결정하고 실행할 수 있는 건 아니겠지. 식량도, 무기도, 방어구도, 겨울나기 대책도, 준비할 것은 산더미 같을 텐데.

반대일 수도 있다. 아버지는 목전에 다가온 위협을 느끼고 살아남기 위해 이렇게 할 수밖에 없었을지도 모른다. 그런 진실은 누가 알고 있지?

이제 와서 오해를 풀 수는 없는 건가? 다 되돌릴 수 없는 일이고, 내 아버지와 가장 친한 친구는 결국 검을 들이댈 수밖에 없는 처지란 말인가?

"네 할아버지가 어떻게 돌아가셨는지 아느냐."

그렇게 말하는 아버지의 목소리가 이상할 정도로 잠겨 있었다. 나는 놀라서 아버지의 얼굴을 쳐다보았다. 아버지의 목소리에서 저런 감정이 묻어나는 경우는 극히 드물었다. 기억을 더듬어 볼 때 어머니의 죽음에 대해 이야기하던 아버지도 저런 목소리는 아니었다.

"어린 시절의 친구이자 평생의 우정을 맹세한 태자가 왕위에 올랐다. 네 할아버지는 나라를 구한 대마법사의 후손, 두 사람의 관계가 어떠해야 한다고 생각하느냐?"

그 말은 마치 나와 나르디의 관계를 겨냥해 하는 말처럼 들렸다. 아버지는 말을 멈추고 다시 벽을 바라보았다. 나는 눈썹에 힘이 들어가는 것을 느꼈다.

"국왕의 우정이라는 것은 믿을 것이 못 된다. 그들에게는 우정보다 중한 것이 많다."

"그 말씀은 제 친구인 나르디엔 국왕 폐하도 그럴 거라는 말씀이신가요?"

"국왕이 그러고 싶지 않다 해도 결국 상황이 그렇게 하도록 만들 것이다. 더구나 너는 네 할아버지의 손자이자 내 아들이며, 그는 휴로엘 국왕의 손자다. 겨우 두 대 만에 되풀이되는 일이다. 다를 것이라고 생각할 근거가 어디에 있느냐?"

"그럴 이유가 없어요. 나르디엔 국왕이 무엇 때문에 저를 배신한다는 말씀인가요?"

"정말로 모르느냐?"

아버지는 다시 나를 똑바로 보았다. 눈빛이 내 얼굴을 꿰뚫어버릴 듯했다.

"너는 파비안 나르시냐크다. 휴로엘 국왕이 배신한 히크렐 나르시냐크의 손자이며, 이제 그들을 향해 반기를 들 나의 아들이며, 이미 그들에게 반란 죄목으로 처형된 하르얀 나르시냐크의 형이다. 또한 그들이 가장 겁내는 구원 기사단 그 자체나 다름없는 나르시냐크 가문의 하나뿐인 후계자다. 이래도 네가 무사할 수 있으리라고 생각하느냐? 허울 좋은 알량한 우정이 언제까지 가면(假面)이 되어 줄 거라고 생각하느냐? 듀플리시아드와 나르시냐크는 이제 서로를 죽이지 않으면 살아남을 수 없다는 사실을 왜 모르느냐!"

나는 참지 못하고 소리 질렀다.

"나르디는 그럴 사람이 아니에요!"

"핏줄은 사라지지 않는다!"

아버지는 몸을 돌려 성큼성큼 탁자 끝으로 걸어가더니 그곳에 놓여 있던 상자를 들고 와 내 앞에 놓았다. 높이가 한 뼘 정도밖에 되지 않는 납작한 상자였다. 나무로 된 뚜껑을 열자 흰 천이 덮여 있었다. 전투용 장갑을 낀 아버지의 손이 그 천을 낚아챘다.

거기에는 초상화가 놓여 있었다.

나는 처음에 그게 나르디의 초상화인 줄 알았다. 그러나 자세히 보니 금발과 얼굴 윤곽은 비슷했지만 좀 더 나이가 많은 사람이었다. 완벽한 예복 차림에 엄숙한 표정이었고, 나르디보다 고지식한 인상이었다. 스물네댓 정도 되었을까? 검은 색에 가까운 갈색 눈이 그림 속에서 나를 똑바로 보고 있었다.

"……누구입니까?"

아버지는 대답하지 않고 초상화를 꺼내 옆으로 치웠다. 그 밑에 또 하나의 그림이 있었다.

나는 아무 말도 못한 채 새로운 그림을 들여다보았다. 역시 초상화였다. 갈색 머리카락이 이마에 흘러내린 젊은이는 나르디와 비슷한 나이였다. 금갈색 눈빛도 비슷했다. 그러나 나르디만큼 잘생긴 소년은 아니었다. 그는 예복 대신 가벼운 사냥옷을 걸치고 있었고 환한 미소를 지으며 나를 올려다보고 있었다.

그것은 나르디와 거의 똑같아 보이는 미소였다.

"……."

두 초상화가 눈앞에 나란히 놓였다. 나는 혼란을 느끼며 그 그림들을 보았다.

"금발 머리 젊은이는 죽은 이그논 국왕의 젊은 시절 모습이다. 그리고 갈색 머리 소년은 휴로엘 국왕이 열일곱 살 때의 모습이다. 태자 시절의 초상화지."

아버지가 한 걸음 다가와 휴로엘 국왕의 초상화에 손을 짚었다.

"핏줄이 어째서 사라지지 않는다는 것인지 알겠느냐? 나르디엔 국왕은 어려서부터 외모며 성품이 휴로엘 국왕과 꼭 닮았다는 말을 누누이 들었다. 실제로 휴로엘 국왕도 열일곱 살 때, 약 두 달 간 달크로즈를 떠나 대륙을 돌아다닌 일이 있었다. 태자 시절부터 총명하기로 이름났고, 네 할아버지인 히크렐 나르시냐크를 자기 몸보다 소중하게 여겨서 그를 모함하는 일이라면 물불을 가리지 않고 화를 냈지. 그러나 그런 그가 국왕이 되고 나서 네 할아버지를 어떻게 했는지 아느냐!"

얼굴에 불길 같은 열이 올라 견디기가 힘들었다. 입술이 뜨거워 입을 다물고 있을 수가 없었다. 아버지 역시 두려울 정도로 감정이 격해진 상태였다. 언제나 침착하고 냉정하던 아버지가 분노를 누르지 못하고 거칠게 숨을 쉬었다. 내가 알 수 없는 기억이 그를 지배하고 있었다.

휴로엘 국왕은 할아버지를 어떻게 했을까. 히크렐 나르시냐크. 본적이 있기는커녕 이름조차 처음 듣는 할아버지다. 그러나 그가 있었기에 내가 있었다. 그리고 휴로엘 국왕과 히크렐 나르시냐크 사이에 일어났던 일이 지금 이 순간까지 사라지지 않고 내 어깨를 누르고 있었다.

핏줄은…… 사라지지 않는다고?

"나는 열일곱도 되기 전에 아버지를 잃었다. 좀 더 일찍 잃었다면 차라리 나았을지도 모르겠다. 아마 그랬다면 그게 얼마나 분하고 슬픈 일인지 실감하지 못했을지도 모르니까. 그러나 나는 사실을 알 수 있는 나이였다. 아니, 이미 그 전부터 느끼고 있었다. 휴로엘 국왕이 즉위하고 두 해가 흐른 후부터 걷잡을 수 없이 틀어지기 시작한 두 집안의 관계를, 그 사이에 수많은 귀족들의 질투와 모함이 숨어 있다는 것을 말이다. 그리고 휴로엘 국왕을 비롯한 왕가도 어느 정도는 의도적으로 동조했다는 사실마저 말이다."

드디어 해가 져 버렸다. 창문 너머로 검은 커튼이 내렸다. 병사 하나가 램프를 가져오자 아버지가 받아들어 손수 촛대에 불을 옮겨 붙였다. 세 개의 가지가 달린 촛대 네 개에 모두 불이 밝혀지자 암흑 속에 희미하게 붉은 기운이 서렸다. 아버지와 나는 그 가운데 서서 한동안 서로의 얼굴을 바라보고 있었다.

볼수록 닮았다. 핏줄은 정말로 사라지는 것이 아니었다. 얼굴 윤곽, 머리와 눈빛, 눈썹 한 줄기에 이르기까지 아버지와 나는 옮겨 그린 것처럼 닮았다. 그리고 어둠 속에서 짙은 실루엣으로 떠오른 아버지의 얼굴은 마치 미래의 내 얼굴인 듯 보이기도 했다…….

"네 할아버지는 그래도 휴로엘 국왕을 철석같이 믿었다. 좋지 않은 공기를 눈치챈 누군가가 국왕을 조심하라고 일러줄라치면 벌컥 화를 내며 내 집에서 나가라고 소리 질렀다. 나는 아버지가 그러실 때마다 저토록 변치 않는 충성심을 지닌 아버지가 자랑스럽다고 생각했다. 그리고 국왕께서도 아버지를 저버리실 리가 없다고 굳게 믿고 있었다."

목소리는 점차 낮아졌다. 흡사 어둠 속으로 가라앉는 듯했다.

"어느 날 국왕의 부름을 받고 병중이었음에도 불구하고 달크로즈에 나간 아버지는…… 다시는 돌아오지 않았다."

아버지가 고개를 돌리자 얼굴이 어둠 속에 잠겨버렸다. 이 방의 어둠을 밝히기에 열두 개의 초가 내는 빛은 역부족이었다. 방안 곳곳에 어둠이 무리 지어 웅크리고 있었다.

"모든 것을 알게 되었을 때…… 열흘이나 지나 부패한 시체로 변해 돌아온 아버지의 나무토막 같은 손을 부여잡고 나 자신에게 맹세한 것이 있었다. 나약한 어린아이에 불과한 내게 힘이 생긴다면, 아니 반드시 그 힘을 길러서 이 분노와 치욕을 모조리 되갚겠노라고. 휴로엘 국왕에게, 그 자식에게, 그 자손에게, 두 배, 세 배, 열 배로 되갚겠노라고. 듀플리시아드 성을 가진 자는 한 명도 용서하지 않겠다고, 그렇게 맹세했고 지금도 그 맹세에는 변함이 없다!"

아버지의 목소리가 달군 쇠처럼 내 심장을 파고들었다. 그 목소리에 어린 열기는 절벽에서 들었던 나르디의 목소리에서 느꼈던 것과 비슷했다…….

나는 어찌할 바를 몰랐다. 아버지를 속속들이 이해할 수 있는 자식이 되기에는 너무 오래 멀리 떨어져, 전혀 다른 환경에서 다른 성을 가지고 자랐다. 그러나 그렇다고 핏줄이 겪은 이야기가 없어지는 것도 아니며, 그 이야기의 진실이 사라지는 것도 아니었다.

나는 더듬더듬 입을 열었다.

"아버지…… 아버지의 아버지, 할아버지…… 네, 저는 나르시냐크 가문 사람이지만 열여덟 해나 크리스차넨 성을 가지고 자랐어요. 아버지도 보셨을 하비야나크는 달크로즈에서 무슨 일이 벌어지는지도 모르고 평생 살 수도 있는 곳이었지요. 그렇다고 할아버지의 불행이 저와 무관하다는 말은 결코 아닙니다. 그러나 또…… 저는 나르디엔 듀플리시아드의 친구로서 반년이 넘는 시간을 보냈습니다. 그는 제 신뢰를 배반한 일이 없었고 저 역시 그랬지요. 저는 그를 첫째가는 친구로 생각하게 됐고, 지금도 그 마음엔 변함이 없습니다. 제가 본 그는 이스나미르 국왕으로 부족함이 없는 사람입니다. 아직은 어떤 잘못도 저지른 일이 없어요. 그런데도 아버지의 적이 되어야 하는 겁니까? 아니면 그가 아버지에게 해를 끼친 일이 있었는데 제가 모르는 건가요? 더구나 아버지께서 하시려는 일은 듀플리시아드 가문만이 아니라 이스나미르 전체에 혼란을 가져올지도 모르는 일이 아닙니까?"

아버지는 난호하게 대답했다.

"나 역시 이스나미르를 사랑한다. 그러나 듀플리시아드는 용서할 수 없다. 내 생명이 붙어 있는 한 결코 용서할 수 없다."

"그 때문에 이스나미르가 불행해진다 해도 말입니까?"

"이스나미르를 누가 구했느냐!"

아버지가 갑자기 격한 어조로 외치더니 탁자를 세게 내리쳤다. 탁자 위에 있던 초상화들과 상자가 한꺼번에 들썩거렸다.

"너도 알지 않느냐! 에제키엘이 무엇 때문에 죽었지? 그가 무엇 때문에 자신을 버리고 균열을 막는 희생물이 되어야 했느냐? 살아 있는 자들 가운데 에제키엘에게 빚지지 않은 자가 과연 누가 있을까? 그가 이스나미르를 구하지 않았다면 지금 이 땅에 살아남은 인간이 하나라도 있을 성싶으냐! 이 나라는 이미 우리 가문에게 구원받은 것이다. 그렇게 구원받은 자들이 은혜를 잊고 우리 가문을 멸문시키려 하는 것을 가만히 보고만 있어야 한다는 말이냐!"

"그건 이스나미르를 위해서라기보다는 온 세상을 위해서였어요. 그리고 에제키엘도 대가를 바라고 한 일은 아닐 텐데……."

"똑같은 말이다! 세상을 구하면서 이스나미르 역시 구한 것이다! 2백 년 전의 나르디엔 국왕이 에제키엘에게 가졌을 감사와 존경의 마음을 그들이 2백 년만 기억했던들 이런 일은 일어나지도 않았을 것이다. 그들은 모두 부덕하고 배은망덕한 무리들이야!"

조금 전까지 임무를 짊어진 자의 예의를 말하던 아버지가 듀플리시아드 왕가와 관계된 문제에서만은 에제키엘의 은혜를 저버린 그들을 저주한다……. 이 풀리지 않는 오해가 어디서 시작됐는지, 누가 먼저 의심하고 누가 그것을 원망했는지 나는 판단할 수가 없었다. 어쩌면 그것은 동시에 시작됐을지도 모르고, 둘 다 누군가의 농간에 빠진 것일지도 몰랐다.

"만약에…… 이 싸움에서 이긴다면 그 다음에는 어떻게 하실 생각입니까?"

"이스나미르령 하르마탄은 예모랑드 왕국으로 거듭나는 것이지."

"대륙은?"

"대륙은 남은 자들이 알아서 할 것이다. 나는 이스나미르의 왕위를 찬탈하려는 것이 아니니까. 나는 오직 듀플리시아드를 용서할 수 없을 뿐이다."

전부 다 의미 있는 질문들이 아니었다. 4만의 군대를 이끌고 상륙한 나르디엔 국왕, 이스나미르에 남아 있을 군대, 백성들, 귀족들…… 그런 난관을 다 뚫을 수 있다고 생각하시는 것일까?

"이길 수 있다고…… 생각하십니까?"

아버지는 대답하지 않았다. 열두 개의 촛불뿐인 어두운 방에서 붉은 그림자가 내게 다가오더니 팔을 뻗어 턱을 쓰다듬었다. 나는 굳어버린 것처럼 그 자리에 앉아 있었다.

"성공하기 어렵다고 해야 할 일을 하지 않을 수는 없다. 이것이 멸망으로 가는 길이라 해도, 나는 기꺼이 그 길로 한 발을 내딛을 것이다. 파비안."

내 목소리는 내게도 낯설게 들렸다.

"네."

"너는 어떻게 하겠느냐?"

나는 대답할 수 없었다.

죽은 아버지 앞에서 한 맹세를 지키겠다는 마음을, 아버지를 따르지는 못해도 이해할 수는 있다. 아버지의 말은 미칼리스가 드래곤 앞에서 했던, 균열 앞에서도 끝까지 할 수 있는 일을 하겠다던 말과 비슷한 데가 있었다.

그러나 나는 아버지와는 달라서 죽은 어머니 앞에서 그런 맹세를 하지 못했다. 아버지라면 아마 무슨 수를 써서라도 그 괴물들을 모조리 쳐 없애겠다고 마음먹었을지도 모른다. 그러나 나는 그런 마음을 몇십 년이나 유지할 정도로 강한 정신력이 없었다.

아버지는 저 맹세를 이루기 위해 수많은 것을 희생했겠지. 얼마나 많은 준비가 필요했을까. 그런 길에는 개인적인 행복 따위는 끼어들 틈이 없다. 어쩌면 하르얀이 아버지의 무관심 속에서 불행한 인격을 키우게 된 것도 그 맹세 때문이었을지 모른다. 그렇게까지 하면서 지킨 맹세를 이제 와서 내 몇 마디 말로 바꿀 수 있을까?

그러나 그렇다고 해서 그 맹세가 내 행동까지 결정해야 하는 것일까? 아버지의 복수를 나의 복수로 받아들이고, 신뢰하던 사람을 버리고, 수많은 사람의 불행에서 눈을 돌리면서?

전쟁이 벌어지면 구원 기사단과 이스나미르의 병사들이 죽고, 내가 사랑하던 사람들이 죽고, 그들을 사랑하던 수많은 사람들이 슬피 운다. 그 길로 가야 한다고? 그 슬퍼하던 사람들 중 몇 명인가는 아버지 같은 마음을 품고 자신의 행복을 내던지며 고통스러운 삶을 택할지도 모르는데?

그리고 내가 왕으로 인정하고 맹세한 나의 왕, 나의 친구…… 내가 그를 배신한다면, 할아버지를 배신한 휴로엘 국왕의 행동과 다르다고 과연 주장할 수 있을까?

나는 대답해야 했다. 설득하지 못할지라도, 나는 내가 가진 대답을 해야 했다.

"아버지, 복수는 복수를 부를 뿐입니다."

아버지는 화를 내지 않았다. 내 말을 반박하지도 않았다. 그저 내 턱을 쓰다듬고 있을 뿐이었다. 장갑을 낀 손가락은 싸늘했다. 온기라고는 느껴지지 않았다.

"아버지. 저는 아버지를 사랑하고, 뵌 일이 없는 할아버지에 대한 아버지의 감정을 이해할 수 있습니다. 제가 할 수 있는 한…… 이해하려고 하고 있어요. 그러나 저는 아버지와 다르게 살아왔습니다. 다르게 자라, 다른 우정을 맺고, 다른 일을 위해 저 자신을 바치며…… 그렇게 살아왔습니다. 나르시냐크 가문의 끈을 부인하는 것은 아닙니다. 그러나…… 저 역시 제 신념을 배반할 수는 없습니다."

"네 신념은 어떤 것이냐?"

아버지가 문득 말했고, 그 순간 손가락도 멈추었다. 나는 숨을 깊게 들이쉰 다음 말했다.

"아버지는 아버지가 사랑한 분을 위해 삶을 바치셨습니다. 저는 제가 사랑한 것들을 위해 살아가겠습니다. 저는 아버지 역시 사랑하기 때문에 어쩌면 아버지의 기쁨을 위해 이 일을 도와야 할 것 같기도 합니다. 그러나 아버지가 적으로 삼은 것은 저에게 가장 소중한 친구이며…… 제가 스스로 충성을 맹세한 바 있는 저의 왕입니다."

"그러나 그는 너를 죽일 것이다."

나는 낮게 숨을 내쉬며 고개를 흔들었다.

"그렇지 않다고 생각합니다. 물론 제 생각이 틀렸을지도 모르지요. 진실은 세월만이 말해주니까요."

"네가 먼저 치지 않으면 그들이 너를 칠 것이다. 한 번의 잘못된 선택으로 너와 가문 모두가 죽음의 길로 갈지도 모른다."

"알고 있습니다. 그러나……."

나는 이 말을 하기 위해 잠시 망설였다. 스스로도 깨닫지 못하는 사이에 바뀌어버린 자신에게 놀랐기 때문이었다.

"누구의 오해와 배신에서 비롯되었든, 세상의 투쟁마다 이기는 자와 지는 자는 늘 있어 왔지요. 제가 아버지를 따른다면 제게 어떤 잘못도 저지른 일이 없는 나르디엔 국왕을 제가 먼저 배신하는 일이 됩니다. 지금 그와 저는 친구입니다……. 누가 먼저 공격하느냐에 따라 포획하고 포획 당하는 그런 관계를 버리자고 약속한 사이죠. 그 약속을 깨는 건 휴로엘 국왕이 할아버지를 죽인 것과 조금도 다를 바가 없을 것입니다. 그리고 또한……."

나는 언젠가 미칼리스가 했던 말이 내 입에서 흘러나오는 것을 들었다.

"제가 죽지 않으면, 상대가 죽겠지요. 제가 이만큼 살아온 것은 수많은 도전에서 이겼기 때문일 것입니다. 상대가 인간이었든, 아주 작은 벌레였든, 짐승이나 식물이었다고 해도 저는 매번 이겼기 때문에 죽지 않고 살아온 거지요. 그렇게 오랫동안 이겨온 끝에 이번에는 제 차례가 되어서 죽는다 해도 그리 원망할 필요는 없다고 생각합니다. 더구나 그것이 신뢰를 지키고 보답하려 한 결과라면……."

뜨거운 숨이 목으로 올라왔다. 나는 내 결정에 우울한 만족을 느끼며 마지막 말을 했다.

"멸망이라 해도 기쁘게 받아들일 것입니다."

싸늘한 방에 두 사람이 내뿜는 열기가 가득 찼다. 아버지가 어떤 표정을 짓고 있는지 알아볼 수가 없었다. 방은 다른 사람은 들어올 수 없는 이상한 세상처럼 암흑으로 차단되어 있었다. 그 안에 있는 나조차도 내 감정을 다 알 수가 없었다.

사실 나는, 아버지에게 그렇다면 왜 하르얀이 반란을 일으켰을 때 앞장서서 진압했는지 묻고 싶었다. 아버지가 그때 하르얀 편을 들었다면 왕가는 위기에 처했겠지만 하르얀은 살 수 있었을 것이다. 그때는 반란을 일으키기에 적기가 아니라서? 아니면 그런 행동으로 왕가를 안심시키기 위해서? 하르얀은 그렇게 희생시켜도 상관없을 정도로 아무것도 아닌 존재였나?

나는 왜 하르얀이 그렇게 되도록 내버려두었고, 왜 그를 사랑하지 않는지 묻고 싶었다. 또, 왜 지금이 적기라고 생각했는지도 묻고 싶었다. 나르디가 즉위한 지 얼마 안 되어 통치에 미숙할 거라고 생각해서? 아니면…… 균열의 시기를 알았기 때문에 그 순간을 이용해서 나르디의 공격을 조금이라도 저지하기 위해?

그리고 아버지가 지금 어떤 기분인가도 묻고 싶었다. 평생을 준비해온 일을 돕지 않겠다고 말하는 아들을 앞에 놓고, 무슨 생각을 하고 있는지도 묻고 싶었다…….

그러나 나는 어떤 말도 하지 못했다. 암흑 속으로 내 몸이 서서히 가라앉아가는 것을 느끼며 침묵을 지켰을 뿐이다.

"그만 나가 보아라, 파비안."

아버지의 목소리는 차분했다. 내가 전부터 듣던 목소리로 되돌아가 있었다.

"저녁 식사 때 다시 볼 것이다."

나는 검은 바다에 아버지를 홀로 남겨둔 채 밖으로 나갔다.

"파비안!"

이곳저곳에 앉아 있던 동료들이 한꺼번에 일어났다. 유리카는 나를 껴안을 것처럼 달려왔다가 시선을 의식했는지 손을 맞잡는 것으로 대신했다. 나를 안내한 병사는 허리를 굽혀 깊이 절한 뒤 나갔다.

동료들이 나를 기다리던 곳은 아버지를 만났던 방보다 훨씬 안락한 느낌을 주었다. 탁자에는 다과도 보였다. 엘다렌은 밖으로 나간 병사 쪽을 슥 보더니 말했다.

"여긴 새로운 왕국인가."

엘다렌이 본 대로였다. 이곳은 이미 예모랑드 왕국이나 다름없었다. 아버지가 왕이라면 나는 왕자였다. 이 성의 모든 사람들은 내게 왕자에게 하는 이상의 예의를 보이고 있었다.

나갔던 병사가 금방 다시 나타나 허리를 굽히며 말했다.

"식당으로 오시라는 분부십니다."

"……네."

예전에 세르무즈에서도 그랬던 것처럼 나는 내가 한 일과 무관한 예의를 받는 데 몹시 서툴렀다. 우리는 이야기를 나눌 틈도 없이 일어나 식당으로 향했다. 있던 곳은 4층이었는데 아래로 한 층 내려갔다. 식당이라고 말한 곳은 중앙 홀이었다.

우리 말고는 아무도 와 있지 않았다. 식탁은 세로로 무척 길었다. 주위에는 의자가 수십 개나 있어서 어디에 앉아야 좋을지 결정할 수가 없었다.

"이거야 정말. 이렇게나 많은 사람들이 꼭 한꺼번에 먹어야만 하나?"

미칼리스가 중얼거리며 다가가더니 중간쯤에 있는 의자를 아무거나 골라잡아 걸터앉았다. 팔꿈치를 세워 턱을 괸 채 빈 식탁을 두리번거리고 있는 그를 기준 삼아 우리도 대강 둘러앉아 버렸다. 그렇게 앉고 보니 정말 황량하기 이를 데 없는 식당이었다.

"복잡한 게 아니라도 좋으니 아무거나 빨리 줬으면 좋겠는데."

손님들은 한 명도 더 오지 않았는데 부엌으로 통하는 문이 열리고 음식들이 날라져 오기 시작했다. 정찬이기는 했지만 성찬은 아니었다. 우리는 먼저 식사를 시작해도 좋은지 몰라서 한동안 음식 접시들을 바라보며 머뭇거리기만 했다.

한참 만에 우리가 들어온 문이 열리는 기척이 났다. 이제야 식사할 사람들이 오나 싶어 우리는 뒤를 돌아보았다. 내가 제일 먼저 외쳤다.

"츠칠헨!"

프랑드의 기사, 츠칠헨 야스딩거였다. 트뢰멜에서 나를 찾아 아버지에게 데려간 장본인이고, 잔-이슬로즈 공주를 사로잡는 작전에 함께 나서기도 했던 그였다.

"여러분, 반갑습니다!"

츠칠헨은 식탁 앞으로 다가오더니 먼저 나를 향해 깍듯이 절을 해서 나를 당황하게 만들었다. 이어 그는 엘다렌과 유리카 등을 바라보며 입을 열었다.

"이거 어쩐지, 저를 보게 되리라고는 전혀 예상치 못한 분들 같군요. 구원 기사단이 모두 여기에 와 있는데 제가 빠질 리가 있겠습니까? 오랜만에 뵙게 되니 굉장히 기쁜데요!"

"으흠, 흠."

엘다렌은 헛기침만 할 뿐 대꾸하지 않았고 유리카도 내 쪽을 흘끗 쳐다본 다음 고개를 끄덕이며 미소만 지어 보였다. 오히려 미칼리스는 츠칠헨이 우리와 친한 사이인가보다 생각한 건지 먼저 반갑게 말을 걸었다. 얼마 전에 우리를 열광적으로 반기는 마르텔리조 사람들한테 너무 시달린 나머지 새로운 태도를 개발한 모양이었다.

"반갑습니다. 저는 미칼리스 마르나치야라고 합니다."

"네, 저는 츠칠헨 야스딩거입니다. 말씀은 많이 들었습니다."

사실 나는 츠칠헨이 반가웠다. 구원 기사들 중에서 그나마 친근한 느낌을 주는 사람이었고, 언젠가 검을 맞댔던 뒤로는 형 같은 느낌도 약간 받고 있던 터였다. 이 황량한 성에서 아는 사람을 만나고 보니 다른 데서 만나는 것보다 더 반가운 것 같았다.

"저도 반가워요. 그런데 츠칠헨, 저한테 그런 예의는 좀 거북한걸요. 혹시 아버지께서 시키신 건가요?"

"아닙니다. 저희가 알아서 하는 거지요."

츠칠헨은 예전에 내게 반말을 하기로 한 것은 잊어버린 모양이었다.

이어 그는 내 곁으로 의자를 끌어당겨 앉았다. 그제야 살펴보니 식탁에 차려진 것은 다섯 사람 분의 식사였다.

"단장님께선 다른 일이 있으셔서 나중에 따로 저녁을 들겠다고 하셨습니다. 그래서 제가 여러분의 말상대가 되어드리겠다고 나섰더니 단장님께서도 좋다고 하시던 걸요. 어서 식사들 하시지요. 수프가 다 식겠습니다."

다행히 츠칠헨은 아직 아버지를 폐하 같은 걸로 부르지는 않았다. 우리는 배가 고팠던 터라 서둘러 식사를 시작했다. 나는 먹는 도중 츠칠헨에게 성의 상황을 물어보았다. 그는 별로 숨기는 것 없이 대답해 주었다.

"네, 노르보르트 경이나 그때 야습 작전에 참여한 다른 기사들도 모두 여기에 와 있습니다. 리안센 부단장님도 계시고요. 또 잘 모르시겠지만 모나드의 기사와 세르네즈의 기사도 와 있습니다. 분위기는 아주 좋지요. 나르시냐크 가문의 영지에 처음 와보는 기사들이 많아서 다들 놀러오기라도 한 것처럼 신이 나 있거든요."

솔직히 이 말을 꺼내기는 좀 힘들었다. 나는 망설인 끝에 그에게 물었다.

"기사단이 왜 이리로 왔는지 알고 있어요?"

"아, 그건……."

츠칠헨도 약간 망설이는 얼굴로 웃더니 내 얼굴을 바라보았다. 그러나 대답을 회피하지는 않았다.

"나르디엔 국왕 폐하와 싸우기 위해서지요."

츠칠헨은 이상하게도 나르디를 아직 '폐하'라고 부르고 있었다. 나는 더욱 의문이 나서 물었다.

"왜 싸우는 거죠?"

"싸우지 않을 수 없는 상황이 되었거든요."

이 정도 되자 츠칠헨도 일부러 밝은 목소리를 내려 애쓰고 있다는 것이 드러났다. 그의 미간이 마음속의 갈등을 반영하는 것처럼 가볍게 움찔거렸다. 그러나 그는 다시 웃어 보인 다음 나이프를 움직여 고기를 잘랐다.

그러나 나는 한마디 더 해서 그의 나이프를 완전히 멈추게 만들어 버렸다.

"제 아버지의 개인적인 원한 때문입니까?"

"……"

유리카도, 엘다렌도, 미칼리스도 식사를 멈추고 나를 바라보았다. 그러나 시작한 이상 그만둘 수는 없었다. 나는 다시 츠칠헨을 똑바로 보며 물었다.

"당신은 정말로, 마음속으로부터 나르디엔 국왕을 반대하고 있는 겁니까?"

츠칠헨의 입술이 약간 일그러지면서 떨렸다. 그는 잠시 후 입 안에 든 것을 마저 씹어 삼켰다. 음식물이 목을 넘어가는 소리가 유난히 크게 울렸다.

"제게 무슨 대답을 원하시는 겁니까? 파비안 님은 단장님의 아드님이시지 않습니까? 파비안 님께서는 어떤 생각을 갖고 계시기에 제게 그런 질문을 하시는 겁니까?"

"나는 나르디엔 국왕 폐하께 충성을 바치는 이스나미르 백성입니다."

식사는 완전히 중단되어버렸다.

동료들은 어느 정도 상황을 짐작할 텐데도 침묵을 지켰고, 나는 츠칠헨의 대답을 기다렸다. 츠칠헨은 고개를 숙인 채 식탁 모서리를 가만히 쏘아보고 있었다. 우리 모두가 그를 보고 있다는 사실도 느끼지 못하는 것 같았다.

이윽고 입을 연 것은 유리카였다.

"츠칠헨. 당신의 솔직한 생각을 말해줘요."

그러고도 한참 동안 침묵이었다. 이윽고 나온 츠칠헨의 목소리는 자신의 불쾌한 기분을 씹어 뱉는 것처럼 들렸다.

"왜 저를 괴롭히는 겁니까? 장난이라면 이제 그만두시죠. 구원 기사단은 큰 위기에 처해 있습니다. 국왕 폐하는 단장님과 해결할 수 없는 원한 관계에 있고, 왕가와 귀족들은 기사단의 규모에 위협을 느낀 나머지 기사단 자체를 없애려 하고 있습니다. 나르디엔 국왕 밑에서 저희가 가게 될 길은 뻔합니다. 귀족들은 우리가 지금껏 세웠던 수많은 공로는 아무것도 아닌 것처럼 잊어버리고, 오직 저들이 안심하기 위해 은혜를 배신으로 갚으려는 겁니다. 이래도 우리가 하는 일에 당위가 없습니까?"

"중요한 것은 진심이에요."

유리카의 목소리가 단호하게 울렸다.

"전쟁이 일어나면 많은 사람이 죽어요. 기사단도 다수가 살아남지 못할 거예요. 당신도 달크–하그르 함대가 출진했다는 것을 모르지는 않겠지요? 나르디엔 국왕이 이끄는 4만의 군대가 하르마탄에 상륙해 있어요. 그게 전부가 아닐 수도 있겠죠. 세르무즈가, 차크라타난이 이곳에 새 왕국이 탄생하는 것을 바랄까요? 손을 대는 순간 모든 것은 예측할 수 없는 방향으로 흘러가요. 자신의 의지로 숙고한 끝에 결정을 내려 움직인다 해도 남는 것은 후회, 후회 없는 삶을 위해서는 무엇을 해야 하나요?"

츠칠헨은 천천히 고개를 들어 유리카를 바라보았다.

"전부터…… 당신이 이상한 아가씨라고 생각해 왔습니다. 당신이 말하는 것을 듣고 있으면 도무지 열여덟 살 소녀라고는 믿을 수가 없군요."

츠칠헨은 내 쪽으로 고개를 돌렸다. 눈동자가 진지했다.

"파비안 님, 당신은 어째서 아버지를 지지하지 않는 것입니까? 기사단에 속한 일개 기사, 병사 하나까지도 단장님이 한 말이라면 의심하지 않습니다. 하물며 당신은 그분의 아들입니다. 그런데 어째서 우리가 믿는 것을 당신이 믿지 못합니까?"

"그건, 그가 자신 안에 믿는 것을 가지고 있기 때문이오."

내 뒤에서 미칼리스가 대답했다. 그는 장대한 몸을 앞으로 약간 기울인 채 츠칠헨을 내려다보았다. 특유의 무표정한 얼굴에 푸른 하늘이 박혀 반짝거렸다.

"자신 안에 '믿는 것'을 가지지 못한 자들이 자기 밖에서 진실을 찾고자 애쓰는 것이오. 자신의 결정이 가져온 결과는 자신의 몫, 아무도 대신 책임져주지 않소. 당신 대신 결정해 준 자도 책임져주지 않소. 왜 당신은 자신의 진실을 다른 사람에게서 찾으려 하시오? 자신의 진실은 자신 안에만 있다는 것을 모르지 않을 게 아니오?"

츠칠헨은 항변했다. 그는 키가 큰 미칼리스를 올려다보고, 잘생긴 얼굴에 단호한 감정을 드러내며 대꾸했다.

"저는 제 결정으로 단장님을 따릅니다. 단장님의 진실은 저와 같았습니다. 그러니 그분을 따르는 것이 조금도 이상하지 않습니다."

"누구의 진실도 남과 같을 수는 없소."

"저는 진심으로 단장님을 따르고 있습니다!"

달칵, 포크가 접시를 건드리며 떨어졌으나 묵직한 양탄자에 묻혀 소리는 나지 않았다. 츠칠헨은 잠시 꼿꼿이 몸을 세우고 있다가 이윽고 몸을 숙여 떨어진 포크를 집었다. 새 것으로 바꿔줄 집사나 하인은 자리에 없었다. 그는 포크를 식탁보 위에 올려놓은 다음 더 이상 식사를 하지 않을 것처럼 의자를 뒤로 뺐다.

"저를 시험하려 하지 마십시오. 저는 이미 제 마음을 결정했습니다. 바꿀 생각은 조금도 없습니다. 그에 대한 이야기는 더 이상 듣지 않겠습니다. 여러분은 마저 식사를 하시는 것이 좋겠습니다. 저는 다른 이야기를 하도록 하지요."

그리하여 우리는 입을 다물고 다시 식사를 시작했고 츠칠헨은 간간이 입을 열어 우리와 안면이 있는 기사들의 근황이나 하르얀 사건, 성 안의 자잘한 일들에 대한 이야기를 했다. 기사들이 달크로즈 수복 작전에서 어떤 공을 세웠는지도 알게 되었고, 반란이 마무리된 후 귀족들이 기사단을 어떻게 대했는지도 들었다. 단장의 아들과 부단장의 아들이 동시에 반역자로 처형되는 상황이었다. 하르얀은 전투 중에 전사했고, 티무르는 붙잡혀 다른 소년들과 함께 참수형을 받았다. 물론 반란 진압에 큰 공을 세우긴 했지만 그 사건에 휘말려 죽어나간 다른 귀족 가문들이 기사단을 어떻게 보았을지는 듣지 않아도 뻔했다. 나도 나르디가 귀족들의 희생을 전제로 잔인한 작전을 세웠던 것을 알고 있었다.

리안센 부단장과 엘비르가 어떻게 반목했는지도 들었다. 나도 짐작했던 이야기였다. 결국 리안센 부단장은 아버지를 따라 새로운 반란에 가담했고, 그 아들인 엘비르는 그들을 정벌하러 온 국왕의 직속 수행 기사가 되어 있었으니까.

그리고 식사가 끝났다.

"특별한 용무 때문에 오셨다는 것을 알고 있습니다. 저는 자세한 사정은 모릅니다만, 아마 오늘 밤쯤에 단장님께서 여러분을 만나실 것 같습니다. 그럼, 여러분을 방으로 다시 안내해 드리겠습니다."

나는 전부터 츠칠헨이 아버지에게 얼마나 충성스러운지 잘 알고 있었다. 그러나 나르디에 대해 말할 때, 그의 마음이 흔들리는 것도 보았다. 우리는 그를 따라 침실이 딸린 거실로 안내되었다. 그는 내게 정중하게 절을 하고 나갔다.

2. 세월의 돌

"따라오십시오."

잠든 우리를 한밤중에 깨운 것은 긴 로브를 걸친 중년 사내였다. 침대에서 일어나 거실로 나와 보니 다른 동료들은 이미 옷을 갈아입고 기다리고 있었다. 길쭉한 램프를 든 남자는 우리에게 따라오라고 손짓하고는 복도로 나갔다. 자세한 설명은 없었다. 나는 망설이다가 검을 꺼내 등에 메고는 그 뒤를 따랐다.

한밤중의 검은 성은 완벽한 어둠이었다. 계단 모퉁이를 지나가는데 어둠 속에서 얕은 숨소리가 들려 그제야 보초가 서 있다는 것을 알았다. 그 옆을 지나치자니 살아 있는 인형을 스쳐가는 느낌이었다.

시계 방향으로 굽은 계단을 따라 내려가는 동안 드문드문 나타나는 창밖의 하늘을 알아볼 수 있었던 것은 별들 덕분이었다. 이윽고 어둠이 눈에 익자 발을 헛디딜 필요는 없어졌다. 창문이 사라지고 얼마나 흘렀을까, 계단이 끝이 났다. 다섯 사람이 겨우 설 정도로 좁은 바닥에 내려서자 갈색 로브의 남자가 벽 한쪽을 더듬었다. 그곳에 검은 철문이 있었다. 절그럭대며 열쇠 돌리는 소리가 나더니 삐걱, 하고 문이 열렸다.

우리는 문 안으로 들어섰다.

탕 하는 소리가 나며 문이 닫혔다. 동시에 지금까지와는 비교할 수 없는 진한 암흑이 앞을 가로막았다. 통로가 앞으로 뻗어 있는지 옆으로 뻗어 있는지조차 분간할 수 없었다. 아니, 통로가 아니라 방으로 들어온 건지도 몰랐다. 남자가 램프를 쳐들었지만 어둠에 녹아버릴 것처럼 희미하게 빛날 뿐이었다.

"제 뒤를 바짝 따라오십시오."

안 그래도 그럴 참이었다. 우리는 한 덩어리가 되어 걷기 시작했다. 나아가면서 좌우를 더듬어 보니 벽이 만져졌다. 손끝에 뭔가 묻어나는 듯했지만 캄캄해서 알아볼 길이 없었다.

다시 내려가는 계단이 나타났다. 로브의 남자는 램프를 들고 계단 중간쯤에 서서 우리가 내려오도록 빛을 비추어 주었다. 계단을 내려가자 다시 문이 나타났다. 그는 램프를 바닥에 내려놓더니 양손을 뻗어 문 이곳저곳을 만졌다.

"허."

엘다렌이 그런 소리를 내지 않아도 나 역시 알아차렸다. 그 문은 드워프의 방식으로 잠겨 있었다. 이윽고 덜컥, 소리를 내며 문이 밀렸다. 우리는 다시 안으로 들어갔다.

또다시 복도, 그리고 계단이 나타났다. 그런 식으로 복도, 계단, 모퉁이, 문을 수없이 거쳤다. 다섯 단밖에 되지 않는 계단에서 수십 단에 이르는 것까지 많은 계단을 만났지만 올라가는 계단은 하나도 없었다. 나는 이미 방향감각을 잃어버린 지 오래였다. 내려간다는 확실한 느낌이 없었다면 같은 자리에서 빙빙 돌고 있다고 느꼈을지도 모른다.

"멈추십시오."

갈색 로브의 남자가 멈춰 서서 돌아서더니 걸어오던 길의 왼쪽을 가리켰다. 그쪽으로 고개를 돌리니 아래로 뻥 뚫린 구멍이 하나 보였다.

"사다리가 있습니다. 끝까지 내려가십시오."

남자는 위에서 불빛을 한 번 비춰 보여주더니 램프를 한 손에 든 채 오른손만으로 사다리를 내려가기 시작했다. 잠깐 만에 까마득하게 불빛이 멀어졌다. 암흑 속을 동전만한 불빛 하나가 흔들리며 내려가고 있었다.

"이렇게 깊었던가."

미칼리스가 혼잣말하듯 중얼거리더니 먼저 사다리를 붙잡았다. 그가 내려가는 기척이 난 후 엘다렌이 헛기침을 하고는 내려가기 시작했다. 다음은 유리카, 그리고 나였다.

공기가 전혀 흐르지 않는 느낌이었다. 이 답답한 곳을 한꺼번에 확 밝혀줄 뭔가가 있었으면 좋겠다는 생각이 들었다. 양쪽 어디쯤에 벽이 있는지, 그거라도 보이면 이렇게 적막한 기분은 아닐 텐데.

나는 내려가다 말고 입을 열었다.

"이 성을 세운 것이 에제키엘의 아내, 조피스티네라고 했지?"

유리카는 그리 멀리 있지 않았다. 곧 목소리가 올라왔다.

"그럴 거라는 거지, 정말 그랬는지는 우리가 알 수 없는 일이지. 우리가 잠든 뒤의 일일 테니까."

"만일 정말로 조피스티네였다면 숲에서 자유롭게 살던 그녀가 이렇게 정교한 지하 미로를 만들어냈다는 것이 믿어지지 않는데."

끝이 없지는 않았다. 당연히 사다리 다음 단일 줄 알고 내딛었는데 어느새 바닥에 서 있었다. 불빛은 조금 떨어진 곳에서 흔들리고 있었다. 너무 오래 캄캄한 허공을 내려오다 보니 조그마한 불빛쯤은 어디에 있는지 신경도 쓰지 않고 있었다.

"다 왔습니다. 여기서 기다리십시오."

나는 유리카의 손을 더듬어 찾았다. 손을 잡고 보니 그녀도 나를 찾고 있었던 듯했다. 램프 불빛이 흔들거리며 멀어져 갔다. 주변이 널찍한 모양이었다. 불빛은 완만한 곡선을 그리며 움직여가더니 멈추었다.

그러고도 한참 시간이 흘렀다.

어둠에 눈이 익고도 보이는 거라고는 우리가 타고 내려온 사다리뿐이었다. 주위에 도대체 뭐가 있는지 알 길이 없었다.

"그렇군."

불쑥 엘다렌의 목소리가 들렸다.

"뭐가요?"

내가 한 질문은 묻혀 버렸다. 머리 위로 희미한 빛이 쏟아지나 했는데 갑자기 사방이 광채로 둘러싸였다. 깜짝 놀라 위를 보니 지름이 예순 걸음은 될 법한 거대한 빛의 고리가 떠 있었다. 나는 저도 모르게 소리를 질렀다.

"우와!"

다시 보니 그것은 떠 있는 것이 아니었다. 빛이 점점 더 밝아지자 눈이 아파왔지만, 조금 후에 눈을 비비며 다시 보니 빛의 고리는 사방의 절벽에 연결되어 있었다. 저 매끈한 고리를 이룬 돌은 정체가 뭘까? 돌이 어떻게 스스로 빛을 내고 있는 거지?

엘다렌이 답을 말했다.

"펠드로바드."

아, 펠드로바드!

그제야 생각이 났다. 드워프의 수도, 지하의 파하잔을 밝히던 펠드로바드 둠의 원료라던 돌이다. 그런데 그게 저 정도로 대단한 광채였나?

엘다렌이 내 쪽으로 다가오며 다시 말했다.

"펠드로바드를 쓸 수 있는 것을 보니 마법이 돌아오긴 한 모양이군. 그러나 그 마법을 움직이는 자는 누구인가?"

"오랜만입니다."

목소리가 들려왔다. 빛 너머에서 천천히 다가오던 검은 윤곽이 이윽고 모습을 드러냈다. 도크렌 시커에서 기사단을 지휘하던 때처럼 가벼운 차림을 한 아버지가 걸어오고 있었다.

"몇 달 만이군요, 그리반센 씨. 그리고 유리카도 반갑구나."

엘다렌은 아무 말도 하지 않았으나 유리카는 가볍게 절하며 답했다.

"네, 오랜만에 뵙습니다."

나는 어젯밤에 잠들기 전에 동료들에게 아버지가 아룬드나얀에 대해 다 알고 있다고 말해 주었다. 그들은 어쩐 일인지 미리 짐작하고 있었던 것처럼 고개만 끄덕거렸다. 그런 만큼 아버지가 갑자기 나타나도 놀라지 않았다.

다가와 선 아버지는 미칼리스에게도 악수를 청했다. 둘이 악수를 나누는 동안 나는 주위를 다시 둘러보았다.

펠드로바드로 된 고리의 크기는 이 장소의 넓이와 비슷할 것이다. 펠드로바드의 빛은 한꺼번에 밝아지지 않고 서서히, 마치 눈의 적응을 고려하는 것처럼 밝기가 변했다. 지금도 점점 더 밝아지는 중이었다. 사방은 천연 암벽이었다. 저 위에서 한참 내려온 것을 생각하면 이곳은 원통형이 아닐까 싶었다.

"2백 년 전에서 오신 분들은 이곳이 오랜만이시겠군요. 이렇듯 한밤중에 일어나시게 한 무례를 용서하시기 바랍니다. 이곳의 존재는 기사단에게도 비밀이므로 이런 방법을 취하는 도리밖에 없었습니다. 제가 왜 여기에 왔는지 궁금하시겠지요."

아버지가 따라오라고 손짓하더니 몇 걸음 나아가 돌로 만든 것처럼 보이는 단 앞에 섰다. 저만치 이제는 형편없이 작아져 버린 램프의 빛이 보였다. 우리는 그쪽으로 다가갔다. 그리고 우리가 목적하던 곳에 왔다는 사실을 깨달았다.

"이것이……."

말할 필요는 없었다. 나 말고는 모두 알고 있는 사실이었으니까. 단처럼 보였던 것은 허벅지 정도의 높이로 솟은 거대한 원반이었다. 흠 없이 새카만 돌로 만들어져서 마치 초콜릿 파이처럼 보였다. 가로지르려면 마흔 걸음 정도면 될까?

옆에는 올라갈 수 있는 계단도 있었다. 펠드로바드의 빛이 더 밝아지자 원반 위에 수많은 문양이 새겨진 것이 보였다. 긴 세월이 흘렀는데도 표면과 모서리는 조금도 닳지 않았다. 타로핀일 것이다. 그래서 변하지 않았을 것이다. 아룬드나얀과 마찬가지로.

잠시 후 나는 원반 위의 문양이 아룬드나얀과 똑같다는 사실을 깨달았다. 계단을 올라가 원반 가장자리에 서자 모든 것이 한 눈에 보였다. 굵은 홈이 큰 원과 작은 원을 그리는 가운데, 두 원 사이에 열네 달의 문양들이 빙 돌아가며 새겨져 있었다. 내가 선 곳의 발치에는 한 손에는 별, 한 손에는 책을 든 점성술사가 있었다. 그 옆으로 이어지는 방랑자, 환영주, 파비안느, 약초 아룬드의 무늬들……

모든 것은 완벽했다. 일곱 별자리를 수놓은 점성술사의 옷, 숨 쉴 듯 생생한 잎맥을 입힌 아스에를라, 천마의 날개깃과 흩날리는 머리카락 한 가닥조차 놓치지 않은 파비안느, 밤의 눈매를 빛내는 노란 고양이에 이르기까지. 원반의 바닥을 이룬 문양들은 찬탄을 넘어 신성한 감정마저 불러일으켰다. 마치 한 해 동안 내가 겪은 모든 일이 이 돌 안에서 예견된 기분이었다.

열네 달과 한 해, 누구도 벗어날 수 없는 아룬드는 돌아간다……. 이것이야말로 시작과 끝이 응축된 돌, 고대 이스나미르의 마법진, 세월의 돌이었다.

아버지가 말했다.

"2백 년 전의 일을 나름대로 많은 문서를 읽으며 알아보았습니다.

문자 아룬드에만 읽을 수 있는 문서들도 힘들여 손에 넣었지요. 그런 까닭에 의식 절차도 어느 정도 알고 있습니다. 따라서 2백 년 전의 의식에서 '천년의 은둔자' 아스트라한 데바키가 맡아 주었던 역할을 할 사람이 필요하다는 것도 알게 되었습니다."

엘다렌이 무겁게 입을 열었다.

"그대가 의식을 집전할 생각이오?"

"그렇습니다."

아스트라한 데바키라면 에제키엘과 우정을 맺었다는 엘프 최고의 마법사이고…… 호수의 현자 스노이안의 할아버지가 아닌가?

"그러면 에제키엘을 제물로 했던 그 의식은 스노이안의 할아버지가…… 둘은 친구였고, 그러면 에제키엘의 죽음도?"

내가 들어도 무슨 말인지 엉망진창이었다. 그러나 아버지는 고개를 끄덕이며 말했다.

"의식에는 직접 참여하지 않는 집전자가 필요하다. 어느 의식이든 다 그렇지. 나는 오랫동안 집전자의 역할을 깊이 생각해왔다. 내가 돕는 편이 가장 낫겠다는 결정도 내렸고 말이다. 세상에는 이미 아스트라한과 같은 마법사가 없고, 그렇다면 대마법사의 핏줄을 이어받은 자가 그 역할을 하는 편이 가장 낫지 않겠느냐."

아버지는 이어 유리카를 바라보았다. 그녀는 조금 전부터 아버지를 빤히 보고 있었다.

"유리카, 네 생각은 어떻지?"

유리카도, 엘다렌과 미칼리스도 생각에 잠긴 듯했다. 나는 집전자의 역할이 어떤 것인지도 몰랐고, 그래서 그 역할을 하는 데 무슨 능력이 필요한지도 알 수 없었다.

잠시 후 엘다렌이 고개를 끄덕이며 말했다.

"그래. 그대도 에제키엘의 핏줄이었지. 무슨 말인지 알겠소."

유리카가 엘다렌을 보더니 다시 내 쪽을 보며 말했다.

"파비안, 너…… 가운데로 가서 서 볼래?"

나는 검은 단 위로 발을 내디뎠다. 내 발 아래 세월의 무늬가 스쳐갔다. 안쪽 원의 내부에는 아무것도 새겨져 있지 않았다. 아니, 중심에 서서 주위를 둘러보고서야 나는 원이 비어 있지 않다는 것을 깨달았다. 먼저 본 생생한 무늬들 때문에 저도 모르게 간과했던 것이다.

나는 무수한 별의 바다에 서 있었다. 밤하늘처럼 검은 돌 위에 수많은 별이 새겨져 있었다. 밝은 별은 큰 점으로, 흐린 별은 작은 점으로. 거대한 타로핀 단 위에 나타난 것은 천구의 모습이었다.

아룬드나얀에 있는 것과 똑같은 글자도 새겨져 있었다. 다만 파낸 글자 속에 금을 박아 넣은 듯 황홀한 빛이 났다. 중심에 서자 발밑에 동글납작한 구멍이 팬 것이 보였다.

내가 별들의 바다 속에서 별자리를 더듬는 동안 유리카는 원 주위를 천천히 한 바퀴 돌았다. 아버지와 미칼리스, 엘다렌은 단 아래에 선 채 우리를 바라보고 있었다. 유리카가 입을 열었다.

"힘을 머금는 자여, 검은 돌에 봉인된 세월의 주인이여, 그대가 열려 삼켰던 것을 내보내고 세상의 틈을 맺어놓을 날은 언제인가……."

마치 시를 읊조리는 듯했다. 귀를 기울이고 있자니 기분이 이상해졌다. 유리카의 말은 질문이었지만 대답할 사람은 없었다. 그런데 어쩐지 살아 있는 것의 대답을 기다리는 느낌이었다.

그 순간, 검은 돌을 파낸 구멍들에 불과하던 별들이 흰 광채를 뿜어 올리기 시작했다. 마치 원반 속에 광채의 근원이 있어서 빛이 새어나오는 듯했다. 순식간에 빛으로 둘러싸인 나는 어쩔 줄 몰라 유리카를 바라보았다. 유리카는 한 자리에 무릎을 꿇고 앉아 있었다. 기도하는 것처럼 손을 모으고 머리를 수그린 채로.

유리카가 머문 곳은 암흑 아룬드 위였다.

"그대 앞에 이렇게 앉은 나는 어떤 자인가. 만물을 빨아들여 심연으로 돌려보내는 힘, 산 자에게는 보이지 않는 검은 사스나 벨이여, 그대에게 죽음의 딸 아스테리온이 적당치 아니한가요?"

주문을 외우는 것 같지는 않았다. 마치 신세 한탄이라도 늘어놓는 듯한 내용이었다. 말투가 어디선가 들어본 것 같다. 류지아가 헤렐을 불러낼 때 쓰던 말투와 비슷하던가?

그런데 유리카의 말을 듣던 도중, 머릿속에서 이상한 영상이 떠오르기 시작했다. 처음에는 뒤죽박죽이었는데 곧 한 사람의 모습이 또렷해졌다. 낯설었다. 아는 사람이 아니었다.

구석구석까지 환해지도록 빛을 더해가던 별빛은 어느 기점부터 점차 사그라지기 시작했다. 나는 계속 그 사람의 얼굴을 보고 있었다. 남자였고, 머리가 길었고, 우울한 눈으로 나를 바라보고 있었다. 마치 오래 전부터 내 머릿속에 들어 있다가 튀어나온 것만 같았다. 꿈에 한 번쯤 보았을 법도 한, 그러나 꿈이기에 또렷이 기억할 수는 없는…… 그러나 그는 내가 그를 보듯 시선을 돌리지 않고 나를 보고 있었다.

그래, 이제 알겠다. 우리는 구면이었다. 융스크-리테의 삼나무 숲에서 쏟아지던 별빛과 그날 꿈속에 나타났던 남자…….

조금 후 별빛이 사라지자 영상도 기억으로 변해 버렸다. 검은 돌은 다시 수많은 무늬가 덧입혀졌을 뿐인 침묵하는 돌로 되돌아왔다.

유리카가 고개를 들기까지는 시간이 걸렸다. 이윽고 일어난 그녀는 내 쪽으로 걸어왔다. 그런데 눈이 잠들었다가 깨어난 사람 같았다.

"내일이야. 내일, 기다렸던 모든 것은 끝나."

미칼리스가 대답했다.

"그래, 드디어 에즈도 좀 쉴 수 있게 되었구나."

나는 아버지를 돌아봤다. 이곳에 우리를 데려다주는 것으로 임무를 다했다는 것처럼, 아버지는 한쪽에 떨어져 선 채 홀로 생각에 잠겨 있었다.

하루해는 빨랐다. 이토록 빨리 흐른 하루는 처음이었다.

나는 하필이면 우리가 도착한 바로 다음 날이 '균열의 날'이라는 우연이 굉장히 이상하게 느껴져서 그 점을 물어봤다. 만일 우리가 이런저런 이유로 하루 늦어버렸다면 어떻게 되는 거야? 그간 서두르긴 했지만 하루 늦을 만한 일이라면 얼마든지 있었다. 뭘 믿고 그렇게 할 수 있었지?

내 말을 들은 유리카는 싱긋 웃었다.

우리는 들판이 내려다보이는 성벽 위에 나란히 앉아 있었다. 수비하는 병사들을 위한 좁은 길이 있고, 그 길을 따라 좁은 지붕과 창이 연속된 외벽이 솟아 있었다. 주아니는 외벽 위를 재미 삼아 걸어보는 중이었는데 주아니에게는 대로나 다름없으니 위험할 건 없었다.

"그런 것은 아냐. 균열의 날이 누구 생일처럼 몇 월 며칠로 정해져 있는 건 아니거든. 균열은 이미 오래 전에 시작되었어. 너도 빨라지는 날씨나 돌아오는 마법, 괴물이 나타나는 문제 같은 것들이 균열의 탓이라는 것을 알고 있잖아. 다만 그런 힘이 한계를 넘기 전에, 즉 문자 아룬드 안에 의식을 행해야 했던 거지. 그러니까 내일이라는 날짜는 굳이 말하자면 내가 정한 거야."

"문자 아룬드라면 이제 시작이잖아? 그렇다면 당장 내일로 서두를 필요는 없었네?"

"글쎄, 내 생각에는 아무리 만병통치약을 갖고 있다고 해도 다 죽어가는 환자보다는 방금 병에 걸린 환자 쪽이 훨씬 치료하기 쉬울 것 같은데?"

틀린 말은 아니었다. 나는 입을 다물고 심사숙고하는 체하면서 생각이 짧다는 지분거림을 슬그머니 모면했다. 그런데 생각하는 체 하고 있다 보니 어젯밤에 머릿속에서 본 남자의 모습이 떠올랐다.

"나 말이지, 에제키엘하고 핏줄이 이어져 있다는 것 말고 뭔가 다른 연관이 있는 기분이 들 때가 있어. 뭐랄까, 마치 같은 틀에서 나온 그릇 같은 기분이 든단 말이야."

내 황당한 비유 때문에 유리카는 웃음을 터뜨렸다. 그러나 곧 웃음을 접고 자못 진지하게 대답해 주었다.

"음…… 네 비유가 맞는지는 몰라도 그 비슷한 관계가 있을 수는 있을 거야. 왜냐하면 너와 에제키엘뿐 아니라 다른 일들도 2백 년 전과 비슷하게 전개된 부분이 있거든. 이를테면 나르디, 그래, 나르디만 해도 그래."

"나르디가 뭘?"

유리카는 코를 슬쩍 찡그리면서 말했다.

"2백 년 전에도 나르디엔이라는 이름의 왕이 있었다는 얘기 들었지? 달크로즈에서 왕궁 학자 타데아 씨가 왕국의 장미 이야기 해 주면서 말했잖아."

"나르디엔 태자 말이야?"

"그래, 그 태자."

유리카는 주아니가 혹시 떨어지지 않는지 눈으로 계속 쫓아가면서 말을 이었다.

"2백 년 전 바로 그 해에 그 나르디엔 태자도 왕위에 올랐어. 균열의 해였지. 지금도 마찬가지잖아. 나르디도 올해 왕위에 올랐으니까."

"그런……."

우연 같기도 했지만 생각해 보면 이스나미르에는 대대로 이름이 같은 왕이 드물었다. 게다가 하르얀의 반란 사건이 없었다면 이그논 국왕도 돌아가시지 않았을 테고, 나르디는 좀 더 오래 태자로 지냈을 것이다. 우연 치고는 드문 일치인 것만은 틀림없었다.

내가 고개를 갸웃거리고 있는데 저만치에서 미칼리스가 나타났다.

"바람이 찬데 그런 데서 안 춥나?"

미칼리스는 손에 종이 같은 것을 들고 우리 앞에 와 난간에 기대어 섰다. 나는 목을 빼면서 그가 든 것을 살펴봤다.

"이건 뭐죠? 그림이라도 그려요?"

그때 미칼리스가 오던 쪽에서 병사 하나가 급히 다가왔다. 나는 잽싸게 주아니를 주워서 주머니 속에 집어넣었고, 다가온 병사는 나를 보고 허리를 잔뜩 굽혀 절을 한 다음 미칼리스에게 말했다.

"보초 교대 시간이 지나기는 했지만 특별 경계 중이라 저는 자리를 이탈하면 안 됩니다. 가르쳐 주시는 것은 고맙지만 이런 식으로는……."

보아하니 미칼리스가 들고 온 것은 이 병사의 물건인 모양이었다. 종이는 언뜻 보기에도 희고 고운 것이 '벨럼'이라고 불리는 귀중한 양피지인 모양이었다. 갓 태어난 송아지나 새끼양의 가죽으로 만드는 벨럼에 백악까지 발라져 있으니 가난한 병사가 쉽게 구할 만한 종이일 리 없었다. 병사의 손에는 검은색, 붉은색, 흰색의 분필과 함께 거친 양피지도 한 장 들려 있었다.

"그렇다면 빨리 하는 편이 좋겠군."

잠깐 실랑이를 한 끝에 결국 귀중한 벨럼은 병사의 손으로 되돌아가고 미칼리스는 성벽에 기대 앉아 거친 양피지를 돌바닥에 펼쳤다. 이어 화가들이 종종 하듯 검은 분필과 흰 분필을 한 손에 쥐더니 재빠르게 스케치를 해 나갔다. 망설임 없이 슥슥 긋는 걸 보면 무척 쉬워 보이지만 절대 그럴 리 없다는 걸 잘 안다. 그런데 그리는 걸 보니 사람 같은데, 대체 누구지?

내가 궁금해서 병사와 함께 그림을 들여다보는 동안 유리카가 의아한지 흐음, 하는 소리를 냈다.

"미카, 그림을 가르쳐 준다고? 이 사람한테? 언제부터 그런 일을 그렇게 쉽게 하게 된 거야?"

미칼리스는 별 대꾸 없이 분필을 움직여 나갔다. 그림은 점차 젊은 여자의 초상으로 변해 갔다. 약간 통통한 얼굴에 긴 머리를 둥글게 틀어 올리고, 팔은 가슴께로 모은 채 먼 곳을 보고 있는 반신상이었다. 그림이 완성되어 가는 동안 불안해하던 병사의 얼굴은 점차 찬탄으로 바뀌어 갔다.

"대, 대단하시군요. 저는 며칠 밤을 되풀이해서 그리고 지워도 이 그림의 발끝에도 못 따라가는데……."

병사가 그림을 연습하고 있다는 사실도 특이했지만, 미칼리스가 자진해서 그림 시범을 보이는 것이 더 이채로웠다.

"누굴 그린 거죠?"

"저…… 제 애인입니다. 약간은 다르지만 거의 비슷해요……."

병사가 미칼리스에게 애인의 모습을 그려달라고 설명해 주었던 모양이었다. 미칼리스는 말없이 그림을 마무리하더니 이윽고 살아 있는 것처럼 생생해진 여인의 모습에서 분필을 뗐다. 그가 종이를 건네주자 병사는 그림을 들여다보며 입도 제대로 다물지 못했다. 미칼리스가 손에 묻은 분필가루를 성벽에 문지르며 중얼거렸다.

"멀리 있는 애인의 초상화 한 장이 없어서 애태우다니, 그게 어디 될 법이나 한 일이야."

나는 뭔가 말하려다가 입을 다물었다. 유리카도 내 얼굴을 보더니 그림에 눈길을 주며 아무 말도 하지 않았다. 그런데 미칼리스가 나를 흘끗 보더니 뜻밖의 이야기를 꺼냈다.

"파비안, 너도 애인의 초상화 한 장은 있어야 되지 않겠어?"

"왜요? 헤어질 것도 아닌데."

저절로 그런 대꾸가 나왔다. 미칼리스는 그러냐는 듯 어깨를 으쓱했다.

"그렇다면 됐고."

나는 유리카를 돌아봤다. 항상 곁에 있는데 초상화는 무엇에 쓴단 말이야? 초상화라고 하니 목 없는 기사의 성에 걸려 있던 부인의 초상화가 떠올라서 기분이 나쁜데.

"해가 지는구나."

유리카의 말에 모두 서쪽 하늘을 바라보았다. 성벽에서 보는 하늘은 평소보다 더 넓어 보였다. 해가 완전히 숨으려면 아직 시간이 남았다. 남서쪽 방향에 크지 않은 산이 웅크린 것이 보였다. 거기부터 서쪽으로는 거칠 것 없는 평야였다. 우리가 이 성을 처음 바라보던 벼랑도 저 산 어딘가에 있겠지. 하지만 여기서는 그림자에 묻혀 알아볼 길이 없었다.

하늘이 흐려서인지 묘하게 희미한 태양이 숲 머리를 비추는 동안 성 뒤편으로는 이미 어둠이 내렸다. 바람이 미칼리스와 유리카의 머리를 쓰다듬고 내 짧은 머리까지 흩어놓으며 지나갔다. 머리가 꽤 많이 자랐다. 일이 끝나면 좀 잘라야겠다.

"임무가 끝나면 미칼리스는 숲으로 돌아갈 건가요?"

거칠게 깎은 조각 같은 얼굴에 석양이 남긴 붉은 얼룩이 흘러갔다.

"상텔로즈로 가야지. 동족들이 있을 테니."

"켈라드리안에도 있지 않아요? 저…… 그루터기 엘프들 말이에요."

미칼리스가 여행을 떠나기 전에 마지막으로 살던 곳은 켈라드리안이었다. 이베카를 남기고 돌아선 곳이기도 했다. 그는 싱긋 웃었다.

"가봐야겠지. 쓰다가 놔둔 신발이니 옷가지가 그대로 있을 텐데. 그릇이나 이불도 있으려나."

"그대로 있을 턱이 있어요? 2백 년이나 지났는데."

우리가 얘기하는 동안 유리카는 성벽 밖으로 몸을 내밀고 아래를 내려다보았다. 긴 머리 몇 가닥이 내 목덜미를 간질이는가 싶더니 어느새 바람이 밀어닥쳐 바닥에 둔 벨럼 양피지를 저만치 날려 버렸다. 병사가 종이를 집으러 달려가는 뒷모습을 보며 유리카가 말했다.

"애인은 어디에 두고 왔을까. 이런 일이 아니었다면 이별할 필요도 없었겠지. 초상화 한 장을 아쉬워하는 그런 사람이라면 꼭 다시 재회해야 할 텐데."

"그러려면 먼저 살아남아야겠지."

"죽을 일도, 헤어질 일도 없는 쪽이 더 좋아."

나는 고개를 끄덕였다. 바람이 점점 심해졌다. 그러고 보면 임무가 끝나면 우리는 여길 떠나서 헤어지는 걸까? 꼭 그럴 필요는 없겠지만 엘다렌하고 미칼리스는 할 일이 있으니까.

"엘다렌은 파하잔으로 가겠지? 드워프들이 깨어나서 기다리고 있을 테니까. 폐허가 된 도시를 재건하려면 정말 바쁘겠지만……."

"와서 도와주면 좋겠지."

엘다렌의 목소리가 불쑥 들려서 나는 웃었다. 엘다렌은 풍채에 어울리지 않게 기척 없이 다닐 수 있는 능력이 있어서 종종 우리를 놀라게 하곤 했다. 지금도 언제 다가왔는지 모르겠다. 엘다렌은 석양을 바라보면서 말했다.

"오늘 밤이면 모두 끝난다고 생각하니 상념이 많아진 모양이군."

"글쎄, 저보다는 2백 년을 여행해 온 세 사람이 훨씬 더 그럴 것 같은데요."

나는 그렇게 말하고 다시 기분 좋게 웃었다.

"그렇지만 엘다렌한테 도와달라는 말을 들으니 기분이 좋아지는데요. 음, 한 반년 정도라면 파하잔 재건의 역군이 되어 보는 것도 괜찮을 것 같은데."

엘다렌에게 믿을 만한 사람이 되었다고 생각하니 정말로 유쾌해졌다. 엘다렌이 눈썹을 치켜뜨더니 말했다.

"반년으로 될 법이나 한 일인가. 하려면 한 몇 년은 죽은 셈치고 해야지."

"몇 년은 너무한데요. 그 사이 찾아가서 인사할 친구들이 얼마나 많은데요. 가보고 싶은 곳도 많고요. 적당한 선에서 타협 좀 해주세요."

나는 말없이 성벽 너머를 보고 있는 유리카를 툭 치면서 말했다.

"너는 어떡할래? 너도 고향으로 돌아가는 거야?"

유리카가 돌아보더니 미소 지었다.

"일단 가보는 것도 좋을 것 같아. 미칼리스처럼 웃가지며 그릇 같은 걸 챙기러 가는 건 아니지만 말이야."

미칼리스는 반박하지도 않고 웃었다.

"나한테는 그 옷가지랑 그릇 나부랭이가 아주 중요하거든. 가서 꼭 찾아야겠단 말씀이야."

"황금 그릇에 비단옷이라도 돼? 비단옷이라 해도 좀이 다 먹어버렸겠다."

하지만 이베카와 살던 시절의 물건일 것이다. 유품이겠지. 일그러지고 닳아 먼지가 되었을지라도 하나하나 챙기고, 살던 곳을 돌아보고, 최후가 어떠했는지도 들어야겠지…….

내가 생각에 잠긴 사이 미칼리스가 말했다.

"파비안, 자네도 나와 함께 켈라드리안에 가볼 생각은 없나? 에졸린 여왕도 뵙고, 비록 여전히 엔젠이지만 라우렐란의 안부도 전하고 말이야. 또 굳이 따지자면 자네가 태어난 곳이기도 하잖나?"

"그야…… 그럴지도 모르죠."

어머니를 숨겨 주고 내가 태어나는 것을 도왔다는 엘프들이 아직도 거기 있을까? 어쩌면 내가 켈라드리안을 지나는 동안 내 모습을 봤을지도 몰라. 그렇지만 인간은 그들보다 훨씬 빨리 자라니까 얼굴을 못 알아봤을지도 모르지.

"저를 받아준 엘프들은 못 만나겠지요?"

미칼리스가 긴 머리에 손가락을 넣어 긁적거리다가 웃었다.

"무슨 소리야. 하얀 부리 엘프의 수장을 우습게보면 곤란하지. 켈라드리안의 그루터기 엘프들쯤이야 얼마든지 불러낼 수 있다고."

"당신을 알던 엘프들이 남아 있을까요?"

"글쎄, 몇 명쯤은 남아 있겠지. 다 죽어버렸다면 곤란한 노릇인데. 남아서 소식을 전해줄 자들도 있어야 할 것 아냐?"

내가 뭐라고 대꾸해야 할지 몰라서 잠자코 있는데 놀랍게도 미칼리스가 덧붙였다.

"꼬마 비크가 어떻게 살다가 갔는지 소식 한마디 전해줄 자도 남아 있지 않다면 그루터기 엘프 녀석들도 영 예의가 없는 편이라고 할 수 있겠지."

내가 얼떨떨한 표정으로 미칼리스를 올려다보는데 유리카가 말했다.

"비크는 이베카의 애칭이야. 이비라고도 불렀지?"

"어려서 남자애처럼 아버지의 뒤를 잇는 것이 꿈이었던 녀석이라 사내아이 같은 '비크' 쪽을 더 좋아했거든. 난 그녀의 어머니가 부르던 '이비' 쪽이 훨씬 예쁜 이름이라고 생각했는데."

미칼리스가 너무 아무렇지도 않은 목소리로, 오히려 밝다고 해야 할 목소리로 그렇게 말해서 나는 적당한 대답을 찾아낼 수가 없었다.

"그, 그렇군요······. 아, 저는 '비크'도 괜찮은 것 같은데······."

웬 바보 같은 대답이람.

그러나 미칼리스는 웃었다. 소리 내어 웃으면서 양피지를 주워 돌아오는 병사 쪽을 바라보았다. 유리카가 낮게 중얼거렸다.

"이베카와 함께 있던 곳으로 돌아간다는 것만으로도 기쁜 거야······."

돌아온 병사가 미칼리스에게 말했다.

"뭐라고 감사를 드려야 좋을지 모르겠습니다. 앤리나와 너무 닮아서 곁에 없어도 같이 있는 기분이에요. 나중에 앤리나도 보게 된다면 굉장히 기뻐할 겁니다. 저, 별것은 아니지만 답례로 이 벨럼을 드리고 싶은데……."

사양할 거라는 짐작과는 달리 미칼리스는 선선히 고개를 끄덕이며 양피지를 받았다. 그걸로 뭘 하려는지야 모르지만 잘 말아서 한 손에 쥐고 고맙다고 말했다. 병사는 황급히 손을 내저었다.

"원, 별말씀을요. 그림에 비하면 정말 하찮습니다. 고향에서 저한테 그림을 가르쳐 주시던 밀브메 할아버지께서도 이런 그림은 그리지 못하셨습니다. 어떻게 이렇게 그릴 수 있는지……."

병사는 몇 번이나 인사하고 그림을 소중하게 쥔 채 떠나갔다. 그의 뒷모습을 지켜보다가 헛기침을 하며 고개를 돌린 엘다렌이 나를 보았다.

"너는 어떻게 할 텐가? 고향으로 돌아갈 건가?"

"저는……."

나는 말꼬리를 흐리면서 유리카를 흘끔 보았다.

"저는 우선 달크로이츠 영지로 가야겠어요."

유리카가 나를 쳐다봤지만 모르는 체 하고 덧붙였다.

"누가 그리로 가겠다잖아요. 헤어지지 않기로 했으니 따라가는 수밖에요."

유리카는 아무 대꾸도 하지 않았다. 나는 잠시 망설이다가 유리카를 돌아봤다.

"그 다음에는 네가 따라와 주는 거지?"

유리카의 얼굴에서 아주 천천히, 미소가 피어올랐다. 아룬드나얀의 임무가 끝나도 너와 나는 헤어지는 것이 아니야. 여행은 끝나는 것이 아니야. 이번에야말로 느긋하고 행복하게 여행할 수 있는데 왜 여기서 멈추겠어?

찾아갈 곳이 아주 많아. 만날 사람도 많아. 네 고향에 가고, 그 다음에는 내 고향에 가야지. 달크로이츠 영지에 있다는 훌륭한 샘물의 맛은 어떤지, 하비야나크는 어떻게 변했을지 다 보고 나서…… 켈라드리안에 가서 페어리와 엘프들도 만나고, 호그돈과 릴가의 통나무집에서 멋진 저녁도 대접받아야지. 물론 파하잔에 가서 엘다렌을 도울 거고, 나르디를 보러 달크로즈에도 가고…… 며칠이고 내키는 대로 머물며 몇 년이고 몇십 년이고 여행할 수 있어.

"그래. 우리 모두 다시 한번 함께 여행할 수도 있을 거야. 얘기로만 듣던 파비안의 고향에도 가보고 싶은데. 재건해야 할 마을은 파하잔에만 있는 것이 아니지 않나?"

미칼리스가 그렇게 말하며 씩 웃었다. 고향을 잃은 사람의 마음은 같은 일을 겪은 사람이 더 잘 이해할 것이다. 우리는 모두 고향을 잃어버린 사람들이었다.

미칼리스의 말대로라면 우리가 할 수 있는 일이 하나 더 늘어나는 셈이다. 하비야나크 사람들이 다 죽지 않았더라면 엘프와 드워프를 대동하고 귀향하는 나를 보고 놀라 자빠질 사람들이 많았을 텐데. 설산의 불빛 여관에 죽치고 앉아 내가 겪은 일을 밤새워 이야기하고, 그 값으로 고르만 씨한테 공짜 맥주도 좀 얻어 마실 수 있었겠지. 소박한 우리 동네 사람들은 유리카 같은 소녀를 보면 눈이 휘둥그레져서 천사나 요정이 나타났다고 떠들었을지도 몰라. 벤야와의 소문 같은 건 이런 놀라운 사건들의 연속으로 완전히 잠잠해질 테고, 그러면 분명 우리 어머니는······.

거기서 생각은 뚝 끊겼다. 입에서 한숨이 새어나왔다.

이렇게 할 얘깃거리가 많아졌는데 내 이야기를 들으며 박장대소하시고, 머리를 쥐어박으며 핀잔을 주실 어머니는 세상에 없었다. 내가 1년 만에 돌아가도 그런 의미에서 가게 청소부터 하라고 빗자루를 쥐어주실 어머니는 이제 땅 밑에 누워 계셨다.

"파비안."

내 생각이 어디로 흘러갔는지 읽은 것처럼 유리카가 내 손을 잡았다. 그러더니 황당한 얘기를 꺼냈다.

"내가 대신 엄마 해줄게. 이제부터 엄마라고 불러."

나는 어이가 없어져 눈을 가늘게 떴다.

"야, 나는 항상 어머니라고 했지, 엄마라고 부른 일은 없단 말이야."

"흥, 싫으면 그냥 싫다고 하면 되잖아. 괜히 엉뚱한 소린."

"그런 게 아니잖아. 세상에 어머니하고······."

······결혼하는 남자란 없단 말이다, 라는 말은 어찌어찌 삼켜버리고 말았다. 유리카는 괜히 새침해진 척 하며 내가 우울해질 틈을 주지 않더니 잠시 후에는 '너도 아버지가 없으니 내가 대신 아버지를 해줘야

겠느냐', '나는 어머니도 없으니 아버지 한 명만 있어 봤자다', '그렇다면 네 엄마로 주아니를 추천한다' 따위의 이야기가 실컷 오가는 동안 슬픈 기억은 어느새 날아가 버렸다. 나는 주머니에서 머리를 내민 주아니에게도 물어봤다.

"넌 어쩔 테냐? 고향으로 갈 생각이야? 족장 어머니한테……."

"모, 몰라. 그런 생각은 나중에 해 볼래."

주아니는 족장 어머니 얘기를 꺼내자마자 허겁지겁 주머니 속으로 숨어버리는 바람에 결국 미래 설계는 들어볼 수 없었다. 고향으로 돌아가든 아니든 원하는 대로 해줄 테지만 주아니하고 헤어지는 것도 굉장히 아쉽겠지. 솔직한 기분으로는 계속 같이 다녔으면 좋겠는데.

"정말 해가 져버렸어."

유리카가 중얼거렸다. 우리는 마지막으로 고개를 돌려 지평선 머리에 걸린 태양을 바라보았다. 그렇게 보아서 그런지 이날의 석양빛은 유난히 핏빛이었다.

"그만 들어가서 마음의 준비라도 하는 편이 좋겠다."

엘다렌의 말에 우리는 성벽에서 몸을 돌렸다. 나는 벌판을 다시 한 번 바라본 다음 동료들을 따라 안으로 들어갔다.

3. 황금 글자들도 지워진다

너 아룬드나얀이여,
검은 돌에 감춘 세월의 의미를
말하라, 그대 아룬드나얀이여,
무엇을 품었으며 무엇을 내놓을지
그리고 네 주인은 어떻게 될 것인가를.

너 침묵하는 돌이여,
기다리는 것은 천구에 새겨진 때임을
말하라, 그대 세월의 돌이여,
네 제물은 누구이며 삶은 누구의 몫일지
그리고 균열의 날은 어떻게 될 것인가를.

— 고대 이스나미르 왕국, 일곱 별자리의 예언자
헬 위스 카르모하드의 축시 〈아룬드나얀〉 74-75연

쿵. 쿵.

이상한 소리에 선잠이 깼다. 언제부터 들린 건지 모르겠다. 벽이 울리는 것 같기도 했다.

쿵, 쿵, 쿵.

의식을 치를 시각은 새벽녘이었다. 그 전에 좀 자두라고 했지만 나는 거의 잠들지 못했다. 이유 모를 불안감, 기대감과 흥분이 번갈아 찾아와서 몇 번이나 잠들 듯하다가 깨어나기만을 반복했다. 그러나 이번에는 그런 이유로 깬 것이 아니었다. 비몽사몽간 들리던 소리는 깨고도 계속되었다.

"무슨 소리지?"

나만 깬 것은 아니었다. 하긴, 내가 깰 정도면 동료들은 다 깨고 남았을 것이다. 주아니가 쪼르르 내 머리맡으로 다가오더니 말했다.

"저런지 오래 됐어. 반 시간 째야."

그새 깜빡 잠이 들긴 했던 모양이다. 어차피 새벽녘도 된 것 같아 일어나 옷가지를 주워 입었다. 팔을 끼우고 있는데 문 두드리는 소리가 나더니 미칼리스가 활까지 든 채 들어왔다.

"기어이 사단이 나는군."

가슴이 싸늘해졌다. 내가 맞은편 팔을 끼우는 동안 이번에는 유리카가 들어왔다. 미칼리스가 들어가는 것을 보았는지 노크도 하지 않아서 나는 엉거주춤한 자세로 그녀를 봤다.

"아, 옷 입는구나."

유리카는 당황한 기색도 없이 그대로 나를 기다렸다. 그러는 동안에도 소리는 커져 갔다. 거실로 나오자 발밑이 울리는 것이 느껴졌다. 불길한 짐작이 점차 뚜렷해졌다. 엘다렌이 중얼거렸다.

"공성을 시작한 모양이군."

그럴 리가. 나와 약속했는데. 문자 아룬드 5일까지는 공격하지 말아 달라고 부탁했는데. 나르디가 약속을 어길 리가 없는데.

나는 더 참지 못하고 밖으로 나갔다. 그러나 문 앞을 지키고 있던 기사 둘이 나를 막아서며 고개를 숙여 보였다.

"위험합니다. 그쪽으로 가시면 안 됩니다."

"공격을 당한 건가요? 이 소리는 문을 치는 거죠?"

기사가 고개를 저었다.

"성문이 아니라 벽입니다. 국왕군이 공성기(攻城器)를 가져왔지만 우리 성문은 다른 성들과 차원이 다르니 걱정하실 것 없습니다. 그래서 저들도 성문이 아니라 벽을 공격하고 있습니다."

"다르다니요?"

기사는 얼굴에 자신감을 보이며 답했다.

"대마법사 에세키엘이 만들었으니까요."

나는 성을 에제키엘이 짓지 않았다는 것을 알고 있었다. 성을 지은 사람은 에제키엘이 아니라 조피스티네였다. 기사는 자신이 한 말을 굳게 믿는 걸로 불안감을 떨칠 수 있었지만 난 아니었다. 나르디가 나와의 약속을 어기고 먼저 공격을 개시했다는 사실을 믿을 수가 없었다. 아버지의 말이 옳았다는 증거일까? 나 혼자 약속 따위를 믿는 순진한 놈이었던 건가? 난 결국 아버지를 따랐어야 했을까?

아니었다. 나는 고개를 흔들었다. 나는 먼저 나르디를 배신하지 않았다. 그리고 나르디에게도 이유가 있을 것이다. 분명, 무슨 이유가 있을 것이다.

어느 쪽이든 나르디가 우리 의식을 방해하려 하지는 않으리라 생각했다. 그러나 병사들까지 그런 사실을 알 리 없으니 난전이 벌어져 휘말린다면 의식은 지연될 수밖에 없었다. 나는 뒤따라 나온 유리카를 돌아보았다.

"의식의 날짜를 늦출 수 있어?"

유리카는 고개를 저었다.

"이젠 안 돼. 어제 두 개의 아룬드나얀이 만났기 때문에 봉인된 힘이 눈을 뜨기 시작했어. 하루나 이틀 늦출 수 있을지도 모르지만 무슨 결과가 올지는 장담 못 해. 더구나 의식은 마법진에 그려진 천구와 같은 하늘이 머리 위에 오는 그 시각에 행해야만 해. 오늘 새벽을 놓치면 내일 새벽을 택해야 하는데 난 그 사이 무슨 일이 일어날지 걱정스러워."

"그럼 지금 가야 하나?"

유리카 뒤에서 엘다렌이 말했다.

"네 아버지를 기다려야 한다. 집전자가 없는 의식은 어긋나기 마련이다. 그리고 약속을 한 이상 기다리는 것이 도리다."

그러는 동안에도 전운은 시시각각 다가왔다. 성벽 위로 수많은 병사들이 달려가고, 자리를 잡고, 활을 메기고, 검을 뽑아들었다. 횃불 빛을 받은 칼날이 곳곳에서 붉게 번들거렸다. 나는 기사를 설득해서 함께 성벽 쪽으로 다가가 아래를 내려다보았다. 그리고 말문이 막혔다.

불빛이 바다처럼 넘실거렸다. 어디까지 뻗어 있는지 모르겠다. 불빛 아래 어렴풋하게 병사들의 윤곽이 숨을 쉬고 있었다. 유령들로 이뤄진 군대처럼 보이지만 그들은 우리나라의 병사들이었다. 그런 그들이 예모랑드 성을 바라보며 창을 겨누고 있었다. 전열 가운데 높이 솟은 깃발에 새겨진 흰 별이 내 마음을 아프게 했다. 저 깃발 아래 서서 세르무즈 군을 마주보던 때가 떠올라서였다.

나는 더 바라보지 못하고 몇 걸음 물러섰다. 그리고 우리가 나온 복도 쪽을 돌아보는데 이상한 그림자가 눈에 띄었다.

키가 큰 남자였는데 복장이 기사도, 병사도 아니었다. 지금까지 성에서 철판이든 사슬이든 가죽이든 갑옷을 갖춰 입지 않은 사람은 우리밖에 없었는데 남자는 사냥복처럼 가벼운 검은 옷을 입고 있었다. 그런데 남자가 움직이는 모습을 보자니 머릿속에서 뭔가 떠오르려 했다. 어딘가 모르게 익숙한데?

남자는 우리가 있던 방 주위를 두리번거렸다. 열린 방문 안도 들여다보는 기색이었다. 그러나 이쪽에서 병사 몇 명이 그리로 움직이자 복도 너머로 사라져버렸다. 나는 그가 사라지고도 한참 동안 그쪽을 보고 있었다. 왜 익숙하다고 생각했는지 깨달았기 때문이었다.

베르나르트를 닮았다. 하르얀 사건에 휘말려 죽어버린 그를.

얼굴은 보이지 않았지만 체격이며 허리에 찬 검, 그리고 무엇보다도 움직임이 비슷했다. 아르나 강의 다리에서 봤던 낭비 하나 없는 동작이 인상 깊었기에 지금 문득 떠올랐으리라. 하지만 말도 안 되는 생각이었다. 내가 직접 보지 못했다 해도 베르나르트는 죽었다. 엘다렌이 그렇게 말했다.

그때 등 뒤에서 누군가가 내 어깨에 손을 얹었다. 흠칫 놀라며 돌아보자 완전 무장을 갖추고 나타난 아버지가 서 있었다.

"파비안, 저게 보이느냐?"

나르디의 군대를 말하는 것이리라. 나는 아무 대답도 할 수 없었다. 아버지는 더 말하는 대신 동료들 쪽을 돌아보았다.

"갑작스런 소란에 놀라셨을 줄 압니다. 이스나미르 군이 예상보다 빨리 공성을 시작했습니다. 하지만 여러분에게는 더 중대한 일이 있으니 전황에 개의치 말고 서두르는 편이 좋겠습니다."

아버지는 검을 뽑아 들고 있었는데 칼집에 꽂기 전에 날을 망토에 닦았다. 나는 흠칫 놀라 물었다.

"적이 안으로 들어왔나요? 성문은 아직……."

"북문이 열려 소규모 부대가 들어왔으나 다 처리했다. 한동안은 저 문이 버텨 줄 것이다. 가자."

아버지를 따라 움직이려는 순간, 성벽 아래에서 커다란 함성이 들려왔다. 아버지의 얼굴에도 긴장감이 서렸다. 그때 한 기사가 아버지 앞으로 달려와 무릎을 꿇었다. 니스로엘드의 기사 키반 노르보르트였다. 턱 아래 긴 흉터가 생긴 것 말고는 예전과 똑같은 모습이었다. 그는 나를 비롯한 일행은 아랑곳 않고 외쳤다.

"단장님! 여기 계셨습니까!"

"무슨 일이 일어났나?"

"성문이 열렸습니다. 내부에 배신자가 있었습니다. 누구인지는 밝혀

내지 못했습니다. 지금 1군 기사 전부가 성문 앞에 밀집대형을 쌓고 있습니다. 모두 옥쇄할 각오입니다만, 이스나미르 군이 워낙 많습니다. 명령을!"

아버지의 목소리가 한층 낮아졌다.

"키반, 네게 방어 총책임을 맡긴다. 네 지휘권은 내가 돌아와 직접 인수할 때까지 유효하다. 예상되는 시간은 오늘 해가 떠오른 직후다. 내 투구를 가져가라."

"알겠습니다! 반드시 막아 내겠습니다!"

"그럼, 부탁한다."

키반은 어둠 속으로 사라져갔다. 우리는 아버지와 함께 어제 갈색 로브의 사나이를 따라갔던 길로 달렸다. 밤하늘이 벌겋게 밝혀져 시각을 짐작할 수가 없었다. 성 안과 성 밖 모두 별빛조차 지워버릴 기세로 횃불이 너울거렸다. 함성과 비명이 사방에서 쟁쟁하게 울렸다. 어느 쪽이 이기고 있는지, 어느 쪽이 지고 있는지 전혀 알 수가 없었다.

성벽을 지키던 병사들은 아버지를 보자 일순 두려워하던 것을 멈추고 부동자세를 취하며 허리를 굽혔다. 명령은 오가지 않았으나 그들은 아버지를 본 것만으로도 새로운 명령을 받은 것처럼 사기충천해졌다.

이윽고 우리는 철문 앞에 도달했다. 아버지가 문을 열고 먼저 들어갔다. 따라 들어가고 보니 어제는 있는 줄도 몰랐던 수많은 횃불대에 불이 붙어 있어서 쉽게 내려갈 수 있었다. 얼마 안 가 사다리가 있는 구멍에 도달했다. 구멍 아래로 펠드로바드가 환하게 밝혀진 것이 보였다.

내려다보는 순간, 나는 갑자기 온몸이 뻣뻣해지는 것을 느꼈다. 두려움 반, 기대 반이었던 기분이 순식간에 두려움 쪽으로 기울어졌다. 긴장 탓인가?

저녁 시간에 의식을 어떻게 진행하는지 다 들어 두었지만 상황이 급박하다보니 잘 떠오르지 않았다. 사다리를 타고 내려가면서 나는 내가 해야 할 역할, 의식의 진행 과정을 되풀이해서 생각했다. 사실 내가 딱히 뭔가 할 필요는 없었다. 그러나 혹시라도 어긋날 경우 일어날지도 모르는 불길한 상황에 대한 상상이 머릿속에서 꼬리를 물었다.

바닥에 내려서자 갈색 로브의 남자가 기다리고 있었다.

"오셨습니까."

남자는 우리가 아니라 아버지를 향해 그렇게 말했다. 그의 얼굴이 처음으로 잘 보였다. 마법이 존재하던 시대였다면 마법사로 보였을지도 모를 사내였다. 이윽고 그가 물러나자 거대한 검은 돌이 거인이 떨어뜨리고 간 메달처럼 조용히 놓여 있었다.

한시가 급한데도 우리는 약속이나 한 것처럼 그것을 바라보며 입을 다물었다. 나는 돌 위에 그려져 있던 천구의 모양을 떠올렸다. 내 머리 위에서는 진짜 하늘이 저 모양 그대로 빛나고 있을 것이다. 이것이야말로 점성술사들이 말하는 '위에 있는 것과 같이 아래에도 있으라' 인가.

"시간을 재어라."

아버지가 말하자 갈색 로브의 남자가 한쪽에 마련되어 있던 탁자로 다가가 위에 놓인 커다란 돌그릇을 들여다보았다. 돌그릇에는 물이 담겨 있는데 가운데 뚫린 작은 구멍으로 한 방울씩 흘러 떨어졌다. 예스러운 물시계인 모양이었다. 남자는 그릇 내벽에서 눈금을 더듬더니 입 속으로 뭔가 중얼거리며 돌그릇 옆에 있던 모래시계를 뒤집어 놓았다.

"정확한 시각은 봄의 공주께서 알고 계실 테지요. 그러나 의식을 준비하려니 어느 정도는 알아야 하겠기에 준비시켰습니다."

나는 아버지가 유리카를 '봄의 공주'라고 불렀다는 것 때문에 조금 놀랐다. 그러나 유리카는 전혀 동요하지 않고 돌 위로 올라가 어젯밤처럼 암흑 아룬드의 자리로 가서 무릎을 꿇고 앉았다.

미칼리스와 엘다렌도 그 뒤를 따랐다. 나는 지금까지 그들의 생일을 알지 못했다. 미칼리스는 환영주 아룬드의 자리에 한쪽 무릎을 꿇으며 앉았다. 엘다렌은 타로핀 아룬드의 자리로 걸어갔다. 삼각을 그리며 앉은 세 동료의 그림자가 머리 위의 빛을 받아 똑같은 방향으로 떨어졌다.

나는 주아니를 어떻게 해야 좋을지 신경이 쓰였다. 그래서 빛이 구석까지 닿지 않는 것을 이용해서 녀석을 슬쩍 꺼내 물시계가 놓인 탁자 근처의 바위에 내려놓았다. 양해는 못 구했지만 의식이 벌어질 때 마법진 위에 있다가는 무슨 일이 생길지 모르잖아.

내가 마법진 위로 올라서는 동안 동료들의 시선이 내게 박혀 있었다. 나는 한가운데로 가서 유리카 쪽을 바라보며 섰다. 그들이 나를 향해 무릎 꿇고 있는 모양이 마음에 들지 않았지만 도리가 없었다. 나는 아룬드나얀을 목에서 벗겨 손바닥에 올려놓았다. 아무리 침착하려 애써도 가슴 속까지 떨리는 것을 어쩔 수 없었다. 심장을 누르며 숨을 크게 들이쉬었다.

아버지가 마지막으로 마법진 위에 올라왔다. 나는 아버지의 생일조차도 몰랐다. 아버지는 뚜벅뚜벅 걸어가더니 아르나 아룬드의 자리에 섰다. 약간 뜻밖이었다. 그래서 아버지는 사랑을 섣불리 시작했다가 이루지 못했을까?

그런데 아버지의 손에 낯선 꾸러미가 있었다. 내려올 때는 갖고 있지 않았던 것이었다. 흰 천이 풀리자 낡은 나무 지팡이가 나왔다. 나는 의아한 눈으로 아버지를 보았다. 그때 유리카의 목소리가 빠르게 울렸다.

"에즈의 것인가요?"

아버지가 천천히 고개를 끄덕였다. 놀란 나는 동료들을 돌아봤다. 미칼리스가 엘다렌을 바라보자 엘다렌이 입을 열었다.

"어찌하여 그런 물건이 아직껏 남아 있는가. 또 의식의 자리에 가져온 이유도 모르겠군."

"나르시냐크 가문에는 알려진 것보다 많은 유물이 남아 있습니다."

아버지가 에제키엘의 지팡이를 세워 쥐면서 말을 이었다.

"2백 년 전 이 자리에 저와 파비안은 없었을 테지만 그가 있었겠지요. 여러분은 어제 일처럼 에제키엘을 기억할 것입니다. 그런 의미에서 저는 오늘도 에제키엘이 이 자리에 있다고 생각하고 싶었습니다. 맨 처음 그의 의지가 모든 일을 만들었고, 균열을 막겠다는 의지를 우리에게 물려주었습니다. 이제 그는 없지만 이 지팡이가 대신 이 자리에 있었으면 합니다. 여섯 번째 사람으로 참여할 수 있도록."

동료들은 침묵했다. 동의도, 반대도 하지 않았다. 중요한 문제는 아닐지도 모르겠다. 이윽고 유리카가 고개를 끄덕이면서 말했다.

"저희 기분을 이해해 주셔서 감사합니다."

유리카의 한마디로 지팡이는 이 자리에 있도록 승인된 셈이 되었다. 아버지는 마법사처럼 지팡이를 짚고 섰다. 유리카는 그런 아버지의 모습을 가만히 바라보다가 입술을 떨며 고개를 돌렸다.

"시간이 되어 갑니다."

물시계 곁에 선 갈색 로브의 남자가 말했다. 사방이 고요해서 목소리가 천장까지 울렸다. 모두 유리카를 바라보았다.

"시간."

드디어 유리카의 목소리가 퍼져나갔다.

"하늘에서 이루어지고 땅에서도 이루어지는 것. 마침내 수많은 세상에서 모두 이루어지는 것. 하루가 합하여 한 해가 되고, 한 해는 백 년이 되며, 백 년은 수천 개의 만 년, 천만 년이 되어 그물에 얽힌 생명들에게 되풀이되는 삶을 내린다."

처음에는 펠드로바드의 빛이 조금 강해졌다고만 생각했다. 그러나 곧 유리카의 몸 주위로 내린 빛을 알아보았다. 그녀 자신에게서 나오는 빛이었다.

"그러나 많은 것은 그만큼 균질하지도 않은 법. 분과 분, 초와 초 사이에 일어난 짧은 어긋남이 모여 균열을 가져오고 갈라진 힘은 사나운 짐승처럼 날뛰리니 그에 이르러 의지를 가진 자가 할 수 있는 일은 무엇인가."

그러자 미칼리스와 엘다렌이 이어 되풀이했다.

"할 수 있는 일은 무엇인가."

"할 수 있는 일은 무엇인가."

엘다렌이 자리에서 일어섰다.

"되풀이된다면, 모든 것이 되풀이된다면 그것은 매 삶마다 지난 삶에서 하지 못한 일을 해야만 한다는 의미. 날 때부터 품고 있는 의지에 놀라거나 두려워할 필요는 없다. 그것은 전생의 기억을 이루고자 하는 당연한 본능일 터."

미칼리스가 자리에서 일어섰다.

"능력을 타고났다면 반드시 그렇게 태어난 이유가 있다. 넘기 힘든 어려움과 맞닥뜨렸다면 그것이야말로 반드시 넘어야 한다는 의미. 세상의 시련은 포기하고 방관하는 자에게는 찾아오지 않는다. 세상 모든 일에는 대가가 있고 고통에는 까닭이, 희생에는 보답이, 맹세에는 그림자가 있다."

그들이 정해진 주문을 외우는 것은 아니었다. 단지 균열을 넘고자 하는 자신들의 의지를 말하고 있을 뿐이었다. 그러나 어떤 주문을 외우는 것보다 경건하고 진실한 말이었다.

이윽고 아버지의 목소리가 울렸다.

"한 종족의 생명은 하나의 의지이다. 의지를 가진 자가 하나라도 남아 있는 한 그 종족은 멸망하지 않는다. 생명과 재생의 힘을 빼앗아 가는 균열이여, 그대를 가둘 감옥을 가지고 의지의 집전자들이 찾아왔소. 프랑데아미즈, 세르네제 드노미린크, 모나데프랑지아, 그리고 니스로 엘데 비주."

프랑드의 공주, 세르네즈의 푸른 활, 모나드의 방랑자, 그리고 니스 로엘드의 심장. 동료들은 다시 무릎을 꿇고 앉았다. 유리카는 여전히 빛에 휩싸여 있었다. 잠시 후 그녀가 손을 허공으로 높이 올리자, 나는 쥐고 있던 아룬드나얀을 마법진 중심에 꽂아 넣었다.

다시 한번…… 불이 켜진다. 아니, 별이 빛나기 시작한다. 나는 거대한 마법진과 결합된 아룬드나얀에 손을 얹은 채 거기서 나온 네 빛깔의 광채가 서서히 마법진 위로 퍼지는 것을 보았다. 하늘과 땅의 별자리가 같을 때 의식은 시작되었고 이제 되돌릴 수 없었다.

나는 눈을 감았다.

"첫째는 세상에 일어나고 있는 일들을 보는 것……."

아버지의 목소리가 마지막으로 들리더니 곧 줄어들면서 지워져 버렸다. 파도 비슷한 소음이 귓가를 감쌌다. 나는 육체의 눈과 관계없이 마음속에 든 눈이 떠지는 것을 느꼈다. 어젯밤에 보였던 에제키엘의 영상처럼.

세상은 투명했다. 유리처럼 비쳐 보였다. 시선이 동굴 천장을 뚫을 듯 머리 위로 직진했다. 스조렌 산맥에서 유리카가 보여주던 '마법 시선'과 비슷한 움직임이었다. 이윽고 물속에서 수면 너머를 보는 것처럼 성에서 벌어지고 있는 일이 보였다.

병사들이 얽혀 싸우고 있었다. 성문 앞의 밀집대형은 뚫렸고, 그 앞에는 시체가 즐비했다. 나는 시체 속에서 아는 얼굴을 찾게 될까봐 그들을 더 바라보지 못했다. 사방에 불길이 너울거렸다. 문득 올려다보자 하늘은 내가 방금 본 것과 똑같았다. 별자리들이 흰 불처럼 타올랐다.

나는 내가 누구를 찾는지 알고 있었다. 시선이 화살처럼 달려들었다. 나르디!

푸른 망토와 흰 갑옷을 걸치고 피에 젖은 시미터를 쥔 나르디가 그곳에 있었다. 성문에서 멀지 않은 안뜰이었다. 다음 순간, 그는 익숙한 솜씨로 다가오는 적을 베었다. 입술은 꽉 다물려 있었고 칼끝은 끊임없이 허공을 갈랐다. 망토에는 검붉은 얼룩이 흩어져 있었다.

국왕이라고 뒷전에서 결과만 기다리는 녀석이 아니라는 것을 잘 안다. 그런데 그의 표정이 다급했다. 당장 뭔가를 알고 싶은데 그러지 못해 초조해하는 얼굴이었다. 그는 휘하 기사들을 향해 끊임없이 뭔가 명령했고, 명령을 받든 자들은 지체 없이 흩어져 달려갔다. 그들은 뭔가를 찾고 있었다.

내가 친구를 더 자세히 보려 했을 때 시선이 멋대로 뛰어오르며 성벽을 타고 올라갔다. 성벽 위에서 언뜻 보인 뒷모습은 아버지의 명령을 받은 키반이었다. 그는 무지막지한 속도로 세 명을 베어 넘기며 앞으로 달려가더니 성벽 끝에 이르러 뭔가를 찾는 것처럼 두리번거렸다. 그런 다음 동쪽 하늘을 바라보았다. 날이 밝기를 기다리는 것이리라.

그 순간 시선은 성을 떠나 먼 곳으로 달려갔다. 나는 캄캄한 바다 위를 달려가는 배 한 척을 보았다. 배의 모양이 어쩐지 익숙했다. 금빛 달을 수놓은 돛은 푸른 굴조개호를 꼭 닮았다. 이물 난간 쪽에 붉은 머리 소녀가 서 있었다. 손에는 무언가를 꼭 쥐고 있었다. 시선이 갈매기처럼 재빠르게 그녀에게 다가가다가 거의 부딪치려는 순간 다시 멀찍이 비켜 하늘로 날아갔다. 나는 어둠 때문에 그녀의 얼굴을 알아보지 못했다.

시선은 바다를 건너갔다. 내가 예전에 지났을지도 모르는 해협과 섬과 암초를 건너더니, 어두운 들판을 달려가 내가 한 번도 본 일이 없는 성으로 접근했다. 날이 밝지 않아 성은 수십 개의 불빛만으로 서 있을 뿐이었다. 시선은 창문으로 어떤 방을 들여다보았다. 방에는 왕족처럼 보이는 젊은 남자가 앉아 있었다. 검 따위 모르고 평생 책상에만 앉아 있었을 것 같은 인상이었다. 그는 손에 종이를 쥐고 있었다. 시선이 창문을 떠나기 직전, 그는 종이에 서명을 했다.

시선은 깡충거리며 뛰어가는 아이처럼 지면에 닿을 듯 말 듯 날아갔다. 나는 스조렌 산맥에 있던 산지기들의 집을 보았다. 집안에는 나우케 남매의 삼촌인 운명 예술가 벵시아 나우케 씨가 무릎을 꿇고 기도하는 자세로 앉아 있었다. 왈라키나 드나르노는 어디로 갔는지 보이지 않았다. 훈훈한 김이 감돌던 그들의 집은 사람이 죽어나간 곳처럼 적막했다.

다시 낯선 곳이 나타났다. 아니, 이번에는 어디인지 알겠다. 수천 개의 잎이 내 얼굴을 스쳐가는 듯해서 나는 무심결에 양손으로 뺨을 감쌀 뻔했다. 숲 깊은 곳에 거대한 통나무집이 보였다. 내가 '통숲저택'이라고 이름 붙였던 곳…… 따뜻하고 안락한 거인 호그돈의 집이다. 나는 호그돈이 불 켜진 창문을 뒤로하고 마당을 거니는 것을 보았다. 그가 불안한 표정으로 하늘을 올려다보자 나도 같이 올려다보았다. 이윽고 흐린 하늘에서 눈송이가 날리기 시작했다. 문자 아룬드에 내리는 눈이라…….

릴가가 버릇대로 요란스레 문을 열고 나왔다. 그는 호그돈에게 걸어

가려다가 문득 걸음을 멈추며 손으로 눈송이를 받았다. 어두워지는 일이 없던 그의 표정도 흐려져 있었다. 릴가가 입을 열자 처음으로 누군가의 목소리가 똑똑히 들렸다.

「결국 이렇게 되는군. 파비안과 유리카는 잘 하고 있을까?」

호그돈이 대답했다.

「자넨 검은 예언자를, 전능한 달타라수를 믿지 않나?」

시선은 릴가의 대답을 듣기 전에 그 자리를 떠나 하늘로 날아갔다. 눈발이 굵어지는 검은 하늘로……. 한참 만에 다시 내려왔을 때 눈앞에 익숙한 붉은 머리의 사내가 산길을 걷는 모습이 비쳤다. 나는 마음속으로 외쳤다. 미르보!

미르보는 빠른 걸음으로 바위를 넘고 수풀을 헤치며 나아가고 있었다. 그가 있는 곳에도 눈은 내렸다. 그러나 그는 눈 따위에 개의치 않고 성큼성큼 걸을 뿐이었다. 그가 멀쩡한 것을 보니 페어리들의 상심이 크겠구나.

그런데 가만히 보니 산세가 눈에 익었다. 설마 하얀 산맥? 아직도 거기 있는 건가? 아니…… 조금 다르다. 잘 알던 나무들은 모조리 뽑히기라도 한 것처럼 보이지 않고 사방에 이상한 관목들뿐이었다. 잠시 후 미르보 앞에 이상한 그림자들이 나타나 길을 가로막았다. 그는 검을 뽑았다. 나는 괴물들이 뭔지 알 것 같다고 생각했다. 직접 본 일은 없지만 책에는 고블린(Goblin)이라고 쓰여 있던 놈들인데…….

나는 괴물들을 자세히 보려 하지 않았다. 본래는 인간이나 그 밖의 다른 종족이었을 것이다. 굳이 확인하고 싶지 않았다. 내 마음을 알아차린 것처럼 시선은 미르보의 전투가 끝나기 전에 그 자리를 떴다.

시선은 한동안 허공을 빙글빙글 돌았다. 회색 하늘에서 눈송이들이 꽃잎처럼 춤을 춘다. 이윽고 수많은 나무가 썩거나 쓰러져 있고 바싹 마른 풀 더미가 여기저기 쌓인 곳이 나타났다. 뭔가 태운 흔적도 사방에서 눈에 띄었다. 나는 한참 주위를 살피고서야 이곳이 어디인지 알았다. 기억과 너무도 달라져버린 살풍경한 숲…… 상텔로즈였다. 태운 자국은 근처 나무꾼 길드에서 죽어가는 숲을 되살려보려 애쓴 흔적이겠지.

어딘가 남아 있다던 엘프들은 어떻게 되었을까. 숲이 죽어가는 것을 보고 얼마나 고통을 받았을까.

시선은 숲을 떠나 내가 잘 아는 저택으로 날아갔다. 마리뉴에서 멀지 않은 바르제 저택이었다. 침대에 미르디네가 잠들어 있는데 머리맡에 프론느 헤르미가 앉아 걱정스러운 표정으로 지켜보고 있었다. 침대 곁에 물그릇과 수건도 있었다. 미르디네의 얼굴은 창백하다 못해 새파랬다.

올디네가 들어오더니 새로 가져온 물그릇을 내려놓고 수건을 적셔 미르디네의 이마로 가져갔다. 바르제 씨는 방안을 서성거리며 돌아다녔다. 올디네가 어머니에게 말했다.

「다들 그렇대요. 의사는 엄두도 못 내겠더군요. 산파들마저 이리저리 불려 다니느라 정신이 없더라고요. 열일곱 살, 그러니까 성년이 안 된 아이들은 전부 미르딘처럼 앓고 있나 봐요. 마리뉴도 사정은 마찬가지래요.」

왜인지 나는 알고 있었다. 재생력의 소멸이 아이들부터 나타나고 있는 것이다.

나는 더 보고 싶지 않다는 생각이 들었다. 그렇게 생각하는 순간 눈앞의 풍경은 급속도로 흐려지기 시작했다.

하지만 이 모든 것은 끝날 거야. 조금만 기다려. 계절에 맞지 않는 눈도 그칠 테고, 난데없이 나타난 별도 사라지고, 아픈 아이들도 씻은 듯이 낫고, 괴물들도 더 이상 나타나지 않을 거야. 그래, 그렇게 균열은 있지도 않았던 것처럼 닫힐…….

"억!"

낯익은 목소리가 고함을 질렀다. 나는 눈을 번쩍 떴다.

"엘다렌!"

눈앞에 도저히 믿을 수 없는 광경이 보였다. 검은 돌을 적신 저 피가 누구의 것이지? 상처를 만든 검은 누가 쥔 것이지?

아룬드나얀에서 뻗어 오르던 붉은 기운 위에 검붉은 액체가 겹쳐 흘렀다. 어느 것이 빛이고 어느 것이 피인지 모르겠다. 엘다렌은 그 자리에 없었다. 대신 선 것은…… 피 묻은 검을 든 아버지였다.

나는 의식에 대해 들었던 경고를 잊고 아룬드나얀에서 손을 뗀 채 벌떡 일어섰다. 그러나 나보다 먼저 벽력같은 노성과 함께 미칼리스가 달려들었다. 그는 이미 할버드를 맞춰 움켜잡고 있었다.

"그 자리를 떠나줬으면 했지. 내 수고를 덜어주는군."

아버지의 냉정한 목소리를 듣는 순간, 나는 전신에 오한을 일으키며 떨었다. 아버지의 차가운 검과 미칼리스의 분노한 할버드가 마주치자 번개에 가까운 광채가 튀었다.

나는 마법진 밑으로 뛰어 내려가 엘다렌을 찾았다. 검은 돌 옆에 쓰러져 꼼짝도 않는 그를 찾아내어 안아 올리자 커다란 기침과 함께 핏물이 분수처럼 쏟아졌다. 빛이 부족해서 어디를 어떻게, 얼마나 다쳤는지 알아볼 길이 없었다. 나는 답답한 나머지 소리쳤다.

"펠드로바드를! 더 밝히지 않으면……."

그러나 갈색 로브의 사나이는 어디론가 사라진 후였다. 나는 손으로 핏줄기를 따라갔다. 피는 몹시 뜨거웠다……. 피 안에도 맥박이 뛰는 느낌이었다. 그만큼 강한 생명이 흘린 피였다. 손이 찾아낸 상처는 배 아래쪽에 있었다. 아랫배에서 허리 뒤까지 관통된 모양이었다. 피는 앞뒤 할 것 없이 절망직일 정도로 쏟아져 나왔다.

"펠드로바드는……."

귓가로 목소리가 파고들었다. 놀랍게도 이렇게 심한 내상을 입은 엘다렌이 말하고 있었다.

"……조절하는 장치가 있겠지만 그것이 없을 때는 마법…… 의지의 힘으로도 움직일 수 있다…… 그, 그것은…… 쿨럭!"

손을 적시는 새로운 피의 기운을 느끼며 나는 천장을 쳐다보았다.

반지처럼 테를 이룬 펠드로바드가 보였지만 내 힘으로는 무리라고 생각했다. 나는 마법사가 아니야. 내게 의지의 각인 같은 능력은 없어.

그때 또 다른 것이 눈에 띄었다. 허공에 커다란 빛의 공이 있었다. 그제야 방금 전 마법진 위에 유리카가 없었다는 것이 생각났다. 빛으로 감싸인 유리카는 내 키의 두 배쯤 되는 높이에 누운 채 떠 있었다. 머리카락과 옷자락이 아래로 늘어져 있었다. 의식은 없었다. 움직이지도 않았다.

"유리카!"

대답은 들려오지 않았다. 나는 그제야 사태의 심각성을 깨달았다.

의식은 반 넘게 진행되었다. 따라서 의식의 매개인 유리카는 균열과 아룬드나얀 사이에 자신을 맡겨버린 후였다. 그런 상태에서 엘다렌은 심하게 다쳤고, 미칼리스와 나는 자리를 이탈했다. 유리카는 의식이 끝나야 그녀 자신으로 돌아올 수 있을 텐데…….

"미카…… 는 어떻게 하고…… 있나……."

엘다렌의 목소리는 아까보다 약해졌다. 나는 고개를 들어 마법진 위에서 대결하고 있는 아버지와 미칼리스를 보았다. 그들은 계속해서 무서운 기세로 부딪쳐 가고 있었다.

미칼리스의 외침이 동굴을 울렸다. 그의 목소리는 평소 내가 알던 그와는 달리 흥분과 열에 들떠 강한 쇳소리를 내었다.

"무엇 때문이냐? 무엇 때문에 의식을 망치고 엘다를 공격한 거지? 넌 누구지? 뭘 원하는 거냐!"

아버지의 대답은 차가웠다.

"나는 네가 알고 있는 그 사람 그대로다."

"무엇을 원하나!"

촤창! 쩡!

아버지의 얇은 검은 좁고 곧은데도 불가사의하게 단단해서 미칼리스의 할버드와 부딪치고도 전혀 손상되지 않았다. 몇 번이나 얽혔다가 떨어지고 다시 부딪치기를 반복하는 동안 두 무기는 제 상대를 만난 듯 번쩍이며 생기를 띠었다.

미칼리스는 검을 쓰는 상대를 만나자 할버드를 마치 봉(棒)처럼 사용했다. 긴 할버드를 중간쯤 잡고 팔랑개비처럼 휙휙 돌리며 다가오는 공격들을 막아 나갔다. 물론 그의 괴력에 가까운 힘이 아니고는 불가능한 방식이었다. 우세를 점칠 수 없는 싸움을 보며 나는 어찌할 바를 몰랐다.

"내가 원하는 것은 파비안이 잘 알고 있지."

아버지가 원하는 것이라고?

아버지는 종횡으로 날아드는 할버드를 용케 잘 피하며 몇 번이나 결정직인 기회를 노렸다. 그러나 미길리스는 빈틈이 많은 듯해도 사실은 빈틈이 없었다. 여기가 빈틈이다 싶으면 예상 못한 방향에서 막아버렸고, 한쪽이 허술한 듯 보여도 용서 없이 그쪽에서 공격이 뻗어나갔다. 그러나 미칼리스는 엘다렌의 부상 때문에 많이 흥분해서 예전처럼 여유만만하게 싸울 수 없었다. 더구나 쉬운 상대도 아니었다. 나는 처음으로 미칼리스가 진지하게, 온 힘을 다해 싸우는 모습을 보았다.

나는 아버지가 무엇을 하려는 것인지 상상할 수 없었다. 아버지가 원하는 것이라면 알고 있다. 아버지의 소원은 단 하나, 듀플리시아드 왕가의 완전한 멸살이었다. 그러나 그것이 이 의식과 무슨 상관이란 말인가?

기이이이잉…….

아룬드나얀은 내 손이 떠나자 빛나지 않았다. 마법진 위를 흐르던 빛이 끊어지자 검은 돌은 한차례 이상한 소리를 냈다. 유리카는 의식이 끊긴 채 손이 닿지 않는 곳에 있었다. 싸우는 두 사람을 보면서 누가 이기기를 바라야 할지 알 수 없었다. 서로를 죽이지 않고는 끝나지 않을 싸움이었다. 할 수만 있다면 말리고 싶지만 내겐 그런 능력도 없었고, 그럴 자격도 없었다. 또한 어떻게 될지 모르는 엘다렌을 내버려둘 수도 없었다.

엘다렌은 내 품에서 간헐적인 경련을 일으키며 계속 피를 쏟았다. 그의 질긴 생명력만큼이나 피는 진하고 뜨거웠다. 그러나 잠시 후, 나는 그의 피가 멎어가는 것을 느꼈다.

"춥군……. 바람구멍 탓인가."

엘다렌의 목소리를 받쳐주던 울림 없이 목에서 간신히 나오는 말을 들으며 나는 울컥 쏟아지려는 울음을 삼켰다. 이런 상황이 되어서야 내가 이 고집 센 드워프를 얼마나 좋아했는지 느끼다니. 그러나 나는 그를 찌른 자에게 검을 들이댈 수 있나? 아버지가 죽고, 이 의식이 계속되기를 바랄 수 있나?

"왜입니까!"

마침내 나는 소리쳤다.

"아버지, 왜죠! 도대체 왜 그러시는 겁니까? 균열이 가져올 결과를 모르시나요? 이 의식이 얼마나 중요한지······."

나는 아버지의 눈이 내게 잠시 머무르는 것을 보았다. 그 눈에서 내가 본 것은 적의나 광기가 아니었다. 아버지는 내가 모르는 것을 안타까워하며 나를 보았다.

"나는 에제키엘의 힘을 원한다."

에제키엘의 힘······.

미칼리스도 아버지의 말에 놀란 듯 멈칫했다. 그러나 싸움은 계속되었고 두 무기의 번뜩임도 점차 더해 갔다. 둘은 호적수였다. 아버지는 볼제크 마이프허와 결투를 벌일 때보다 집중해서 미칼리스를 상대하고 있었다.

"에제키엘은 죽었는데 어찌 그의 힘을 원한단 말인가? 그는 2백 년 전에 죽었고 그의 모든 능력도 사라졌다!"

미칼리스의 말을 들은 아버지의 얼굴에 조소가 스쳐갔다. 할버드와 검이 얽혀 서로의 힘을 가늠하며 대치했을 때 아버지가 말했다.

"에제키엘의 힘은 2백 넌 전의 의식을 통해 아룬느나얀에 흡수되었고, 마침내 마법 그 자체와 하나가 되었다는 것을 모른단 말인가?"

뭐라고?

미칼리스의 눈썹이 올라가고, 둘의 무기는 떨어지자마자 다시 강하게 서로를 쳤다. 내 무릎에 누워 있던 엘다렌이 갑자기 고개를 드는 바람에 나는 놀라 그를 내려다봤다.

"저 검은······."

엘다렌은 놀라운 정신력으로 몸을 약간 일으켰다. 그는 아버지와 미칼리스를, 아니 정확히는 아버지의 검을 바라보고 있었다.

"에즈의 검이 아닌가……."

저 검이 에제키엘의 검이라고?

그렇게 생각하자마자 내게도 뭔가가 떠오르려 했다. 엘다렌이 내 추측을 확인해 주었다. 그의 목소리에서 절망감이 느껴지는 것은 처음이었다.

"순간의 붉은 화염을 사, 삼키는 싸늘한 파도, 저것은 황혼검이다. 결코…… 쿨럭! 누구도 이기지 못한 얼음의 검을…… 저자가 가지고 있었단 말인가……."

치르르…… 챙!

오래 전 스조렌 산맥의 숲에서 꾸었던 꿈이 떠올랐다. 검푸른 머리, 마법사의 지팡이, 그리고 차가운 기운을 가진 검……. 그랬다. 그것은 에제키엘의 검이었고, 내가 가진 여명검의 쌍둥이 동생이었다. 오래 전 헤렐도 말했다. 황혼검만이 여명검을 파괴할 수 있다고.

"미카 녀석은 알고나 있는 건가. 큭…… 지금껏 한 번도 먼저 전투에서 물러난 적이 없는 놈이지, 저놈도……. 후우…… 지금이 늘 놈이 말하던 끝일 수도 있다는 것을 알고나 있는 건가……."

츠창! 쩡! 츠칵!

"그만둬요! 에제키엘의 힘이라니, 그런 걸 손에 넣을 수 있다고 생각해요? 그런 어떻게 될지도 모르는 것을 위해 이런 일을 한다고요?"

"멋대로 단정 짓지 마라."

그 즈음 사방에서 공기가 들끓기 시작했다. 내 머릿속의 혼란만큼이나 강한 폭풍이 동굴에 몰아쳤다. 허공에 떠 있는 유리카의 머리가 흩날리고, 싸우고 있는 아버지와 미칼리스의 머리카락도 마찬가지로 소용돌이가 되었다. 내 등과 뺨을 때리는 바람은 시즈카만큼이나 날을 세우고 달려들었다.

"마법이 풀리고 있다. 2백 년간 봉인된 마법, 그 마법이 되살아나고 있다……"

나는 천장 꼭대기에 붉은 기운이 번지는 것을 보았다. 점차 기묘한 무늬를 그리며 번져 가는, 춤추는 불길이었다.

"유리카!"

의식이 없는 줄 알았던 유리카가 두 팔을 천천히 펼쳤다. 옷소매 때문에 검은 나비가 날개를 펴는 듯했다. 그러나 정신이 돌아온 것은 아니었다. 손목은 허공에 못 박혔지만 손은 맥없이 늘어져 있었다. 천장에서 시작된 붉은 기운이 번져가면서 유리카를 감싼 빛도 붉게 변했다. 나는 소리쳤다.

"의식은 어떻게 되는 거죠? 이대로 방치하면 세상은 어떻게 되고 유리카는 어떻게 되는 거지요? 꼭 지금 이래야만 했나요!"

내 외침의 메아리가 사라지기도 전에 나는 땅바닥이 움직이는 것을 느끼고 놀랐다. 지진은 아니었다. 흔들린다기보다는 물컹한 푸딩처럼 부드러워지고, 잠에서 깨어나려는 것처럼 꿈틀거렸다. 마치 산 짐승의 살갗을 밟고 있는 느낌이었다. 나는 어쩔 줄 모르고 엘다렌을 부축해 일으키려고 했다.

"그대로 있어라. 정령들이 움직이는 거다. 그들 또한…… 이 세상의 존재이니 만큼…… 하아…… 후우…… 균열을 막는 일을 방해하지는 않는다. 다만 깨어나는 마법의 힘에 반응하는 것뿐이다."

돌이었던 바닥은 이제 질척한 진흙이 되었다. 그러나 타로핀으로 만든 마법진에는 변화가 없었다. 그 위에서 필생의 힘을 다해 상대를 죽이려 하는 두 전사도 변함없이 물러나지 않았다. 나는 저토록 잔인한 표정을 한 아버지를 처음 보았으며, 저토록 격분한 미칼리스 역시 처음 보았다. 아버지의 검에서 푸른 광채가 언뜻언뜻 보이기 시작했다. 미칼리스의 입에서 분노에 찬 외침이 터져 나왔다.

"어리석은 자! 에제키엘의 힘이 아룬드나얀 속에 있다 해도 그것을 가질 수 있으리라 생각하는 건가? 너는 아룬드나얀의 주인도 아닌데!"

"아룬드나얀은 이미 수많은 힘을 삼켰다. 아룬드나얀의 의미는 '모든 힘을 흡수하고 가득 찼을 때 내어뱉는다'는 것이지. 조금 전에 균열의 힘을 삼킨 아룬드나얀이 어떻게 될 것 같은가? 이미 먼저 삼켰던 힘을 내뱉기 시작하지 않았나?"

"다시 방출된 힘은 세 종족이 새로 번성하기 위해 필요한 것이다! 그런 힘을 혼자서 가지겠다고? 어떻게 그런 생각을 할 수 있지?"

아버지의 대답은 냉정했다.

"내게는 인간이라는 하나의 종족이면 족해. '듀플리시아드 왕가가 없는 인간'이라는 종족의 번성이지. 엘프와 드워프의 일 따위는 관심 없다."

미칼리스의 눈동자가 커지며 분노로 흔들렸다. 그의 눈에 격노의 빛이 어리자 푸른 하늘에 번개가 치는 듯했다. 아버지가 의식을 방해한 이유를 나도 깨달았다. 아버지는 엘프와 드워프에게 갈 힘조차 인간의 것으로 할 생각이었던 거야. 그래서 엘다렌을 공격하고, 유리카의 몸에 집중된 힘을 저대로 묶어둔 채 의식을 중단시킨 거야. 이제 미칼리스를 죽이면 모든 힘은……

"그렇다고…… 너 하나의 힘이 되는 것은 아니지."

엘다렌이 말하자 아버지는 돌아보지 않은 채 대답했다.

"나는 에제키엘이 남긴 문서를 읽었다. 그 역시 문자 아룬드에만 읽을 수 있는 축복 문자를 남겼더군. 그 문서에 따르면 온 세상의 마법을 봉인시킨 자신의 힘이 다시 개방되면 자신의 검과 지팡이를 향해 모일 것이라고 한다. 그 검과 지팡이를 가진 자, 그것은 나다."

나는 참지 못하고 소리 질렀다.

"복수가 그렇게 중요한가요? 세상에 뿌려져야 할 힘을 한 손에 쥐는 것이 그토록 필요한 일인가요? 고작 몇 명을 죽이기 위해 수많은 생명을 살리는 일을 망치면서, 그것을 해야만 할 일이라고 하시는 겁니까!"

지팡이는 아버지가 서 있던 아르나 아룬드의 사리에 놓여 있었다. 이제 아버지가 지팡이를 가져온 이유도 확실해졌다. 나는 여전히 싸움이 벌어지고 있는 마법진 위에서 누워있던 지팡이가 스스로 일어나는 것을 보았다. 살아 있는 것처럼 똑바로 서고, 오랜 잠에서 깨어난 것처럼 부르르 떨었다.

이윽고 지팡이에서 푸른 액체가 흐르기 시작했다. 한 방울, 두 방울, 땀을 흘리는 것처럼 떨어지다가 점차 줄줄 흘러 마법진을 적셨다.

"정령들 중에서도 유난히, 휴우…… 에제키엘과 친화력이 강했던 미라티사 정령이 모여드는 거다. 그들은 저 지팡이를…… 에제키엘로 생각하는 거야. 저자의 말대로…… 지팡이에 마법이 깃들고 있다."

이렇게 되면 네 정령이 모두 움직이고 있는 셈이다. 블로지스틴의 불은 천장에서 긴 혓바닥을 내밀었다. 나스펠이 깃든 진흙은 살아 있는 것처럼 유동하고 있었다. 요르실드는 날개를 펼친 채 동굴 주위를 사납게 휘돌았다. 마법진에 괸 흥건한 물이 흙으로 떨어지자 뜨거운 것에 닿은 것처럼 하얀 김이 치솟았다. 그러는 동안 유리카를 감쌌던 빛은 점차 약해지고 있었다.

"파비안, 네가 나를 이해하지 못한다니 유감스럽구나."

아버지가 한 발 물러서더니 세워져 있던 지팡이를 왼손으로 홱 잡아챘다. 지팡이에서 흐르던 미라티사의 물이 한꺼번에 미칼리스를 향해 날아가자 미칼리스는 무의식중에 아주 잠깐 손을 멈추었다. 나는 아버지가 쥔 지팡이에서 작은 빛이 튕겨나가는 것을 보았다.

"저것은……."

내 입에서 채 말이 떨어지기 전에 미칼리스는 뭔가를 잊어버린 것처럼 동작을 그쳤다. 순간이었다. 짧은 마법이 풀리는 순간 정면으로 달려든 아버지의 검에 선수를 놓친 미칼리스는 할버드를 양손으로 쥔 채 검을 쳐 올리려 했다. 그러나 황혼검의 얇은 날은 충격을 겁내지 않고 직각으로 할버드를 내리쳤다.

그때였다. 푸른 기운이 보였다. 내가 꿈에서 보았고, 볼제크 마이프허를 죽일 때도 보았던 그것이었다.

쩌정!

할버드의 자루가 잘라졌다. 나무 막대처럼 반듯하게 잘리면서 도끼 부분이 아버지의 무릎을 향해 날아갔다. 아버지는 피했으나 도끼 끝이 무릎가리개를 찢으면서 피가 튀어 올랐다. 그러나 아버지는 개의치 않고 재빨리 힘을 가눠 검을 들어 올리더니 무기를 잃은 엘프에게 달려들었다.

"안 돼!"

엘다렌의 외침이 헛되이 울리는 가운데 황혼검은 미칼리스의 어깨를 뚫고, 그 아래로 나왔다. 지금…… 무슨 일이 일어난 거지?

"……."

미칼리스의 얼굴에 뭐라 형언할 수 없는 표정이 떠올랐다. 안타까움도, 분함도, 슬픔도, 두려움도 아닌, 내가 모르는 새로운 감정을 담은 그의 표정은 이윽고 희미한 미소가 되었다. 그는 무엇 때문에 웃는 것일까.

잘려나간 오른팔이 바닥에 떨어졌다. 숲속에 평화롭게 잠들어 있던 아름다운 고대인과도 같던 몸의 일부분이었다. 그날 내가 보았던, 하늘을 뚫을 듯 당당하게 서 있던 엘프의 모습이 눈앞을 스치면서…….

"미칼리스!"

나는 이성을 잃고 일어나 마법진 위로 뛰어올랐다. 검은 돌 위에 떨어진 팔은 간헐적인 경련을 일으키며 꿈틀거렸다. 흰 손끝이 무언가를 잡으려는 것처럼 마지막으로 움직이고, 그것으로 끝이었다.

미칼리스는 서 있었다. 잘린 팔을 내려다보지도 않고 아버지를 말없이 보고 있었다. 아니, 그 눈은 아무것도 보고 있지 않은 듯했다. 더 먼 곳, 갈 수 없는 곳을 향하고 있었다. 아무 데도 갈 수 없는 몸이 되었기에 오히려 아득히 먼 곳을 바라보는 눈……

"그리하여 내 차례가 왔군……"

미칼리스의 몸이 흔들렸다. 나는 쏟아지는 피를 온몸에 받으며 그를 부축했다. 아버지는 그런 미칼리스와 나를 바라볼 뿐, 아무 말도 하지 않았다. 미칼리스가 무릎을 꿇으려 하자 나는 온 힘을 다해 그를 떠받치고 마법진 아래로 내려왔다.

피가 너무 많이 흐른다. 내가 믿고 있던 것들, 결코 변하지 않으리라 생각한 것들이 한꺼번에 무너진다. 결코 지지 않을 것 같던 동료들이 쓰러지고 아버지는 변했다. 가슴이 점차 싸늘해졌다. 내가 잃은 것들은 마법으로 잠시 지워진 글자처럼 곧 다시 나타나는 것일까?

검은 마법진 위에서 금빛으로 빛나던 글자들은 빛을 잃었다. 힘은 어디론가 사라져버렸다. 사라진 것은 돌아오지 않아. 깨어진 의식도 돌이켜지지 않아.

나는 아버지를 보았다. 아버지는 마법진 위에 홀로 서서 지팡이와 검을 한 손에 하나씩 쥐고, 어쩌면 에제키엘과 똑같았을지도 모를 모습으로 나를 바라보고 있었다. 발이 한 발짝, 나를 향해 움직였다.

"파비안."

아버지는 말했다. 다시 한 번 말했다.

"파비안, 이리로 오너라."

4. 운명, 그리고 영원

그대를 위해 몇 글자 적고 갑니다.

아직은 나 없는 그대의 생활을 상상할 수가 없군요. 내가 세상 어느 곳보다 이곳에서 행복했기 때문인가요? 그대와 나의 집, 모든 것이 너무 익숙해서 나만이 사라진 풍경을 아직은 상상할 수가 없습니다. 그러나 그대가 곧 현실을 받아들이고 다시 당당하게 살아갈 것을 알아요. 내가 사랑한 그대는 늘 그런 모습이었어요.

몇 달 전에 당신을 기쁘게 해주려고 사과주를 조금 만들어서 찬장 안쪽에 숨겨 두었습니다. 조금 더 있어야 제대로 익을 텐데. 당신이 만드는 내가 가장 좋아하는 과자에 어울릴 맛이 날지 궁금하군요. 내가 먼저 맛을 보고 자신 있게 내놓았으면 좋았으련만.

또, 내 일기와 책 몇 권 적어놓은 것이 다락에 있는 쇠징 박힌 나무 상자에 있습니다. 곧 있으면 태어날 꼬마에게 물려줘요. 녀석의 얼굴을 보지 못하고 가는 것이 몹시 아쉽군요. 당신을 닮은 딸일까, 나를 닮은 아들일까.

내 걱정은 하지 말아요. 우린 다시 만날 거잖아요. 당신도 알고 나도 아는 것처럼 우리는 여러 번 만났고, 또 다시 만날 거잖아요. 당신이 없는 세상이라면 다시 태어나고 싶지도 않으니까 법칙의 장로라 해도 제멋대로 하지는 못하지요. 나는 대마법사 에제키엘, 누구도 함부로 내 운명을 바꾸진 못할 것입니다.

사랑하는 조피.

비록 삶은 영원하지 않지만 그대와 나를 묶은 운명의 끈은 영원합니다. 당신은 내 오랜 짐을 덜어 주었고 우리는 서로의 짐을 나누어 가졌지요. 이제는 결코 혼자 질 수 없는.

헤어지는 것이 아니에요. 잠깐 외출하는 것뿐. 당신이 생애의 저녁을 준비할 때쯤이면 나는 웃으면서 당신에게 돌아올 겁니다. 그리고 곁에 서서 저녁 메뉴가 뭔지 궁금해 하고 있겠지요. 언제나처럼 잘 가르쳐 주지 않는 당신 곁에서.

다시 만날 겁니다. 운명 속에서, 되풀이해서, 영원히.

에제키엘 나르시냐크,
당신의 친구이자 영원한 동반자.

— 기억 X

아버지가 얼굴을 찌푸리더니 말했다.

"상당한 무기로군. 이 갑옷을 뚫다니."

미칼리스의 할버드는 마지막으로 아버지의 무릎을 깊이 할퀴고 갔다. 팔이 잘리는 순간에도 상대를 공격할 수 있는 것일까. 그러나 아버지는 그 정도는 별것 아니라는 것처럼 비틀거리지도 않고 한 걸음 더 다가왔다.

"파비안, 네가 옳은 선택을 하기를 바란다."

"옳은 선택이란 뭐죠?"

나는 미칼리스를 바위벽에 기대 앉혔다. 그런데 그의 어깨에서 흐르던 피도 점차 멎기 시작했다. 어떻게 된 건지 모르겠다. 엘프와 드워프에게는 재생하는 능력이라도 있는 건가?

엘다렌을 돌아보자 그는 다시 누운 채 조소를 띠고 있었다. 목소리는 얼마 안 가 꺼질 듯 약했다. 그는 미칼리스를 돌아보며 말했다.

"녀석, 수많은 생명들과…… 싸워 이겨온 끝에 드디어 지는 순간이…… 왔다고 생각하는 건가……."

엘다렌이 경련을 일으키자 목소리가 부들부들 떨렸다. 미칼리스는 바위에 기대어 눈을 감은 채 대답하지 않았다. 얼굴이 너무나 평온해서 나는 그가 한 팔을 잃었다는 사실을 믿을 수가 없었다. 아니, 믿고 싶지 않았다.

아버지는 마법진 끝까지 와서 나를 굽어보며 섰다.

"파비안, 너는 나를 도와야 한다."

나는 벌떡 일어나 아버지와 마주보았다. 그러나 아직도 검을 뽑지는 못했다.

"제 친구를 다 죽이고도 그런 말씀을 하실 참인가요? 제게 임무를 짊어진 자의 예의를 말하던 아버지께서, 온 세상을 위해 실패하지 않겠다던 아버지께서 어떻게 이러실 수 있죠? 어떻게 이리도 쉽게 세상을 저버릴 수 있습니까!"

아버지는 고개를 저었다.

"아니다, 파비안. 나는 저버리지 않았다. 인간을, 인간의 세상을. 이미 이 세상에서 사라진 거나 다름없는 종족들에게 나눠줄 자리를 인간에게 주는 것뿐이다. 나는 앞으로도 실패하지 않을 것이다. 그들을 위해서. 그리고 너를 위해서. 파비안, 너는 내 아들이다. 세상이 어떻게 변해도 그 사실만은 달라지지 않는다. 에제키엘의 마법, 아니 온 세상의 마법이 내 것이다. 나는 곧 저 위에서 살육을 자행하고 있는 국왕의 군대를 모조리 몰아내고 듀플리시아드 왕가에 대한 원한을 갚을 것이다. 그리고 균열에서 막 벗어난 인간을 지키고 보호할 것이다. 나는 오랫동안 이 순간을 기다려 왔다. 다 이루어졌다. 평생을 준비한 임무가 끝나고 새로운 임무가 시작되는 것이다."

성에 처음 와서 아버지를 만났을 때 들었던 말이 생각났다. 역부족이더라도, 그래서 파멸하더라도 끝까지 싸우겠다고 했던가? 나는 그 말을 들으며 예전에 미칼리스가 했던 말을 떠올렸지. 그러나 아버지는 미칼리스와 같은 엘프가 아니었다. 이길 수 없는 싸움이더라도 수단 방법을 가리지 않고 이길 방법을 찾아내고야 마는 인간…… 그 인간인 아버지는 결국 방법을 찾아낸 것이다.

나는 입술을 깨물고 고개를 흔들었다. 이런 것은 아니었다. 나는 엘다렌과 약속을 했고, 드워프와 엘프가 다시 번성하는 세상을 꿈꾸면서 여기까지 왔다. 그런 내게 새로운 진실을 받아들이라고?

"나는 왕국을 세울 것이다. 마법사의 왕국, 대마법사의 핏줄이 왕이 되어 다스리는 왕국……. 누구도 나르시냐크를 무시하지 못할 그런 왕국이 세워진다. 너는 그 왕국의 태자가 되어라. 그리고 내가 가진 모든 것을 가져가거라."

아버지의 목소리와 표정은 승리자의 것이었지만 오만함이나 자부심보다는 순수한 기쁨에 차 있어서 더욱 혼란스러웠다. 동료들의 희망을 짓밟고 그들을 죽이려 한 아버지는 악당인가? 다른 종족의 미래를 부수고 인간의 미래만을 지키려 했기에 사악한 자인가? 그런데 저 얼굴은 뭐야. 왜 저렇게 기뻐하는 거지? 마침내 이뤘다는 행복이 파괴자에게도 있단 말인가? 이 상황이 평생에 걸쳐 바랐던 미래란 말인가? 이 상황이?

아버지는 내 얼굴을 보고 있었다. 혼란과 의혹으로 흐려지고, 고통스러운 상상으로 일그러지는 것을 모두 보고 있었다.

"파비안."

아버지는 진심으로 나를 원했다. 나는 알 수 있었다. 왜? 내가 아들이라서? 아니면 아룬드나얀의 주인이라서? 원하던 힘을 다 가진 아버지에게 그런 건 아무 소용도 없잖아. 내가 해줄 수 있는 것도 없는데 내가 오기를 바라는 거야?

의식은 깨어졌지만, 그걸 막은 건 악이라기보다 어긋난 염원이었다.

누군가의 소원이 다른 종족들의 희망을 앗아갔다. 파하잔은 되살아나지 못하고, 엘프들은 점차 죽어 사라질 것이다. 동료들은 2백 년을 기다렸는데도 이루지 못한 소망을 안고 죽어가고…….

나는 생각했다. 에제키엘이 바란 건 이런 것이 아니었다고.

"거절한다면요?"

아버지의 눈썹이 꿈틀거렸다. 냉정한 목소리가 흘러나왔다.

"그렇다면 너도 저들과 마찬가지가 되는 수밖에 없겠지."

결국 이렇게 되는 건가. 나는 등 뒤로 손을 돌려 검을 잡았다. 아버지는 무표정하게 내 움직임을 지켜보고 있었다. 내가 검을 뽑아 쥘 때까지, 꼼짝도 않고 나를 보고 있었다.

"이러고 싶지 않았어요."

자루를 쥔 손에 힘이 들어갔다. 아버지는 마법진 위에서 내려왔다.

"나 역시 네가 아들의 본분에 충실하기를 바랐다."

아버지는 지팡이를 마법진에 내려놓더니 검을 세워 쥐었다.

아버지……. 한 해 내내 온 대륙을 여행한 내게 알게 모르게 마음의 기둥이 되어 준 사람. 트뢰멜에서 아버지를 만났을 때 나는 그걸 기적이라고 생각했지. 아버지와 함께 지낸 짧은 나날 동안 아버지가 있다는 건 참 좋은 일이라고 처음으로 느꼈어. 어머니가 없는 내게 얼마나 위로가 되었던가. 곁에 없어도 존재만으로도 내게 빛을 주었던 나의 아버지. 자랑스러웠고, 존경했고, 사랑했던 그 아버지에게 내가 검을 들이 댄다고?

물론 아버지는 내가 이길 수 있는 상대가 아니었다. 그는 구원 기사단장이고, 대륙 최고의 검사이며 황혼검이 아니라 막대기를 들었다 해도 내게 질 사람이 아니었다. 나는 미칼리스의 실력이 어떤지 잘 알고 있었다. 아버지는 그런 그를 쓰러뜨렸다.

무엇을 바라야 할까. 내 행동에는 의미가 있을까.

"최선을 다해 봐도 좋겠지. 그간 얼마나 성장했는지 궁금하구나."

아버지의 말에 그릴라드의 언덕에서 아버지와 대련하던 기억이 새삼 새로워졌다. 그때 아버지는 나를 가르치고 있었고, 나는 배우기만 하면 되었다. 상처를 입힐 필요도, 죽일 필요도 없었다. 그 시절에 머물 수 있었다면…….

검을 세워든 아버지와 나는 몇 걸음 옆으로 돌았다. 눈이 흐려지는 것 같다. 이럴 때가 아닌데. 감정 따위에 흐트러질 때가 아니야.

"시작한 이상, 어떻게 하라고 했지?"

나는 한 해 전의 착한 아들로 되돌아간 것처럼 답했다.

"이겨서 눕히겠다는 각오로 하라 하셨죠."

"잘 기억하고 있구나. 그대로 해라."

내가 마법진을 등지고, 아버지는 내가 섰던 자리로 왔다. 하나, 둘…… 아버지의 검이 정면을 찔렀다.

치컹!

두 검이 얽혔지만 튀어 오른 불꽃은 푸르렀다. 나는 칼레시아드에 이를 준비가 되지 않았다. 그러나 아버지는 즉각 검의 힘을 이끌어냈다. 여명검의 동생인 황혼검. 헤렐이 조심하라던 얼음 기운을 가진 검.

쩡! 창! 쩌정!

한바탕 맞부딪치고 다시 비켜났다. 아직 제대로 시작되지 않은 느낌이었다. 아버지가 말했다.

"넌 날 이길 수 없다. 너마저 죽을 필요는 없다. 유리카에게는 아무일도 없을 것이다. 내가 약속하마."

"유리카 쪽에서 아버지를 용서하지 않을 겁니다."

분명히 그럴 것이다. 유리카는 죽는 한이 있어도 미칼리스와 엘다렌을 벤 대가를 받아내려 할 것이다.

"……."

말없이 다시 검을 부딪쳤다. 아까보다 한결 강해졌다. 나도 이를 악물고 날아드는 검을 받아쳤다. 다시 반 바퀴 돌아 나는 엘다렌을 바라보는 쪽에 섰다. 그런데 엘다렌의 상처가 이상하다는 생각이 들었다.

엘다렌과 미칼리스 모두 폭포처럼 쏟아지던 피가 점차 줄어들다가 멎었다. 이야기 속의 트롤(Troll)들처럼 재생하는 것도 아닐 텐데, 그런 상처에서 흐르는 피가 저절로 멎을 리 없었다. 엘다렌의 배에 뚫린 상처에서 내가 본 것은…….

얼어붙은 피였다.

갑자기 온몸이 부들부들 떨렸다. 검을 받으려던 손이 삐끗거려서 나는 멀찍이 뛰어 물러났다. 머릿속에서 내가 오래 전에 본 장면이 떠오르며 현실과 겹쳐졌다. 상처 주위에 얼어붙은 피, 언젠가 한 번 본 그것은…….

어머니!

"으아아아아악!"

비명이 튀어나와 동굴을 울렸다. 나는 미칼리스의 팔이 떨어진 쪽을 돌아봤다. 그 팔의 단면도 마찬가지로 얼어붙어 있었다. 아버지는 더 다가오지 않고 나를 바라봤다.

"파비안……."

"내, 내, 내 이름을 부르지 마! 다, 당신은 내 아버지가 아니야! 어머니를 죽인 것이…… 바로 당신이었지!"

"……."

아버지는 대답 없이 한 걸음 다가왔다. 나는 비틀거리며 세 걸음이나 물러섰다. 하늘과 땅이 거꾸로 도는 느낌이었다.

"그래. 내가 이진즈를 죽였다."

"왜!"

"내 계획을 방해하려 했기 때문이다. 이진즈가 도망친 것부터가 나를 피하려 했던 것이지."

무슨 소리인지 알 수 없었다. 아버지는 이렇게 된 이상 더 숨길 것도 없다고 생각한 모양이었다.

"만일 이진즈가 내게서 도망치지 않았더라면 너는 태어나지도 않았을 것이다. 그러면 오늘 이런 일도 벌일 필요가 없었겠지. 내가 원하는 의식에 필요한 것은 유리카뿐이었으니까. 다른 둘은 깨어날 일도 없었을 것이다. 그러나 이진즈는 내 손에서 도망쳐서 너를 낳았다. 그렇게 내 힘을 빼앗아가 버렸다."

"빼앗아갔다고?"

그 순간, 아버지의 목소리에 처음으로 나와 어머니에 대한 원망이 서렸다.

"아룬드나얀은 젊은 주인에게 옮겨간다. 네가 태어나는 순간, 나는 아룬드나얀의 주인이라는 힘을 잃어버렸단 말이다! 그래서 일들이 복잡하게 꼬인 것이지. 자살한 것으로 위장한 계략 덕분에 이진즈는 몇 달 동안 내 관심을 피해 너를 낳을 수 있었고, 내가 사실을 깨달았을 때 상황은 끝난 후였다. 내가 너를 죽인다 해도…… 힘은 내게 되돌아오지 않는다. 더 젊은 주인을 맛본 아룬드나얀의 힘은 결코 역류하는 법이 없단 말이다!"

머리를 한 대 얻어맞은 느낌이었다. 본래 아버지가 아룬드나얀의 주인이었고, 내가 태어나 그 힘이 옮겨온 거였단 말인가? 아룬드나얀의 힘은 에제키엘의 자손 모두에게 그렇게 차례로 옮겨왔던 것인가?

"나는 새로운 자식이 태어나면 힘이 되돌아오는가 보려고 결혼하여 하르얀을 낳았다. 그러나 소용없는 일이었지. 그래서 기다렸다. 네가 어디 있는지, 어떻게 살고 있는지 알면서도 때가 오기를 기다렸다. 다만 유리카의 봉인을 풀고 네 고향까지 가는 동안 땅 밑에서 악령의 노예 따위가 쫓아오고 있을 줄은 전혀 몰랐지. 그놈들이 마침내 땅 위로 올라와 네 마을을 공격했을 때, 너까지 죽으면 곤란했기 때문에 네가 살던 집으로 달려갔다가 이진즈를 만났다. 그녀는 네게 비밀을 폭로하겠다고 하더군. 네가 나를 따르지 못하게 하겠다고, 내 일을 돕지 못하게 하겠다고, 그리고 내가 그녀를 죽이려 했던 것마저 모두 말하겠다고 하더군. 그런 것을 보고 죽음을 자초한다고 하는 것이지."

시험 삼아 하르얀을 낳았다고? 나를 손에 넣으려고 어머니를 죽였다고?

나는 아버지의 눈을 보았다. 차갑게 얼어붙은 눈을 보며 흥분이 규칙적인 흐름으로 변해가는 것을 느꼈다. 어머니를 살해한 자, 내 힘을 빼앗을 방법이 없었기 때문에 내게 접근해서 아버지 노릇을 했을 뿐이겠지. 동정조차 아깝다. 내가 그에게 품었던 감정은 낭비였을 뿐이다. 아버지라는 이름을 가질 자격이 없어.

"용서할 수 없는 자……."

나는 검을 세워 쥐고 나아갔다. 그는 나를 기다리고 있었다. 흔들림 없는 냉엄한 눈동자로 나를 보며 검을 높이 들었다.

"하르얀도 내 손으로 죽인 터, 너라고 못할 이유가 없지. 준비는 되었느냐."

쉬익, 쩡!

이제 용서 없는 검이 그와 나 사이에 오갔다. 이길 수 없다는 것을 안다. 그러나…… 이 순간에 이르러서야 미칼리스가 했던 말이 무슨 뜻인지 진실로 알겠다. 불가능하다는 것을 알고 포기하는 마음과, 불가능하다는 것을 알면서도 끝까지 포기하시 않고 달려드는 마음의 차이를 말이다. 깨달음이 내 가슴을 꽉 메웠다. 죽어야 한다면 죽는 순간까지!

츠쩡!

머릿속이 불타오른다. 세 호흡 만에 그의 검이 내 어깨를 깊이 그었다. 냉기가 파고들면서 어깨가 저렸다. 흐르던 피는 잠시 후 얼어붙었다. 나는 멈칫거리지 않았다. 계속 검을 움직였다. 한 번, 또 한 번!

타타타당!

황혼검이 얼음이라면 여명검은 불이다. 두 검은 동등했다. 검을 쥔 자의 실력 차이가 있을 뿐이다. 내 몸이 아직 칼레시아드를 견디지 못한다 하더라도, 지금이 아니라면 언제!

"하압!"

그는 내 검의 묵직한 움직임을 다 파악하고 있었다. 그의 검에 비해 내 검은 느렸고, 일격을 노리기에는 상대의 검이 너무 견고했다. 그리고 빨랐다. 내 검은 자꾸 허공을 베었고, 그의 검은 용서 없이 파고들어 허벅지를 찢고, 허리를 스치고, 쇄골을 그었다. 상처에서 번지는 냉기를 견디기는 쉽지 않았다. 엘다렌과 미칼리스는 어떻게 견뎠던 것일까. 목소리조차 얼어붙은 것처럼 나오지 않는데.

"겨우 그 정도였느냐!"

오래 가진 못하겠지. 내가 당신의 검을 몇 번이라도 막았다는 것부터가 신기한 일이지. 하지만 아무것도 하지 않는 자에게 결과란 없어. 그것은 무언가 하는 자에게만 주어지는 거야. 손을 놓고 죽으면 '살해당했다'는 사실만이 남지. 그러나 나는 당신의 검을 힘겹게 막아낼 때마다 내 영혼 속에 내가 저항했다는 사실을 새겨 넣고 있어!

푸욱!

"으윽……."

스노이엘하고 싸울 때와 비슷하다는 생각이 든다. 아무리 막으려 애써 봐도 똑같은 박자가 되풀이되고 나면 결국 상처 하나가 늘어날 뿐이다. 그러나 그때와 지금의 나는 달랐다. 그때 난 결국 그 박자를 깨뜨렸다. 그리고 돌이켜 보면 신기한 일이지만, 내가 스노이엘을 이겼던 방법은 마치 이 순간 저 검을 깨뜨리기 위해 배웠던 게 아닌가 싶어. 그렇다면 과연 그들…… 검은 예언자의 예지는 어디까지지?

"아직이야!"

사정없이 공략해 오는 검을 걷어내고 상처 입으면서 내 마음은 올해 초, 암흑 아룬드의 어느 날을 향해 날아갔다. 호그돈과 릴가의 통나무 집에서 지낸 마지막 며칠간, 나는 누군가를 만났다.

「나는 후라칸이라고 한다.」

얼굴도, 손도 보이지 않아 내 눈에는 사람이 아니라 검은 로브가 선 것처럼 보였다. 그러나 로브 사이로 낡은 칼자루가 비죽이 나와 있었다. 그는 검은 예언자 중 가장 강한 무인이라는 '그림자 없는 검' 후라칸이었다. 암흑 아룬드의 검은 비가 잠시 그친 공터에서 그와 마주선 나는 보이지 않는 그의 얼굴을 찾고 있었다.

「마지막 순간, 한 박자 빨리 상대의 움직임을 본다.」

후라칸의 검은 내 어깨를 향해 똑바로 날아들다가 멈췄다. 그러기를 수없이 되풀이했다. 나는 온몸이 땀에 젖어 후라칸의 번뜩이는 눈을 쏘아보았다. 그는 내게 단 하나만을 가르치려 했다. 그 이상은 배울 여유가 없었기 때문이었다.

「강한 상대에게 자신을 공격할 기회를 주고, 그것을 역이용하여 공세를 잡는다.」

나는 현실로 돌아왔다. 후라칸이 그날 내게 가르친 것을 왜 숨기라고 했는지 알 것 같다. 없었던 일처럼 잊고 있어도, 가장 필요한 순간 되살아날 것이라고 한 이유를. 나는 왼팔 상박에서 피를 흘리며 몇 걸음 비척비척 물러났다. 그리고 갑자기 달려들었다.

"하아아압!"

내가 달크로즈 성문 앞에서 싸우는 것을 보고 나르디에게 내 검술에 대해 진언한 자가 있다고 했지. 검은 예언자의 검술은 이 세상에 전해지지 않으니까. 푸른 굴조개호에서 하르얀을 이겼던 것도, 달크로즈 성문 앞에서 썼던 것도, 스노이엘을 베었던 것도 모두 같은, 단 하나의 기술이었다.

트컹!

내 검은 아슬아슬하게 상대의 턱을 스쳐 가슴 갑옷에 긴 흠집을 냈다. 그는 훌쩍 뛰어 물러나더니 말했다.

"그 사이 많이 성장했구나. 이제는 대마법사의 핏줄답다."

"대마법사의 마법은 필요 없습니다. 필요한 것은 당신을 쓰러뜨릴 힘이죠."

"그렇다면 가져 보아라."

그는 팔을 벌렸다. 내 실력 따위는 아무것도 아니라는 듯, 어린 아들을 껴안아 주려는 아버지처럼 그렇게 팔을 벌렸다.

타당!

드디어 열기가 솟구치기 시작했다. 오랜만에 돌아온 칼레시아드의 기운이었다. 내 검도 빨라지기 시작했다. 후라칸은 자기보다 압도적으로 강한 상대, 더구나 빠른 검을 쓰는 상대일 경우 많은 움직임은 적에게 이득을 줄 뿐이라고 말했다. 최소한의 움직임으로 힘을 비축한 뒤 기회를 잡아 모든 것을 걸어야 했다.

잠시 후, 나는 그가 미칼리스의 할버드에 다친 무릎을 약간 전다는 것을 눈치챘다. 오른쪽으로 움직일 때마다 다리 모양이 이상했다. 나는 왼쪽으로 접근해 상대를 불편한 자세로 몰아간 다음, 자세를 낮추어 검을 휩쓸듯 휘둘렀다.

붉은 불꽃이 꼬리를 끌며 허공에 자국을 남겼다. 그가 다리를 들어 피하며 왼쪽에서 머리를 노리고 검을 내리쳐 오자, 나는 그것을 피하지 않고 그대로 받았다.

"으윽……."

순간적으로 눈앞이 아득해진다. 아니다, 정말로 아무것도 보이지 않았다. 차가웠다. 두 눈동자가 얼어붙는 듯했다. 어둠 속에서 파란 빛이 번뜩이는 것이 보였다. 보이는 거라고는 그것뿐이었다. 피가 양 뺨을 타고 흘러내렸다.

내 두 눈을 베고 방향을 바꿔 달려드는 푸른 기운의 검이 머릿속에 하얗게 떠올랐다. 실제로 볼 수는 없었지만 기억할 수는 있었다. 볼제크를 베어버리던 검의 궤적을.

이번에도 똑같이 움직인다는 보장은 없었다. 그러나 앞이 안 보이는 지금 선택은 하나뿐이었다. 그걸 믿고 한 박자 먼저 움직이는 수밖에!

츄우우욱!

아픔은 느껴지지 않았다. 잔인한 냉기가 전신 곳곳으로 흘러가는 느낌뿐이었다. 어머니도 같은 것을 느꼈을까?

그러나 잠시 후 냉기는 내 몸에서 흘러나오는 뜨거운 기운에 막히더니 흔적 없이 사라져버렸다. 완벽한 칼레시아드가 온몸을 휩쌌다. 눈에 보이지 않는 검이 내 어깨 근육을 찢고 배를 가르는 순간, 나는 왼손으로 상대의 손이 어디에 있을지 정확히 가늠하여 움켜쥐었다. 그가 흠칫 놀라는 것이 느껴졌다.

"같이 가시죠."

내 손이 움켜잡은 그의 손, 그 손이 쥔 황혼검이 내 몸으로 파고드는 것과 동시에 여명검이 그의 가슴을 꿰뚫었다.

"......"

비명은 들리지 않았다. 나 역시 마찬가지였다. 나는 내 검이 어디를 뚫었는지 볼 수 없었다. 그러나 여명검의 거대한 칼날이 몸 깊은 곳에 든 생명의 근원을 끊었다는 것만은 느꼈다.

다시 온몸이 차가워지기 시작했다. 그런데 그건 황혼검의 냉기가 아니었다. 열기는 그대로 몸을 휘돌고, 머릿속은 맑아졌다. 칼레시아드의 힘으로 무엇을 할 수 있고 할 수 없는지 명확하게 느껴졌다. 주먹을 쥔 자가 눈앞의 것을 부술 수 있을지 아닐지 아는 것처럼. 이것이 혹시 보크리드인가? 내가 지금 보크리드를 해낸 건가?

다시 될지는 알 수 없어. 아니, 다시 해볼 기회조차 없을지도 모르지……

싸늘해진 손끝에 뜨거운 액체가 떨어졌다. 더 서있을 기운이 없어 무릎을 꿇었다. 검이 아직 박혀 있었기 때문에 상처가 길게 찢어졌다. 그러나 얼어붙은 눈의 고통이 더 심했다. 어느 쪽이든, 어차피 치명상을 입은 터라 나도, 그도 이제 살아날 수 없을 것이다.

나는 에제키엘을 생각했다. 이것조차 예언의 일부였다면 그의 뜻은 어떻게 이루어졌을까?

에제키엘은 단 한 명의 인간을 위해서라도 기꺼이 모든 인간을 버리겠노라고, 또한 인간 전체를 이루는 하나하나의 '단 한 명의 인간' 중 소중하지 않은 자는 없다고 말했다. 예전에는 그 말을 이해할 수 없었다. 희생의 몫이 없었기 때문이었다. 모든 '단 한 명' 이 전체보다 소중하다면 결국 희생할 자는 한 명도 없었다. 그런 세상이라면 과연 균열 같은 것이 다가올 때 살아남을 수 있을까?

그러나 이제는 에제키엘이 왜 그런 말을 했는지 안다.

그건 바로 나였다. 희생을 결정하는 사람이 나라면, 희생시킬 수 있는 것도 나뿐이었다. 균열을 막기 위해 누군가 한 명이 희생해야 한다면 모든 사람은 두리번거리며 나 아닌 다른 한 명을 찾을 것이다. 그러나 에제키엘은 자신을 바라보았다. 바보와 무능력자, 게으름뱅이와 악당이 살아갈 세상을 위해 온 세상보다 더 무거운 한 명, '나' 라는 한 명을 버렸다.

잠시 후 어디선가 실낱같은 목소리가 말했다.

"파비안……"

나는 대답하지 않았다. 나를 부르는 것이 아니었기 때문이었다. 그는 자기 눈앞의 환상을 향해 중얼거리고 있었다.

"파비안……. 그게 내 아들의 이름인가. 왜 그 이름에 집착해야 했는지 아무도 설명할 순 없겠지……. 그는 아무 것도 아니었는데. 도구였을 뿐인 그 녀석이 어느새 진짜 아들이 되어버렸지. 왜 난 내게 아들이 필요하다고 생각했을까. 그럴 이유는 없었는데…… 으흠, 쿨럭! 큼……."

어지러웠다. 내가 듣는 것도, 생각하는 것도 다 무엇인지 모르겠다. 그저 쓰러진 채 타인이 되어버린 핏줄의 목소리를 듣고 있을 뿐이었다.

"생각보다 따뜻하군. 그 검……. 나는 내가 원한 얼음 심장을 갖고 있지 못했던 모양이야……."

칼레시아드가 서서히 사라졌다. 내 눈에서 눈물인지 피인지 모를 것이 천천히 흘렀다.

"이진즈 당신, 대단한 여자야……. 내게 배신당한 당신의 사랑을, 당신 아들이 모조리 되찾아갔군……."

목소리가 잦아들었다. 나는 그의 마지막 말을 간신히 알아들었다.

"핏줄이란 무엇인지 모르겠다……."

정적.

누구의 숨소리도 들리지 않았다. 모두 어디에 있을까? 설마 엘다렌과 미칼리스도 죽었을까? 아무것도 보이지 않고, 아무것도 들리지 않아.

유리카…….

네가 보이지 않아. 다가갈 수도 없어. 꼼짝도 할 수 없어.

아버지는 내 오른팔부터 배까지 다 찢어버렸을 거야. 볼제크 마이프허처럼. 내장은 쏟아지지 않았는지 모르겠다. 아무것도 안 보이거든. 어둠 속에서 내 상처는 점차 이해할 수 없는 것이 되어가. 끝이 다가오고 있어. 그건 아주 캄캄한 건가 봐. 어지럽고, 무겁고, 축축한 건가 봐.

그때 따뜻한 손이 다가와 내 뺨을 어루만졌다.

익숙한 손이었다. 내게 익숙한 단 한 사람의 따뜻한 손가락이었다.

"파비안."

가녀린 두 손이 나를 끌어당기더니 피에 젖은 몸을 껴안았다. 나는 잃어가던 정신을 간신히 한 줄기 되찾았다. 숨이 끊어지기 전에 잠깐이라도 그 손길을 느끼려 했다.

"많이 다쳤구나."

알 수 없는 온기가 몸을 감쌌다. 잠시 후 나는 오른팔에 생기가 돌아오는 것을 느꼈다. 천천히 움직여 보았더니 아픈 곳이 없었다. 왼손으로 확인해 보고 싶었지만 껴안고 있는 유리카 때문에 그럴 수가 없었다. 내가 당황하는 것을 보고 그녀는 조그맣게 웃었다.

"마법이 돌아왔잖아. 아스테리온 고위 무녀에게 이 정도 치유는 아무 것도 아니야. 하지만 눈은……"

유리카의 손가락이 피투성이가 된 내 눈을 어루만졌다. 목소리가 약간 흔들렸지만, 그녀는 다시 웃었다.

"걱정하지 마. 내가 다시 보이게 해줄 테니까. 내 얼굴도 못 보게 되면 곤란하잖아?"

"정말이야?"

"그럼, 정말이지 않고."

나는 몸을 뒤척여 유리카의 얼굴이 있을 듯한 쪽으로 고개를 돌렸다. 그리고 어설프게 웃어 보였다.

"그럼 모든 일이 잘 된 거구나? 미칼리스와 엘다렌도 치료할 수 있는 거야? 모두 다시 건강해져서……."

나는 말끝을 흐렸다. 그들이 살아날 수 있다 해도, 엘프와 드워프라는 종족을 살려낼 길은 없어졌다. 그들의 실망감은 이루 말할 수 없겠지. 모든 것이 내 아버지 때문에…….

"네가 미안해할 필요는 없어. 아니, 오히려 내 잘못일 거야. 나, 사실은 오래 전부터 네 아버지를 의심하고 있었어. 이럴 줄은 몰랐지만, 겉으로 보이는 것과 다른 사람이라는 생각을 줄곧 하고 있었어. 그렇지만 네가 마음을 다칠까봐 걱정스러워서…… 나와 엘다가 막아주면 될 거라고 생각했던 거지. 하지만 네 아버지는 우리 예상을 훨씬 뛰어넘는 일을 저질렀어. 그걸 예상하지 못한 건 결국 나니까, 난 네게 할 말이 없어."

"그런 생각은 하지 마. 누구의 잘못도 아냐. 탓할 필요는 없어. 모든 것은 자신의 책임이고 모든 문제는 자신의 희생으로만 풀 수 있다는…… 에제키엘의 말을 이제 이해했거든."

유리카는 잠시 말이 없었다. 이윽고 그녀는 서글프게 웃었다. 뭔가 결정한 사람처럼, 마치 나를 떠날 듯이 웃고 있었다…….

"네 말이 맞아. 테아칸을 찾아갔을 때 미카가 에즈가 2백 년 전에 균열을 막지 못한 이유를 나중에 말해주겠다고 했지? 내가 그 이야기를 들려줄게."

유리카의 여린 목소리가 동굴 전체에 퍼져나갔다. 마치 요르실드의 날개를 탄 것처럼. 나는 귀를 기울였다. 에제키엘이 내게 해주고 싶었던 말을 알았기 때문에, 그의 선택도 궁금했다.

"아룬드나얀이 항상 더 젊은 주인을 택하기 때문에 아버지가 너를 태어나지 못하게 하려 했다는 이야기를 들었어. 아까 내가 정신을 잃고 있었던 건 아니거든. 그래, 그건 맞는 말이야. 에즈 역시 2백 년 전에 똑같은 문제에 부딪쳤어."

"같은 문제라고?"

"에즈도 처음엔 몰랐지. 누구도 몰랐던 일이야. 나도 두 사람의 아이를 기쁜 마음으로 기다렸으니까. 둘이 긴 시련을 겪은 끝에 뒤늦게 결혼했다고 얘기했지? 그들의 첫 아이였어. 마침내 에즈가 아룬드나얀의 비밀을 알았을 때 조피는 임신 8개월째에 접어든 상태였지. 만일 그대로 아이가 태어나서 1분이라도 햇빛을 본다면 아이는 아룬드나얀의 힘을 가져가 버려. 그러면 에즈는 더 이상 아룬드나얀의 주인이 아니게 되고, 눈앞으로 다가온 균열을 막는 것도 불가능해지지. 8개월이나 된 아이를 태어나지 못하게 하려면 어머니와 아이를 다 죽이는 수밖에 없거든……. 에즈의 마법으로도 다른 해답을 찾을 수가 없었어. 너라면 어떻게 했겠니?"

"나?"

"너와 나의…… 경우였다면 말이야."

내가 유리카를 죽게 할 수 있을 리 없었다. 그렇다면 에제키엘 역시……

"에제키엘은 자신의 죽음을 택했구나."

"맞아. 그래서 네 보석이 생겨나고 모든 일은 2백 년 뒤로 미루어졌어."

테아칸은 에제키엘이 왜 균열을 막지 못했는지, 그 질문을 자신에게 할 날이 오리라고 했다. 이 결과가 내 대답일 것이다. 에제키엘의 대답은 무엇이었는가? 아무도 가르쳐주지 않았지만 나는 이제 그 답을 알았다. 사랑하는 사람도, 세상도, 모두 포기할 수 없었을 때 에제키엘은 자신을 버리고 그 대가로 대답을 남겼다.

'생명'이라는 대답을.

에제키엘이 희생했기에 이 자리에 내가 있다……. 생명만이 모든 일을 처음부터 되풀이할 수 있다. 나는 그의 대답이었다. 그가 세월의 돌 위에 새겨 놓은 대답이었다. 마침내 나는 균열을 향해 다시 한 번 답할 수 있다. 균열이 어느 때 닥치더라도 생명은 무한히 답할 수 있다고. 천만 년 동안 우리는 모두 술래가 되어……

"처음에 에즈를 가장 이해하지 못했던 것은 미카였지. 너도 알잖아. 미카의 방식은 사랑을 희생하고 떠나는 것이었다는 걸. 그러나 에즈의 방식은 모든 방법을 다해 사랑하는 사람을 지키는 것이었어. 그는 세상의 모든 생명보다 조피를 사랑했고, 그리고 그 생명들이 하나하나 누구보다 소중하다는 것을 알고 있었거든. 네 말대로…… 버려도 좋은 것은 자신뿐이야."

"이것 봐 유리, 너무 매도하지 마라. 나도 이미 에즈 녀석을 이해하고 있으니까."

갑자기 들려온 미칼리스의 목소리에 나는 눈이 보이지 않는다는 것도 잊고 고개를 번쩍 들며 두리번거렸다.

"미칼리스! 어디 있죠? 무사한 거예요?"

미칼리스는 대답 대신 이렇게 말했다.

"시끄러운 자들이 오는구나. 잠시 자리를 비킬까."

미칼리스가 말한 대로 내 귀에도 요란한 발소리가 들려왔다. 계단을 밟고, 사다리를 타고 내려오고 있었다. 그게 국왕군인지 구원 기사단인지 알 수 없었지만, 이제 와서는 아무래도 좋은 일이었다.

"포위하라! 아무것도 건드리지 마라!"

"아무도 해치지 마라! 저들은 내……."

갑자기 소음이 줄어들더니 사라져 버렸다. 마지막으로 나르디의 목소리가 들린 것 같았는데……. 잠시 후, 놀랍게도 내 눈에 뭔가가 보이기 시작했다. 풀과 나무, 그리고…… 하늘? 아름다운 숲이 눈앞에 있었다. 나는 풀숲 속에 누워 있다가 벌떡 몸을 일으켰다.

"여, 여기가 어디죠?"

주위에는 아무도 없었다. 병사들이나 나르디는 물론이고 유리카도, 미칼리스도 보이지 않았다. 나는 홀로 숲에 서 있었다. 혼란스러웠다. 마치 꿈을 꾸다가 깨어난 듯했다.

"놀랄 것 없어. 여기가 기억나지 않나?"

바로 옆에서 미칼리스의 목소리가 들려오는 바람에 나는 흠칫하며 돌아보았다. 그러나 여전히 그의 모습은 보이지 않았다. 대신 나는 늙은 나무 한 그루를 발견했다. 흰 자작나무들 사이에 여왕처럼 당당하고 아름다운 녹나무가 서 있었다. 보석 같은 잎과 산등성이 같은 껍질을 가진…….

"저것은! 여, 여기는 미칼리스를 만난……."

미칼리스의 목소리가 웃었다.

"하하, 이제 알았나? 결계의 문은 어디서든 만들 수 있다고 했잖아. 엘프의 능력을 우습게보면 안 되지."

"그런데 왜 당신 모습은 보이지 않죠?"

"네가 눈을 잃었다는 사실을 잊었어? 너는 실제의 사물은 아무것도 볼 수 없다고. 자, 유리."

곧 유리카의 목소리도 들렸다.

"파비안, 우리…… 여기서 굉장히…… 좋았지 않았니?"

이상하게 떨리는 목소리였다. 나는 나무 앞으로 다가갔다. 껍질에 손을 얹었다. 생생했다. 그날로부터 무엇 하나 변하지 않은 듯했다. 세계처럼 위엄 있는 나무, 따뜻한 봄 날씨. 수많은 비극이 있었는데도 다 잊어도 좋을 것처럼.

미칼리스의 목소리가 불쑥 나왔다.

"그럼 작별 장소로도 제격이겠지."

무슨 소리야? 작별이라니? 누가 누구와?

한참 만에 유리카의 목소리가 다시 들렸다. 그런데 그녀는 울고 있었다.

"파비안…… 나, 나…… 이제…… 그만 가야 할…… 것 같아……."

온몸이 부들부들 떨렸다. 나는 말을 더듬었다.

"가, 가다니, 어, 어딜 간다는 거야? 아니…… 왜? 대체 무슨 일인데!"

그때 엘다렌의 목소리가 들렸다. 상처가 다 치료된 것처럼 침착한 어조였다.

"너도 알겠지만 의식은 깨어졌고, 균열의 힘은 큰 아룬드나얀의 마법진에 용해되지 못한 채 작은 아룬드나얀 속에, 풀려 나온 힘은 에즈의 지팡이 안에 머무르고 있다. 본래 아룬드나얀에서 나온 힘은 온 세상으로 퍼져 흐트러진 생명의 경계를 바로잡고, 마법을 돌려주고, 두 종족의 재생력을 회복시켜야 했으나 네 아버지 때문에 에즈의 지팡이 속에 갇혀버렸다. 네 아버지가 죽자 주인을 잃은 마법의 힘은 다시 아룬드나얀으로 되돌아가려 하고 있다. 그러나 아룬드나얀은 균열의 힘을 머금어 이미 포화 상태, 마법의 힘이 그리로 돌아간다면 아룬드나얀에 쓰인 글귀대로 삼켰던 힘을 내뱉고 말 것이다."

"그렇게 되면 에제키엘이 애써 살려 놓은 인간조차도 끝장이지. 그러노록 내버려둘 수는 없잖아?"

미칼리스는 아무 일도 아닌 것처럼 쾌활하게 말했지만 나는 정신을 차릴 수가 없었다. 내가 겪은 모든 일들이 거짓말이었던 것처럼 아름다운 결계의 숲에서 나는 홀로 부르짖었다.

"그래서, 그래서 어떻게 해야 한다는 거죠? 우리가 왜 헤어져야 한다는 말이에요!"

"아룬드나얀을 파괴해야 해."

유리카의 목소리는 이제 침착했다. 나는 머리가 멍해지면서 내젓던 손을 멈췄다.

"우리 셋은 이 세상에서 아룬드나얀의 보석 덕택에 살아 있었던 거야. 그 돌들은 각각 우리의 생명이지. 모든 일이 잘 되었더라면 작은 아룬드나얀은 마법진에 녹아 들어가고, 보석이 사라지면서 우리도 해방될 수 있었을 거야. 그렇지만 불완전한 의식 때문에 균열은 작은 아룬드나얀 안에서 멈췄어. 지금 그걸 없애지 않으면 마법은 다시 아룬드나얀에 갇히고, 대신 균열의 힘이 넘쳐나 세상을 휩쓸 거야."

"안 돼, 안 돼……."

나는 계속 고개를 저었다. 헤어지다니, 유리카를 잃다니, 동료들을 다 잃고 나 혼자 살아가라고? 무슨 의미가 있지? 그녀가 없는 삶을 왜 살아야 하지?

난 그럴 수 없어. 약속했잖아. 떠나지 않는다고, 시즈카가 몰아치는 바다 위에서도 약속했고, 아라스탄 호수에서도 약속했잖아. 난 기억하고 있어. 내가 있는 곳에 있겠다고 네 입으로 다짐했는데…….

"말도 안 돼. 보내지 않을 거야. 나를 두고 가겠다고? 거짓말, 거짓말쟁이…… 혼자 두지 않겠다고 한 게 누군데…… 약속은 어떻게 되는 거야!"

뺨을 타고 무언가가 흘렀다. 나는 보이지 않는 유리카를 찾으려고 비틀거리며 허공을 더듬었다. 평화와 안식뿐인 결계의 땅, 그 숲 속에서 나는 혼자 헤매고 있다. 꽃은 아름답고 벌레들은 반짝이지……. 유리카도, 동료들도 없는 그 땅에서 나는 잡을 수 없는 것을 잡으려고 허우적거린다. 맑은 하늘과 태양, 우리가 소풍이라도 온 것처럼 드러누워 올려다보던…….

"파비안, 울지 마."

그러나 그렇게 말하는 유리카는 울고 있었다. 바람이 불어오자 나뭇잎들이 하늘로 날아갔다. 아름다운 노래를 들려주던 나무, 그녀와 손잡고 올려다보던 잎과 가지가 저 곳에 있다. 푸르다…… 아니, 희다. 눈앞이 아득하다. 보이지 않는 그녀는 계속 울고 있었다. 동료들은 침묵했다.

"내게 받아들이라고 하지 마. 내게 견디라고 하지 마. 네가 없는 세상은 필요 없어. 그 세상에 내가 있을 필요가 없어. 눈을 감으면 없어져 버리는 세상 따위, 그런 것 때문에 내가 너를 잃을 것 같아?"

"파비안, 버려도 좋은 것은 자신뿐이라고 했지. 나 역시 에즈의 그 말을 믿어. 에즈가 조피를 사랑하고, 모든 것을 희생해서 그녀를 지켰기 때문에 지금 이 자리에 네가 있어. 나는 오늘 다시 한번 에즈의 선택에 감사해. 나는 너를 만났어……. 세월을 뛰어넘어 이곳까지 오게 된 행운, 나는 너를 만나기 위해 태어났어……. 그때는 몰랐던 미래, 에즈가 바라본 미래를 이해할 수 있을 것 같아."

"……."

침묵하는 내 귀에 미칼리스의 목소리가 들렸다.

"파비안, 시간이 좀 오래 걸리더라도 유리를 다시 만날 수만 있다면 기다릴 수 있겠나?"

나는 고개를 홱 돌렸다. 미칼리스가 보이지는 않았지만 눈을 크게 뜨고 주위를 두리번거렸다.

"물론이지요! 얼마라 해도 반드시 기다려서……."

나는 말을 멈췄다. 그리고 잠시 후 작은 목소리로 말했다.

"다시 태어난 다음에 만나라는 말은 아니겠지요?"

"물론 아냐."

미칼리스는 밝게 말하더니 웃음을 터뜨렸다.

"언제가 될지는 확신할 수 없어. 왜냐하면 그건 네 노력 여하에 달렸으니까. 잘만 한다면 금방 다시 만날지도 몰라. 하지만 어쩌면 죽을 때까지 만날 수 없을지도 모르고……."

"노력이라면 어떤 것이라도 할 수 있어요! 할 수 있는 거라면 뭐든 할 테니까 제발 방법을 가르쳐 줘요!"

"엔젠이다."

나는 눈을 깜빡거렸다.

"엔…… 젠이라니요? 실전된 기술이라고 했던……."

"결계를 만드는 엘프인 내게는 예외지. 유리가 지금 엔젠이 된다면 보석이 파괴될 때 소멸되는 것을 피할 수가 있어. 그런 다음 다시 엔젠 상태에서 풀려나기만 하면 되지. 결계의 불완전함을 보완하기 위해 만들어진 것이 엔젠이라고 하지 않았어? 그건 봉인과도 달라. 엔젠은 작지만 완전하게 닫힌 세계여서 다른 세계의 힘이 전혀 미치지 않거든. 엔젠 안에서 유리는 영원히 살 수 있어. 다만……."

"다만?"

"나는 엔젠을 만들 줄만 알지, 풀 줄은 몰라."

"……."

미칼리스는 침묵하고 있는 내게 다시 말했다.

"아마 세상 어딘가에는 있을 테지. 묶는 자가 있으면 푸는 자가 존재하는 것이 세상의 법칙이야. 그래서 네게 노력이라는 말을 한 거야. 내가 풀 줄 알았다 해도 그때 나는 죽고 없을 테니까 도와줄 수가 없단 말이야. 네가 열심히만 찾는다면 분명 푸는 방법을 찾을 수 있을 거야. 유리, 어때?"

유리카는 아무 말도 하지 않았다. 2백 년을 잠들어 이곳까지 온 그녀다. 그런데 다시 잠들어야 한다고, 언제가 될지 모를 세월 동안 잠들어야 한다고…… 나조차 받아들이기 힘든 사실이었는데도 그녀는 잠시 후 말했다.

"파비안을 다시 만날 수만 있다면, 무엇이든지."

페어리의 여왕조차 풀지 못했던 엔젠이었다. 그러나 미르보도 엔젠을 만들 줄 알았다. 그런 것을 보면 정말로 어딘가에는 엔젠을 푸는 방법이 있을 수도 있어.

나는 고개를 숙였다가 다시 번쩍 들면서 말했다.

"잠깐, 그러면 미칼리스와 엘다렌도 엔센이 되면 되잖아요?"

미칼리스의 웃음소리가 다시 났다. 엘다렌을 돌아보며 뭐라고 말하는 것 같더니 다시 목소리가 들렸다.

"그래, 그래……. 그 말은 맞아. 그렇지만 이미 여긴 드워프와 엘프의 세상이 아니지. 우리 종족은 죽었어. 그들과 함께 사라져 가는 편이 좋아. 구차하게 남아서 재생되지 않는 생명을 잇고 싶은 생각은 없거든. 차라리 우리를 기다리고 있을 그들의 세상으로 가는 편이 낫지 않겠나?"

"하, 하지만……."

나는 엘다렌과 미칼리스 역시 잃고 싶지 않았다. 그러나 내가 더 말하기 전에 미칼리스가 잘라 말했다.

"자, 쓸데없는 잔소리는 필요 없지. 이제 시간이 얼마 없어. 파비안, 네 발치에 아룬드나얀이 있을 거야. 지금 봐."

나는 허리를 굽혀 흙바닥을 보았다. 아룬드나얀은 신기하게도 풀숲에 누군가가 흘리고 간 것처럼 놓여 있었다. 마법진은 아무 데도 보이지 않았다.

"이걸 받아."

내 손에 막대기 같은 것이 건네졌으나 눈으로는 볼 수 없었다. 에제키엘의 지팡이인가?

"자, 유리하고 작별 인사를 해라. 시간이 없어서 내가 '그만' 하면 딱 그쳐야 할 걸. 엔젠도 그렇게 쉽게 되는 게 아니란 말이야. 잠시 자리를 피해주는 편이 좋을까? 이것 봐, 엘다. 잠깐 저리로 가자."

나는 유리카가 어디 있는지 몰랐다. 그러나 잠시 후 손에 뭔가가 잡혔다. 그녀의 손이었다. 천천히 올려 뺨을 어루만졌다……. 허공을 더듬는 다른 손끝에 그녀의 매끄러운 머리카락이 걸렸다.

"유리카……."

"아마도 내 꿈, 이런 것이었나 봐. 유리벽 속에 갇혀 있는 꿈."

유리카의 손이 내 눈가를 스쳐갔다. 나는 상처를 느낄 수 없었지만 그녀는 그렇지 않은 모양이었다.

"볼 수 있게 될 거야."

눈물 어린 목소리로 말하며 활짝 웃었다. 그 얼굴을 볼 수만 있다면 얼마나 좋을까. 마지막 순간, 얼굴조차 볼 수 없다니.

"파비안, 어차피 안 보이니까 눈을 감을 필요도 없겠지만, 나…… 하고 싶은 것이 있어. 허락해 줄 거지?"

나는 고개를 끄덕였다. 긴 머리카락이 내 뺨을 스치고…… 두 팔이 나를 감싸 안았다. 목소리가 귓가로 파고들었다. 영원히 잊을 수 없을 말과 함께.

"그렇게 힘든 일만 있었던 것은 아니었어. 그렇지?"

함께한 기억을 수천 번, 수만 번 되풀이해 생각하며 살아가게 될 거야. 힘든 일은 없었어. 모두 다 보석 같은 기억뿐이야.

따뜻하고 보드라운 무언가가 내 입술에 와 닿았다. 젖은 뺨과 함께. 옷깃이 하늘로 날렸다. 바람이 둘을 감싸고, 내 두 손이 유리카를 으스러져라 껴안을 때까지…….

「헤어지지 않아.」

내 머릿속에서 내가 했는지 유리카가 했는지 모를 말이 들렸다. 나는 고개를 끄덕였다. 달고, 이슬처럼 신선하고 눈물처럼 따뜻한 입술이었다. 모든 감각이 새로이 열리고 세상은 나비 날개처럼 떨고 있었다. 결코 잊지 못할 거야. 영혼을 나눈 입맞춤을.

눈을 감자 어둠 속에서 눈물을 머금은 채 웃고 있는 유리카가 보였다. 머리와 옷자락이 하늘로 날아갈 것처럼 너울거렸다. 나는 마음속으로 중얼거렸다. 안녕, 사랑하는 사람. 안녕, 나의 친구. 나의 연인.

「운명조차 끊지 못하는 끈이 있어. 그게 영원 속에서도 우리를 묶어 놓을 거야.」

유리카는 고개를 끄덕였다. 눈물방울이 가득한 눈으로 미소 지었다. 어렴풋해지고, 멀어졌다. 하지만 다시 만날 거란 걸 알아.

「사랑하고 있어. 운명을 떠나, 영원 속에서.」

나는 눈을 떴다.

푸른 햇살 아래 숲은 우울한 그림자를 던지고 있었다. 사랑하는 사람이 떠나도 그대로인 세상, 그 세상 속에서 나는 살아가야 해.

"자, 우리도 가야지."

망연히 허공을 보고 선 내 귀에 미칼리스의 목소리가 들려왔다. 나는 내 손에 단단한 돌 같은 것이 쥐어져 있다는 것을 깨달았다. 보이지는 않지만 그것을 꼭 쥐었다.

"주아니도 안녕."

미칼리스가 올려 준 것인지 내 어깨 위로 올라온 주아니는 말없이 주머니 속으로 들어가더니 밖으로 나오려 하지 않았다.

"의식에는 항상 검푸른 깃털의 희생물이 필요한 법이로군. 우리 제물은 네 아버지였던 모양이다."

엘다렌이 중얼거리더니 다시 나를 향해 말했다.

"지팡이 끝이 아룬드나얀에 닿으면 모든 것이 끝난다. 간단한 일이 아닌가."

"설마 그것도 못한다고는 않겠지?"

미칼리스는 싱긋 웃고 있을 것이다. 그런 생각이 더욱 나를 슬프게 했다.

"파비안, 한 걸음 나와서 내 품에 손을 넣어 봐. 네게 주려던 것이 들어 있으니까. 이거 오른팔이 없으니까 영 불편한 점이 많은데."

미칼리스가 말하는 대로 다가가자 내 손에 그의 몸이 닿았다. 목에서 뭔가가 울컥 솟아났다. 나는 그의 품에 손을 넣어 작은 종이 뭉치를 찾아냈다.

"그거야. 지금은 안 보이겠지만 곧 보게 될 테니까 그때 가서 봐라. 작별 선물이니까. 아참, 내 활도 가져가. 갖다 두고 잘 연습해 봐. 괴물 같은 활이라고 불평만 늘어놓지 말고."

잠깐 여행을 떠났다가 돌아올 것 같은 말투지만 다시 볼 수 없음은 어찌된 일일까. 모든 것이 모순처럼 느껴졌다.

"파비안."

미칼리스의 목소리가 진지해졌다. 나는 그의 손을 잡았다. 헤어지고 싶지 않다. 사랑하고 의지하던 그들과.

"에즈와 조피의 방식, 그리고 나와 비크의 방식이라고 굳이 갈라 말한다면 조금 우스울지도 모르겠는데…… 어쨌든 나는 나름대로 옳다고 생각한 쪽을 택했지만 에즈와 조피의 방식도 비난할 생각은 없어. 어쩌면 균열이란 이런 식으로 성취되는지도 모르겠다는 생각도 들거든. 2백 년 전과 지금의 일은 고대 이스나미르의 예언서에 이미 모두 쓰여 있다고 들었어. 물론 뭐가 어떻게 된다고 자세히 나오진 않았겠지만 말이야. 그때 에즈는 말했지. '왜 바꾸려 결심했던 일들이 모두 예언 그대로 되어 가는지 알 수 없다' 라고. 그러나 우리가 해야 할 일을 알고, 포기하지 않고 여기까지 왔기 때문에, 예언대로 된 게 아니라 결국 예언을 '이룬' 게 아닐까? 어쩌면 예언서에 쓰여 있었다는 결말도 그리 나쁜 건 아니었을지도 몰라. 테아칸도 말했지. 균열 역시 세상을 위한 것이라고. 그러니 우리가 한 일들도 균열의 일부였을지도 몰라. 하지만 후회는 하지 않는다. 노력했기 때문에 미래의 무언가가 더 좋아지지 않았을까? 비록 결과는 볼 수 없지만 말이야."

미칼리스는 손을 내밀어 내 뺨을 쓰다듬은 다음 악수를 청했다. 나는 엘다렌의 손도 잡았다. 엘다렌은 마지막 순간에도 과묵하게 아무 말도 하지 않았다. 그러나 나는 그 역시 잊지 못할 것이다.

"이제 비크를 만나러 갈 시간이구나. 더 기다리게 한다면 착한 그녀도 화를 낼 테지."

내 머릿속에는 하늘을 바라보며 긴 머리를 넘기는 미칼리스의 모습이 떠올랐다. 그 옆에 검은 돌처럼 선 엘다렌의 모습도. 나는 보이지 않는 지팡이를 잡고 아룬드나얀을 향해 다가갔다. 하고 싶은 말들, 잊었을지도 모르는 해야 했던 얘기들, 모든 것이 한 번의 손놀림으로 사라지고 만다. 다시 만날 수 없다는 사실은 얼마나 가슴을 무겁게 짓누르는지.

"영원히, 안녕."

안녕, 아룬드나얀, 안녕, 즐거웠던 나날들.

지팡이의 끝이 떨렸다. 하나하나 찾아 넣은 아룬드나얀의 네 보석이 동료들의 눈동자처럼 반짝거렸다. 봄의 초록, 가을의 빨강, 여름의 푸른 하늘……

지팡이가 딱딱한 것에 닿는 순간, 나는 나를 향해 손을 흔들어 보이는 미칼리스와 묵묵히 바라보고 선 엘다렌을 머릿속에서 마지막으로 보았다.

나는 눈을 뜬다.

다 꿈이었던 듯했다. '세르네즈의 푸른 하늘'을 꺼냈던 멋진 녹나무와 자작나무 숲에 내리는 햇살…… 환영주 아룬드에 보았던 그것들과 다시 보았던 풍경이 머릿속에 뒤섞이고 감정마저 엉켜 나는 무엇을 떠올려야 할지 몰랐다.

"이제 깼니?"

나는 아직 아무것도 볼 수 없었다. 눈앞에 흰 구름이 끼어 있었다. 그런데 내가 들은 것은 분명 소녀의 목소리…… 내가 잘 아는…….

"유리카!"

벌떡 일어나 불렀지만 아무도 대답하지 않았다. 내가 잘못 들은 걸까? 그렇지만…….

"……유리카가 아니어서 미안해."

손이 다가와 내 눈에 씌워져 있던 것을 풀어주었다. 붕대였을까? 둘둘 감긴 것이 풀리자 아득하긴 해도 뭔가가 보였다. 안개 속에서 형체가 흔들거리다가 고개를 흔들고 나자 뚜렷해졌다. 붉은 머리카락이 눈에 들어왔다.

"아…… 라디네?"

내가 누워 있던 침대 앞에 앉은 소녀는 아라디네였다. 나는 멍청한 표정으로 그녀를 바라보았다. 여기는 어디지? 나는 어떻게 된 거지? 넌 왜 여기 있지? 얼마나 시간이 흐른 거야?

그런데 나를 바라보는 아라디네의 눈빛이 이상했다. 그녀는 의아한 표정으로 나를 보다가 일어나 손거울을 집어 가져다주었다. 나는 거울을 들여다볼 생각은 않고 물었다.

"여기가 어디지? 나는 어떻게 여기에……."

아라디네는 할 이야기가 생겨서 기쁜 듯 즉시 대답했다.

"여긴 달크-하그르 함대의 가장 큰 배 안이야. 이스나미르의 나르디엔 국왕 폐하께서 타고 계신 배지. 다들 하르마탄에서 철수하는 중이야. 네가 싸우다가 쓰러져서 데리고 왔다고 들었어. 그런데, 저…… 다른 사람들은……."

"……."

내 어두운 표정을 본 아라디네는 입을 다물고 고개를 숙였다. 눈물한 줄기가 이불 위로 툭 떨어졌다. 눈물에서 유리카의 향기가 나는 듯했다. 말로 다할 수 없이 보고 싶다.

"너는 어떻게 여기에 있는 거야?"

아라디네는 말없이 치마 주머니에 손을 넣더니 뭔가를 꺼내 내 손에 쥐어 주었다. 나는 그것을 보았다.

"이걸 왜 내게?"

아라디네가 준 것은 황금으로 된 목걸이였다. 추의 표면에 여자의 옆얼굴이 새겨져 있는 것이 눈에 익었다 싶었다. 아, 생각났다. 내가 파하잔에서 주워 유리카에게 주었던 로켓(locket) 목걸이였다. 그걸 다시 유리카가 아라디네에게 선물로 주었지.

"한 달쯤 전인가 꿈을 꾸었어. 유리카가 나타나서…… 내게 뭔가를 돌려달라고 하더라고. 나는 뭘 달라는 것인지 몰라서 물어봤지만, 뭔지는 말하지 않고 웃으면서 미안하지만 꼭 필요하니 돌려달라고만 했어. 깨고 나서 유리카가 나한테 준 것이 뭐가 있더라, 한참을 생각해 봤지만 이 목걸이 말고는 없었거든. 그래서 그걸 돌려줘야겠다 싶어서 블랑디네 언니 때문에 알게 된 마르텔리조 뱃사람들에게 부탁을 했더니 그들이 프로첸 리스벳을 소개해 주었어. 결국 프로첸 리스벳의 아버지가 만들어서 너희한테 보낸다는 배 한 척에 얻어 타고 올 수 있었지. 그렇지만 하르마탄에 도착하기도 전에 달크-하그르 함대와 만났기 때문에 배는 함대를 따라가게 되었고 나는 나르디엔 국왕 폐하의 배려로 이 배로 옮겨올 수 있었던 거야."

나는 아라디네의 입에서 나온 '유리카'라는 이름만 듣고도 퍼뜩 놀라다가 마음을 가라앉히기를 되풀이했다. 금으로 된 목걸이…… 이건 내가 유리카에게 주었던 유일한 선물이었다. 그리고 다시 내 손에 되돌아왔다.

선물이라고 생각하자 미칼리스가 마지막으로 준 것이 떠올랐다. 내가 품 안을 뒤지는 것을 보고 아라디네가 옆에 걸린 내 헌옷을 가져다 주었다. 그 안에서 종이뭉치가 나왔다. 종이를 펼치자 작은 그림이 하나 들어 있었다.

"……."

유리카의 얼굴이었다. 섬세한 깃펜으로 그려 넣은 초상화였고 로켓 같은 데 넣으면 딱 맞을 크기였다. 나는 아라디네가 준 목걸이의 뚜껑을 열고 그 안에 초상화를 넣어 보았다. 맞추기라도 한 것처럼 딱 들어 맞았다.

"그 그림은……."

아라디네도 놀란 얼굴이었다. 나는 생각해봤다. 미칼리스가 언제 이 그림을 그렸을까? 문득 만져본 종이가 벨럼 양피지인 것을 알고서야 수수께끼가 풀렸다. 의식을 치르기 전날, 성벽 위에서 병사에게 애인의 초상화를 그려주고 얻은 종이였다. 그때 미칼리스는 내게도 유리카의 초상화를 한 장 그려줄까 하고 물었지. 나는 '헤어질 것도 아닌데요' 라고 대꾸했고…….

"미카……."

나는 더듬거렸다. 목걸이를 손에 쥔 채 어떻게 해야 할지 몰랐다. 침대 맞은편을 보니 멋쟁이 검과 함께 미칼리스의 활, 드노미린크가 세워져 있었다. 숨이 턱 막혀 고개를 숙이다가 이불 위에 놓인 손거울을 보았다.

처음에는 집어 한쪽으로 치우려 했다. 그러다가 갑자기 가슴을 세게

치는 충격을 느끼며 그 안에 비친 내 얼굴을 들여다보았다. 거울 속에 내 것이 아닌, 그러나 익숙한 눈동자가 있었다. 이게 어떻게 된 일이지?

"이건……."

검푸른 색, 그리고 녹색 눈동자가 나란히 나를 보고 있었다. 완전히 파열되었던 왼쪽 눈동자가 익숙한 초록빛으로 변해 내 초췌한 얼굴을 갸웃이 바라보았다.

걱정하지 마. 내가 다시 보이게 해줄 테니까.

내 손에서 목걸이가 떨어졌다. 두 눈동자, 내가 갖고 있던 눈과 새로 얻은 눈, 내가…… 기억하는…… 단 하나의 눈빛…….

눈물이 쏟아진다. 유리카의 눈과 내 눈이 똑같이 울고 있다. 눈 속에 아픈 보석이 박힌 것처럼 견딜 수 없는 눈물이 흐른다.

미칼리스, 엘다렌, 나의 사려 깊은 동료들. 그들의 쾌활함과 과묵함과 순수함과 애정 깊음을 나는 영원히 잃어버렸다. 그 많은 추억 속에서 내가 어떻게 살 수 있을까. 이 모든 것을 견뎌야 하는 의미는 뭐지?

대답해 줘, 유리카. 언제나 그랬던 것처럼 장난스럽게 웃고 핀잔을 주면서, 그렇게…….

당황한 아라디네가 나를 바라보는 것도 상관 않고 나는 이불에 엎드려 아이처럼 울었다. 처음과 끝을, 잊을 수 없는 기억들을 차례로 떠올리면서. 한참 후 간신히 목소리가 흘러나왔다.

"고마워, 고마워……."

"키반 노르보르트는 마지막까지 저항하다가 아르킨 단장의 죽음을 전해 듣더니 근위 기사들 사이로 달려들어 일종의 자살을 택했네. 마지막 순간까지도 그의 손에 죽은 자가 수십에 달했지. 그런데 마지막으로 환상 같은 것을 보았던 듯해. 자네 이름을 중얼거렸다고 하더군."

나는 곁에 남은 친구의 이야기에 말없이 귀를 기울였다. 밤이었다. 배는 물결을 느낄 수 없을 정도로 고요히 나아가고 있었다.

"다른 기사들도 거의 살아남지 못했어. 성문을 열어 준 츠칠헨 야스딩거는 근위 기사가 되라는 제의나 상급을 모두 거절하고 밤중에 말없이 떠나버렸지. 그는 키반 다음가는 아르킨 단장의 심복이었으니만큼 심정이 복잡하리라 생각해서 굳이 찾게 하지 않았네."

나르디가 나와 한 약속을 어기고 먼저 공격을 개시한 까닭을 알게 되었다. 먼저 내가 의식의 장소로 내려가기 직전에 보았던 남자, 베르나르트를 닮았다고 생각한 자의 이야기부터 해야 할 것이다. 그는 정말로 베르나르트가 맞았다. 이제는 그 이름이 아니지만.

하르얀의 반란 때 이그논 국왕이 이끈 마지막 전투에 나르디는 나서지 못했다. 그 대신 전장에는 나르디의 명을 받은 엘비르가 있었다. 아버지가 하르얀을 죽였을 때, 하르얀 곁을 지키던 베르나르트와 싸운 것은 엘다렌이었다. 그러나 엘다렌이 그를 죽이기 직전, 그리고 베르나르트가 기꺼이 죽으려던 순간, 엘비르가 태자의 명이라고 외치며 싸움을 멈추고 베르나르트를 사로잡게 했다.

베르나르트는 포로가 되어 달크로즈 성 지하에 갇혔으나 살아남았다는 사실은 비밀에 붙여졌다. 그 싸움에서 이그논 국왕이 승하했기 때문에 반란군 중 단 한 명도 살려둘 수 없었던 것이다. 베르나르트는 싸움 중에 사로잡혀 즉결 처형된 것으로 알려졌다. 엘다렌이 내게 말했던 그대로다. 그러나 엘다렌은 진실을 알고 있었다. 나르디가 엘다렌에게 비밀을 지켜 달라고 부탁했던 것이다.

나르디는 반란 처리가 끝나고 국왕으로 즉위한 후 은밀히 베르나르트를 불렀다. 그 자리에는 엘다렌도 있었다. 나르디는 '베르나르트 클루이펠트'라는 이름을 없애고 '아레트'라는 새 이름을 내려주었다. 고대 이스나미르 어로 '자유'라는 뜻이다. 그리고 나르디의 곁에 있을 것인지 떠날 것인지 결정하게 했다. 베르나르트는 떠나는 쪽을 택했다.

그러나 그때 나르디와 엘다렌이 몰랐던 것이 있었다. 베르나르트가 감옥에 갇혀 있는 동안, 은밀히 츠칠헨이 그를 찾아가 만났던 것이다. 둘은 잘 아는 사이였다. 츠칠헨은 베르나르트와 남매처럼 자랐던 파레토 양과 혼약을 맺은 일이 있었다. 그러나 파레토 양은 떠나버린 베르나르트를 기다리겠다고 했고, 츠칠헨은 그녀의 마음을 존중해서 약혼을 파기해 주었다.

"그때 츠칠헨은 선왕 폐하께서 승하하셨으니 감옥에 갇힌 베르나르트도 살아남을 수 없을 거라고 생각했던 모양이네. 그래서 그에게 자기가 도울 테니 탈옥하라고 했다는군. 그는 루치아 파레토 양이 끝내 죽은 것 때문에 베르나르트에게 빚을 졌다고 생각하고 있었네. 베르나르트는 파레토 양을 자신에게 맡기고 떠났는데, 결과적으로 파혼을 해주는 바람에 그렇게 죽도록 내버려둔 셈이 되었으니까. 그래서 츠칠헨은 빚을 갚고 싶어 했네."

그러나 베르나르트는 거절했다. 세상에 미련이 없었던 것이다. 그후 츠칠헨은 술을 한 병 가지고 베르나르트를 찾아가 여러 가지 이야기를 나눴는데 그때 베르나르트가 츠칠헨에게 아버지에게 인생을 걸어선 안 된다고 충고했다. 겉과 속이 다른 사람이라면서.

"알다시피 야스딩거 경은 아르킨 단장에 대한 충성심이 대단했네. 당연히 발끈했지만 베르나르트는 누구보다도 가까이에서, 그리고 어려서부터 아르킨 단장을 봐온 사이였지. 죽음을 앞뒀다고 생각해서였겠지만 베르나르트는 그날 처음으로 자기가 알던 아르킨 단장의 모습을 입 밖에 냈네. 아르킨 단장이 하르얀을 어떻게 대했는지, 그러면서 파비안 자네를 열심히 찾았던 것에 대해서도."

눈앞의 아들은 본체도 하지 않고 옛 여자가 낳은 아들만을 찾는다면 보통은 그 여자를 깊이 사랑했기 때문이라고 생각할 것이다. 그러나 베르나르트는 아버지와 함께 자랐고, 따라서 아버지가 이진즈 클로자넨느를 어떻게 만나고 사귀었는지도 다 알고 있었다. 그가 아는 아르킨 나르시냐크는 사랑에 목맬 인간이 아니었다. 아버지의 가슴 속에 자신의 아버지, 히크렐 나르시냐크의 죽음이 깊이 박혀 있다는 것을 베르나르트만큼 잘 아는 사람은 없었다.

심지어 내가 나타나자 아버지는 완벽한 아버지의 역할을 자청했다. 베르나르트는 비록 균열이나 의식에 대해 몰랐지만 거기에 뭔가 비밀이 있다는 것만은 알아차렸다. 그가 그런 말을 했을 때 츠칠헨은 물론

화를 냈지만 내심 꺼림칙한 일을 떠올린 기색이었다고 했다. 츠칠헨은 트뢰멜에서 나를 찾아낸 장본인이고, 아버지가 내게만 특별한 애정을 보여줬다는 것을 누구보다 잘 아는 사람이었다. 그게 의도적이었을지도 모른다는 생각이 그에게도 처음으로 떠올랐던 것이다.

베르나르트도 나중에 안 일이었지만, 그때 츠칠헨이 떠올린 것은 트뢰멜의 대장장이 손 올보르그 사건이었다. 그 대장장이를 처음 찾아낸 사람은 츠칠헨의 부하였다. 아버지는 심복인 츠칠헨에게 몇 년 동안 나와 어머니를 수색하는 일을 맡겼는데, 어머니가 한때 몸을 의탁했던 대장장이를 찾아냈다는 보고가 날아와서 츠칠헨은 직접 달려갔다고 한다. 그런데 트뢰멜에는 아버지가 이미 와 있었고 손 올보르그는 죽고 없었다. 츠칠헨은 기사단 일로 바쁜 아버지가 자기보다 먼저 온 것에도 놀랐지만, 대장장이가 죽었다는 말을 듣고 한층 기분이 이상해졌다. 술집에서 시비가 붙어 죽었다지만 하필 찾아내자마자 죽었다는 것이 수상하고, 아버지가 그 후 수색에 관심이 줄어든 것도 미심쩍었다. 혹시 아버지는 대장장이를 통해 어머니의 행방을 알아내고, 자기가 나타났다는 사실이 어머니에게 전해지지 못하도록 대장장이를 죽여 버린 것은 아닐까?

이것은 나중의 추측이었다. 어쨌든 베르나르트는 달크로즈를 떠났고, 몇 달 뒤 아버지가 피아 예모랑드 성에서 반란을 일으켰다는 소식을 들었다. 베르나르트는 아버지가 반란을 일으켰다는 것보다 겨울을 앞두고 농성을 택했다는 것을 더 놀랍게 여겼다. 주도면밀한 아버지가 기분에 따라 그런 어리석은 선택을 할 리 없었다. 그렇다면 이때를 택한 데는 이유가 있을 수밖에 없었다. 그리고 그의 추측대로라면 그건 나와 관계가 있어야 했다.

베르나르트는 내게 진 빚, 그리고 나르디에게 진 빚을 갚을 생각으로 하르마탄으로 건너왔다. 그리고 예모랑드 성 앞에 진을 친 나르디를 찾아가 독대했다. 그리고 말했다. 파비안이 위험하다고.

"나는 그때까지만 해도 아르킨 단장이 자네만은 소중하게 여긴다고 믿었네. 따라서 성에 들어가더라도 아무 일 없으리라 생각하고 보내주었던 거지. 그랬기에 그의 말이 더 충격적이었네. 그는 엘다렌을 보았고, 그가 드워프였다는 것을 기억하고 있었지. 그의 머릿속에서 나르시냐크 가문의 시조인 에제키엘이 2백 년 전 무언가를 막으려 했고, 이제 다시 세상에 수상한 전조가 나타나고 있으며, 사라졌던 드워프가 나타나 자네와 여행하고 있었고, 에제키엘이 의식을 치렀던 마법진은 피아 예모랑드 성 지하에 있다는 사실이 합쳐졌던 것이네."

나르디는 베르나르트의 추측을 확인해 준 뒤 전략적 고려 따위는 내던지고 즉시 군사를 일으켰다. 베르나르트는 먼저 성으로 들어가 나를 찾으려 했다. 그러나 눈앞에서 놓치고 말았다. 대신 먼저 츠칠헨을 만날 수 있었고, 나와 이야기하고 마음이 흔들렸던 츠칠헨은 결국 판단을 내려 성문을 열고 나르디를 맞아들였다.

그들이 지하로 내려가는 비밀 통로를 찾는 데는 시간이 많이 걸렸다. 마침내 내려왔을 때는 모든 것이 끝난 후였다. 그 후 츠칠헨이 떠난 것처럼 베르나르트도 다시 떠나버렸기에 나는 그를 만날 수 없었다.

"에제키엘의 지팡이는 황혼검의 잔해와 함께 달크로즈 성에 보관할

예정이네. 그렇지만 자네가 가져가고 싶다고 한다면……."

나는 고개를 저었다.

"아냐. 내겐 필요 없는 것들이야."

이제 많은 것을 잊어야 할 때다. 아니, 잊은 것처럼 살아야 할 때다. 나르디는 미칼리스의 결계가 풀린 뒤 나를 발견하고는 유품이라 할 만한 것들을 모두 옮겨가게 했다. 그러나 황혼검만은 고철로 변해버린 손잡이만 남았을 뿐 날은 사그라져 버렸다. 엘다렌의 도끼는 일전에 달크로즈의 구원자로서 듀플리시아드 왕가와 그리반센 가문이 친우의 맹약을 맺었으니 달크로즈 성에서 대대로 보관하게 될 것이다.

"오른쪽 눈은 어때?"

유리카가 내게 준 왼쪽 눈 말고 다친 그대로인 오른쪽 눈은 아직 다 회복되지 않았다. 그러나 이곳까지 따라온 시의 모즈 나우케가 심혈을 기울여 돌봐주고 있었고, 점차 나아지리라는 희망적인 말을 해주었다.

나는 그 말에 대답하는 대신 다른 것을 물었다.

"구원 기사단은 어떻게 되지?"

나르디는 씁쓸하게 웃었다.

"그 이름은 없어질 거야."

그렇겠지. 그럼 나는 어떻게 되는 거지?

나르디는 내 표정을 보고 내가 하고 싶은 말을 알아차린 듯했다.

"귀족들이야 당연히 너를 그냥 두어선 안 된다고 떠들어대지. 하지만 그들의 잔소리에 귀를 기울일 내가 아니란 것을 알잖아."

내가 나르디를 곤란하게 하고 있구나. 아버지가 했던 말을 믿지는 않지만 그래도 물어보고 싶은 것이 있었다.

"나르디. 아버지한테서 휴로엘 국왕 폐하와 내 할아버지인 히크렐의 단검에 대한 이야기를 들었어. 그 단검은 네가 일전에 버린 단검과 비슷하더라고. 많은 오해가 있었으리라는 건 알아. 그렇지만 그 단검이 어떻게 된 건지 이야기해 주면 안 될까?"

나르디는 의자에서 일어나더니 문밖의 시종을 불러 뭔가를 가져오게 했다. 잠시 후 시종이 가져온 것은 나르디의 겉옷이었다. 나르디는 겉옷에서 뭔가를 꺼내 내 무릎에 놓았다. 나는 그것을 들여다보았다. 10여 개나 되는 단검들이었다.

"네 할아버지와 내 할아버지의 우정을 상징하던 그 단검……. 그 물건은 지금 달크로즈에 있어. 이건 그 단검을 본뜬 것이고, 돌아가신 부왕 폐하께서 내 열세 살 생일에 선물해주신 거야. 내가 버렸던 것은 이중 한 개고."

"그래……. 그랬구나."

오해로 얽힌 두 집안의 이야기를 풀자면 한이 없을 것이다. 그러나 듀플리시아드 왕가도 당시의 우정을 완전히 잊은 것은 아니었다. 내가 알 수 없는 오해들이 있었겠지. 휴로엘 국왕의 오해였을 수도 있고, 할아버지와 아버지의 오해였을 수도 있어. 하지만 이제 와서 무슨 소용이 있을까. 다 잊는 편이 낫겠지.

문이 열리고 익숙한 얼굴이 나타났다.

"이야기는 했어요?"

"아, 이슬라. 어서 들어와요."

잔-이슬로즈는 내게 다가와 진심어린 눈빛을 보냈다. 그녀가 나를 위로하고 싶어 하는 것을 느낄 수 있었다. 그녀의 귀에서 '아르나의 눈빛'이 여전히 반짝거렸다. 그것을 보니 유리카가 떠올라 견딜 수 없었지만 잔-이슬로즈의 기분을 알기에 아무 말도 하지 않았다.

공주는 형식적인 말을 좋아하지 않는 사람이었다. 그녀는 오히려 쾌활한 목소리로 다른 이야기를 꺼냈다.

"좋은 소식이 있어요."

잔-이슬로즈가 내게 주었던 봉인된 편지를 나중에야 뜯어보았다. 그건 세르무즈에서 그녀에게 보내 준 조사 보고서였는데 볼제크 마이프허의 상처가 얼어붙어 있었다는 이야기가 쓰여 있었다. 잔-이슬로즈는 나르디에게 내 어머니의 상처가 얼어붙어 있었다는 이야기를 전해 들었고, 혹시나 하는 생각이 떠올라 내게 그 편지를 주었다. 그러나 아버지가 어머니를 죽였다는 상상은 섣불리 말할 것이 못되었기에 아버지를 설득할 수 있거든 절대로 뜯지 말라고 했던 것이다.

"나르디가 얘기 안 했어요? 전혀 모른다는 얼굴이네요? 당신을 위해서 멋진 걸 마련했는데."

잔-이슬로즈가 내 무릎에 종이를 얹었다. 내가 집어 들자 그녀가 먼저 설명했다.

"내년에 나르디와 내가 가례(嘉禮)를 올리고 나면 세르무즈의 백합 기사단 중에 나를 모시던 사람들이 이스나미르로 오게 되죠. 다시 말해 내 전속 근위 기사단이 만들어지는 거예요. 파비안, 당신을 그 기사단의 단장으로 임명하기로 결정했어요."

"단장…… 이라고요? 나는…….."

내가 뭔가 말하려는 것을 나르디가 가로막으며 말했다.

"싫을 수도 있겠지만, 그런 뜻이 아니고 이건……."

잔-이슬로즈가 다시 나르디의 말을 가로챘다.

"걱정할 필요는 없어요. 아무 일도 안 해도 되니까. 부단장이 실질적 책임자가 될 거고 당신은 성에 있을 필요도 없어요. 그저 그 직함만 가지고 있으면 되는 거예요."

나는 눈을 들어 잔-이슬로즈와 나르디를 번갈아 바라보았다.

"왜 이런 일을 하는 거죠?"

나르디는 하기 어려운 말을 할 때의 버릇대로 머리를 긁적거렸다. 그 모습을 보더니 잔-이슬로즈가 먼저 말을 꺼냈다. 마치 나와 유리카가 예전에 그랬던 것처럼…….

"당신에게 세르무즈 국적을 줄 작정이에요. 국적 문제는 부왕 폐하께 부탁드려 놓았고, 백합 기사단의 명예 단장인 내 오라버니 아를로이 공께서도 당신을 백합 기사단의 일원으로 승인하는 문서를 보내주기로 하셨어요. 당신은 내 영지인 멜페즈 출신으로 등록될 거예요. 물론 이스나미르 국적은 지워져요. 하지만 이렇게 하면 이스나미르의 귀족들이 당신의 처벌을 거론할 핑계를 완전히 잃을 거고, 오히려 나와 세르무즈의 보호를 받기 때문에 함부로 건드리지 못하게 되죠. 나르시냐크라는 성도 쓰면 안 돼요. 당신은 파비안 크리스차넨, 내 영지의 기사고 내 기사단장이며 세르무즈의 백합 기사예요. 누구든 털끝 하나라도 건드린다면 내가 세르무즈 공주와 이스나미르 왕비의 이름을 걸고 용서

하지 않겠어요."

"……."

입을 뗄 수가 없었다. 아무 말도 할 수가 없었다.

"돌아다니는 데는 불편이 없을 거야. 내가 평생 동안 어디든 갈 수 있는 통행증을 발급해 줄 테니까. 언제라도 달크로즈에 찾아오게. 어떤 중요한 일이 있다 해도 모든 일을 제쳐놓고 자넬 만날 걸세."

나르디가 손을 내밀어 내 손을 꽉 잡았다. 그의 얼굴에서 나에 대한 걱정을 읽을 수 있었다. 그 역시 유리카의 좋은 친구였다……. 또한 엘다렌을 잘 알았고, 미칼리스를 기억하고 있었다.

잔-이슬로즈는 내 얼굴을, 정확히는 왼쪽 눈동자의 빛깔을 흘끗 보더니 말했다.

"기사단 이름을 '녹보석 기사단'으로 할까요?"

내 손에는 유리카의 엔젠이 꼭 쥐어져 있었다. 녹색 보석, 그리고 그녀의 녹색 눈동자. 잊지 않을 거야. 영원히.

모든 것이 끝났고, 나는 처음처럼 다시 혼자가 되었다.

14장.

13월 '황금(Gold)'

14월 '노현자 (Elder Sage)'

1월 '음유시인(Troubard)'

2월 '암흑(Darkness)'

3월 '아르나(Arna)'

4월 '타로핀(Tarophin)'

5월 '키티아(Kitia)'

6월 '인도자(Guardian)'

7월 '약초(Herb)'

8월 '파비안느(Pabianne)'

9월 '환영주(Harsh Miosa)'

10월 '방랑자(Wanderer)'

11월 '점성술(Astrology)'

12월 '문자(Word)'

13월 '황금(Gold)'

연금술사의 별 '이스나니(Isnani)'가 지배하는 아룬드. 이스나니는 사계절의 하늘을 통틀어 가장 밝은 별이며 뜻은 '이스나에의 별'이다. 세상은 겨울을 준비하지만 사람에게는 빛나는 과실이 남는다. 그대는 그간 예지의 말을 통해 자랐음을 깨닫고 새로운 영의 단계로 나아갈 수 있으리라.

연금술로 만든 황금을 의미하는 이 아룬드의 별이 '이스나에의 별'로 불리는 것은 연금술이 이스나에-드라니아라스의 기술인 까닭이다. 연금술이 인간에게 전해진 것은 레오 로아킨이 처녀 아르나에게 이 기술을 알려준 데서 시작된다. 연금술이란 모든 물질의 정화(精華)라 할 수 있는 엘릭시르(elixir)를 얻는 기술로, 엘릭시르는 황금을 만들어낼 뿐 아니라 만병을 고치고, 장수를 약속하고, 영의 단계마저 높인다고 하는 신성한 물질이다.

연금술사의 임무는 열네 아룬드의 별에 상응하는 열네 가지 금속을 각 아룬드와 일곱 별자리 사이에 보이는 생명 변화 법칙에 맞추어 엘릭시르로 바꾸는 것이다. 해는 다시 태어나는 영, 즉 황금을 의미하며 달은 해를 낳는 금속의 영혼, 즉

엘릭시르를 의미한다. 이 과정 속에는 모든 생명의 삶과 죽음에 존재하는 법칙, 그리고 한 영혼이 다음 단계로 고양되는 과정이 들어 있다.

연금술은 전수 과정이 은밀한 만큼 많은 부분이 유실되는 결과를 낳아 이스나이데 력 8780년경 이후로 제대로 된 연금술은 극히 드물어졌다. 이스나에-드라니 아라스들이 사라지고 그들에게 직접 기술을 배운 3세대 연금술사들까지 죽고 나자, 그들이 남긴 문서들은 일종의 수수께끼가 되고 말았다. 본래 엘릭시르를 얻을 수 있는 연금술사는 소수에 불과하며 연금술사가 되려는 자들은 혹독한 도제 과정을 거치고도 극소수만이 전수를 받을 수 있다. 그렇기 때문에 개인적으로 연금술을 성취하려다 광인이 되는 사람, 비전을 전수해 줄 이스나에를 찾아 평생을 헤매는 사람들이 생겨난다.

황금 아룬드는 노력의 결과를 얻는 시기를 뜻하며 엘릭시르는 반드시 이때 얻지 않으면 안 된다. 생명이 겨울나기와 재생, 부활을 준비하는 시기로 잎은 떨어지고 늙은 짐승은 죽으며 오랜 노력은 보상을 받는다. 엘릭시르가 연금술의 마지막 과정에서 죽음과 비슷한 과정을 겪고서야 탄생하는 것처럼 인간 역시 혹독한 고통을 겪은 끝에 깨달음을 얻어 새로 태어나는 것이다.

황금 아룬드는 "황금 속에서 새로운 영이 태어나다"라는 경구와 함께 영적 성취와 확장을 나타낸다. 제약을 넘어 찾던 것을 손에 넣음, 운명을 극복함, 노력이 열매를 맺음, 태어남과 죽음, 부활, 한 단계 고양된 영의 상태 등을 암시한다. 이 아룬드의 빛깔은 이름 그대로 황금빛이다.

— 점성술사들이 달력에 적는 각 아룬드의 의미,
그중 열세 번째.

1. 끝, 다시 시작되는 이야기

기사의 여행은 끝나지만 끝난 것이 아니니
살아 있는 자의 여행은 끝나는 법이 없는 까닭이다.
수고를 마다하지 않아 옷깃은 낡아 떨어지고
잃은 것에 대한 고뇌로 내딛는 발걸음은 무거우나

그대가 가져다준 봄이 겨울 들판에 싹을 틔우고
그대의 존재조차 모르는 얼굴들에 웃음꽃이 핀다.
새로운 여행 앞에서 망설이는 것은 어찌된 일인가.
잃어 얻은 상처만큼이나 얻은 것을 잊지 않으리니

그대의 이름은 잊히고 핏줄 역시 사라져
기억하는 자 없고, 업적은 스러지리라.
이젠 스쳐 가는 행인, 또 평범한 이웃일 뿐이지만
찬란한 녹색의 보석은 결코 그대를 떠나지 않으니

그대, 녹보석의 기사여.

고(古) 이스나미르 왕국, 이스나에의 무녀
'레 클로슈' 엘리종의 예언시
「녹보석의 기사」 340-343연(終)

내 이름은 버기 맨슨. 직업은 음유시인. 이름은 그럴싸해도 벌이는 영 신통치 않은 노래꾼이지. 요 직업도 금피리 물고 태어난 몇 놈만 팔자 늘어지고 나처럼 재능도 운도 시원치 않은 놈들은 끼니나 거르지 않으면 다행인 게야. 그렇다고 노래에 무슨 인생 내놓을 애착이라도 있으면 희망이라도 품어 볼걸, 나 같이 태생이 놈팡이인 놈들은 그저 배부르게 실컷 먹고 늘어지게 잠이나 잘 수 있으면 노래고 뭐고 모조리 귀찮을 뿐이니 아무래도 직업 잘못 택했달밖에.

　어찌어찌해서 델로헨 항구까지 오고 나니 노자고 뭐고 땡전 한 푼 없이 다 떨어져서 동냥질이라도 않곤 점심 저녁은 물론이고 내일 아침 끼니까지 쫄딱 굶을 판이었지. 벌이가 좋다는 소문은 순 사발이었는지 온 사방에 시가 어쩌고 떠드는 나부랭이들이 떼를 지어 몰려다녀서 감히 나도 음유시인입네, 입내도 못 내어보고 요러고 쭈그리고 앉았단 말씀이야.

　"어이, 이놈아! 거긴 내 자리다!"

　어이구, 이제 동냥거지 놈한테까지 쫓겨나다니 음유시인 님 팔자 참 더럽게 구겨지는군. 그 누구였더라, 델로헨에 가면 괜찮을 거라고 나불거리던 놈, 푸키토란 놈이던가, 핑구 놈이던가, 하여간 돌아가면 단단히 물고를 내야겠어.

　다시 가긴, 쳇. 노자도 없는 주제에 쓸데없는 주둥아리는.

　큰 항구에 시장바닥이라 사람은 참 많이 오가더군. 때깔 나게 차려입은 놈도 건들건들 지나가고, 나보다 더 쭈그렁 상판에 누더긴지 걸레짝인지 걸친 그런 놈도 웅숭그렸고 말이야. 그러고 보면 나르디엔 국왕

치세가 되고부터 장사꾼 놈들이 살판이 나긴 했어. 마브릴 공주가 시집을 오더니 세르무즈하고 아옹거리는 일도 싹 그치고. 뭐, 좀 심심한 감도 있긴 하지만 하여튼 이만하면 몇 년째 태평성지. 젊은 폐하께서 제법 하신단 말씀이야. 어느 놈들 말마따나 선왕후 폐하와 왕비 전하께서 한꺼번에 경사를 본 일이 정말 길조가 된 건가? 쌍둥이처럼 자라고 있다는 란즈미 공주님과 유리카 공주님 말이야, 어느 분이 더 예쁘시다고 했더라?

"아, 여기가 델로헨이구나. 예전에 그렇게 오려다가 결국 못 왔던 데를 와보니 감회가 새로운데. 안 그래?"

과일 장수 좌판 옆에서 썩은 사과라도 한 개 눈치껏 집어볼까 싶어 기웃거리고 섰는데 바로 옆에서 혼자 중얼대는 놈이 있지 뭐야. 고개를 모로 꼬면서 돌아보니 그럴듯한 면상에 귀티도 나는 도련님이 하나 섰더란 말이야. 허어, 그런데 눈 색깔이 짝짝이지 뭔가? 하나는 검푸르고, 또 하나는 녹색이었네.

약삭빠른 눈매를 보아하니 생김새하고는 달리 세상 물 좀 먹은 놈일지도 모른다 싶긴 했어. 그런데 이상했던 건 놈하고 얘기하는 사람이 아무도 없더란 거야.

그래서 나는 놈을 미친놈 보듯 보았어. 누구한테 '안 그래' 냔 말이지. 그런데 조금 있자니 옆에서 웬 꼬맹이 목소리가 나질 않겠어?

"그때 뱃멀미, 생각만 해도 끔찍하다."

어라, 내가 굶다보니 헛말이 들리나? 아무리 봐도 꼬맹이 비슷한 것도 안 보이는데 어디서 난 소리야?

잠시 후 난 사정을 알게 됐어. 그 녀석 어깨 위에 웬… 아주 조그마한 사람이 앉았지 뭐겠어!

"히익!"

내가 놀라서 후닥닥 물러나는데 요 도련님이 날 돌아보고 씩 웃더라고. 놀리는 건지, 원. 다시 보니 나이는 스물한둘 정도? 어느 집 기둥뿌리만 한 검을 짊어진 것도 희한하고, 한쪽에 끼고 있는 활은 멧돼지도 단발에 잡게 생겼더군. 근데 팔다리나 어깨가 웬만한 기사들 못잖게 건장한 것이 어쩌면 잘못 걸렸다가 되게 경치는 시장 깡패일지도 모르겠단 생각이 들었어.

해서, 비슬비슬 꼬리를 빼는데 이 친구가 성큼성큼 다가오더니 날 붙잡지 않겠어? 뭐라고 물었더라. 그래, 붉은 머리에 참새 그물을 찾는 남자가 이 근처에 왔을 텐데 못 봤냐고 했던가? 뭐 참새 그물인지 그딴 놈은 전혀 모르겠고 하여간 지금 생각해도 내가 어쩌다가 그 친구랑 같이 점심을 먹게 됐는지 잘 생각이 안 나. 어쩌면 너무 배를 곯은 나머지 먹는 소리 듣자마자 눈이 돌아가서 따라갔는지도 모르지.

둘이서 나란히 고기파이에 통닭까지 시켜 놓고 뜯고 있자니 아까 하던 생각은 다 날아가고 세상에 천국이 따로 없다 싶더군. 이 소리 저 소리 하다가 내가 별볼일 없는 음유시인이란 소릴 듣더니 이 친구가 대뜸 하는 소리가 이래.

"제가 멋진 노래 하나 가르쳐 드리죠."

시키지도 않는데 다짜고짜 한 곡조 뽑는 거 있지.

한 닢의 메르장, 반짝이는 은화가 있네.
뒷면의 여왕님 얼굴은 기막히게 아름답고
짤랑이는 소리도 더할 나위 없이 경쾌하지만

한 닢의 메르장, 너무나도 적은 것이라
방 하나 빌리면 다음날 아침에 쫓겨날 테고
만찬 한 끼 먹었다간 사흘은 내리 굶겠지.

한 닢의 메르장, 지나치게 잘 만들었어.
완벽한 은은 금으로 변할 생각일랑 전혀 없고
'1'이라는 숫자는 장님이라도 알아볼 수 있네.

한 닢의 메르장, 불평해도 늘어나진 않지.
손에 쥔 게 그뿐이라도 그거나마 찬양할밖에
굶고 길바닥에서 잠드는 것보단 낫지 않겠는가.

하여간 놀랬어. 어쩌면 남의 심정을 꼭 찌르는 노래를 그렇게 뽑는
지, 음유시인이라고 말한 내 입이 무색해질 지경이었다니까. 하여간 나
는 정보도 못 주고 그냥 식사만 잘 대접받은 셈이 됐지. 그런데 은근히
궁금한 생각이 들어서 짝짝이 눈에 대해 넌지시 물어봤는데 그저 씁쓸
하게 웃기만 할 뿐 얘기는 전혀 안 해주더군. 아까워라. 괜찮은 소재가
될 수도 있었는데.

하여간 한 끼 잘 얻어먹고 헤어졌는데 그날 저녁때가 되어서 다시 시장 구석에 어슬렁대다 보니 예전에 나한테 동전 몇 푼 뜯어간 일이 있는 벤튼이란 놈이 눈에 띄지 뭔가. 얼른 가서 붙잡으니 요 놈이 말을 돌리려고 딴 소리를 찍찍 해.

"저기 저 젊은 놈 보여? 화아, 정말 놀랐다니까. 내가 델로헨에서 몇 달 쑤시고 다녔지만 오늘 처음 보는 놈인데, 글쎄 앉은자리에서 펼쳐 놓은 물건을 싹싹 다 팔고 나중엔 심심한지 옆자리 할망구 물건까지 전부 갖다가 팔아 주지 뭔가! 입에 꿀이라도 발랐는지 손님 한 명 잡았다 하면 온갖 신소리에 구미에 짝짝 들러붙는 말만 해서 뭘 팔아도 한 개 팔고야 마는데…… 야, 나 음유시인 때려치우고 저 친구 제자나 해야겠어. 요즘 장사꾼 경기 좋다던데."

고개를 돌려보니, 어라? 아까 그 젊은이 아냐? 난 피식 웃으면서 한 마디 해주었지.

"저 친구, 노래도 네 녀석보다 나을걸."

그러자니 옆에서 웬 사람이 또 하나 끼어들더라고.

"저 친구, 보통내기가 아니라오. 일전에 다른 항구에서도 한 번 마주친 적이 있는데 저 나이에 배가 다섯 척이나 되는 상단을 이끄는 대상인이라니까! 배 이름은 전부 웬 사람 이름들인데 뭐더라, 유리카라는 여자 이름에다가 그 다음엔 미르킬라라던가…… 아, 대마법사 에제키엘도 있어. 그런데 이상하게 육지에 내리기만 하면 꼭 저렇게 혼자 나와서 잡다한 물건들을 파는 버릇이 있대. 세르무즈에선 모르는 놈이 없다던데."

"마브릴 놈인 모양이지?"

"상판 생긴 건 엘라비다 같이 보이는데……."

"저 키를 봐. 저 몸집하고. 마브릴이 아니면 저런 게 나오나."

떠들고 섰자니 파장 때가 되어 가는데 광장 쪽에서 사람이 왁자지껄해. 구경거리 하면 또 안 놓치는 이 몸 아니겠나. 얼른 달려가 봤더니 어이쿠, 정말 큰 구경이 났더군. 오렌지 카운티에서 둘째가라면 서러워할 대시인, 마르크 올빈이 왔다지 않겠나! 한때 '계관자' 트루바드에 몸담기도 했지만 지금은 혼자 돌아다니고 있다지, 아마. 그런 분의 노래를 듣는다는 것이 내 아무리 얼치기 시인이라 해도 가슴 뛰는 일이 아니겠느냐고.

좀 있자니 소란이 진정되고 구경꾼들이 자리를 잡더군. 내가 이럴 때면 진가를 발휘하는 새치기 정신으로 얼추 맨 앞줄까지 가서 앉고 보니 바로 옆에 짝짝이 눈 젊은이가 와 있지 않겠어? 허어, 나보다 늦게 온 주제에 어느새 여기라니 한 술 더 뜨는 놈이더라고. 여러모로 보통내기가 아냐.

"레 클로슈의 예언시로 유명한 '녹보석의 기사'를 새로운 서사시로 만들어 보았습니다."

요란스레 박수가 쏟아지고 곧 노래가 이어졌지. 물론 내가 훌륭한 노래를 듣는 걸 좋아하긴 하지만 원체 집중력이 없는 편이라 자꾸 딴전을 피우는 나쁜 버릇이 있단 말이야. 벌써 내 옆에서 나 비슷한 치들이 주절주절 잔소리를 늘어놓고 있더군.

"아, 거 말이야. 며칠 전에 다니러 온 성주님 조카 아르노윌트 님 말이야. 검 좀 쓰시는 모양이더라고. 어제는 아가씨들한테 치근대는 시장 깡패 세 놈을 한 칼에 쫓아버려서 술집 계집애들한테 완전히 우상이 됐지 뭔가. 게다가 얼굴은 좀 예쁘장해야지. 덤빌 테면 성으로 찾아오라는 식으로 엄포를 놨던 모양인데 깡패놈들이 어디 실력이 무서워 못 가나? 치도곤이 무서워 못 가지. 난 체 하는 애송이 녀석인지, 아니면 진짜 실력이 있는 놈인지 몰라도 하여간 앞으로 좀 웃기게 됐어."

"거, 덤비는 놈이 없어 그래?"

"감옥도 무섭고, 성주님 눈 밖에 날 것도 무섭고, 혹시 있을지도 모를 실력도 좀 무섭고, 그런 거 아니겠나?"

"그런 치한테 겁을 먹다니 델로헨 놈들도 한물갔군. 자네가 한번 덤벼보지 그래?"

"에이 객쩍은 소리는."

그런데 갑자기 짝짝이 눈 젊은이가 불쑥 끼어들어 한마디 하지 뭔가.

"그거 재미있겠는데요."

손까지 쓱쓱 비비는 품이 그쪽도 검 좀 만져본 모양이지? 검하고 활하고 같이 갖고 다니는 놈 치고 둘 다 제대로 하는 놈이 드물다던데.

그러는 가운데 노래는 흘러흘러…… 기사가 될 소년이 마을을 떠나는 데까지 왔어. 저게 말이지, 얼마 전부터 유행하는 새로운 형식…… 그 뭐냐…… '모티브'란 건데—헤헤, 내가 이래뵈도 어려운 말도 쓸 줄 안단 말씀이야—얘기가 아주 흥미진진해. 누가 처음 만들었는지 몰라도 나도 저 '모티브'를 갖다가 하나 써보려 했지만 분위기 잡는답시고

술 한 잔 마셨다가 반 시간도 못 가 곯아떨어지는 바람에 포기했지. 그런데 마르크 올빈도 오늘은 처음부터 읊는 걸 보니 초장만 읊고 말 모양이군. 그러니까 뭐더라? 홀어머니 밑에서 자란 소년이 괴물들에게 어머니를 잃고 뒤늦게 나타난 친아버지에게 목걸이인가 하는 걸 받아 떠나는 내용이었지? 그러다가 예쁜 아가씨도 만나고, 웬 쬐끄만 로아에인가 하는 종족도 만나고 말이야. 아참, 가만있자. 그러면 아까 저 젊은이가 데리고 있던 것도 로아에였나?

내가 눈을 꼬아서 옆에 앉은 녀석을 훔쳐보며 로아에인가 하는 걸 찾는데 이번엔 어디 있는지 통 모르겠더라고. 대신 목에 아주 괜찮아 보이는 금 로켓을 걸었던데 도둑놈들이 침 좀 흘리게 생겼더구만. 애인 얼굴이라도 넣고 다니나?

신발 넷이 걸어갈 뿐, 이름 없는 들판은 완전한 고요
달빛 아래 빛나는 은발은 숨겨진 작은 폭포와도 같아라.
밤을 거니는 짓궂은 요정처럼 온 곳도 갈 곳도 없이 나타나
서투른 여행자의 몸차림을 비웃으며 가벼이도 옮기는 발걸음.

오랫동안 여행했는지? 소년은 생각 끝에 입을 열어 보았네.
고개 끄덕이는 소녀의 옆얼굴은 날씬한 초승달처럼 섬세하였지.
얼마나 오래 여행했는지? 대답 대신 예언의 한마디 흐르네.
'수천 년을 여행해 이곳에 왔고, 수천 년을 다시 헤매리라'

"틀렸어요. 수천 년을 여행해 왔겠지만 이제는 더 헤매지 않고 소년과 함께 영원히 있으니까요."

낭송을 끊고 들려온 목소리에 다들 놀라 두리번댔지. 그러나 난 그럴 필요가 없었어. 바로 내 옆에서 들려온 소리였으니까! 침착하면서도 확신이 담긴 목소리였어.

구경꾼들이 웅성대는 가운데 올빈은 당황한 표정이 되어서 우물거렸어. 사실 당황이라면 나도 했지. 시인이 틀린 건지 젊은이가 건방진 건지 알 수 없지만 어쨌든 확인해 줄 사람도 없고 말이야.

잠시 침묵이 흐르고, 젊은이는 다시 쾌활한 목소리로 돌아가 소리 높여 묻더군. 이상한 마력을 지닌 목소리였어. 다른 사람들도 순간적으로 방금 전의 일을 잊은 것처럼 그의 말을 듣고 있었지.

"그래서요? 그래서 그 다음엔 어떻게 되었죠?"

〈세월의 돌 종결〉

모두가 홀로 서 있을 때,
처음으로 손을 내민 이가 있어 세상이 시작되었습니다.
마지막의 누군가는,
아무의 손도 받지 못한 채 손을 내주어야 할 것입니다.

처음 손을 내민 이를 기다리는
나는 마지막 술래.
그의 손을 잡으면 세상은 드디어 원이 되고
천만 년 동안 벌인 놀이가 끝나 집에 갈 시간…….

2000년 2월의 후기

　새벽 다섯 시경, 원고 말미에 〈세월의 돌 종결〉이라고 적고 키보드에서 손을 떼는 순간 갑자기 묘한 우울이 찾아왔다.

　몇 년에 걸쳐 구상하고 일 년여에 걸쳐 써 내려간 작업이 드디어 마무리되었다는 뿌듯함, 막바지 며칠간 아침 일곱 시, 여덟 시까지 이어진 밤샘으로 인한 피로의 중첩, 두통과 뻣뻣해진 눈…… 그 모든 것들보다 먼저 다가온 우울 때문에 그날은 오히려 아침녘까지 잠을 이루지 못하고 말았다.

　아마 이런 것이었을 것 같다. '이제 이 세계는 닫혔고, 내가 다시 한번 글자들과 함께 달리지 않는 이상 열리지 않겠구나' 하는 기분.

　영화의 기법 가운데 프리즈 프레임(freeze frame)이라는 것이 있다. 말 그대로 '얼어붙은' 프레임이라는 뜻인데 흔히 영화의 마지막 장면

등에서 인물의 행동이 수초 동안 정지되어 있다가 암전, 그리고 엔딩 크레딧이 올라가는 방법이다. 조지 로이 힐의 〈내일을 향해 쏴라〉, 프랑수아 트뤼포의 〈사백 번의 구타〉 등에 쓰였다.

글의 마지막 장면은 저자의 손이 떨어지는 순간 그 상태 그대로 멈춘다. 몇 번이나 다듬고 아끼던 인물과 세계의 시간이 멈추는 순간, 나는 그들을 내 손으로 죽인 것 같은 죄책감마저 느꼈다. 그래서 미카엘 엔데는 『끝없는 이야기』라는 제목의 글을 쓰게 됐을까.

✢　　✢　　✢

연재한 글의 좋은 점이라면 독자들과 실시간 의견 교환을 할 수 있다는 점일 것이다. 나 역시 그들과 똑같은 한 명의 통신인으로서 메일 계정을 열어놓았기에 때로는 격려로, 또는 질문으로, 어떤 때는 결말을 예측하거나 비평을 보내기도 하면서 독자들은 나와 반응한다. 작품과 무관한 개인사를 일기처럼 이야기하는 분도 있었다. 그렇게 글을 쓰면서 좋은 인연을 많이 맺었다.

그들이 가졌을 의문이나 의견이라면 모든 독자들이 마찬가지로 가졌을지 모르겠다는 생각에 부끄러운 일이지만 몇 자 적어 보기로 한다. 다만 이것을 절대적 해석이라기보다는 그럴 수도 있는 하나의 '의견'으로만 들어 줬으면 하는 바람이다.

내게 편지를 보내주신 분들은 대부분 '균열'을 차원이 열리는 것과 비슷하게 이해하는 경우가 많았다. 물론 그렇게 생각해도 큰 무리는 없지만 이것은 연작으로 구상하고 있는 이 시리즈의 마지막 글이 태어나야 충분한 이해가 될지도 모르겠다. 비유하자면 인도 신화에는 '유가(yuga)'라는 개념이 있다. 유가는 세상이 한 번 생성되었다가 소멸되기까지를 가리키는 시간의 단위인데 크리타(kṛta)유가, 트레타(tretā)유가, 드와파라(dvāpara)유가, 칼리(kali)유가의 네 시기로 나뉜다. 이 모두를 합쳐서 마하(Mahā)유가라고 부르는데 이 가운데 앞의 셋은 이미 지나갔고 현재 우리는 칼리유가의 시대에 살고 있다고 한다. 각 시기는 굉장히 길어서 각각 1,728,000년, 1,296,000년, 864,000년, 432,000년이나 된다. 한 마디로 까마득한 단위다.

『세월의 돌』에 등장하는 균열은 정확한 주기 없이 만년에서 수 만년 사이에 예고 없이 찾아드는 시대의 종말이다. 비록 유가에 비하면 턱없이 짧지만, 이 균열은 매번 세상을 신선하게 유지하기 위한 일종의 자연적 배려인 셈이다. 흔히 사람들은 멸망도 끝도 없이 계속되기만 하는 세상에 살고 있으며, 멸망은 인간의 잘못 등으로 인해 '유감스럽게 초래되는 것'으로 생각하는 경향이 있다. 그러나 나는 세상이 텅 비어 있지 않은 이상 변화는 결국 죽음을 향해 가는 도정이라고 생각했다. 모든 운동 속에서 끊임없이 늘어나기만 하는 쓸모없는 에너지, 엔트로피처럼.

소설 속의 인물들은 절대악, 또는 자신과 의견이 다를 뿐인 상대적 악에 대항하여 싸울 수도 있다. 그러나 『세월의 돌』의 균열은 절대악도 상대악도 아니고 단지 변화일 뿐이다. 그 변화에 저항하는 것이 옳은 일인지, 그것을 받아들이는 것이 옳은 일인지는 끝까지 결론 내려지지 않는다. 어쩌면 '옳은 일'이라는 개념 자체가 거기엔 맞지 않는지도 모르겠다. 세상에는 수많은 인간의 개별적 '의지', 모두 다른 방향으로 향하거나, 심지어 아무 곳으로도 향하지 않는 아리송한 의지들만이 있을 뿐이니까.

그것은 거대한 차이의 체계다. 인물들은 각자 무언가를 결정했지만, 그것은 모두 수많은 우연들의 모임이었을 뿐인지도 모른다. 결국 그들이 하고자 했던 일은 실패하고 지키고자 했던 것은 허망하게 사라져 버린다. 그러나 그것이 그들의 행동이나 의지의 결과인가? '우리의 행동 역시 균열의 일부였을지도 모른다'고 한 미칼리스의 말은 그 지점에서 시사점을 가진다.

소설 속에서는 주체로서의 인물이 강조되기 마련이다. 그러나 예언과 핏줄로 이루어진 거대한 역사 속에서 그들은 결국 몇 사람의 기억 속에만 남았을 뿐이다. 들뢰즈가 말했듯 '역사는 단지 조건들의 집합일 뿐'이다. 그러나 들뢰즈는 그 말에 이어 '인간은 새로운 것을 창조해내기 위해 앞서의 집합을 벗어나게 되어 있다'고도 말했다. 어디로 향할지 모르는 혼돈투성이의 의지라 해도, 의지를 가지려 하는 행동은 균열 속에서 탈주를 시도하는 일이다. 즉, 그들의 기억이 바로 균열의 세상을 새로운 역사로 이끌었다. 비록 아무도 모르고 그들 자신조차 알지 못한다 해도.

판타지를 쓰는 소설가들이 많이 비판받는 말들 중 하나가 '어째서 한국적인 것을 쓰지 않는가' 라는 이야기일 것이다. 물론 이 '한국적인 것' 이 무엇인지에 대한 합의는 어디서도 나지 않았다. 그러나 어쨌든 외국을 연상시키는 세계와 외국어로 된 이름을 가진 인물들, 외국식의 풍습들이 일부 사람들에게는 거부감을 주는 듯하다. 물론 이것을 깨기 위한 많은 시도가 판타지 소설가들 사이에서도 있어 왔다. 그에 대한 평가는 독자들의 몫이겠지만 몇 가지만은 이야기하고 싶다.

아르헨티나의 환상 소설가 보르헤스는 세계 역사의 주류가 아닌 이른바 주변국 작가들이 주로 그 땅에만 국한된 이야기, 토속성이나 지역성을 강조하는 이야기들에 천착하는 것을 '위험하다' 고 말한다. 물론 '가장 한국적인 것이 가장 세계적' 이라는 구호처럼 그러한 문학이 이룰 수 있는 성취의 크기를 평가 절하할 생각은 없다. 그러나 보르헤스는 리얼리즘 문학이 금기시하던 온갖 외국의 시대와 장소, 소재들을 다양하게 가져다가 사용함으로서 주변국 작가의 목소리가 전 세계로 나아갈 수 있는 새로운 방법을 발견했다. 물론 그런 것들을 무작정 인용하기만 해서 외국 문화에 함몰되는 것이 아니라, 가짜 각주와 허구의 사건들을 그 사이에 끼워 넣어 환상 문학이라는 도구로 해낼 수 있는 성취의 정점에 선 것이다. 그렇게 해서 보르헤스는 아르헨티나 문학에 국한되지 않은, 세계 문학을 위한 새로운 상징점이 되었다.

한국 사람은 한국의 이야기를 가장 잘 쓸 수 있다고 흔히들 말한다. 물론 틀린 말이 아니다. 그러나 판타지라는 놀라운 도구를 사용하면 지금까지보다 긴 숨을 가지고 멀리 뛸 수 있다. 당연히 작가도 사람이니 만큼 그 안에 지금까지 살아온 환경의 정서가 녹아들지 않는다면 거짓말일 것이다. 그러나 문학의 목적은 다양하다. 지역적 정서를 읽어내는 것이 중요한 작품이 있는가 하면, 세계적으로 보편적인 정서를 읽어내는 것이 중요한 작품도 있다. 중요한 것은 그 작품이 자기가 하려고 마음먹은 이야기를 잘 표현한 '명작'인가, 실패한 '졸작'인가 하는 점이지, 다른 작품보다 더 중요한 주제를 다루거나 덜 중요한 주제를 다루었다는 이유로 작품의 평가가 달라지지는 않는다. 웅장한 전쟁의 한 장면을 그린 그림과 사과 몇 개에 유리병이 놓인 것을 그린 그림이 소재의 경중으로 평가받는 일이 있던가? 모든 문학이 지고한 사랑의 승리와 고매한 인간성을 그릴 필요가 없는 것처럼, 모든 작가가 반드시 한 국적 정서가 중점적으로 드러나는 이야기를 써야만 할 필요도 없다.

다만 한 방향으로 치우친 편애는 절름발이 작품을 낳는다. 혁명적 생성이란 더 풍부한 차이의 덩어리들을 감싸 안을 때에만 일어날 수 있다. 글을 쓰면서 그런 점에서 많은 노력을 기울이긴 했지만 성과가 아주 만족스럽지는 않다. 또한 지나치게 여러 나라를 오가는 다양한 소재의 결합은 독자들의 몰입을 해칠 수도 있다는 점에서, 그런 실험이 항상 용이한 것만도 아니다.

예를 들어 균열을 막기 위해 희생되어야 하는 에제키엘은, '봄의 왕'이라는 별칭에서 볼 수 있듯 풍요와 봄을 부르기 위해 희생되는 '숲의 왕'과 같은 맥락을 가지고 있다. 이는 잘 알려져 있듯 오시리스, 탐무즈, 아도니스 등과 수많은 부족 신화들을 통해 세계 각지에서 나타나는 비슷한 전설, 황금가지와 관련된 모티브이다. 주로 쉽게 얻을 수 있는 서구의 전설과 신화들을 취재하여 변용할 수밖에 없었다는 점은 지금도 아쉬움으로 남는다. 그러나 나름대로 많은 수집을 했고, 또한 거기에 연속성과 체계와 실재감을 주려고 노력했다. 개인적으로는 열 네 아룬드 달력과 일곱 별자리 사이에 놓인 많은 전설들을 가공의 예언 체계로 발전시키고 싶은 욕심을 가지고 있다. 비록 가짜이지만, 신화적 진실이 드러난 체계로서 말이다.

『세월의 돌』이 끝나고 새로 기획하고 있는 『태양의 탑』은 『세월의 돌』과 같은 세계의 이야기이다. 『세월의 돌』의 세계는 오래 전부터 차츰차츰 쌓여 만들어졌고 아직도 살아 생성을 거듭하고 있는 세계이다. 『세월의 돌』을 쓰기 전부터 이 세계의 이야기는 전체적인 연결성을 지닌 연작 〈아룬드 연대기〉로 기획되었다.

『세월의 돌』은 엉뚱하게도 그중 3부에 해당한다. 왜 1부부터 쓰지 않고 3부부터 썼느냐, 하고 묻는다면 정확히 설명할 말은 없지만 아마 전체 스토리 중 가장 쉽게 다가갈 수 있는 친근한 이야기였기 때문일 것 같다. 평범한 주인공이 세계를 하나하나 알아나가는 친절한 구성 말이다.

다음에 쓰게 될 『태양의 탑』은 그중 1부이다. 시대적으로 제일 앞서며 힘을 가진 주인공을 중심으로 한 음습하면서도 화려한 이야기가 될

예정이다. 이미 인물과 플롯, 중요한 사건들은 거의 만들어져 있지만 아직은 자꾸만 자라나고 있는 아이 같다. 물론 『세월의 돌』과도 상당한 연관성을 지니고 있다.

2부가 될 이야기의 주인공은 바로 에제키엘이다. 짧고 밀도 높은 이야기로 구상하고 있으며 『세월의 돌』의 모태가 되는 사건들이 등장할 것이다.

4부는 어떨까. 사실 이 연작에서 가장 먼저 구상된 것은 바로 4부였다. 4부의 이야기가 점차 자라나 다른 구상들을 만들어냈다 해도 과언이 아니다. 언젠가 쓰게 된다면 어떤 사람의 눈에는 판타지 같지 않은 소설, 어떤 사람의 눈에는 가장 판타지에 가까운 소설로 보일 것 같다. 다만 그때가 되려면 아직 많은 자료 수집과 공부가 필요한 상태다.

✣   ✣   ✣

글을 다 쓰고 나서 수십 장에 이르는 서브 파일, 복선과 배경 설명, 스토리 전개의 분기점 등을 기록한 글을 들춰보는 기분이 다시 묘하다. 프리즈 프레임으로 굳어진 마지막 장면, 그건 글이 이제 작가인 내 손을 떠났다는 뜻일 것이다. 떠나서 어디로? 독자들의 손에 닿는 순간 그들의 머릿속에서 수많은 다른 분기를 가진 이야기로 거듭 변형되어 갈 수 있다면 그것은 죽지 않고 살아 있는 이야기이며, 또한 내가 알 수 없는 새로운 시작일지도 모르겠다.

파비안과 주아니의 새로운 여행은 어떨까. 추억의 장소들을 다시 찾아가고, 친절했던 사람들의 안부를 묻고, 그러면서 유리카를 엔젠에서 풀어낼 수 있는 방법을 모색하는 여행의 이야기는 어떻게 됐을까. 독자들이 내게 물을지도 모르는 그 이야기를 나는 오히려 독자들에게 묻고 싶다. 파비안은 과연 유리카를 되살릴 수 있는지부터, 유리카가 엔젠에 봉인된 채로 세월이 흐르면 둘의 나이 차이가 너무 심해지지 않을까 하는 자잘한 걱정들에 이르기까지.

가능하다면 창작자의 입장에서 파비안과 유리카의 이야기는 오랫동안 묻어두고 싶다. 작가가 내린 결론이 아닌 독자들의 머릿속에서 영원히 여행하는 두 사람…… 그 이미지 그대로 영원하도록.

어떤 사람의 마음속에서 둘은 몇 년 만에 장애를 뚫고 다시 만날 수도 있고, 행복하게 함께 여행하다가 나이가 좀 더 들면 결혼을 할지도 모른다. 결혼식은 국왕 폐하가 성대하게 치러 줄 테고, 둘 사이에서는 예쁜 아이들이 태어나서 웃으며 뛰놀 수도 있으며, 그렇게 자란 아이들 중에 첫 번째로 태어난 영리한 소년은 나르디와 잔-이슬로즈 사이에서 태어난 개구쟁이 막내딸과 사랑에 빠질지도 모르는 일이다. 또 둘째로 태어난 사려 깊은 딸은 스트라엘과 블랑디네가 낳은 괴짜 소녀와 생사를 함께하는 친구가 될지도 알 수 없는 일이다.

모든 이야기는 가능성을 가지고 미래에 존재한다. 내가 예상할 수 없는 수많은 가지로 뻗어나갈 수 있다. 은인도, 원수도, 연인도, 친구도 그렇게 얽히고설키며 생겨나거나 사라질 것이다.

그 많은 인간들의 역사……. 생각하는 것만으로도 풍부해지는 느낌이 든다. 행복도, 불행도, 모두 똑같은 가능성을 가지고 펼쳐진 상태로. 어쩌면 조개처럼 잠들어 있는지도 모르는 그 상태로.

마지막으로 소설 속의 장면에 맞는 음악들을 머릿속으로 골라 보면서 이곳에 다시 한번 써본다. 내게 가장 묘한 느낌을 주었던 그 단어를, 그대로.

세월의 돌 종결.

2000년 2월,
전민희

The Stone of Days

세월의 돌 8

운명, 그리고 영원

초판 발행 2009년 4월 11일
3판 4쇄 2020년 12월 11일

저자 전민희
펴낸이 서인석 | 펴낸곳 (주)제우미디어
출판등록 324-1 | 등록일자 1992년 8월 17일
Tel: 02)3142-6845 | Fax: 02)3142-0075
www.jeumedia.com

만든 사람들
출판사업부 총괄 손대현
편집장 전태준 | 책임편집 윤여은 | 기획 홍지영, 김혜리, 신한길, 여인우
영업 김영욱, 박임혜 | 제작 김금남 | 디자인 디자인그룹올, 디자인수 | 커버일러스트 쿤요(kunyo)
도움주신 분 김창원

파본은 본사나 구입하신 서점에서 교환해 드립니다.

ISBN 978-89-5952-415-0
ISBN(SET) 978-89-5952-416-7